Raviver Chase

Reigniting Chase

Jeanne St. James

Traduction par
Annabelle Blangier / Valentin Translation

Jeanne ST. JAMES

Crédits :

Artiste de couverture: Golden Czermak at FuriousFotog
Traduction de l'anglais au français: Annabelle Blangier/Valentin Translation

www.jeannestjames.com

Inscrivez-vous à ma lettre d'information pour recevoir des informations privilégiées, des nouvelles d'auteurs et des nouveautés: www.jeannestjames.com/newslettersignup

Pour ne rien rater de ses actualités et de ses parutions, consultez son site web www.jeannestjames.com ou inscrivez-vous à sa newsletter (Seulement en anglais) : http://www.jeannestjames.com/newslettersignup

Liens d'auteur : Instagram * Facebook * Goodreads Author Page * Newsletter * Jeanne's Readers Group * BookBub * TikTok * YouTube

Avertissement de contenu

Discussion sur la dépression/le deuil
Discussion sur le suicide/la perte d'un ex-conjoint

« Chaque fin est un nouveau commencement. »
~ Anonyme

Prologue

Échapper aux ténèbres

Chase

La Ford Bronco Raptor était mise à rude épreuve tandis qu'elle roulait en tressautant sur le chemin de terre. Je faisais mon possible pour contourner les gros nids-de-poule, remplis de boue après le dernier orage, les mauvaises herbes et les broussailles qui empiétaient sur la route et la rendaient encore plus étroite, ainsi que les longues et profondes ornières qui me rappelaient une version miniature du Grand Canyon.

C'était pour cette raison précise que je m'étais séparé de mon Audi A8.

J'avais fait le bon choix en achetant le 4 × 4. L'agent immobilier m'avait prévenu à propos de la route, sans oublier la quantité de neige qui tombait dans le coin chaque hiver. J'avais pris cet avertissement au sérieux.

Surtout quand l'agent immobilier m'avait envoyé des photos. Une tonne de photos.

De tout. Pas seulement de la route décrépite.

Des photos qui auraient poussé toute personne saine d'esprit à tourner le dos à cette propriété. À s'enfuir en courant, même.

L'agent immobilier voulait sa commission, mais il tenait aussi à se montrer honnête avec moi, sachant que j'achetais cette propriété sans l'avoir vue.

Un achat risqué, c'était certain.

Mais j'étais prêt à prendre ce risque pour trouver un peu d'intimité et de paix.

J'avais besoin de repartir à zéro dans un endroit où personne ne me connaissait ou ne savait ce qui s'était passé. La cabane isolée sur une montagne aux abords d'Eagle's Landing, en Pennsylvanie, m'avait tout l'air d'être l'endroit parfait pour ça.

Je l'espérais, en tout cas.

Je devais retrouver ma magie le plus vite possible. Elle s'était envolée depuis que...

Je freinai des quatre fers avant que cette réflexion n'ait pu infecter mes pensées.

Je rebondissais violemment sur mon siège tandis que la Ford parcourait les derniers mètres de la route avant d'arriver enfin aux abords de la clairière.

Cette dernière avait tout autant besoin d'être entretenue que le chemin de terre.

J'avais payé l'agent immobilier pour qu'il envoie quelqu'un la tondre du mieux possible, pour faire remplacer la toiture pourrie en bardeaux par du métal, faire installer un gros générateur d'urgence – vu que les pannes de courant étaient inévitables en montagne – et faire remplir le réservoir à propane de deux mille litres. Pour ce qui était du reste... j'avais décidé de m'en charger à mon arrivée, soit en essayant de me débrouiller tout seul, soit en embauchant des locaux. *Essayer* était le mot clef, sachant que je n'avais aucune expérience dans le domaine du bricolage. Je n'avais jamais fait de travaux dans mes anciens logements.

Il y avait une première fois à tout. Par chance, YouTube était rempli de vidéos de tutoriels pour tout ce qu'on pouvait imaginer.

Ça pourrait être une bonne thérapie, d'être obligé de faire un peu de travail manuel. Ça éveillerait peut-être aussi ma créativité. Elle était au plus bas depuis... ce jour-là. Celui auquel j'essayais de ne pas penser.

Je garai la Bronco et coupai le moteur, puis je regardai ce que j'avais sous les yeux. Ma « nouvelle » maison.

À cet instant, je me rendis compte que j'avais vraiment perdu la tête.

Maintenant que je voyais la cabane de mes yeux... la réalité me heurtait de plein fouet avec la force d'une massue. Elle semblait en bien pire état en vrai, et je n'avais même pas encore vu l'intérieur.

L'espace d'une seconde, je me demandai si je devais vraiment aller voir.

— Qu'est-ce que tu fous, espèce d'idiot ? murmurai-je, rompant le silence dans la Ford. Qu'est-ce qui t'a pris, putain ? Comment as-tu pu croire une seconde que tu pouvais faire ça ?

Bon Dieu. Je devrais faire faire demi-tour à la Bronco et...

Non. Je devrais commencer par brûler cette cabane infestée de rats, et *ensuite*, faire demi-tour, redescendre la montagne, me trouver un motel confortable, puis chercher un autre endroit où vivre. Dire à l'agent immobilier de vendre les deux cents hectares de montagne boisée à quelqu'un capable de construire quelque chose de mieux en partant de rien. Quelqu'un d'autre que moi.

J'avais surtout acheté cette propriété à cause du nombre d'hectares autour de la cabane, qui m'assurait de n'avoir aucun voisin. En plus, elle était accolée à un énorme étang, ou un petit lac, peu importe, qui était un espace protégé. Quel que soit le nom de cette étendue d'eau, elle était de bonne taille.

En tant qu'auteur de best-sellers, je devrais mieux me débrouiller pour décrire le paysage. Mais en cet instant, je me foutais que mes descriptions soient précises ou pas. J'étais trop occupé à me demander comment j'allais pouvoir survivre ici.

Je grattai la barbe d'une semaine sur mon visage tout en contemplant la cabane aux planches de cèdre sous mes yeux, réfléchissant à ce que j'allais faire.

— Putain, marmonnai-je entre mes dents.

J'ouvris la portière du conducteur et m'extirpai du siège avec un grognement.

J'avais passé mon quarante-cinquième anniversaire quelques mois plus tôt, sans fanfare, mais il m'avait apporté des cadeaux dont j'aurais pu me passer. Douleurs osseuses, insomnies, rigidité articulaire, vision floue et ainsi de suite.

Mais je m'attendais à tout ça. Ce à quoi je ne m'attendais pas, c'était à vieillir seul.

Je poussai un brusque soupir. Il fallait que j'arrête de procrastiner, que je rentre vérifier l'état de la cabane pour voir si je pouvais dormir ici ce soir ou si je devais repartir en ville trouver un endroit plus approprié. Au moins le temps de rendre cet endroit à peu près habitable.

Une main plaquée sur ma nuque, je la massai de haut en bas et m'adressai un petit discours d'encouragement.

— Allons-y.

Les marches en bois craquèrent quand je les grimpai jusqu'au porche. Elles n'étaient pas spongieuses, selon ce que je pouvais en voir, et je ne repérai aucun signe évident de pourriture ni de planches cassées, ce qui était rassurant. Le porche en bois était minuscule, mais d'après ce que j'avais vu sur les photos, la porte dont j'approchais était l'entrée de derrière. La porte d'entrée faisait face au lac de dix hectares.

Le lac *quelque chose.* Je n'arrivais pas à me souvenir de son nom.

Ce qui n'avait aucune importance. Puisqu'il m'appartenait d'une rive à l'autre, je pouvais bien l'appeler comme bon me semblait.

Le lac Foutez-moi la Paix. Ça sonnait bien.

Je sortis la clef que l'agent immobilier m'avait envoyée dans la nuit de ma poche de jean. Je ne l'avais jamais rencontré, puisque tout s'était fait virtuellement. Même l'état des lieux.

Au moment où je m'apprêtais à glisser la clef dans la serrure, je me rendis compte que la porte n'était pas complètement fermée. Elle était un peu entrebâillée. L'un des ouvriers l'avait-il laissée ouverte ? Où était-elle déjà ouverte et personne ne s'était soucié de la fermer ? Ils avaient sûrement accompli le boulot pour lequel ils avaient été payés avant de repartir aussi vite que possible.

Les gonds grincèrent quand je poussai l'épaisse porte en bois rustique.

Note à moi-même : acheter du dégrippant la prochaine fois que je serai en ville. Si ça ne suffit pas, un bidon d'essence et un briquet devraient résoudre le problème.

Debout sur le seuil, je pris quelques grandes inspirations, aspirant l'air chaud et propre de la montagne. C'était si différent de là d'où je venais.

L'air n'était pas la seule chose différente. Je pris le temps d'écouter.

Le silence était nouveau aussi.

Pas de bruit de circulation. Pas de voix. Le bonheur à l'état pur.

Le seul son que j'entendais mis à part les oiseaux et les petits mammifères qui détalaient dans les broussailles, c'était la voix dans ma tête qui me répétait en boucle que j'étais fou d'avoir acheté cet endroit.

Tout ce silence n'était peut-être pas une si bonne idée. Mes voix intérieures n'en étaient qu'amplifiées, jusqu'à devenir presque assourdissantes.

En chemin pour ici, j'avais écouté plusieurs longs livres audio, vu que mes pensées avaient tendance à noyer la musique. Avec les livres audio, j'étais obligé de me concentrer. Un bon roman policier, bien écrit, me tirait toujours de ces pensées sombres et vagabondes pour me plonger dans l'histoire de quelqu'un d'autre. Une histoire différente de la mienne, qu'il s'agisse du thriller que je devais écrire ou du scénario déprimant à la Nicholas Sparks que je vivais en ce moment.

Mais ça me rappelait aussi que je devais redécouvrir ma créativité. J'espérais vraiment que cet endroit m'aiderait à arranger ça.

C'était tout le but de mon emménagement dans ce lieu reculé.

Quand je passai le seuil, je dus me retenir de faire demi-tour pour m'échapper d'ici au plus vite. Ça avait l'air bien moins misérable sur les photos. Je me demandais quand elles avaient été prises maintenant, et pourquoi l'agent immobilier ne m'avait pas proposé une visite virtuelle. Mais à vrai dire, il ne m'avait pas menti. C'était bien une vieille cabane de chasse qui ne valait pas beaucoup mieux qu'une tente de camping.

Hélas, je n'avais jamais vécu à la dure ni déconnecté de tout. Même si le caractère « déconnecté » de cette maisonnette était discutable. Elle disposait d'un puits avec une pompe en état de marche, ainsi que d'une eau testée et considérée comme potable. Elle disposait aussi de l'électricité et elle serait bientôt reliée à internet par satellite, pour me permettre de redevenir productif.

Si j'arrivais à accomplir ça, mon agent littéraire en ferait sûrement des pirouettes de joie. Tout comme mes fidèles lecteurs, qui me réclamaient la suite de ma série de best-sellers depuis deux ans.

À vrai dire, j'en serais ravi aussi, sachant que c'était ma seule source de revenus et que mes paiements de droit d'auteur s'amenuisaient un peu plus à chaque mois qui passait sans nouvelle sortie.

J'avais pas mal d'argent de côté sur mon compte en banque, mais tout serait vite englouti quand je commencerais à remettre en état cet abri et ses maigres commodités.

Quoi qu'il arrive, il faudrait d'abord que j'arrive à *écrire* un livre. Et vu tout le travail interminable qui suivait le premier jet – les corrections, la confection de l'illustration de la couverture, le marketing et plus encore –, ce n'était pas comme s'il serait publié aussitôt après.

Je m'accordais six mois pour écrire le prochain tome de ma célèbre série de thrillers. Il ne se retrouverait sûrement pas dans les mains de mes lecteurs avant un an et demi. Si ce n'était plus.

Je n'avais pas envie de penser à ça. Je serais peut-être fauché quand je recevrais mes premiers droits d'auteur pour mon prochain livre, selon la générosité de l'avance que m'offrirait mon éditeur.

Il avait hésité à m'en donner une, cette fois, après ma mauvaise passe. Il avait prévenu mon agent, Randall, qu'il n'envisagerait de me payer une avance que lorsqu'il aurait au moins trois chapitres « bien écrits » entre les mains.

Merveilleux.

Malgré moi, je ne pouvais lui en vouloir, parce que l'angoisse de la page blanche avait déjà détruit la carrière de certains auteurs. J'avais encore l'espoir qu'elle ne mettrait pas fin à la mienne.

D'où ma présence dans cet endroit.

Je repoussai ces pensées déprimantes et me concentrai plutôt sur le spectacle tout aussi déprimant devant mes yeux.

Au premier coup d'œil, on aurait dit que personne n'était entré ici récemment, mis à part la faune locale.

Je m'avançai un peu plus dans la cabane d'une dizaine de mètres carrés. Ce n'était pas si mal, sachant que je vivrais seul et que je n'avais pas besoin de beaucoup d'espace. Un endroit où dormir, un où manger et un autre où écrire.

La bicoque ne disposait que de deux pièces fermées : la chambre et la salle de bains. Mis à part ça, l'espace était ouvert. Mes pieds soulevèrent de la poussière quand je parcourus la pièce principale, inspectant tout d'un peu plus près et dressant la liste mentale de tout ce qui devait être fait.

Il ne me fallut pas longtemps avant de prendre conscience que je devrais prendre des notes, vu que la liste risquait d'être trop longue pour que mon cerveau ne retienne tout.

Le peu de meubles laissés ici par les anciens propriétaires étaient soit couverts de deux centimètres de poussière, soit cassés. Tout ça devrait être jeté ou utilisé comme bois de cheminée. Les placards de la cuisine étaient vides et les portes, grandes ouvertes comme si leur contenu avait été volé ou emporté.

Des toiles d'araignées fantomatiques pendaient dans tous les coins.

Toutes les fenêtres étaient opaques, négligées depuis des années. L'une d'elles était brisée et elle devrait être remplacée. En fait, tout devrait être remplacé par des vitres à double vitrage, pour conserver la chaleur en hiver. Même si la brise de ce début de printemps était légère, je détectai quand même des courants d'air en passant la main le long du châssis le plus proche.

Je secouai la tête et remarquai de petites crottes par terre. Je levai les yeux et compris d'où elles venaient. Une demi-douzaine de chauves-souris étaient suspendues aux poutres exposées du plafond, en pleine sieste d'après-midi.

Putain.

Mis à part les excréments de chauve-souris, je devinai de quel animal provenaient les petites crottes en forme de grain de riz. Un petit rongeur de la famille de Mickey.

— Vous allez tous recevoir un avis d'expulsion dans les jours qui viennent, prévins-je les chauves-souris et toutes les souris qui pourraient m'écouter. Bande de parasites.

Je continuai à parcourir l'espace de vie principal. Par chance, la grosse cheminée en pierre de montagne semblait en bon état. Tout comme le manteau de cheminée en bois, large et épais, au-dessus. Au moins un truc qui n'aurait pas besoin d'être remplacé ni réparé.

En fait, la structure de la cabane était plutôt solide de manière générale. Elle avait une bonne ossature. La plupart des réparations seraient cosmétiques, ou pour la rendre plus économe en énergie. Les larges planches de bois du sol avaient juste besoin d'être frottées un bon coup, tout comme l'évier et l'électroménager de la cuisine.

Par chance, je pourrais me charger de ça tout seul sans trop de mal. Ça ne me dérangeait pas d'utiliser un peu d'huile de coude.

Le tapis tissé crasseux devant l'âtre devrait être jeté. Du bois de cheminée était éparpillé au sol et devrait être rassemblé en pile ordonnée. Je devrais me débarrasser du tas de cendres froides dans le foyer, et j'embaucherais un ramoneur pour éviter les risques d'incendie dans le conduit.

Je passai la tête dans la salle de bains. Vu que c'était la seule, elle était de taille acceptable. Il n'y avait pas de baignoire, juste une cabine de douche dépourvue de rideau, une fenêtre sale, des toilettes qui devraient être nettoyées et un lavabo couvert de taches d'eau.

À côté de la salle de bains, il y avait ma chambre. Elle était aussi de bonne taille, sachant que c'était la seule. Un sommier en métal cassé se trouvait au centre et une vieille commode en bois, contre le mur. J'avais peur d'ouvrir les tiroirs, parce que j'étais sûr que des familles de rats les avaient transformés en complexe résidentiel.

Mais ce furent les grandes fenêtres qui attirèrent mon attention. Elles avaient beau être sales, la vue sur le lac était spectaculaire. Je m'imaginai les ouvrir en grand et écouter les hiboux, les renards, et même les huards, le soir, tout en profitant de la brise.

J'ajoutai plusieurs ventilateurs de plafond à ma liste. Un pour la chambre et deux dans la pièce à vivre principale.

Mon lit king size aurait parfaitement sa place dans cette chambre, ainsi que la commode que j'avais emportée avec moi et qui attendait d'être déchargée du véhicule garé en bas de la montagne.

Mon SUV et la remorque fermée ne contenaient que les produits de première nécessité, comme les vêtements et mon lit. Tout le reste avait été donné à des organisations qui venaient en aide aux vétérans et aux sans-abri, après la vente de ma maison de Long Island.

Je sortis de la chambre et me dirigeai vers la porte du fond – non, celle de devant. Je découvris qu'elle avait été laissée déverrouillée aussi. Je l'ouvris et sortis sur le porche couvert qui s'étendait sur toute la longueur de la cabane et qui donnait sur tout ce qui m'appartenait.

La vue spectaculaire et à couper le souffle sur le lac,

depuis ce porche, était ce qui m'avait attiré quand je faisais défiler les photos de biens immobiliers. Derrière le lac, il y avait d'autres arbres, ainsi que la montagne qui continuait de s'élever en arrière-plan.

Cette vue parfaite était ce qui m'avait convaincu d'acheter cette propriété, et m'avait assez aveuglé pour que j'ignore les autres problèmes.

Je m'imaginais dans un rocking-chair, en train de savourer un café matinal. Ou installé dans un petit coin du porche pour écrire.

La tension que je ressentais disparut soudain et mes épaules s'affaissèrent de quelques centimètres. Mon dos se détendit et mes pensées devinrent aussitôt plus nettes.

Voilà. C'était de ça que j'avais besoin.

Une fois que les principaux travaux seraient effectués, en tout cas.

Comme le restant de la cabane, le porche avait besoin d'un bon coup de peinture et de revêtement protecteur, mais je pouvais m'en charger tout seul.

Je regardai sur ma droite et découvris un abri à trois côtés à moitié rempli de bois de chauffage, ainsi qu'une bûche clairement utilisée pour fendre ce bois. Je descendis les trois marches et repartis vers l'avant de la cabane – non, l'arrière – pour rejoindre l'endroit où j'étais garé.

En chemin vers la Bronco, je m'arrêtai devant le gros réservoir à propane le long du mur extérieur, du côté de la cuisine. Je jetai un coup d'œil à la jauge. Par chance, il était plein, comme promis.

Je continuai jusqu'à me retrouver à côté de la Bronco, et étudiai à nouveau les lieux.

Ma maison.

Ça ferait l'affaire. Il le fallait.

J'avais besoin de changement, ça ne faisait aucun doute, et cet endroit en constituerait un énorme.

Si emménager ici n'arrangeait pas ma situation, je devrais me résigner quant au fait que c'était sans espoir.

Mais pour l'instant, je devais repartir en ville, trouver un endroit où m'installer pour la nuit et acheter quelques produits nettoyants pour éliminer toute la saleté.

Avant ça, il fallait que je vide ma Bronco archi pleine et n'emporter avec moi qu'un sac pour la nuit et mon ordinateur portable. À mon retour demain matin, je commencerais à nettoyer du mieux que je le pourrais, avant de tenter de faire grimper la remorque jusqu'ici depuis l'endroit où je l'avais laissée sans casser un essieu.

Tant que je serais en ville, il faudrait aussi que je pose des questions au restaurant et au motel pour trouver quelqu'un qui puisse remplacer les fenêtres. En attendant, j'achèterais des bâches en plastique pour couvrir celle qui était cassée et empêcher chauve-souris et autres petites bestioles d'entrer.

Je devais aussi louer une boîte postale.

Bon sang. La liste était interminable.

Quand la cabane serait à peu près habitable, les mots auraient intérêt à être prêts à se déverser de ma tête.

Sinon, je devrais me trouver une nouvelle carrière.

Chapitre Un

Chase

JE ME FIGEAI, la fourchette à mi-chemin vers ma bouche. J'avais à peine entamé le petit-déjeuner du jour pantagruélique du restaurant. C'était criminel, la quantité de nourriture que m'avait apporté la serveuse pour seulement 5 dollars.

Cinq dollars, bordel. À Long Island, ça m'en aurait coûté au moins quinze.

Pour seulement 2 dollars de plus, on avait droit à un café renouvelé de manière illimitée. Si j'avais pu m'injecter cette caféine dans les veines, je l'aurais fait.

J'avais mal dans tout le corps et j'étais épuisé, pas seulement parce que j'avais mal dormi au motel, mais parce que je m'étais attelé à la tâche, semblait-il interminable, consistant à nettoyer la cabane de fond en comble. Je ne voulais pas que les meubles achetés dans un petit commerce de Picture Rocks me soient livrés tant que les lieux n'étaient pas immaculés et que tous mes colocataires indésirables n'avaient pas été expulsés.

J'aimais bien les chauves-souris et je savais qu'elles étaient bénéfiques à l'environnement, mais je n'avais pas envie de partager ma maison avec elles pour autant. Si elles revenaient dormir sous les poutres aujourd'hui, je devrais trouver par où elles entreraient maintenant que j'avais obstrué la fenêtre brisée avec une bâche en plastique.

Mais ce n'étaient pas ces réflexions qui m'avaient fait marquer une pause dans mon repas, c'était l'homme à l'autre bout du restaurant, qui gardait les yeux fixés sur moi.

Comme moi, il était assis seul, mais contrairement à moi, il avait l'air de connaître tout le monde dans le restaurant. C'était un type du coin, comme le reste des clients et les employés.

La nourriture était bonne, les prix, attrayants et compétitifs et le service, aimable et bienveillant.

L'une des serveuses d'une trentaine d'années avait même essayé de flirter avec moi. Elle ne se doutait pas qu'elle faisait fausse route avec moi. Même si j'avais cherché à faire des rencontres, elle n'aurait pas été mon genre. J'avais un énorme respect pour les femmes, mais je n'avais aucune envie de coucher avec elles.

Par contre, l'homme qui n'arrêtait pas de me regarder n'était sûrement pas de mon bord non plus.

Me dévisageait-il parce que j'étais un inconnu dans une communauté soudée où tout le monde connaissait tout le monde ?

Ça ne pouvait pas être parce que j'étais gay. Je ne l'avais jamais caché, mais je n'en faisais pas étalage non plus, et la plupart des femmes étaient stupéfaites de découvrir la vérité quand je le leur annonçais en douceur.

La plupart des hommes aussi.

J'avais entendu la phrase « mon gaydar doit être cassé » plus de fois que je voulais l'admettre.

De toute façon, je n'avais pas prévu de sortir avec qui que ce soit de sitôt. Peut-être même plus jamais, vu que je n'avais plus envie de me rapprocher de personne.

La vie serait plus simple comme ça. En plus, je ne ressentais plus le besoin de jouer en équipe, maintenant, je préférais rester un électron libre.

J'ignorai l'homme et finis d'enfourner mes œufs brouillés dans ma bouche et de mâcher. J'engloutis la moitié de ma tasse de café noir en espérant que ce type me foute la paix.

Enfin, ne pouvant l'ignorer plus longtemps, je lâchai la fourchette dans mon assiette avec un cliquetis, penchai la tête et me frottai le front. Je calmai ma respiration dans un effort pour faire baisser ma pression sanguine en train de grimper en flèche.

Je voulais juste manger en paix. Je n'étais pas ici pour me faire des amis, ni même des ennemis.

Je voulais juste qu'on me laisse tranquille.

Mais bien sûr, ça n'arriverait pas.

C'était précisément pour ça que j'avais quitté Long Island, tout ce que je connaissais et tous ceux qui me connaissaient. Je voulais vivre dans un endroit où personne ne me connaissait, ni mon histoire. J'étais arrivé au point de rupture, submergé par la pitié d'un côté et par des gens qui pensaient que je devrais « tourner la page » de l'autre.

Je ne m'en serais jamais sorti.

Jamais.

Putain ! hurlai-je dans ma tête quand l'homme aux cheveux sombres se leva du comptoir. Il jeta quelques billets à côté de son assiette, se retourna et partit à l'opposé de la porte, vers ma table.

Évidemment, putain.

L'appréhension m'envahit les tripes et ma gorge se serra jusqu'à m'étrangler. Cet homme m'avait peut-être reconnu.

Je levai mon café et m'en servis pour cacher mon visage, tout en l'observant en train d'approcher par-dessus le bord. Mes muscles et mon dos se raidissaient un peu plus à chaque pas qu'il faisait vers moi.

J'essayais de m'occuper de mes affaires.

De manger mon petit-déjeuner.

De vivre en paix.

Ce type se dirigeait peut-être vers les toilettes, juste derrière ma banquette. Si seulement j'avais cette chance.

Je le scrutai de la tête aux pieds en m'efforçant de rester subtil.

Il devait avoir la quarantaine, ou presque. Il devait faire huit à dix centimètres de moins que moi, avec mon mètre quatre-vingt-huit. Une carrure solide, des épaules larges et un torse mince qui s'affinait jusqu'à ses hanches. Il ne lui manquait plus qu'une chemise en flanelle et une hache pour aller avec sa barbe noire et épaisse, et il serait l'incarnation d'un bûcheron.

Les manches courtes de son T-shirt ajusté moulaient ses biceps saillants. Ses cuisses avaient l'air épaisses, sous son jean usé. Et ses pectoraux ne rebondissaient pas à chacun de ses pas. Non, ils se contractaient.

Cet homme prenait vraiment soin de son physique.

J'étais en bonne forme physique et mentale, avant, moi aussi.

Maintenant, je me sentais juste brisé. Comme si les morceaux de moi avaient été recollés ensemble pour donner l'impression que j'étais complet.

Un seul faux pas, et je volerais à nouveau en éclats.

Je relevai les yeux vers le visage de l'homme quand il s'arrêta à ma table.

Je n'avais pas envie de l'admettre, mais ce type était séduisant, avec sa mâchoire carrée couverte d'une barbe épaisse, mais bien taillée. Pas un seul poil gris n'était visible sur sa tête ou son visage. Ses yeux couleur chocolat noir et encadrés par des cils noirs, épais, exprimaient la curiosité.

Et peut-être autre chose. Mais je l'imaginais peut-être.

Difficile de déchiffrer les intentions d'un inconnu, et je n'avais pas envie d'essayer.

Pendant que je l'examinais, un coin de ses lèvres pleines s'était étiré en un demi-sourire. Il semblait amical, mais prudent. Comme s'il essayait de tendre une friandise à un chien errant qui risquait d'essayer de le mordre.

Et c'était moi, le chien errant.

— Désolé, je ne voulais pas vous dévisager comme ça.

Sa voix riche de baryton fut teintée d'acier quand elle sortit de sa gorge.

— Mais vous l'avez fait quand même.

L'homme pencha un peu la tête et scruta mon visage à son tour.

Je pris une bouchée de pommes de terre sautées badigeonnées de ketchup, m'efforçant de lui faire passer un message : *tu ne vois pas que je suis en train de manger et que je n'ai pas envie qu'on me dérange ?*

— J'essayais de me souvenir de l'endroit je vous avais vu. Vous me sembliez familier.

Je faillis m'étrangler avec ma nourriture.

— J'en doute.

Il fronça ses gros sourcils sombres.

— Non, je vous ai vu quelque part.

— Non.

Je bus une longue gorgée de café pour faire passer les pommes de terre râpées et croustillantes. Mais mon petit-déjeuner pesait désormais comme un bloc de ciment au fond de mon ventre.

— Vous avez raison. Je ne vous connais pas personnellement. J'ai juste dit que vous m'étiez familier.

L'autre coin de ses lèvres s'étira aussi, et il arbora un sourire amical, mais un peu espiègle.

— Comment vous vous appelez ?

Bon sang, non. Je ne voulais pas m'engager là-dedans.

Même si ce type était sexy... même s'il pouvait être mon genre...

Je serrai les dents. Je n'avais plus de genre.

Je n'étais pas intéressé par l'homme devant moi. Pas du tout.

Je ne cherchais pas de « pote ». Je ne cherchais pas d'amant non plus. Je voulais juste qu'on me foute la paix.

— Vous ne me connaissez pas. Je suis nouveau ici.

— Je vous ai juste demandé votre nom. C'est une petite ville. Si vous êtes ici pour rester, tout le monde finira par le connaître, de toute façon.

Je pris une lente inspiration, emplissant mes poumons et m'efforçant de rester concentré sur mon assiette.

— Pourquoi en faire un secret ?

Un muscle se contracta dans ma mâchoire. Je la desserrai.

— Ce n'en est pas un.

M. Fouineur haussa un sourcil.

— Alors ?

Bon Dieu. Il avait raison. Tout le monde finirait par connaître mon nom, que je le veuille ou pas. Au moins, ils connaîtraient mon vrai nom, et pas mon pseudonyme.

Si je lui disais ce qu'il voulait savoir, ce type s'en irait peut-être.

— Chase.

— C'est votre prénom ou votre nom de famille ?

— C'est mon nom.

Son sourire amical retomba, et il me scruta pendant quelques secondes.

— Compris, finit-il par dire.

Il donna un petit coup sur la table du poing, faisant tressauter les couverts.

— Passez une bonne journée, *Chase.*

Il se retourna et ajouta entre ses dents :

— *Connard.*

Je serrais ma fourchette si fort que mes articulations étaient blanches. Je desserrai les doigts, la plantai dans un morceau de saucisse froide et la fourrai dans ma bouche pendant que l'homme se dirigeait vers la sortie.

Cet abruti m'avait supplié de lui donner mon nom, mais s'était bien gardé de me donner le sien.

Aucune importance. Je n'en avais pas besoin et je n'avais aucune envie de le connaître.

J'observai l'homme sans nom se diriger vers la caisse près de l'entrée à longues enjambées. Il s'arrêta et attendit que ma serveuse vienne s'occuper de lui, un grand sourire aux lèvres.

Je me surpris à l'examiner à nouveau, de dos, cette fois. Son dos large, ses hanches étroites et ses fesses moulées à la perfection dans son Levi's bien ajusté. Je me disais que je reluquais juste les fesses de ce type parce que mes yeux s'étaient machinalement posés dessus quand M. Fouineur glissa son portefeuille dans sa poche arrière.

Quand je mordis dans un toast, il eut un goût de sciure de bois. J'avais perdu l'appétit. Tout en mâchant, je regardai ma serveuse et M. Fouineur échanger quelques mots pendant qu'ils terminaient leur transaction. Je poussai un petit soupir soulagé quand il passa enfin la porte sans me lancer un autre regard.

Par chance, il avait l'air d'avoir compris le message.

Je m'obligeai à continuer de manger, parce que j'aurais besoin de forces pour le boulot que j'avais prévu d'effectuer à la cabane aujourd'hui. Quand j'eus terminé mon café, la serveuse apparut comme par magie avec une verseuse pleine.

— Un autre ?

— Non. Merci. Juste l'addition, s'il vous plaît.

Le sourire chaleureux de la serveuse ne fit que s'élargir.

— Elle a déjà été payée.

Je fronçai les sourcils.

— Comment ça ? Il doit y avoir une erreur.

— Non, répondit-elle de sa voix enjouée. Rett s'en est chargé.

Rett ?

Elle dut lire la perplexité sur mon visage.

— L'homme qui s'est arrêté à votre table pour vous souhaiter la bienvenue à Eagle's Landing.

Bon Dieu. Il ne m'avait pas souhaité la bienvenue. Le mot « bienvenu » n'avait jamais passé les lèvres de ce Rett. Pas une fois. Il voulait juste des infos pour satisfaire sa curiosité.

Je regardai par la fenêtre, en direction du parking.

— Si vous avez besoin d'autre chose, appelez-moi.

Je hochai vaguement la tête, distrait...

Par l'homme debout à côté d'un pick-up Chevrolet bleu foncé, la portière du conducteur ouverte. Mais il ne montait pas. Au lieu de ça, il était tourné vers le restaurant et me regardait à travers la vitre, un sourire de travers aux lèvres.

Connard arrogant.

Il fit un signe du menton, et son sourire de travers s'élargit assez pour être visible depuis l'État voisin. Puis, M. Fouineur leva ses fesses et grimpa dans la cabine du pick-up.

Mon cœur cognait dans ma poitrine pendant que je regardais le pick-up sortir du parking et disparaître.

Les fesses posées sur l'un des rocking-chairs en bois surmontés de coussins qu'on m'avait livrés hier avec le reste des meubles, je regardais le lac placide. De la brume s'élevait de l'eau, lui donnant une apparence spectrale.

C'était le début du printemps, l'air matinal était encore un peu mordant. Je sirotais ma tasse de café noir fumant, humais l'air frais et admirais le paysage paisible.

Absorber le bon, expulser le mauvais...

Divers types d'oiseaux chantaient, j'entendais un glapissement haut perché au loin, peut-être celui d'un renard, et des écureuils détalaient parmi les feuilles mortes d'un arbre tout proche.

J'entendais même l'appel de ce qui ressemblait à un huard, sur l'eau. J'allais devoir faire quelques recherches pour me renseigner sur la faune qui vivait dans cette région pour pouvoir identifier tous les sons. Je m'achèterais peut-être des jumelles pour repérer les aigles, qui avaient donné leur nom à la ville la plus proche.

Les pieds posés sur la rambarde, je bus une autre longue gorgée de mon café noir, le laissant me réchauffer de l'intérieur tandis que la caféine me sortait de ma transe.

J'avais enfin pu passer une bonne nuit de sommeil, en grande partie parce que j'avais été épuisé. La veille au soir, j'avais à peine eu la force de retirer mes vêtements avant de m'écrouler sur le matelas.

J'avais passé ces derniers jours à tout nettoyer avec soin, à construire mon lit, à mettre chaque meuble à sa place et à faire les courses pour remplir mon frigo. Il était désormais immaculé et n'empestait plus au point de faire se retrousser mon nez et se retourner mon estomac. J'avais vidé la remorque et effectué le long trajet jusqu'à l'agence de location la plus proche pour la rendre.

Je n'avais plus effectué de travaux aussi physiques depuis très longtemps.

Maintenant, tous mes muscles étaient douloureux et toutes mes articulations se plaignaient. C'était le signe que je devais me remettre au sport. Le métier d'auteur était très sédentaire, et je devais trouver un moyen de rester actif et souple.

Les randonnées autour de ma propriété et les baignades dans le lac devraient suffire. Mais quand j'avais testé la température de l'eau la veille avec ma main, mes testicules étaient aussitôt partis se cacher. Ils ne voulaient rien avoir à faire avec cette eau glaciale.

Puisque le lac n'était pas très profond, j'espérais que, dans quelques semaines, l'eau se serait assez réchauffée pour me permettre de plonger plus de quelques orteils.

Je devrais aussi me procurer une boîte d'hameçons et une canne à pêche au Harry's Hardware, le magasin de bricolage de la ville, pour m'essayer à la pêche. Quand j'étais allé là-bas acheter la bâche en plastique pour la fenêtre cassée – ainsi que quelques outils et clous pour réparer une partie des trucs cassés, des produits nettoyants et deux-trois autres trucs –, j'avais remarqué que le magasin ne vendait pas que du matériel de bricolage. Il y avait aussi un tas de matériel de plein air, comme des articles de sport ou d'aménagement paysager.

Harry avait été heureux de me voir. Ma carte bancaire avait été un peu moins contente.

Quand je vivais à Long Island, j'avais embauché un paysagiste pour qu'il s'occupe des travaux extérieurs dans la cour et débarrasse les jardins des mauvaises herbes. J'engageais aussi des gens pour réparer ce qui devait l'être. Ici, j'avais l'intention d'en faire le plus possible par moi-même, et d'apprendre au fur et à mesure.

Par contre, maintenant qu'internet par satellite avait été installé, deux jours plus tôt, je n'avais plus d'excuse pour ne pas me remettre à l'écriture.

Plus aucune.

Je ne pouvais pas procrastiner plus longtemps. Si je ne filais pas des mots pour créer une bonne histoire que mes lecteurs auraient envie d'acheter, je ne serais pas payé. C'était aussi simple que ça.

Et si je n'étais pas payé, Harry finirait par être mécontent, parce que je serais fauché comme les blés. Je risquais par me transformer en ermite des montagnes qui vivait de ce que la terre avait à offrir.

Ça ne me semblait pas être une si mauvaise option en cct instant.

Oh, oui, j'étais en plein délire, c'était clair.

Hélas, la réalité se rappellerait bientôt à moi. Et elle s'appellerait Mac.

Je jetai un coup d'œil à mon ordinateur portable, posé sur une petite table non loin. Je ne l'avais pas ouvert une seule fois depuis mon arrivée à Eagle's Landing.

Ni au motel ni depuis mon emménagement dans la cabane.

Il me narguait.

Ou me hantait.

Tout dépendait de la façon dont on voyait ça.

Je devais trouver mes mots.

D'une manière ou d'une autre.

Tous les auteurs étaient parfois en panne d'inspiration, c'était normal, mais normalement, ça ne durait pas deux ans.

Lire de la fiction m'avait toujours aidé à stimuler ma créativité par le passé, mais j'avais arrêté de lire des livres quand j'avais cessé d'écrire. Et la seule fois que j'avais écouté des livres audio, cela avait été durant le long trajet depuis Long Island, New York, jusqu'à Sullivan County, Pennsylvanie.

Ça m'aiderait peut-être si j'avais un vrai livre papier dans les mains. Si je sentais l'odeur de l'encre et du papier. Si je m'entendais tourner les pages. Si je me perdais dans les mots...

Et bien sûr, si j'arrivais à retrouver mes lunettes de lecture, puisque j'avais du mal à lire sans maintenant.

Encore un signe que j'avais dépassé les quarante ans. Je grimaçai.

J'avais même dépassé les quarante-cinq.

Bordel, j'approchais de la cinquantaine.

Peut-être qu'aujourd'hui, j'ouvrirais mon Mac et, si les mots ne venaient pas, j'irais en ville demain pour acheter quelques livres à la librairie locale que j'avais repérée sur Main Street.

Je me grattai la nuque, tentant de me souvenir de son nom. Je n'y avais jeté qu'un rapide coup d'œil en revenant du Mountainside Market, le seul endroit en ville où faire ses courses.

Comment s'appelait cette foutue librairie ?

Quelle importance, au fond ? Sûrement aucune, tant que je me souvenais d'où elle se trouvait.

Non seulement ma vue se dégradait, mais ma mémoire aussi.

Par contre, il y avait certains souvenirs que je n'oublierais jamais. Ma crainte était que les bons, ceux auxquels je voulais me raccrocher, s'effacent tandis que les mauvais, dont je n'avais pas envie de me souvenir, me restent pour l'éternité.

Je soupirai.

La librairie proposerait peut-être le reste de la série que j'avais commencé à écouter en livre audio pendant mon voyage. Ces bouquins avaient réussi à attiser mon intérêt – ce qui n'était pas une mince affaire – parce qu'ils étaient bien écrits et remplis d'intrigues compliquées.

En plus, je mourais d'envie de savoir quelle prochaine enquête aurait à résoudre le détective privé maladroit Dexter Peabody, dont les pitreries m'avaient tiré un petit rire plusieurs fois.

— La Page Suivante ! m'exclamai-je soudain.

Des oiseaux s'envolèrent en piaillant et les écureuils coururent à couvert.

C'était le nom de la librairie devant laquelle j'étais passée.

Un nom très adapté.

S'ils n'avaient pas ma série en stock, ils pourraient peut-être la commander. Ça me ferait du bien de lire quelques chapitres tous les soirs en guise de récompense pour avoir écrit mon nombre de mots quotidien.

Ça m'avait tout l'air d'un bon plan.

Je n'avais plus qu'à m'y tenir, maintenant.

Chapitre Deux

Chase

La petite cloche accrochée de l'autre côté de la porte
tinta quand je l'ouvris. Le bâtiment d'un étage était ancien,
mais en excellent état, avec un revêtement de bois peint en
brun et une énorme pancarte en forme de livre ouvert au-
dessus de la porte sur laquelle était gravé le nom « La Page
Suivante ».

Ce bâtiment me rappelait un magasin de campagne d'autrefois, avec un porche en bois couvert à l'avant, des bancs en
fer forgé et de grandes fenêtres à l'encadrement peint en
beige pour faire entrer la lumière naturelle.

Je ne comprenais pas comment cette librairie avait réussi
à survivre dans une si petite ville. Même dans des villes à la
population bien plus dense, les boutiques de grande surface
et les e-books avaient déjà mis plus d'une librairie familiale
sur la paille.

Pourtant, celle-ci arrivait à survivre au milieu de nulle
part.

Quand j'entrai dans la pièce aussi silencieuse qu'une bibliothèque, mes narines se dilatèrent et j'inhalai le parfum des livres. Cette odeur familière était aussi réconfortante que de humer l'air frais de la montagne depuis ma cabane.

Je fus surpris de ne trouver personne derrière le comptoir, à droite de la porte. On ne devait pas beaucoup craindre les vols dans cette bourgade, et au cas où quelqu'un volerait quelque chose, le coupable serait sûrement facile à retrouver. C'était l'un des avantages quand on vivait dans une petite ville paisible.

L'atmosphère à Eagle's Landing était bien différente de celle de l'endroit où je vivais avant.

Après seulement quelques jours, je savais déjà que je ne retournerais jamais vivre dans une région où tout le monde était serré comme des sardines. Pire encore, la circulation sur la voie express avait tendance à être un vrai foutoir rugissant. Ici, la plupart des embouteillages étaient causés par un animal sauvage en train de traverser la route.

J'aurais aussi du mal à trouver une librairie aussi charmante et paisible que celle-ci encore ouverte. Je me sentis étonnamment rassuré quand je mis le pied à l'intérieur, ainsi qu'un peu motivé, je devais bien l'admettre.

La boutique était remplie de rangées d'étagères, et il y en avait d'autres contre les murs. Toutes ces étagères étaient couvertes de livres organisés par genre avec soin. Ils étaient même séparés en sous-genres grâce à une signalétique claire. Après un rapide coup d'œil, je me rendis compte qu'ils semblaient même rangés par ordre alphabétique, avec le nom de famille de l'auteur sous chaque catégorie.

Avant que je n'aie pu regarder de plus près, un gros berger allemand noir et feu bondit vers moi depuis l'une des rangées. Gueule ouverte et langue pendante, il remuait sa queue touffue de gauche à droite. Il me tourna autour une fois, puis fourra son museau dans ma main pour attirer mon attention.

— Comment tu t'appelles ?

Sa langue, désormais sur le côté de sa bouche, l'hôte poilu et amical leva ses profonds yeux marron vers moi et répondit par un gémissement pendant que je lui caressais la tête.

Hélas, je ne parlais pas le langage des chiens.

— Timber ! s'exclama une voix grave depuis le fond de la librairie.

Timber le berger allemand ignora celui qui l'appelait et s'assit sur mon pied, avant de s'appuyer sur ma jambe. Il me lança un regard plein d'adoration pendant que je le caressais derrière les oreilles.

— Désolé. Il ne dérange pas les clients d'habitude, à moins qu'ils aient une friandise à lui donner, et...

Putain, fit une petite voix au fond de ma tête.

— Putain, murmura l'homme qui venait d'apparaître devant moi, de manière bien audible, lui.

« Timber, appela à nouveau M. Fouineur tout en tapotant sa cuisse.

— Pas de souci.

— J'ai plus peur que vous le mordiez que le contraire.

Seuls trois mètres nous séparaient et nous nous dévisagions.

— Chase, c'est ça ?

Merde. Je répondis d'un signe de tête.

— Vous n'auriez pas dû payer mon petit-déjeuner, l'autre jour.

— Ce n'était rien du tout. Une manière de vous souhaiter la bienvenue dans la région.

— Je ne fais peut-être que passer, mentis-je.

— Il ne faut pas si longtemps que ça pour traverser

Eagle's Landing. Il n'y a pas grand-chose pour retenir les gens ici.

— Vous vivez ici.

Rett haussa une épaule.

— Je n'ai pas besoin de grand-chose.

Je pris une inspiration entre mes dents dans un effort pour réfréner l'irritation qui me parcourait le dos. Je parcourus la librairie des yeux pour esquiver le regard de Rett.

— Je suppose que vous travaillez ici ?

— On peut dire ça.

Ah, Rett se montrait ambigu maintenant, comme je l'avais été avec lui au restaurant quand il m'avait posé des questions. Cet homme essayait de me faire passer un message, aussi subtil soit-il.

Avec un gros bâillement, Timber libéra enfin mon pied du sol pour s'éloigner d'un pas paresseux, disparaissant par où il était venu.

— Alors, pourquoi vous attardez-vous en ville ? Vous êtes un criminel en fuite ?

J'étais bien ici pour me cacher, mais pas de la loi. J'hésitai à répondre, mais cet homme découvrirait la vérité bientôt, de toute façon, si ce n'était pas par moi, ce serait par quelqu'un d'autre. Les joies de la vie dans une petite ville.

— J'ai acheté une propriété tout près d'ici.

— Ça, j'avais deviné, répondit-il en haussant un sourcil sombre. Où ? Je ne me souviens pas avoir vu de propriété à vendre en ville. Et personne n'a mentionné qu'il déménageait.

C'était la commère de la ville, ou quoi ? Était-il à l'affût de tout ce qui se passait à Eagle's Landing ?

Comme pour mon nom, il ne faudrait pas longtemps avant que tout le monde ne sache où je vivais, dans une ville qui ne comptait qu'environ deux cents habitants. Même si ces informations ne restaient pas secrètes, je voulais demeurer aussi anonyme que possible, aussi longtemps que possible. Surtout en ce qui concernait ma carrière.

Avec un peu de chance, personne dans cette ville ni dans la région environnante n'avait entendu parler de mon pseudonyme ni même lu mes livres.

— Coleman Lane.

Rett fronça les sourcils et passa les doigts dans sa barbe. Je ne pus m'empêcher d'être fasciné par ce geste. J'émis un grognement silencieux à ma réaction.

— Coleman Lane ? Il n'y a qu'une cabane sur cette route de montagne, parce que ce n'est pas vraiment une route, plutôt une allée privée. Et ça n'a rien d'une maison, c'est plus une... cabane de chasse, dit-il avec une grimace. Ou c'en était une, en tout cas.

Cet homme était un vrai génie. Un détective privé en herbe.

— C'est ça.

— Vous êtes là-haut pour la préparer à l'ouverture de la saison de la chasse ? Vous êtes chasseur ?

Je n'étais pas du tout d'humeur à faire la conversation. Je n'étais venu ici que pour trouver de la lecture. Comme au restaurant, je n'étais pas ici pour me faire un ami, encore moins un qui posait trop de questions.

— C'est ça.

Rett n'eut pas l'air de me croire. Ça n'avait rien de surprenant.

— Alors... qu'est-ce que vous faites dans la vie, Chase ?
Bonté divine.

— Je m'occupe de mes oignons.

Un demi-sourire étira les lèvres de Rett.

— Un vrai pro de la conversation, hein ?

— Je suis juste ici pour acheter des livres.

— J'en ai des tas, répondit Rett avec un geste de la main. Au cas où vous n'auriez pas remarqué, j'ai même une librairie entière. Qu'est-ce que vous préférez ?

— Le silence.

Son sourire s'effaça, et Rett me regarda en plissant les yeux pendant un long moment gênant avant de hocher la tête.

— Comme au restaurant, je vous reçois cinq sur cinq. N'hésitez pas à explorer les lieux. J'ai un peu de tout. Je suis là si vous avez des questions.

— Le prix est indiqué sur les bouquins ?

— Oui.

— Dans ce cas, je n'aurai pas de question.

Rett m'observa pendant quelques secondes supplémentaires. Son visage était indéchiffrable, mais ses yeux me traitaient clairement de connard encore une fois.

Devrais-je m'en vouloir de me comporter comme un abruti ? Peut-être. Était-ce le cas ? Non. Mon intimité était importante.

Avec un autre bref signe de tête, Rett tourna les talons, alla se placer derrière le comptoir et se percha sur un tabouret.

— Je suis juste là si vous avez besoin de moi.

Cet homme semblait toujours vouloir avoir le dernier mot. Je décidai de mettre cette théorie à l'essai.

— Merci.

— De rien.

Seigneur. J'avais raison.

Je secouai la tête et me dirigeai vers l'allée la plus proche. J'examinai ensuite les livres en prenant tout mon temps, m'arrêtant ici et là, sortant des bouquins au hasard et lisant la quatrième de couverture avant de les remettre à leur place.

Le propriétaire de cette librairie proposait vraiment des genres très variés. Je fus agréablement surpris de découvrir qu'il y avait même une section dédiée aux LGBTQ+, clairement étiquetée et incluant à la fois de la fiction et de la non-fiction. Je ne m'attendais pas à trouver ça dans cette région, mais ce n'était pas ce que je cherchais.

Sur une étagère, le long du mur du fond, je trouvai la section réservée aux thrillers, romans à suspense et romans policiers. Mon regard se riva sur mes propres titres, disposés à côté de quelques bouquins de John Grisham.

Merde.

Il y avait au moins une copie de chaque tome de ma série sur mon tueur en série sur l'étagère. Le premier avait trois exemplaires en réserve. Sur l'étagère juste à côté se trouvait la première série que j'avais écrite quand j'étais un auteur publié depuis peu. Il manquait quelques exemplaires de cette saga de dix livres.

Celle-ci m'avait permis de me lancer, mais c'était la dernière centrée sur le détective Nick Foster qui avait mis ma carrière en orbite.

Hélas, la fusée retombait très vite vers la Terre, et s'écraserait bientôt si je ne sortais pas le prochain tome rapidement. Surtout si mon agent me virait et si mon éditeur coupait les ponts.

L'étagère suivante contenait des romans policiers, ce que je cherchais au départ. Les livres audio que j'avais écoutés durant mon trajet vers l'ouest avaient été écrits par Everett J. Williams. Par chance, je repérai plusieurs copies de chaque tome de la saga, et une petite pancarte plastifiée au-dessus d'eux annonçait qu'il s'agissait d'exemplaires dédicacés.

Cela m'intrigua. Le propriétaire de la librairie les avait-il achetés dédicacés, ou l'auteur étaient-ils venus ici pour les signer ?

Intéressant.

Le propriétaire était peut-être simplement un grand fan de l'auteur. Ça ne surprendrait pas, vu que ces bouquins étaient excellents. Et addictifs, en plus.

Puisque j'avais déjà écouté les deux premiers, je pris les deux tomes suivants de la série, avant de déambuler un peu dans le restant de la librairie pour m'assurer que je n'avais rien loupé.

Je me figeai net en voyant que le fond du magasin était un espace ouvert, sans étagère au centre comme à l'avant du bâtiment. Appuyée contre le milieu du mur du fond, il y avait une estrade d'un mètre cinquante de diamètre, avec un micro et un pupitre à l'avant.

Pour lire des livres et de la poésie ? Pour les musiciens locaux ?

Hum.

Il fallait croire, parce que cette ville était si petite qu'il n'y avait pas beaucoup d'endroits où se divertir. Les jours et les soirs où quelqu'un se produisait, des chaises pliantes devaient être installées dans l'espace vide pour le public.

Une machine à café Keurig, une pile de gobelets jetables et une large sélection de dosettes étaient disposées sur une petite table à droite de la plateforme, avec une pancarte invitant les clients à se servir. À gauche de la petite « scène », il y avait un escalier bloqué par une chaîne en plastique blanche. La petite enseigne en métal qui y était suspendue indiquait « Privé ».

Niché dans l'autre coin, à droite de la plateforme, il y avait un vieux bureau en bois, avec un gros écran d'ordinateur posé dessus. Une pile de carnets à spirale y était aussi disposée, ainsi qu'une boîte de conserve remplie de stylos. Un tas de post-its recouvrait le mur derrière une chaise de *gamer* toute neuve, pas du tout assortie au style du bureau.

Je scrutai cet endroit en me grattant la tête. Cela me fit me rendre compte que j'avais besoin d'une meilleure installation pour écrire. Je ne pouvais pas travailler toute la journée dans un rocking-chair. Mon corps me détesterait si je faisais ça. J'avais besoin d'un vrai bureau avec une chaise confortable, mais je devais aussi trouver l'endroit idéal où le placer pour bénéficier d'une vue sur le lac et la montagne. C'était pour cette raison précise que j'avais acheté cette cabane.

Si j'ajoutais une autre pièce à l'arrière – non, à *l'avant* – de la maisonnette, ça pourrait me servir de bureau, mais j'aimais le porche couvert en plein air, et je voulais le conserver comme tel. Par contre, une pièce à température ambiante, quelle que soit la saison me permettrait d'admirer cette vue rafraîchissante et d'écrire par tous les temps.

Je pourrais toujours la rajouter sur le côté, à côté de la chambre, et la faire installer avant l'hiver. Je pourrais même ouvrir l'arrière de la cheminée pour qu'elle fonctionne sur deux côtés et...

Je balayai ces pensées de ma tête. Je devais d'abord redevenir productif et envoyer les trois premiers chapitres à mon agent si je voulais avoir les *moyens* de faire tout ça.

Je soupirai et jetai un dernier regard autour de moi avant de repartir à l'avant du magasin où Rett m'attendait, désormais accompagné de Timber.

Dès que j'approchai du comptoir et y déposai les deux livres, Rett riva les yeux sur mon alliance.

Merde.

Je repliai vivement les doigts dans ma paume et laissai retomber ma main le long de mon flanc, hors de son champ de vision. Je n'avais pas envie de susciter d'autres questions de la part de M. Fouineur. Surtout pas à propos de mon alliance. Ni de mon mariage.

À propos de rien du tout, en fait.

Même au bout de deux ans, je n'avais pas pu me résoudre à la retirer, même si un grand nombre de gens m'avaient conseillé de tourner la page.

C'était ce que je faisais. À ma façon. En emménageant à Eagle's Landing pour m'éloigner de tous ces gens à qui je n'avais jamais demandé leur avis, par exemple.

Je n'avais pas envie que les habitants de ma nouvelle ville se mettent sur mon dos et me fassent savoir que mon incapacité à lâcher prise était malsaine.

Je le ferais quand je serais prêt. Pas avant.

Ou bien j'enverrais tout le monde se faire foutre et je ne le ferais jamais.

Ce n'étaient les affaires de personne à part les miennes.

C'était *ma* vie, et je n'avais pas envie que quiconque me dise comment la mener.

Comme M. Fouineur, qui était désormais debout derrière le comptoir plutôt qu'assis sur le tabouret. Il leva ses yeux marron de mon choix de lecture et scruta mon visage.

Les lèvres pincées, il semblait réprimer ses questions ou ses remarques, peut-être même ses jugements. Cela lui prit quelques secondes, mais il finit par articuler :

— Ils sont dédicacés.

Sans déconner, Sherlock.

— J'avais remarqué.

— Ce sont les troisième et quatrième tomes de la série. Vous êtes sûr de ne pas vouloir commencer par les deux premiers ? Je vous recommande de les lire dans l'ordre.

Je pris une lente inspiration, et les doigts de ma main droite se replièrent aussi machinalement.

Rett haussa les sourcils jusqu'à la racine de ses cheveux et leva la paume.

— Désolé d'avoir posé la question. Lisez dans l'ordre que vous voudrez. J'essayais juste de vous aider.

— Arrêtez.

Rett inclina la tête, rapprocha les deux livres et les retourna pour scanner l'ISBN et le code-barre.

— Vous voulez un sac ?

Pas à moins que tu le mettes sur ta tête pour t'empêcher de poser autant de questions.

— Non.

— Je peux vous dire une dernière chose ?

Bon Dieu.

— C'est vraiment nécessaire ?

Les lèvres de Rett tressaillirent.

— Je négligerais mes devoirs si je ne le faisais pas.

Il « négligerait » ses devoirs.

C'est ça.

Je soupirai, penchai la tête et attendis.

— Quand vous aurez fini de les lire, vous pourrez revenir les échanger ici.

Ça, c'était intéressant. Voilà pourquoi autant de livres sur les étagères semblaient avoir déjà été lus. La Page Suivante devait être semblable à l'un de ces magasins d'échange de livres. Ça faisait perdre des droits d'auteur aux écrivains, mais ça rendait les exemplaires papiers accessibles au public et ça encourageait à la lecture. Surtout quand il n'y avait pas de bibliothèque dans le coin.

— Un livre contre un autre ? laissai-je échapper avant d'avoir pu me retenir.

Le sourire dissimulé de Rett grandit.

— Deux contre un.

Je fronçai les sourcils. C'était un marché intéressant, d'échanger les vieux livres qui ne rapportaient pas beaucoup d'argent, peut-être même rien du tout, au lieu de les vendre. Ma curiosité était vraiment piquée, cette fois.

— Comment ce magasin fait-il pour payer ses factures ?

— Il ne les paie pas, c'est moi qui le fais.

Une minute...

— C'est *vous*, le propriétaire ?

— Oui ?

Ah, encore cette expression suffisante que j'avais vue dans le parking du Nid d'Aigle.

— Vous êtes le seul employé ?

— Oui. Enfin, avec Timber.

J'entendis la queue du berger allemand cogner par terre derrière le comptoir quand il entendit son nom.

Comment cet homme arrivait-il à payer ses factures, ses impôts et le reste de ses dépenses alors qu'il ne gagnait sûrement pas assez d'argent pour subvenir à ses besoins ? Ce Rett était peut-être riche, et c'était peut-être son rêve de posséder une librairie.

Peu importe, Chase. Occupe-toi de tes affaires comme tu lui as demandé de s'occuper des siennes.

Ça serait ma devise dans la vie.

Malgré tout, j'avais quelque chose en commun avec l'homme exaspérant devant moi. Les livres étaient une partie importante de nos vies.

Mais ce petit point commun ne suffisait pas pour faire de nous des amis.

— Combien je vous dois ?

— Puisque vous êtes un nouveau client et que vous achetez deux livres, je vous propose une bonne affaire. Donnez-moi juste 30 dollars.

Je sortis mon portefeuille de ma poche arrière, l'ouvris et en tirai deux billets de vingt. Je pris les deux livres sur le comptoir et laissai l'argent à la place.

— Gardez la monnaie.

— Pourquoi ? Ça m'a tout l'air d'un sacré pourboire pour mon service client exceptionnel.

Bon Dieu, quand ce type souriait – même quand c'était un sourire de petit malin –, ça me fascinait. Je repoussai cette découverte de ma tête.

Plus jamais je ne me rapprocherais de personne.

— Mon petit-déjeuner.

Rett secoua la tête.

— C'était un cadeau.

— Je n'ai pas besoin que vous me payiez le petit-déjeuner.

— Bien sûr que vous n'en avez pas *besoin.* J'essayais d'être aimable.

— Je n'ai pas besoin de votre amabilité.

— Très bien. Mais puisque je m'apprêtais à vous donner un conseil amical, appelons plutôt ça un conseil avisé.

Je grognai intérieurement. Il aimait se montrer insistant.

— Même si vous m'avez dit que vous étiez un chasseur, dit Rett en haussant un sourcil sceptique, je vous conseille d'acheter un fusil ou une carabine, si vous n'en avez pas déjà.

Je n'avais jamais possédé une arme de ma vie, et je n'avais pas l'intention de m'en procurer une.

— Pourquoi ? Est-ce que je vais devoir l'utiliser sur vous ?

— Seulement si vous me considérez comme aussi dangereux que les ours, les lynx et les coyotes qui se baladent autour de votre cabane. Au cas où vous ne le sauriez pas, vous êtes sur les monts Allegheny, maintenant. Il y a tout un tas de bestioles, ici.

Comme des libraires fouineurs. Mais Rett ne serait dangereux pour moi que s'il était gay. Puisqu'il était hétéro, je n'aurais aucun mal à le maintenir à distance. Même s'il était tout à fait mon genre. *S'il* était gay.

Mais il ne l'était pas.

J'en remercie ma bonne étoile.

En plus, je n'ai pas de genre, me rappelai-je. Plus maintenant.

— Des bestioles qui aimeraient beaucoup vous dévorer le visage, ajouta Rett.

Avant que je n'aie pu répondre, la clochette retentit au-dessus de la porte, attirant notre attention vers une femme avec deux livres à la main.

Timber laissa échapper un aboiement excité et haut-perché, sortit de derrière le comptoir, et la femme aux cheveux gris, qui devait approcher des soixante-dix ans, sortit un biscuit pour chien de la poche de sa jupe rose bonbon qui lui arrivait aux chevilles.

— Voilà pour toi, Timber.

Elle adressa un sourire rayonnant au chien, qui engloutit le biscuit.

— Heureusement que je me suis souvenue à la dernière seconde d'apporter une friandise. Tu ne me l'aurais jamais pardonné si j'avais oublié.

Quand il ne resta plus aucune trace de la friandise, elle leva la tête, et son regard passa de moi à Rett. Une ride supplémentaire s'ajouta aux nombreux plis sur son front.

— Excusez-moi, je ne voulais pas vous interrompre, messieurs.

— Vous ne l'avez pas fait, Dolly. Je bavardais juste avec le nouveau résident de Eagle's Landing.

Elle s'avança vers le comptoir et m'examina de la tête aux pieds.

— Oh, je ne vous avais pas encore vu en ville.

Elle tendit la main, et je n'eus d'autre choix que de la serrer pour éviter d'avoir l'air encore plus malpoli que d'habitude.

Je ne manquai pas de remarquer l'amusement dans les yeux de Rett, mais je l'ignorai.

La dame âgée me donna une poignée de main étonnamment ferme.

— Je suis Dolores Monaghan, l'épouse du maire. Vous pouvez m'appeler Dolly.

— Et c'est aussi une lectrice passionnée, ajouta Rett avec un clin d'œil à Dolly. Elle maintient le magasin à flot à elle toute seule. En plus de remplir le ventre de Timber de friandises.

— Je suis à la retraite. Qu'est-ce que je pourrais faire d'autre ? demanda-t-elle, le regard pétillant.

— Vous m'avez dit que faire en sorte que Chet se tienne à carreau était un boulot à plein-temps.

— Oui, c'est vrai, admit-elle avec un rire. À côté de tous les hommes qui réussissent, il y a une femme encore plus forte.

Elle me fit un clin d'œil.

— C'est mon point de vue, en tout cas.

C'était sûrement très vrai.

J'adressai un sourire gêné à la femme âgée. Elle devait faire au moins trente centimètres de moins que moi, si ce n'est plus. Non seulement sa longue jupe était rose bonbon, mais elle portait aussi un chemisier vert citron éblouissant, une paire de crocs violette et des chaussettes à rayures arc-en-ciel.

De toute évidence, Eagle's Landing n'avait rien d'une Mecque de la mode.

Dolly posa à nouveau ses yeux bleus sur moi.

— Et quel est *votre* nom ?

J'entendis un petit reniflement derrière le comptoir.

Je fermai les yeux une seconde pour les empêcher de se lever au ciel.

— Chase.

— Ah, oui, pendant que Chet déblatérait au dîner de l'autre soir, il a mentionné qu'un nouveau résident était en ville, qui avait acheté la vieille cabane de Coleman. C'est Chase...

Elle claqua des doigts.

— Chase Jones, c'est bien ça ?

Merde.

— Oui, c'est ça.

— Eh bien, je vous souhaite la bienvenue dans la ville la plus ennuyeuse dans laquelle vous ne vivrez jamais. Même nos ragots sont barbants.

— Ça me convient tout à fait.

— Tant mieux, vous allez adorer cet endroit dans ce cas.

Elle se tourna à nouveau vers Rett.

— Bon, mon joli, je suis venue échanger ces deux livres et récupérer le dernier disponible de la série. Dommage que le suivant ne soit pas encore sorti. Ils sont presque aussi addictifs que les tiens.

Ils sont presque aussi addictifs que les tiens.

Mon cœur dégringola dans ma poitrine. M'avait-elle reconnu ?

Non, ce n'était pas à moi qu'elle parlait, elle s'adressait à l'homme derrière le comptoir.

Hum. Ce devait être un genre d'écrivain. Ou écrivain en herbe.

Tout le monde croyait être capable d'écrire un livre. Ils croyaient que c'était facile comme bonjour. *Bordel,* si cela avait été vrai, j'aurais sorti le prochain tome de ma série *Nick Foster* deux ans plus tôt.

La vérité, c'était que c'était loin d'être facile. Écrire un bon livre était difficile, et ça pouvait s'avérer mentalement éprouvant, selon la complexité de l'intrigue.

Mais si Rett était écrivain, ça signifiait aussi que j'avais un point commun supplémentaire avec lui, mis à part notre amour des livres.

Bordel de merde.

Rett lui adressa un sourire.

— C'est gentil à vous, Dolly, mais je n'arrive pas à la cheville de cet auteur. J'aimerais beaucoup avoir son talent.

Dolly agita un doigt vers lui.

— Oh, ne te dévalorise pas, mon joli. Tu n'es peut-être pas encore une star internationale, mais tu en es une au niveau local, c'est une certitude.

Avec un clin d'œil, elle se retourna et se dirigea vers le mur d'étagères où étaient rangés les thrillers, les romans à suspense et les romans policiers.

Je fronçai les sourcils et posai les yeux sur les livres que Dolly venait de poser sur le comptoir.

Bordel de merde. C'étaient les miens.

Mes livres.

Je devais me tirer d'ici. *Illico.*

Sans un mot de plus, je fonçai vers la porte.

— Eh ! lança une voix grave juste avant que je ne la referme derrière moi.

Chapitre Trois

Rett

Qu'est-ce qui lui prend ?

Chase Jones – si c'était bien son vrai nom – se comportait comme s'il avait vu un fantôme. Et plus bizarre encore, il s'était enfui de la librairie comme si on le pourchassait.

Cet homme était...

Pas bizarre... différent.

Il n'avait pas seulement l'air refermé sur lui-même et marginal, mais aussi...

Je ne savais pas trop comment le décrire.

Brisé, peut-être. Ou blessé au niveau émotionnel à en croire son apparence, sa façon de parler et d'interagir avec les autres.

Comme le matin où je l'avais remarqué au restaurant. Des cernes sombres marquaient encore son visage, sous ses yeux marron foncé, mais ternes.

Il était comme vide à l'intérieur, émotionnellement parlant. Il se raccrochait à la vie du bout des doigts.

Soit il cachait quelque chose, soit il fuyait quelque chose.

Les deux options étaient possibles, et elles constitueraient une bonne raison pour emménager à Eagle's Landing et acheter la cabane. La plupart des gens qui cherchaient un nouveau départ ne s'installaient pas dans une ville reculée ne prodiguant que le strict minimum. C'était plutôt le comportement de quelqu'un qui se cachait.

Pour être honnête, peut-être que Chase n'avait aucune idée de ce que c'était, de vivre dans une petite ville, et qu'il regretterait bientôt d'avoir emménagé ici – si ce n'était pas déjà le cas – parce qu'il était plus ou moins caché à la vue de tout, ici. Il avait choisi un endroit où *tout le monde* apprendrait bientôt son nom, ainsi que ses affaires personnelles, hélas.

À Eagle's Landing, personne n'échappait à ça.

Est-ce que j'aimais cette région ? Bien sûr. Je n'avais envie de vivre nulle part ailleurs. Mais comme je l'avais dit au nouveau résident, je n'avais pas besoin de grand-chose. Et même si cette ville était petite et manquait de certaines commodités, elle avait un énorme avantage sur les villes plus grandes. Même si tout le monde savait tout de nous, ces mêmes personnes créaient un groupe soudé et se considéraient comme une famille. C'était un fait, qu'on le veuille ou non.

Contrairement à d'autres régions plus peuplées, ici, personne n'avait besoin d'être officiellement invité aux pique-niques, aux barbecues, aux fêtes ou autre. On supposait que, s'il y avait un rassemblement, tout le monde était invité et personne n'était exclu. Quoi qu'il arrive.

Même si c'était pour fêter une naissance. Ou une obtention de diplôme.

On n'avait qu'à venir, apporter un plat préparé et profiter de la compagnie.

Les commerces locaux, comme Harry's Hardware et Le Perchoir, le seul bar de la ville, avaient une ardoise pour tous les locaux. Si on me le demandait, je ferais pareil dans ma boutique, et je laisserais même quelqu'un emprunter des livres s'il ne pouvait se permettre de les acheter.

Notre ville ne tournait pas autour de l'argent ni des possessions matérielles, c'était surtout une communauté où tout le monde se soutenait du mieux qu'il pouvait.

Si quelqu'un avait des ennuis, nous intervenions tous.

Si quelqu'un était malade et ne pouvait pas déblayer ni déneiger son allée, des coups de fil étaient passés et quelqu'un finissait par venir s'en charger pour lui.

Mais mis à part le comportement renfermé de Chase, ce qui avait attiré mon attention, c'était l'alliance à son doigt. Un simple anneau en or, qui ne pouvait être confondu avec autre chose.

Pourtant, le nouvel arrivé était seul au restaurant.

Quand j'avais posé la question à Marlène, la serveuse du Nid d'Aigle, elle m'avait dit qu'il venait prendre son petit-déjeuner et son dîner ici depuis des jours, et qu'il était toujours seul. Il ne parlait à personne, à part aux employées, et même alors, il ne disait que le strict minimum. Il n'était pas impoli avec elles, mais il n'était pas chaleureux non plus.

En gros, cet homme semblait déterminé à repousser tout le monde, malgré les efforts des locaux pour être amicaux. Il devait y avoir une raison à ce genre de comportement.

D'un autre côté, Chase n'était peut-être que l'une de ces personnes à qui il fallait du temps avant de commencer à apprécier les inconnus.

Au bout du compte, la vraie question était : qu'est-ce que j'en avais à faire ?

Si cet homme voulait qu'on le laisse tranquille, très bien. Je n'avais aucune raison de m'intéresser à quelqu'un qui faisait tout son possible pour maintenir les autres à distance. Même si ça allait à l'encontre de toutes les fibres de mon être. J'avais toujours été d'un naturel curieux et j'aimais me plonger dans les mystères.

En particulier les mystères comme Chase Jones.

Mais c'était aussi pour ça que j'aimais écrire ce type de romans.

Chase m'avait demandé comment j'arrivais à maintenir le magasin à flot. Je n'avais pas menti en disant que je ne le faisais pas. J'avais bien de la chance que mes droits d'auteur paient les factures. J'arrivais à m'en sortir en vivant au-dessus de la boutique, et en dessous de mes moyens.

J'étais heureux, mes lecteurs étaient heureux et les clients de ma librairie, aussi.

Hélas, je n'avais pas eu le temps de faire savoir à Chase que les deux bouquins qu'il avait achetés étaient les *miens*. Que je les avais écrits ici même, à la Page Suivante.

Non pas que je cherche la renommée. J'étais juste excité de voir que quelqu'un avait envie de lire mes livres en dehors de mes fans locaux.

Dolly sortit d'entre les rayonnages de livres, Timber sur les talons.

Mon chien adorait cette femme. Mais Timber n'était pas très difficile, et il aimerait quiconque ayant des friandises pour chien dans les poches. Pour gagner le cœur de mon berger allemand, il fallait passer par son estomac, aucun doute là-dessus.

Ça fonctionnait aussi pour moi. Hélas, en tant que gay dans une petite ville remplie d'hétéros, je ne voyais pas beaucoup de gens frapper à ma porte avec un gratin fait maison et une bouteille de vin.

— J'aimerais bien qu'Anson se dépêche de publier son

prochain livre. Ça fait plus d'un an qu'il a sorti le dernier ! se plaignit Dolly en posant un ouvrage sur le comptoir.

C'était le dernier tome disponible de la série du détective Nick Foster, écrite par l'un de mes auteurs préférés.

— Je suis d'accord. J'aimerais qu'il se dépêche aussi.

— Puisque tu es aussi auteur et propriétaire de librairie, tu crois que tu pourrais contacter son éditeur pour lui demander une date ?

Oh non, je ne pouvais pas. Je ne commettrais jamais cet impardonnable faux pas.

— On ne peut pas précipiter la perfection, Dolly. Les auteurs ont parfois besoin de faire une pause. Je sais que ça peut s'avérer mentalement épuisant, de trouver de nouvelles intrigues assez bonnes pour passionner les lecteurs.

Dolly tendit la main au-dessus du comptoir et me tapota le bras.

— Oui, je sais. Je dois apprendre à être patiente. Mais cette série est sacrément bonne. Et ton prochain roman ? Tu sais que je suis déjà impatiente de le lire.

— Je te promets que, dès que j'aurai écrit le mot « fin », je le déposerai entre tes mains enthousiastes. Après ça, tu pourras le recouvrir de ton stylo rouge pour que je répare toutes mes erreurs.

Dolly m'adressa un sourire.

— Tu ne commets jamais d'erreurs, mon joli. Un gros éditeur devrait déjà être venu frapper à ta porte. Et les gens de chez Hollywood aussi. Ce ne serait pas merveilleux ? De voir tes livres prendre vie sur grand écran ?

Sachant toutes les horribles adaptations de romans au cinéma ? Je n'avais pas envie que mes bébés soient massacrés comme ça.

— Je n'ai pas besoin de tout ça. Je me satisfais très bien de ce que j'ai.

— C'est vrai. Et si les types d'Hollywood viennent te voir, on risque de te perdre, et c'est inacceptable.

— Je n'ai l'intention de n'aller nulle part. J'adore cette ville.

Dolly me fit un clin d'œil.

— Eh bien, nous adorons t'avoir parmi nous, mon joli. Il faudrait juste qu'on te trouve une femme bien pour que tu puisses nous donner quelques bébés.

Je grognai en silence. Je n'avais pas prévu de me marier ni d'avoir d'enfants. Même si tout le monde en ville m'assurait toujours que la meilleure amie de la fille de la sœur de son cousin me conviendrait parfaitement. Je m'obligeais à sourire, hochais la tête et leur répondais que le célibat me convenait très bien.

J'adressai le même sourire à Dolly en réponse. Je devais encaisser ses achats avant qu'elle ne continue de m'expliquer que je devais trouver une femme bien et fonder une famille.

Je ne cherchais pas de femme, qu'elle soit bien ou pas, et j'avais encore moins envie de coucher avec. Je réprimai un frisson.

J'avais dit à Chase que je l'avais regardé dans le restaurant parce qu'il m'avait paru familier. Même si cela avait été la vérité, cela avait été aussi parce qu'il ressemblait à tout ce que j'avais toujours recherché chez un partenaire.

Au début, il avait attiré mon attention parce qu'il était mon genre. Puis, après l'avoir reluqué éhontément pendant quelques minutes, j'avais eu l'impression de l'avoir déjà vu quelque part. Chase m'avait paru étrangement familier.

Je le connaissais peut-être dans une autre vie.

Je ne savais pas, et je ne pouvais l'expliquer. C'était peut-être aussi un simple vœu pieu.

Un jour, mon futur Prince charmant arriverait dans ma petite ville et...

Je soupirai. Il allait vraiment falloir que j'arrête de lire des romances gays. Elles me donnaient des attentes romantiques irréalistes.

Si seulement trouver mon futur « héros » était aussi facile dans la vraie vie que dans les romans…

Mais ce n'était pas pour rien si on appelait ça de la fiction.

Je pris le lecteur de code-barre fixé à la caisse et scannai l'ISBN au dos des livres.

La petite photo en noir et blanc de l'auteur, à côté de sa courte biographie, attira mon regard.

Je clignai des paupières. Je devais avoir des hallucinations. Je soulevai le livre et plissai les yeux pour mieux examiner la photo. Puis, je me frottai les yeux, certain d'imaginer des choses.

Ce n'était pas le cas.

Bordel de merde.

— Je savais qu'il m'était familier, marmonnai-je entre mes dents.

Je lus rapidement la biographie. Bien sûr, elle n'incluait aucune info détaillée sur l'homme qui venait de s'enfuir de mon magasin comme si Michael Myers le pourchassait avec un couteau de boucher.

— Qui ?

Je levai les yeux vers Dolly. J'avais presque oublié qu'elle attendait encore.

Nom de Dieu. Mon regard passa d'elle au livre dans ma main.

Chase Jones était en fait C. J. Anson, l'auteur de best-seller du *New York Times*, d'*USA Today,* du *Wall-Street Journal* et à l'international.

Nom de Dieu.

Nom. De. Dieu.

Il y avait une foutue légende parmi nous.

J'avais lu ses vingt-deux thrillers passionnants et hale-
tants d'un bout à l'autre en m'efforçant d'absorber ne serait-ce
qu'une partie infime du talent de cet homme.

Il n'avait rien dit. Rien du tout.

Était-ce pour ça qu'il était si pressé de quitter la
boutique ? Avait-il peur d'être démasqué ?

Dolly avait les sourcils froncés d'un air inquiet.

— Tu vas bien, mon joli ? Tu as un peu pâli d'un seul
coup. Tu as besoin de t'asseoir ?

— Je... vais bien.

Je me tirai de ma stupeur, finis de scanner les achats de
Dolly et lui tendis le seul exemplaire du dernier roman
d'Anson qu'il me restait en stock.

Elle le serra contre sa poitrine comme s'il était précieux
et donna une dernière caresse sur la tête de Timber.

— Je l'aurai sûrement terminé dans les deux prochains
jours. On se revoit quand je viendrai l'échanger, si je ne te
croise pas avant.

Je devrais me souvenir de commander d'autres exemplaires. De *tous* les livres de cet homme. Je devais lui réserver
une étagère entière, lui demander de signer tous les livres et
de les promouvoir en tant que romans écrits par un auteur
local.

Chase m'enverrait sans doute me faire foutre.

Heureusement, mon statut d'auteur m'avait rendu la
peau dure.

— OK, Dolly. Dis bonjour à Chet de ma part.

— Je le ferai, mon joli.

Puis, la femme du maire s'en alla, et je me retrouvai seul
derrière le comptoir, encore un peu sous le choc à l'idée que
non seulement l'un des auteurs que j'admirais le plus avait
emménagé en ville, mais qu'il était venu dans ma librairie et
qu'on avait eu une conversation. Elle n'était pas des plus

enrichissantes, mais on avait échangé quelques mots malgré tout.

C'était drôle… je m'attendais à être bien plus enthousiaste à l'idée de rencontrer *le* C.J. Anson. Mais ce n'était pas le cas. En fait, j'étais un peu déçu parce que…

Hélas, mon auteur « licorne » s'avérait être un vrai connard malpoli.

J'AVAIS les yeux fixés sur l'écran d'ordinateur, les doigts levés au-dessus du clavier. J'avais réécrit la même phrase au moins vingt fois, mais quelque chose clochait avec elle.

J'écrivais sans faire de pause depuis quatre heures. Mon cerveau me soufflait de quitter l'ordinateur et mon projet en cours, d'emmener Timber en longue promenade, puis de revenir m'attaquer à ma salade de mots quand j'aurais l'esprit plus clair.

Je me sentirais sûrement bête quand je reviendrais et que le problème dans la structure de ma phrase ou mon choix de mot me sauterait aux yeux.

Avant même que je n'aie pu me lever de ma chaise, la sonnette au-dessus de la porte tinta, annonçant l'arrivée d'un client. Ou de quelqu'un venu bavarder.

Timber, qui était blotti à mes pieds, sous le bureau, déplia son corps longiligne et, avec un petit *wouf,* se dirigea vers l'avant pour voir si une bonne âme lui avait apporté un goûter pour l'après-midi.

— Je suis au fond, lançai-je.

La plupart des locaux savaient où me trouver et j'avais rarement des clients n'étant pas du coin. J'attendis une réponse pour voir qui était entré, mais il n'y en eut aucune.

Cela fit se hérisser les cheveux sur ma nuque, et je me

levai avec un grognement pour voir qui c'était. À quarante et un ans, j'avais le corps qui se mettait en grève chaque fois que je restais assis plusieurs heures d'affilée. Il aimait aussi me rappeler régulièrement que je n'avais plus vingt et un ans.

Raison de plus pour emmener Timber en balade. L'air frais ferait le plus grand bien à mon corps raide et à ma cervelle en bouillie.

Je me dirigeai vers l'avant du magasin et ne trouvai ni Timber, ni client. Je regardai par la fenêtre et ne vis qu'un véhicule garé devant. Une Ford Bronco Raptor neuve.

Je savais exactement à qui elle appartenait.

J'entendis les griffes de Timber racler le plancher là où étaient stockés mes livres et ceux de C. J. Anson.

Devrais-je prendre la peine d'aller le voir ? Il allait juste me dire qu'il n'avait pas besoin d'aide.

Je souris. Bien sûr que je devrais. Rien que pour lui casser les pieds.

Je regardai au coin du mur et vis Chase en train de caresser Timber derrière les oreilles. Mon chien avait fermé les yeux d'extase.

J'aurais la même réaction s'il me caressait comme ça.

Apparemment, j'allais devoir expliquer le sens du mot « loyauté » à mon chien. Si quelqu'un n'aimait pas son père, Timber ne devrait pas aimer cette personne. C'était la base du comportement canin.

— Eh bien, regardez un peu qui n'a pas pu s'empêcher de revenir, remarquai-je d'un ton amer.

Chase leva ses yeux marron de Timber tandis que je m'avançais entre les étagères pour les rejoindre.

— Je n'ai pas besoin d'aide.

Bien sûr que non. Le moins qu'on puisse dire, c'était que cet homme était cohérent dans son mauvais caractère. On pouvait être deux à jouer à celui qui serait le plus con.

— Je ne vous ai pas demandé si c'était le cas.

— Mais vous êtes là quand même.

— Au cas où vous n'auriez pas remarqué, c'est ma librairie.

— Vous me l'avez clairement fait comprendre l'autre jour.

Je haussai les sourcils jusqu'à la racine des cheveux.

— Vraiment ? Je n'étais pas sûr.

Chase grommela et se tourna vers les livres. *Ses* livres. Était-il ici pour les dédicacer ?

Pour ça, il faudrait qu'il admette qu'il était C. J. Anson. Quelque chose me disait qu'il ne le ferait pas.

Hum. Je n'arrivais pas à mettre le doigt sur la raison de ce pressentiment. Pour une raison étrange, j'en étais certain.

Je vivais dans cette région depuis assez longtemps pour savoir qu'on ne fuyait jamais un ours. On se faisait aussi gros que possible, on les affrontait et on faisait beaucoup de bruit. On les défiait en espérant qu'ils battent en retraite. En fuyant, on finissait juste blessé ou tué.

Chase était ce foutu ours.

— Dites-moi, vous êtes toujours aussi...

Malheureux.

— Sympathique ? Ou vous n'êtes comme ça qu'avec moi ?

— Qu'est-ce qui vous fait croire que vous êtes spécial ? Je suis comme ça avec tout le monde.

Je croyais qu'il n'avait aucune qualité pour racheter ses défauts, mais je me trompais peut-être. Il était doté d'une honnêteté brutale. Même si c'était pour admettre qu'il était un connard.

— Pourquoi ?

— Je n'aime pas quand les gens fourrent leur nez dans ce qui ne les regarde pas. Quand on est amical avec les gens, on leur donne juste l'occasion de poser un tas de questions.

Je remarquai qu'il faisait tourner l'alliance qu'il m'avait

cachée l'autre jour autour de son doigt. Il avait gardé les yeux rivés sur les rayonnages de livres, sûrement dans l'espoir que j'abandonne et m'en aille.

Que ça lui plaise ou non, je ne fuirais pas l'ours, je tiendrais mes positions.

J'examinai le profil de Chase. Il ne s'était pas rasé depuis la dernière fois qu'il était venu ici. Mais il était logique qu'il se laisse pousser la barbe s'il voulait rester « sous couverture ». La photo utilisée par son éditeur au dos de ses livres avait dû être prise au moins dix ans plus tôt, quand son visage était moins ridé et rasé de près.

Il portait aussi une chemise sous une veste bien ajustée. Pas le T-shirt distendu et taché qu'il portait en ce moment, associé à un jean couvert de boue.

Pour être franc, si je n'avais pas été un grand fan, je ne l'aurais peut-être jamais reconnu. Je regrettais de l'avoir fait, maintenant. Comme l'autre jour, je me sentis déçu de l'auteur que je tenais en si haute estime jusqu'ici.

J'aurais été prêt à tuer pour qu'il devienne mon mentor. Maintenant, j'avais juste envie de l'étouffer avec un oreiller pour abréger ses souffrances. Surtout sachant qu'il était déterminé à répandre cette misère autour de lui.

— Donc... ce fossé que vous avez creusé autour de vous... quelle profondeur il fait, au juste ?

— Il est assez profond pour s'y noyer.

Il tourna la tête vers moi, et je vis aussitôt sa mâchoire contractée sous ses poils de barbe.

— Alors, je vais vous donner un conseil... mieux vaut en rester très loin.

— Je suis très bon nageur.

— Ce n'est pas de l'eau que vous devriez vous méfier.

Je voyais ça.

Il y avait toujours un moment, dans un combat, où il

fallait admettre la défaite. Ce moment était venu pour moi. Mais je n'avais pas encore perdu la guerre.

Je ne savais pas pourquoi j'éprouvais le besoin de pousser ce type à s'ouvrir à moi.

Il souffrait et j'éprouvais ce besoin insensé de l'aider. Mais je ne saurais pas comment m'y prendre s'il ne m'en disait pas un peu plus.

Soit il se protégeait lui-même, soit il protégeait un secret. Ou les deux.

Puisqu'il résidait désormais à Eagle's Landing, j'avais amplement de temps de lui tirer les vers du nez. Il finirait par céder, ce n'était qu'une question de temps.

Je pouvais attendre.

Mais en attendant...

— Vous êtes venu ici pour échanger le livre que vous avez acheté ?

— Non.

J'attendis patiemment, sans rien ajouter, mais sans partir non plus. J'étais sûr que ça l'agaçait aussi.

Il soupira et me lança un regard en coin.

— Si vous tenez à le savoir, je suis ici pour en acheter d'autres.

— D'autres tomes de la série *Dexter Peabody* ?

— Oui.

— Ils vous ont plu ?

Je m'efforçai de me retenir de couiner comme une fillette de cinq ans. L'un de mes auteurs préférés – correction : de mes *anciens* auteurs préférés – aimait assez mes livres pour continuer à les lire !

— Je ne suis qu'à la moitié du troisième livre, mais puisque l'écriture est aussi cohérente et captivante que dans les deux premiers, je vais dire oui.

Ça devait être douloureux à admettre pour lui mais...

Mon cœur s'emballa. Il fronça les sourcils.

— Ça vous surprend ?

Ça ne devrait pas, mais quel auteur arrivait à échapper au syndrome de l'imposteur ?

Je l'éprouvais depuis que je m'étais assis pour écrire le premier chapitre de mon premier livre. Je pensais que l'écriture devait être un hobby, un moyen d'exprimer ma créativité, mais cela s'était transformé en carrière lucrative.

Est-ce que je pourrais vivre de mes droits d'auteur à New York ? Non. Mais ici, à Eagle's Landing, je pouvais me payer tout ce dont j'avais besoin, et même mettre un peu d'argent de côté. En plus de maintenir à flot une librairie qui serait dans le rouge sans ça.

— Vous les avez lus ?

Je m'empressai de prendre une expression impassible.

— Euh... oui. Je les ai tous lus.

— Dans ce cas, vous devez être d'accord.

Bien sûr que je pensais qu'ils étaient bons. Non, pas bons, tout bonnement *géniaux*. D'autres devaient être d'accord avec moi, puisque ces bouquins avaient eu un tas de critiques élogieuses et qu'ils me rapportaient assez d'argent pour payer toutes mes dépenses.

Bordel de merde. Chase Jones était peut-être un connard, mais il avait bon goût, au moins.

Mieux encore, le grand C.J. Anson avait complimenté mon écriture au lieu de la démonter.

Même si j'étais très tenté de lui révéler que j'étais l'auteur de ces livres, je gardai ça pour moi, parce que j'avais peur que Chase ne lise pas le reste de la série s'il découvrait qui l'avait écrite.

Et je voulais *désespérément* qu'il lise le reste. Parce que, lorsqu'il aurait terminé, j'avais l'intention de lui annoncer que je les avais écrits rien que pour lui faire les pieds. J'étais impatient de voir sa réaction.

Je retins un sourire.

— Puisque vous insistez pour *m'aider*...

Il me jeta un livre. Je l'attrapai, et il se mit à retirer tous ses ouvrages de l'étagère. Je les prenais au fur et à mesure qu'il me les tendait.

— Qu'est-ce que vous faites ?

— J'achète ces livres.

— Tous ?

Je grimaçai quand ma voix devint haut perchée à la fin de ma question.

— Vous êtes allergique à l'argent ?

Et vous, vous êtes allergique aux gens ?

— Bien sûr que j'aime l'argent mais...

J'avais du mal à tenir la pile de vingt livres dans mes bras, et il n'avait pas encore terminé.

Il retira tous ses romans sur la deuxième étagère aussi. Cette fois, il ne me les donna pas, et les empila dans ses bras.

Quand les deux étagères furent vides, il me dépassa, et je le suivis avec réticence vers la caisse, où il laissa tout tomber sur le comptoir.

Je fis pareil et le dévisageai. Je m'assurai de ne pas être bouche bée.

— Pourquoi tous les acheter ?

— Vous remettez toujours en question les achats de vos clients ?

— Seulement quand je pense qu'ils ont perdu l'esprit.

— Eh bien, soyez rassuré, je sais ce que je fais. Encaissez mes achats.

— Mais...

— Encaissez mes achats, répéta-t-il un peu plus fort,

d'une voix un peu plus dure. À moins que vous ne refusiez de me vendre ces ouvrages ?

Je haussai les épaules.

— Si vous les voulez, vous pouvez les prendre. Je pourrai toujours en commander d'autres.

Je souris à cette seconde remarque.

— Je vais vous demander de vous en abstenir.

Cela me surprit.

— Pourquoi ? Pourquoi voulez-vous empêcher les gens de les lire ? Est-ce qu'ils heurtent vos délicates sensibilités ?

Je savais exactement pourquoi Chase Jones ne voulait pas de ces livres dans les rayonnages. Mais tant qu'il n'aurait pas admis qui il était, je continuerais à me comporter comme si je ne le savais pas.

— Pas du tout.

— Vous savez que Dolly est une énorme fan de cet auteur ? Elle sera furieuse de découvrir qu'ils ont tous disparu.

— Elle s'en remettra, répondit-il en tirant son portefeuille de sa poche arrière. Encaissez-moi ou je me contenterai de vous jeter de l'argent en espérant que ce soit suffisant.

Je le dévisageai, et il me rendit mon regard d'un air de défi silencieux.

Quand je plissai les yeux, il fit pareil.

Voyant que je ne faisais rien pour encaisser ses romans, il haussa très lentement l'un de ses sourcils sombres.

— J'ai une autre suggestion de lecture à vous faire. Je crois avoir une copie en stock. Ça s'appelle *Comment se faire des amis et laisser une bonne impression aux gens.*

— Je n'ai pas besoin de ça.

— Je ne suis pas d'accord.

— Dans ce cas, nous allons devoir rester en désaccord.

Oh, c'était vraiment une crème.

— Encaissez-moi.

— Ce bouquin vous apprendra peut-être l'importance du mot « s'il vous plaît ». Je ne me souviens pas, je l'ai lu il y a longtemps.

Quand il se mit à compter les livres empilés sur le comptoir, je reportai mon attention sur ses lèvres. Elles remuaient tandis qu'il essayait de déterminer combien il me devait.

— Quand est-ce que vous allez l'admettre ? Vous préférez vraiment que je continue à faire comme si je n'étais pas au courant ?

Il finit de compter en silence, avant de lever les yeux vers moi.

Je pris l'ouvrage au sommet de l'une des piles et le retournai pour lui en montrer le dos, avant de tapoter la photo du majeur.

Il baissa les yeux à l'endroit que j'indiquais, et son visage passa d'agacé à totalement impassible. Il s'humecta les lèvres, avant de les pincer.

Quand sa langue passa sur ses lèvres pleines, cela m'affecta bien plus que ça n'aurait dû... sachant que c'était un connard.

Et je doutais qu'il aime les queues. Mis à part la sienne, bien sûr.

Même si c'était le cas, je me remémorai qu'il avait un bâton enfoncé si loin dans le cul qu'il n'y avait de place pour rien d'autre. Comme la queue de quelqu'un d'autre. La mienne, par exemple.

Je penchai la tête sur le côté.

— Vous poussez cette histoire d'anonymat à l'extrême en achetant tous vos livres.

— J'ai mes raisons.

— Elles ne sont pas bonnes.

— Ce n'est pas à vous de le dire.

— Vous avez raison, finis-je par admettre.

Puisque ce n'était qu'une escarmouche de plus dans ce qui serait peut-être une guerre de longue durée, je pouvais laisser couler pour l'instant.

Je l'entendis pousser un soupir soulagé quand je commençai à scanner les livres et à les mettre dans un carton vide que je conservais sous le comptoir.

Nous ne prononçâmes pas un mot de plus jusqu'à ce que je lui annonce le total et qu'il le paie.

En temps normal, j'aurais proposé de porter le carton jusqu'à la voiture du client, mais Chase était tout à fait capable de le porter lui-même.

Après l'avoir récupéré, il le fit glisser au bord du comptoir et hésita un instant.

— Si d'autres exemplaires vous reviennent, mettez-les de côté pour moi. Je les veux.

— Et que comptez-vous faire de tous ces livres ?

— Les brûler.

— Pourquoi ?

— Parce que je ne veux pas qu'on sache que je suis ici. Qui je suis.

— Pourquoi ? répétai-je.

— Vous n'avez pas besoin de le savoir. Contentez-vous de faire ce que je vous demande.

— Ce n'est pas une demande, c'est un ordre.

— Alors, obéissez.

— Je sais que vous êtes nouveau en ville mais... je ne reçois d'ordre de personne.

— Disons que c'est une requête, alors.

— Que je ne peux pas refuser.

— Bien sûr que vous pouvez.

Chase se pencha et riva ses yeux aux miens.

— Mais vous ne le ferez pas. En tant qu'auteur de ces

livres, je vous demande de garder tous les exemplaires de côté pour moi.

— Au lieu de tous les acheter et de les brûler, je préférerais que vous me les dédicaciez.

— Non.

— Vous seriez salué comme une célébrité, ici.

— Je ne suis pas une célébrité, grogna-t-il. Ce serait comme dire que Stephen King ou George R. R. Martin sont des célébrités.

— Ils n'en sont pas ?

— Je les considère comme des artistes talentueux. Des créateurs. Pas des célébrités. Ils ne devraient pas être mis sur un piédestal.

— Pourquoi pas ?

Il fronça les sourcils.

— Pourquoi vous n'arrêtez pas de me poser des questions ?

— Pourquoi vous êtes aussi irritable tout le temps ?

— Pourquoi vous ressentez le besoin de vous occuper de mes affaires ?

— Ce n'est pas le cas, assurai-je sur le même ton énergique. Et vous êtes dans *ma* librairie, en ce moment.

— Ce n'est pas pareil.

— Vous savez que n'importe qui peut trouver votre photo en ligne sans mal, hein ? Ou même à la fin des e-books.

— C'est vrai, mais ça demande des efforts. Il y a moins de chance qu'ils se rendent compte que c'est moi.

— Vous vous voilez la face.

— Vous avez peut-être raison. Laissez-moi dans mes illusions si c'est le cas.

— Comme je l'ai dit, Dolly est une grande fan.

— Super, comme ça, si elle découvre la vérité par elle-même, je suis sûr qu'elle respectera ma vie privée.

— Juste pour info, elle est la colporteuse de ragots de la ville.

— Génial, marmonna-t-il. Quand elle ramènera les exemplaires qu'elle a achetés l'autre jour, mettez-les de côté.

— Très bien. Comment est-ce que je vous préviens que je les ai ? Avec des signaux de fumée ? Un pigeon voyageur ? Par le Pony Express ? Ou bien vous voulez me laisser votre numéro ?

N'importe quel autre client aurait ri à ces mots. Pas Chase Jones. Oh non. Il aurait fallu qu'il esquisse un sourire. Ou qu'il se montre aimable. Ou qu'il admette que j'avais un excellent sens de l'humour.

— Je passerai la prochaine fois que je viens en ville.

Bien sûr.

— J'attends ça avec impatience ! m'exclamai-je avec un enthousiasme forcé tout en sautillant d'un pied sur l'autre.

Avec un autre grognement, Chase prit le lourd carton dans ses bras et le cala contre sa poitrine. J'aurais au moins pu lui tenir la porte ouverte, mais je décidai de rester derrière le comptoir et de le regarder se démener pour garder le carton en équilibre dans ses bras tout en ouvrant la porte.

S'il voulait de l'aide, il pouvait me demander.

Oh oui. On pouvait être deux à jouer à celui qui était le plus con.

Par contre, Chase était sûrement bien trop fort à ça pour que j'aie le moindre espoir de l'emporter.

Chapitre Quatre

Je n'aurais pas dû m'abaisser à son niveau et j'éprouvai une pointe de culpabilité à cette idée. Mais je ne me souvenais pas avoir jamais eu affaire à quelqu'un d'aussi horrible.

Tout le monde m'aimait bien. Sauf Chase.

Qu'est-ce que ça pouvait me faire ?

Je m'en fichais.

Connerie. Si c'était vrai, je ne serais pas en train de risquer les essieux de mon pick-up, esquivant les gros cratères et les sillons profonds qui jonchaient la rue Coleman.

Je valais mieux que ça. Je ne m'étais jamais laissé provoquer au point de devenir mesquin ou grossier. Chase méritait une médaille, parce qu'il était la première personne à avoir accompli ça.

Je voulais vraiment l'oublier et continuer ma vie comme elle l'était avant qu'il ne l'interrompe de manière aussi désagréable. Mais malgré tous mes efforts, je n'y arrivais pas.

Je pensais souvent à lui. Au point que c'en était perturbant.

Surtout pour quelqu'un qui se comportait comme s'il ne m'appréciait pas, en tant que congénère humain.

Ce n'était sûrement pas de la comédie. Il était peut-être le genre de personne qui détestait tout le monde, qui haïssait la vie en général, et même lui-même.

Personne ne pouvait rien contre ça, et je ne savais pas pourquoi je croyais être capable d'arranger ça.

Et pourtant, j'étais là, en train de rouler droit vers la tanière de l'ours pour titiller son occupant grincheux comme l'abruti que j'étais.

Je venais avec des cadeaux, ce jour-là, dans un effort pour l'amadouer un peu. Pour l'accueillir « officiellement » dans la communauté.

C'était mon excuse, en tout cas.

Je me répétais que, même s'il était impoli, malgré tous ses efforts pour me repousser ou m'empêcher de l'approcher, je me montrerais sympa. Je déposerais ce que je lui apportais, je sourirais, puis... je passerais à autre chose. S'il voulait rester un con, ce serait sa faute, pas la mienne.

J'allais me comporter de manière plus mature.

J'allais le faire. Promis.

Même si je devais faire de gros efforts pour ça.

Je me répétais aussi que je n'avais pas besoin qu'il devienne mon ami. Ni quoi que ce soit d'autre. Je n'avais même plus besoin qu'il soit mon auteur préféré.

C'est ça.

Ça faisait environ trois ans que je n'avais plus roulé jusqu'à la cabane de la rue Coleman. En fait, la dernière fois que je l'avais fait, j'avais emmené la police avec moi pour vérifier que M. Coleman allait bien. Il n'avait emménagé dans la cabane de chasse de manière permanente qu'après la mort de sa femme, quelques années plus tôt.

Trois ans plus tard, il s'était mis à venir en ville de moins en moins souvent, puis le vieil homme ne s'était plus montré du tout. Ça ne lui ressemblait pas. Quand Chet et Dolly m'avaient demandé d'aller voir s'il allait bien, ils m'avaient suggéré d'emmener la police avec moi, au cas où.

J'étais bien content de l'avoir fait. J'étais resté dehors pendant que les deux agents de police entraient. Ils étaient ressortis peu de temps après, une odeur rance de corps en décomposition émanant de leur uniforme.

Dès que les flics avaient appelé le médecin légiste, j'étais remonté dans mon pick-up et j'étais parti. J'étais retourné en ville pour annoncer la nouvelle au maire et à sa femme, qui l'avaient répétée à tout le monde.

Mourir seul comme ça... C'était presque comme si on vous avait oublié.

Ça m'avait marqué. Ça m'avait aussi fait de la peine. Et bien sûr, je m'en voulais de ne pas être allé le voir plus tôt.

Si Chase continuait de repousser les gens comme ça, je craignais qu'il finisse pareil. Seul et oublié.

J'engageai ma Chevrolet sur le terrain à peu près dégagé en haut de la rue et me garai à côté de la Bronco.

— Reste dans la voiture, ordonnai-je à Timber après avoir coupé le moteur et être descendu.

Timber répondit par une petite plainte déçue. Cela m'indiquait qu'il obéirait à mon ordre, mais que ça ne lui faisait pas plaisir.

Je regardai la cabane devant moi. Elle était un peu différente de la dernière fois que je m'étais tenu presque au même endroit.

Le petit porche avait été nettoyé. Les fenêtres semblaient

avoir été remplacées. Le toit était désormais en métal, et en bien meilleur état qu'à l'époque où M. Coleman vivait ici.

De mon point de vue, il ne restait plus qu'à aménager un peu les alentours, et cet endroit ressemblerait à une maison plutôt qu'à une cabane de chasse. Ou à une *ancienne* cabane de chasse.

Toutes celles présentes dans la région ne contenaient que l'essentiel et n'étaient pas habitées toute l'année. Parfois, des « chasseurs » n'utilisaient leur cabane que comme excuse pour échapper à leur femme et leur famille pendant une semaine.

Paf.

Paf.

Paf.

Je n'étais peut-être pas un grand amateur d'activités de plein air, mais je savais reconnaître le bruit du bois qu'on coupe.

Puisqu'on n'était qu'en mai et que l'hiver était encore loin, je ne comprenais pas pourquoi Chase coupait du bois. À moins qu'il essaie de prendre de l'avance.

Je suivis le son et contournai la cabane du côté droit, ne m'arrêtant que le temps de jeter un coup d'œil à la jauge de propane pour m'assurer que Chase avait bien rempli le réservoir. Il l'avait fait.

À côté de l'énorme réservoir se trouvait ce qui ressemblait à un générateur neuf. Malin. Quand l'électricité serait coupée – et si haut dans la montagne, c'était voué à arriver durant les orages les plus forts –, il aurait une solution de secours.

Un nouveau toit. De nouvelles fenêtres. Un nouveau générateur. Un réservoir à propane plein. Autant de preuves que cet homme était en train d'établir des racines et prévoyait de rester ici un moment.

Je repérai même une antenne parabolique toute neuve sur le toit. Sûrement pour l'accès à internet. Chase était auteur, il avait besoin d'internet. J'étais incapable de faire mes recherches, de publier et de promouvoir mes livres sans ça.

Paf.

Paf.

Paf.

Tout en continuant de suivre le son, je scrutais des yeux la zone près de l'appentis où était stocké le bois. Le bruit ne venait pas d'ici. La vieille souche utilisée par M. Coleman pour couper son bois était encore là, mais aucun signe de Chase.

Je tournai la tête vers la gauche et vers « l'avant » de la cabane, le côté qui faisait face à Eagle's Lake, le petit lac privé dont Chase était désormais le propriétaire.

Du côté opposé à la cabine, aux abords des bois environnants, se trouvait une autre grosse souche. Une tronçonneuse était posée au sol à côté, et dos tourné, il y avait...

Un Chase torse nu, en sueur et très concentré.

Quand je m'étais mis en route pour ici, je m'attendais à ce qu'il soit en train d'écrire. *Bordel,* comme je m'étais trompé.

Sur toute la ligne.

Je n'avais jamais été aussi heureux d'avoir tort. Sous sa peau luisante, ses muscles fléchissaient et ondulaient à chaque coup de hache. À chaque fois que ses bras se levaient et retombaient.

Un mois avait passé depuis que Chase était venu à la Page Suivante pour acheter ses propres livres.

Apparemment, ce mois passé à vivre dans les bois avait fait du bien à son corps.

Beaucoup de bien.

Du genre qui me donnait envie d'essuyer la salive qui me coulait au coin de la bouche.

Bon Dieu.

Pourquoi les hommes qui attiraient mon attention étaient-ils toujours hétéros ? Ou des connards ? Ou les deux ?

Avec la chance que j'avais, et freiné comme je l'étais par ma vie dans un coin paumé de la Pennsylvanie, je craignais de ne jamais trouver mon âme-sœur, ce qui réveillait ma peur de mourir seul.

Chase était loin d'être mon âme sœur, mais ça ne voulait pas dire que je ne pouvais pas apprécier ce beau spécimen masculin devant moi.

Après ses deux passages dans ma boutique, je savais qu'il faisait au moins cinq ou six centimètres de plus que moi, son corps était naturellement plus trapu et ses épaules, un peu plus larges. Malgré le peu que je voyais sur son visage, je me rendais compte qu'il n'était plus aussi négligé que la dernière fois qu'il était venu en ville.

C'était peut-être grâce à l'exercice physique qu'il faisait, qui était évident à en croire la petite montagne de bois fendu à côté de lui. Ou bien c'était parce qu'il passait beaucoup de temps dehors, à profiter de l'air frais.

Bien sûr, j'allais devoir me rapprocher pour vérifier mes observations et pour lui donner ce que j'avais apporté en guise de rameau d'olivier.

Quand j'avançai vers lui, je me rendis compte qu'il n'avait pas du tout conscience de ma présence. Il n'avait pas entendu le moteur de mon pick-up ni mes pas dans sa direction, à cause de ses coups de hache réguliers.

Il ne s'arrêta pas et ne marqua pas même une pause pendant que je l'observais. Il fendait les morceaux de bois les uns après les autres comme s'il était en mission pour vaincre des démons avec cette hache.

Plus je me rapprochais, plus il m'était facile de voir la

sueur qui perlait à son front et coulait le long de son visage. De remarquer la contraction de ses muscles sur son large dos. La façon dont ses cuisses tendaient son jean quand elles se crispaient.

J'aurais pu jurer que ses jambes étaient plus épaisses qu'un mois plus tôt.

J'aurais presque pu croire que Chase était un montagnard sauvage qui vivait de ses propres plantations, plutôt qu'un auteur de thrillers policiers et de best-sellers.

Et c'était un montagnard très sexy, même si ses cheveux devenaient un peu hirsutes et sa barbe, un peu trop longue. Une paire de ciseaux arrangerait ça très vite.

Sa poitrine était couverte d'un épais duvet au-dessus des pectoraux. Les poils noirs et rêches s'arrêtaient juste avant son sternum et réapparaissaient sous son nombril pour disparaître sous la ceinture de son jean.

Une sacrée piste, ça ne m'aurait pas dérangé de l'explorer.

Je me passai la langue sur les lèvres, réprimant l'envie de lécher la sueur sur ces pectoraux, même si je savais qu'elle aurait un goût amer à cause de son attitude acide.

Bordel, j'avais envie de bien plus que de le lécher. Mais Chase avait une hache à la main. Et ici, personne ne m'entendrait hurler s'il décidait de s'en servir contre moi pour l'avoir reluqué comme un gay dépravé et en manque de sexe ayant un faible pour les ours.

Ce que j'étais, apparemment, et à mon plus grand dam.

— Tu as fini ? lança-t-il sans cesser d'abattre sa hache.

Je levai les yeux tout aussi lentement que je les avais baissés. J'avais encore le temps de profiter de cet homme, puisqu'il ne s'était pas encore tourné vers moi.

— Fini quoi ?

— Ton évaluation.

Merde. Grillé.

— Je n'ai aucune raison de t'évaluer.

Il abattit sa hache sur la grosse souche pour la planter au centre. Puis, il lâcha le manche, se tourna vers moi et retira ses gants en cuir.

— Alors, arrête de le faire.

Ce n'est pas ma faute si j'apprécie la vue. Même si je n'en ai pas envie.

— Je peux te poser une question ?

Il attrapa le T-shirt suspendu à une branche, et je faillis verser une larme quand je crus qu'il allait l'enfiler.

Il ne le fit pas. Par chance, il s'en servit juste pour essuyer la sueur sur son visage.

— Non.

Je la posai quand même puisque, apparemment, nous jouions encore au jeu de celui qui serait le plus con. Même si je devais admettre ma défaite, ce serait quand même satisfaisant de gagner quelques points.

— C'était quand, la dernière fois que tu as souri ?

Son expression passa de vide à complètement fermée.

— Je sais que tu souriais, avant, parce que tu as des rides aux coins des yeux.

Son T-shirt jeté sur l'épaule et les mains sur les hanches, il se tourna complètement vers moi et riva son regard au mien.

— Qu'est-ce que tu fous ici ?

S'il avait pu tirer des lasers avec ses yeux, je serais mort.

— Je ne t'ai pas revu en ville depuis des semaines. Je me suis inquiété.

Je l'avais peut-être manqué, mais c'était ma seule excuse plausible pour ma venue ici. Et quand j'avais posé la question autour de moi, personne d'autre ne l'avait vu. Ni au Nid d'Aigle, ni chez Harry's Hardware, ni même au Perchoir.

— Je n'ai pas besoin qu'on s'inquiète pour moi.

— Peut-être pas. Mais ce n'est pas parce que tu n'en as pas besoin que personne ne le fera.

— J'étais occupé.

— Je vois ça.

Je posai les yeux sur la grosse pile de bois fendus qui devait encore être ordonnée, avant de regarder l'appentis presque plein par-dessus mon épaule.

— Au cas où tu n'aurais pas remarqué, tu as assez de bois de cheminée pour les trois hivers à venir, Chase. À moins que tu ne préfères que je t'appelle C.J. ?

Il ignora ma question. Je n'en fus pas surpris.

— Je ne fais pas ça pour le bois de cheminée.

Qui fendait du bois pour le plaisir ? Ça n'avait rien de drôle. Ça vous cassait le dos et ça vous donnait des cloques.

— Alors, tu fais ça pour quoi ?

— Pour...

Son hésitation était bien assez éloquente, et j'eus ma réponse.

C'était un exutoire. Une forme de thérapie. Pour repousser les fantômes qui le hantaient.

Quels qu'ils soient.

Mais si ça pouvait l'aider, tant mieux. Ce devait être le cas, vu que les cernes en demi-lune sous ses yeux marron avaient disparu. Maintenant que je le voyais de face, je pouvais confirmer que son visage n'était plus aussi émacié. Ses yeux n'étaient plus vides, même s'ils exprimaient un peu d'irritation en cet instant. À la fois parce que je l'avais dérangé et parce que je posais des questions auxquelles il n'avait pas envie de répondre.

En fait, j'étais à peu près sûr que, si je lui demandais de quelle couleur était le ciel, il refuserait délibérément de me répondre. Rien que pour la forme.

Quoi qu'il en soit, il semblait un peu plus vivant. Contrairement à la première fois que je l'avais vu, au Nid d'Aigle. Il semblait s'être fait rouler dessus par un bus à l'époque.

Peut-être pas physiquement, mais émotionnellement.

Quelque chose ou quelqu'un avait blessé cet homme. Quoi ou qui que ce puisse être, c'était sûrement à cause de ça que le prochain livre de sa série avait été retardé.

Quoi qu'il ait pu se passer, ça l'avait fait dérailler.

Le soleil se refléta sur son alliance. Si j'avais dû parier, j'aurais dit que ça avait un rapport avec ça.

Une alliance sans épouse. Il avait peut-être subi un divorce dont il n'avait eu pas envie, et il avait du mal à tourner la page.

Les deux personnes concernées n'étaient pas toujours d'accord pour divorcer. En fait, certains le combattaient de toutes leurs forces. Ils voulaient faire en sorte que leur mariage fonctionne alors qu'ils auraient mieux fait de capituler.

Mais si c'était ce qui était arrivé à Chase, je comprenais pourquoi il avait déménagé dans un endroit isolé, où personne ne le connaissait. Un endroit où se cacher et guérir sans que personne ne vienne lui casser les pieds.

Un endroit où lécher ses blessures.

Comme un ours blessé et revêche.

— Qu'est-ce que tu fais là ? répéta-t-il d'un ton sec, me tirant de mes pensées.

— Personne ne t'a vu en ville depuis un mois, alors j'ai décidé de venir prendre de tes nouvelles. Tu es peut-être nouveau dans notre communauté, mais ça ne veut pas dire que tu n'en fais pas partie. C'est le cas, que tu le veuilles ou non.

Quand sa mâchoire se contracta, je continuai en accélérant, avant qu'il ne me chasse de sa propriété.

— Je t'ai aussi apporté deux-trois trucs en guise de cadeau de bienvenu.

— Je ne veux pas de cadeaux.

Cet homme était toujours aussi cohérent avec lui-même, on ne pouvait pas lui retirer ça.

— Tu voudras peut-être de ceux-là.

Quand je me rapprochai un peu plus, je perçus l'odeur métallique de la sueur en train de sécher sur sa peau, mêlée à l'arôme du bois fendu et des fleurs printanières sur les arbres.

Je dilatai les narines et pris une grande inspiration en m'efforçant d'être discret, absorbant à nouveau ce mélange enivrant dans mes poumons. Je m'occupai les mains – et me retins de les tendre vers lui, surtout – en sortant le contenu du sac en plastique que j'avais apporté.

Je lui tendis le livre que Dolly avait fini de livre. *Son* livre.

— Tu voulais toutes les copies. Dolly m'a ramené celle-ci il y a un moment déjà, mais puisque tu n'es pas revenu, je te l'ai gardée.

Il regarda le livre dans ma main un instant, avant de relever les yeux vers moi. Était-il surpris que j'aie fait ce qu'il m'avait demandé... ou ordonné ? Peut-être.

Il me le prit.

— Je vais te payer.

— Pas la peine. Tiens. C'est pour toi aussi.

Je lui tendis le cinquième tome de ma série *Dexter Peabody*.

— Puisque tu as dit qu'ils te plaisaient, je me suis dit que j'allais te l'apporter. Tu as dû terminer les deux autres depuis.

Je me gardai à nouveau de préciser que j'étais l'auteur de ces romans, parce que je voulais qu'il continue de les lire. Il avait beau se comporter comme un con, je ne pouvais m'empêcher de me sentir emballé à l'idée qu'un auteur accompli comme C. J. Anson lise et apprécie les livres d'un auteur bien plus petit comme moi.

Surtout sachant tout le respect que j'avais pour cet auteur. Ou que j'avais avant, en tout cas.

Rien que de voir mon livre dans ses mains, quand il me le prit, me donna envie de redescendre la montagne en sautillant, comme Tigrou dans *Winnie l'Ourson*.

Quand il releva la tête après avoir regardé les deux ouvrages dans ses mains pendant un long moment un peu gênant, sa mâchoire s'adoucit un peu et une partie de l'irritation dans ses yeux se dissipa.

Bordel de merde, j'avais entrouvert une brèche. Elle était peut-être petite, mais c'était un début.

Je sortis le dépliant du sac et le lui tendis.

Il regarda la feuille de papier comme si c'était un serpent à sonnette.

Je la secouai pour l'encourager à la prendre, mais il refusa.

— C'est la liste de tous les événements prévus dans la librairie ce mois-ci. Au cas où tu serais intéressé, expliquai-je en haussant les épaules. Sinon, tu pourras l'utiliser comme allume-feu.

Voyant qu'il ne le prenait toujours pas, je lui plaquai sur le torse en faisant mon possible pour ne pas m'attarder sur sa peau chaude.

— C'est un bon moyen de rencontrer tout le monde, ajoutai-je.

Quand il prit enfin le dépliant, que ce soit pour le décoller de sa poitrine en sueur et me le jeter au visage ou parce qu'il était intéressé, il le fit avec sa main gauche, vu que la droite tenait encore les livres. Je retins le dépliant une seconde, penchai la tête vers son alliance et décidai de risquer une autre question.

— Divorcé ?

Quand je lâchai le papier, il scruta la liste des événements prévus dans la librairie en mai.

— Ce ne sont pas tes affaires, grommela-t-il en le lisant.

— Tu as raison. Désolé de t'avoir dérangé. Je ne suis venu ici que pour te donner ces livres, t'inviter aux activités de la librairie et te souhaiter officiellement la bienvenue à Eagle's Landing...

— Dans ce cas, tu as fait ce que tu avais à faire. Maintenant, tu peux...

J'insistai et parlai plus fort que lui avant qu'il n'ait pu m'envoyer promener.

— Je suis aussi venu te faire savoir que, si tu as besoin de quoi que ce soit, tu n'as qu'à demander. Tout le monde ici serait ravi de t'aider du mieux qu'il pourrait. C'est l'un des avantages à vivre dans une petite ville comme la nôtre. On a bâti une communauté solide et on intervient tous quand c'est nécessaire. Alors, si tu croyais pouvoir rester caché là-haut, tu as choisi le mauvais endroit pour ça. Surtout depuis que M. Coleman est mort ici, tout seul. On n'a pas envie que ça se reproduise.

Pas moi, en tout cas. Je n'avais pas fait de sondage sur le reste des habitants, mais j'étais à peu près sûr de parler pour eux aussi.

Chase tourna les yeux vers la cabane avant de les reposer sur moi.

— Coleman est mort dans cette cabane ?

— Hélas. J'étais là avec la police quand ils l'ont retrouvé. Je suppose que l'agent immobilier ne t'en a pas parlé.

Rien ne l'obligeait à révéler cette information.

— Ce n'était rien de louche, hein ?

Je voyais les rouages tourner dans son crâne pendant qu'il réfléchissait à ce que je venais de lui dire. Il écrivait des romans policiers, alors évidemment qu'il était intéressé par l'idée que quelqu'un soit mort de causes non naturelles. Ce serait pareil pour moi.

— Non. Juste la vieillesse et une mauvaise santé. Il avait perdu sa femme quelques années plus tôt, et je crois qu'il était venu s'installer ici dans l'intention de passer ses derniers jours dans son endroit préféré. Qui pourrait lui en vouloir, c'est magnifique, ici.

Chase se tourna vers le lac, me tournant le dos.

— Ouais, acquiesça-t-il dans un murmure à peine audible.

Non seulement la vue depuis la cabine de Coleman était belle, mais c'était aussi le cas de l'homme torse nu devant moi. Il était en train de sculpter son corps comme une véritable œuvre d'art.

Je pouvais apprécier cette forme d'art. Comme lui. Même s'il était hétéro.

— Un divorce peut être aussi difficile à encaisser que la mort, parce qu'on perd quelqu'un qu'on aime, la personne qui était censée être votre partenaire pour toute votre vie.

Pourquoi est-ce que j'insistais ? Pourquoi est-ce que j'éprouvais le besoin de le pousser à se confier à moi ? Pourquoi voulais-je me lancer dans ce défi qui reviendrait juste à me cogner la tête contre un mur ?

Était-ce parce que nous étions tous deux des auteurs et que ça devrait suffire à créer un lien ou une amitié entre nous ?

Ou parce que j'avais enfin trouvé quelqu'un avec qui discuter des vicissitudes de la vie d'auteur à plein temps ? Quelqu'un qui comprenait mon mode de vie ? Qui comprenait ma passion ?

— Je ne suis pas divorcé.

Ces mots étaient une petite pépite d'info que je fus surpris de recevoir. Non, pas surpris, sidéré. Ça me donnait espoir de réussir à progresser avec lui.

— Je suis veuf.

Merde.

— Désolé pour la perte de ta femme.

Sans cesse de me tourner le dos, le dépliant de la Page Suivante toujours serré entre ses doigts, Chase hocha la tête.

Je comptai les battements de cœur dans mes oreilles, attendant de voir ce qu'il dirait ensuite. S'il allait développer un peu, après cette bombe qu'il venait de lâcher.

Quand il se tourna enfin vers moi, son expression était redevenue aussi impassible qu'une page blanche de l'un de mes nombreux carnets à spirales.

— Tu as fini ?

— Je…

— Ce que tu étais venu faire ici ?

— Oui, je…

— Tu connais le chemin pour rentrer, dans ce cas.

J'étais congédié.

Je fis un signe du menton vers le dépliant qu'il écrasait dans son poing.

— Réfléchis-y. Tu es le bienvenu si tu as envie de faire une lecture de tes bouquins.

— Ça n'arrivera pas, répondit-il, le visage toujours aussi indéchiffrable.

Puis, il tourna les talons et se dirigea vers la cabane.

Je le regardai accroître la distance entre nous à grandes enjambées, en un temps record. Sans m'accorder un seul regard, il grimpa les marches du porche, entra dans la cabane et ferma la porte.

M'empêchant littéralement d'entrer.

Message reçu cinq sur cinq.

Mais puisqu'il n'avait pas déchiré le dépliant sous mes yeux, j'espérais avoir au moins planté une graine. La balle était dans son camp, maintenant, s'il voulait aider cette graine à se transformer en rameau d'olivier. Ou la tuer en la négligeant.

Je serais fou de croire qu'il aimait les olives.

Chapitre Cinq

Rett

Chase Jones s'avéra un nom bien plus courant que ce à quoi je m'attendais. À chaque fois que je faisais des pauses dans mon écriture ou entre deux clients à aider, je faisais défiler des pages interminables de résultats sur mon moteur de recherche.

À propos de l'homme fermé sur lui-même.

De l'auteur.

Du veuf.

Je n'eus aucun mal à trouver C. J. Anson, mais je ne dénichai que des infos basiques qui ne concernaient que son écriture ou ses livres. La plupart des infos étaient anciennes et dataient de vieilles tournées de dédicaces, de communiqués de presse ou ce genre de trucs. Je tombai même sur des vidéos de lui en train de signer ses livres pour ses fans lors de séances de dédicaces, ou quand son équipe de relation publique organisait son apparition dans une émission pour promouvoir une nouvelle sortie.

Mais tout ce que je trouvai datait de plusieurs années, et il n'y avait rien d'actuel.

Il eut l'air différent sur toutes les photos et vidéos que je vis. Plus heureux, plus léger. Pas sinistre et grincheux comme un grizzli parti hiberner avec une épine dans la patte.

Chase avait décidé de se terrer, c'était une certitude. D'après mes recherches limitées, tout semblait avoir changé environ deux ans plus tôt.

Même sur certains forums de fans de C.J. Anson, certains se demandaient où était passé l'auteur, ce qui lui était arrivé et quand sortirait son prochain livre. Certains lecteurs s'inquiétaient pour lui, d'autres étaient plus exigeants et très en colère qu'il les ait laissé attendre pendant aussi longtemps sans nouvelle affaire de Nick Foster à résoudre.

Je ne comprenais pas le comportement du second groupe. En tant que personne qui avait lu ses séries plus d'une fois, j'étais bien placé pour savoir qu'aucun de ses livres ne se terminait par un cliffhanger. Si le prochain n'était jamais écrit, ces lecteurs ne perdraient rien du tout.

Je comprenais mieux son envie de se cacher, avec cette furieuse mentalité de groupe. Il cherchait à échapper à ces exigences et à toute cette pression. À mon avis, son éditeur était sur son dos, vu qu'il lui rapportait beaucoup d'argent. Et comme ses lecteurs, il avait sûrement le sentiment de se faire entuber.

En vérité, Chase ne leur devait rien. Ni à son éditeur, ni à son agent de renom, ni même à ses lecteurs. Il était en droit de prendre une pause s'il en avait besoin. Même si cette pause durait deux ans ou plus.

J'étais tout aussi impatient de lire le prochain tome de sa série que les autres, y compris Dolly, mais jamais je ne menacerais un auteur de mort ni de tout autre acte de violence comme le faisaient malheureusement certaines personnes sur ces forums. Certains messages étaient vraiment effrayants. Je n'imaginais même pas les e-mails que devaient recevoir son agent et son éditeur. Certains devaient être encore pires.

C'était l'une de ces situations dans lesquelles les gens confondaient la fiction avec la vraie vie. Ils oubliaient que les personnages d'un roman n'étaient que ça. De la fiction. Ni plus ni moins.

Des personnes imaginaires, nées de l'esprit d'un auteur et qui ne continuaient de vivre que tant qu'il le voudrait bien.

La passion de ses fans envers son travail était sûrement la preuve du talent de Chase. De la capacité qu'avaient ses mots à immerger le lecteur dans une histoire. Ils avaient le sentiment de résoudre une affaire de meurtre aux côtés du séduisant et intelligent détective Nick Foster.

Pour être honnête, si j'en avais eu le pouvoir, j'aurais claqué des doigts pour qu'un vrai Nick Foster passe la porte et m'emporte loin d'ici. Ou dans son lit.

Mais j'avais beau fantasmer là-dessus, je savais où était la limite entre réalité et fiction.

Et je savais désormais que Chase était veuf. Ce qui me poussa à chercher les rubriques nécrologiques en ligne. Je ne pouvais être certain que Chase Jones était son vrai nom. Et s'il était faux, je perdais mon temps, alors que j'aurais pu l'utiliser pour terminer mon prochain livre de Dexter Peabody avant ma date butoir.

C .J. Anson n'était pas le seul auteur que les fans réclamaient. Je n'en avais peut-être pas autant que lui, mais mes lecteurs me restaient loyaux, une fois accro à ma série et à mon détective privé.

J'avais bien de la chance de les avoir ; je ne pourrais garder la librairie ouverte ni même payer mes factures sans eux.

Avec un long soupir, je fis défiler la dixième page de

résultats après avoir recherché les mots « Chase Jones », « rubriques nécrologiques » et « New-York ». Sur la page d'auteur du site internet très professionnel de C. J. Anson, il était mentionné qu'il vivait à New York. Hélas, c'était une grande ville.

Je comprenais son besoin de garder les détails personnels de sa vie privés, pour sa sécurité. C'était ce que faisaient la plupart des auteurs. Et après avoir lu certaines des menaces proférées à son encontre, tout ça parce qu'il mettait trop de temps à sortir son prochain livre, j'étais bien content qu'il l'ait fait.

Je parcourus des yeux les résultats de ma recherche tout en continuant de faire défiler la page, attendant que quelque chose me saute aux yeux. Pourquoi fallait-il que Jones soit un nom de famille aussi courant ?

Arrivé à la quatorzième page de résultats, j'étais sur le point d'abandonner pour la journée quand quelque chose attira mon regard.

Il laisse derrière lui son époux dévoué, Chase A. Jones.

J'entendis un crissement de pneus dans ma tête quand j'enfonçai la pédale de frein, fis demi-tour et remontai la page. Je cliquai sur le lien pour lire la rubrique nécrologique complète, me penchai vers l'écran et relus cette ligne.

Il laisse derrière lui son époux dévoué, Chase A. Jones.

Chase Jones avait été marié avec un autre homme. Ce n'était pas sa *femme* qui était morte. C'était son *mari*.

Mon cœur fit un petit saut périlleux dans ma poitrine.

Chase était *gay*.

Bordel de merde.

La rubrique nécrologique était celle d'un certain Thomas P. Jones. Je la parcourus et ne trouvai pas la cause de son trépas, juste qu'il était décédé brutalement. Sa mort était sûrement inattendue, puisqu'aucune maladie n'était mentionnée.

Je remarquai aussi que les parents de Chase étaient évoqués, mais pas ceux de Thomas. Bizarre.

À la place des fleurs, la rubrique nécrologique demandait que des dons soient effectués au Projet Trevor en l'honneur de Thomas.

Le Projet Trevor.

Je donnais à cette ONG une fois par an, quand j'avais un peu d'argent disponible, parce que cette organisation était consacrée à la prévention des suicides et aux interventions de crise pour les jeunes LGBTQ+. Mais ça ne voulait pas dire que Thomas s'était suicidé, Chase ou son mari tenaient peut-être juste à soutenir cette ONG. Et ils avaient bien raison.

Je n'avais pas envie de faire des conjectures sur la cause de son décès. Ça ne me regardait pas, même si j'étais curieux.

Je ne devais pas me concentrer là-dessus. Tout ce qui comptait, c'était que Chase avait connu une perte terrible, et c'était sûrement pour ça qu'il était dans cet état aujourd'hui, pour ça que son écriture en avait souffert.

Quand mon frère était mort dans un tragique accident de moto, onze ans plus tôt, ça m'avait anéanti.

La perte de mon petit frère avait aussi déstabilisé ma capacité à écrire. Comme Chase, j'avais connu une mauvaise passe pendant des mois. J'avais remis en question ma vie et tout le reste, y compris ce qui était le plus important pour moi. J'avais fini par m'en remettre, mais ça avait été dur.

Malgré tout, je n'imaginais même pas ce que ça devait être, de perdre son âme sœur de cette manière. Ce devait être comme perdre un membre. Comme si une partie de vous était arrachée, vous laissant incomplet.

Quand Evan était mort, je vivais déjà ici, à Eagle's Landing, et j'avais eu la chance d'être soutenu au sein de la communauté. Mais Chase ne disposait peut-être pas de ça. Il essayait peut-être de surmonter son deuil tout seul.

Si c'était le cas, je comprenais pourquoi il portait encore son alliance, pourquoi il avait du mal à parler aux gens. Et je comprenais aussi qu'il ait quitté New York pour venir ici, dans une ville où il n'avait rien ni personne.

Un endroit où personne ne le connaissait.

Sauf que je le connaissais, moi.

La question était : devais-je faire quelque chose ? Et si oui, quoi ?

***

J'ENTENDIS la clochette tinter au loin pendant que je lisais à voix haute. Je ne savais pas si quelqu'un arrivait en retard ou partait en avance. Quoi qu'il en soit, je me promis de désactiver la clochette avant le prochain événement hebdomadaire. D'habitude, ça ne posait pas de problème si j'oubliais, mais les rares fois où elle tintait, la clochette pouvait perturber.

Comme à cet instant.

Je regardai les chaises pliantes installées devant la petite scène et, ne remarquant personne d'absent, je supposai que ce devait être le maire qui repassait chercher Dolly. Chet ne manquait jamais une occasion de rencontrer les résidents d'Eagle's Landing. En plus d'être un excellent maire, il était assez aimé par les habitants pour avoir été élu à ce poste sans opposition pendant vingt années consécutives.

Par contre, Chet n'était pas un lecteur aussi fervent que sa femme, et restait rarement écouter les lectures de livres ou de poésie. La plupart du temps, il déposait Dolly et partait boire quelques bières au Perchoir en attendant que l'événement de la librairie soit terminé.

Quand le retardataire apparut entre les rangées d'étagères et se glissa discrètement sur une chaise tout au fond, je bégayai sur une phrase à la fin du chapitre quatre de mon roman en cours d'écriture. Ce n'était pas comme si les événements de ma librairie étaient bondés, l'arrivée furtive de Chase vers la fin de la lecture de mon premier jet ne passa donc pas inaperçue.

Je fis de mon mieux pour l'ignorer et terminai, invitai les gens à poser des questions, puis les encourageai à aller chercher un café ainsi qu'un cookie tout juste sorti du four, que ce soit en feuilletant les livres ou pour les emporter chez eux.

J'adorais la pâtisserie, c'était l'un de mes passe-temps. Non seulement ça me rendait heureux, mais ça embaumait la boutique et mon appartement juste au-dessus d'une délicieuse odeur. Toutes les semaines, je préparais quelque chose pour les participants de mes événements en guise de remerciements pour avoir pris le temps de passer me voir. C'était la preuve qu'ils soutenaient ma librairie et la « vedette » de la semaine, qu'il s'agisse d'un auteur, d'un musicien ou même d'un enfant venu lire l'histoire qu'il avait écrite.

Cette semaine, c'étaient cookies aux pépites de chocolat. La prochaine, ce seraient peut-être des brownies, du banana bread ou même un gâteau. Tout dépendait de mon humeur, et d'ici la fin de la demi-heure de lecture ou de la performance, l'assiette était vide en général.

J'aimais croire que les événements hebdomadaires que j'organisais emplissaient à la fois l'esprit et le ventre des visiteurs.

— N'oubliez pas que j'ai une pile de livres dédicacés près de la caisse. Je vous rejoins là-bas bientôt pour encaisser ceux qui auront des achats à faire, lançai-je, même si la plupart des gens ne s'attardaient pas ensuite.

Je pris mon eau sur la table toute proche et engloutis la moitié de la bouteille, parce que les lectures donnaient soif.

Et puis, j'avais un peu la gorge sèche depuis que j'avais vu Chase entrer dans la pièce à la dernière minute.

J'avais essayé de me concentrer sur le fait d'énoncer les mots clairement, mais j'avais eu du mal à ignorer l'homme que je regardais différemment maintenant que je savais qu'on était du même bord.

En plus d'être tous les deux des auteurs et des lecteurs, nous étions gays et célibataires. C'était peut-être le destin, que Chase ait emménagé à Eagle's Landing. Si seulement il n'avait pas ces nuages noirs qui planaient au-dessus de sa tête. Mais ils étaient bien là, et il resterait émotionnellement indisponible tant que ces nuages ne se seraient pas dissipés.

Ça n'arriverait sûrement pas de sitôt. Comme l'indiquait le fait qu'il porte encore son alliance, même si son mari était mort un peu plus de deux ans plus tôt.

Chase était encore un époux « dévoué ».

Tout le monde réagissait à sa manière à la perte d'un être cher et guérissait à son propre rythme. Après la disparition d'Evan, j'avais appris les cinq étapes du deuil, et je les avais traversées : déni, colère, marchandage, dépression et, enfin, acceptation.

Ce n'était sûrement pas sain pour lui, d'être encore coincé à la quatrième étape, la plus sombre, même si on m'avait prévenu qu'elle pouvait être celle qui durait le plus longtemps et la plus difficile à surmonter. Mais tant que Chase n'aurait pas accepté ce deuil, il ne pourrait pas aller de l'avant. Et je ne voulais pas dire qu'il devait oublier son mari, plutôt s'ajuster à la vie sans son « autre moitié ».

Il avait peut-être besoin d'être un peu poussé vers la dernière étape : l'acceptation.

— Viens, mon grand.

J'appelai Timber tout en me tapotant la cuisse. Je

descendis de la petite estrade et me dirigeai vers l'avant de la librairie.

Ne trouvant Chase nulle part, je fus déçu qu'il se soit esquivé aussi vite qu'il était entré, avant même que je n'aie eu le temps de prendre de ses nouvelles.

Par contre, je découvris une demi-douzaine de spectateurs réguliers de mes événements encore rassemblés près de la caisse, en train d'échanger des ragots, les derniers potins et des nouvelles de leur famille.

Je me plaçai derrière la caisse pour encaisser les livres tout en écoutant les commérages. Je bavardai avec les locaux et les écoutai s'extasier sur les chapitres que j'avais lus ce soir. Ils étaient tous impatients de mettre la main sur un exemplaire dédicacé tout neuf. Quand tout le monde eut son achat à la main, je dis au revoir à tout le monde, étrcignant les femmes et serrant la main des hommes.

Il ne fallut pas longtemps avant que Timber et moi ne nous retrouvions seuls. Enfin, tout était redevenu calme dans la librairie, mais j'avais encore du boulot. En plus de nettoyer, je devais ranger les chaises pliantes et promener mon chien. Je jetai un coup d'œil à l'horloge et me rendis compte qu'il était déjà près de 21 heures. J'avais eu une longue journée d'écriture, et j'étais prêt à me blottir au lit pour regarder un épisode de...

La sonnette retentit, me stoppant net tandis que je me dirigeais vers l'arrière de la librairie. Je jetai un coup d'œil par-dessus mon épaule et y regardai à deux fois.

Chase était là, un gros carton à la main.

De quoi ? Du bois de chauffage ?

Quoi que ce puisse être, ça eut l'air lourd quand il le déposa sur le comptoir. Je revins vers lui, et Timber accourut devant moi. Il posa aussitôt ses fesses poilues et traîtresses sur le pied de Chase avant de s'appuyer contre lui, le regardant avec ses yeux mignons difficiles à résister qui encourageaient à le caresser.

Chase plaça aussitôt sa main derrière les oreilles de mon berger allemand en manque d'affection pour lui donner ce qu'il demandait. Il garda les yeux rivés sur moi tandis que j'approchais.

Si je m'asseyais sur son pied et lui lançai le même regard de chien battu, me caresserait-il aussi ?

Non, il essaierait sûrement de me balancer à l'autre bout de la pièce d'un coup de pied.

— Tu es passé pour faire sa dernière promenade de la journée à Timber ? l'interrogeai-je, un sourcil haussé.

— Je ne suis pas venu ici pour promener ton chien.

Sans déconner.

— J'ai été surpris de te voir, même si tu étais en retard.

— Je m'ennuyais.

Il posa la main sur le rebord du carton, dont les rabats supérieurs avaient été coupés.

— Je voulais aussi te rendre ça.

Me rendre ça ?

Je jetai un coup d'œil dans le carton. C'étaient tous les livres qu'il m'avait achetés quand il était venu vider l'étagère qui lui était réservée.

Je levai les yeux du contenu du carton pour le regarder.

— Tu ne les as pas brûlés.

Nous n'étions qu'à soixante centimètres l'un de l'autre.

— Tu n'as pas pu, hein ?

Mon corps se mit à vibrer de l'intérieur. Il sentait les bois. Pas une eau de Cologne manufacturée au parfum bois de santal, boisé ou tout autre arôme artificiel, mais de vrais arbres, des feuilles et de l'herbe. C'était enivrant.

— Je suis contre l'acte de brûler des livres.

Même le grognement grave de sa voix enrouée me tordit les tripes.

Je le trouvais déjà attirant avant, mais maintenant que je savais qu'il était gay, ma libido était passée en surchauffe.

Hélas, si cet homme était sexy à l'extérieur, il était glacial à l'intérieur.

— Même les tiens, conclus-je. Je vais te rembourser, ou bien tu peux les échanger. À toi de voir.

Quand je tentai d'aller derrière le comptoir pour rejoindre la caisse, il posa une main sur mon avant-bras pour m'arrêter.

— Je n'ai pas besoin d'être remboursé. Donne-les à quelqu'un qui n'a pas les moyens d'acheter des livres.

Dès que je baissai les yeux vers sa main, il me lâcha.

— C'est très... généreux de ta part.

— Je n'ai pas besoin de les voir me fixer des yeux.

— Les livres n'ont pas d'yeux.

— Tu vois ce que je veux dire.

— C'est vrai. Tu n'as pas pu les brûler, mais tu n'as pas non plus la place pour eux dans ta cabane...

Je savais que ce n'était pas ce qu'il voulait dire, mais contrairement à lui, j'essayais d'être gentil.

— Alors, tu les as ramenés ici pour que quelqu'un d'autre en profite. C'est très sympa de ta part.

Il grommela.

— Bon, alors...

Quand il se retourna pour partir, ce fut à mon tour de lui prendre le bras pour l'arrêter.

— J'aimerais vraiment que tu les dédicaces.

— Non.

— Et te présenter ici en tant qu'auteur local.

— Non.

— Et que tu fasses une lecture.

— Hors de question.

— Oh, tu finiras par le faire. Je suis quelqu'un de très persévérant.

Il haussa son sourcil sombre.

— Et je suis quelqu'un de très obstiné.

— Je ne sais pas pourquoi, mais j'ai du mal à le croire, répondis-je avec un humour grinçant. Quand tu seras prêt, tu feras une lecture, et tout le monde ici en sera ravi.

J'avais prononcé ces mots d'un ton bien plus assuré que je ne l'étais en réalité.

— Tu n'abandonnes jamais, hein ?

— Je suis persévérant, je viens de le dire. Tu n'as pas entendu ?

Chase grommela encore, mais ne fit aucun geste pour partir. Il resta planté là. Mais il s'était remis à faire tourner son alliance. Il faisait sûrement ça par habitude, sans s'en rendre compte.

Je regardai l'horloge. Mes batteries étaient épuisées et j'envisageai de nettoyer le lendemain matin, mais je savais que dès que je redescendrais demain, je regretterais de ne pas m'en être occupé ce soir.

— OK, bon... commençai-je dans un effort pour lui faire comprendre qu'il était temps qu'il s'en aille.

— Qu'est-ce que tu lisais ?

Waouh. Essayait-il d'entamer un vrai dialogue ? Ça valait peut-être la peine de perdre un peu de temps de sommeil, et que Timber rate sa promenade. Je pourrais sortir mon chien dans le petit espace derrière la boutique que j'avais clôturé pour lui.

— Tu n'as entendu que les deux dernières phrases, mais je lisais un extrait du livre que j'écris en ce moment.

Il fronça les sourcils et plissa les coins de la bouche.

— Tu ne m'as jamais dit que tu étais un auteur en herbe.

Le dépliant disait que tu lirais le dernier livre d'Everett J. Williams.

Je pinçai les lèvres pour me retenir de rire au ton réticent avec lequel il avait dit ça. Quand je me fus ressaisi, je répondis :

— C'est pas comme si tu m'en avais laissé l'occasion. Et pour être honnête... vu la façon dont tu te comportes avec moi, je ne pensais pas que ça t'intéresserait. Mais je ne suis pas un auteur en herbe, je suis déjà publié.

Chapitre Six

Chase

— *Je ne suis pas un écrivain en herbe, je suis déjà publié.*

Ni les deux fois que j'étais venu à la librairie ni quand il était venu à ma cabane, il n'avait mentionné le fait qu'il était publié.

« Je suis auteur aussi », aurait-il pu me dire à l'époque. Il ne l'avait pas fait. Mais il avait peut-être raison... S'il me l'avait dit, m'en serais-je soucié ?

Je vivais sur la montagne depuis un mois maintenant, et je commençais à ressentir des choses que je n'avais plus éprouvées depuis longtemps. Je n'étais plus aussi engourdi qu'avant.

C'était peut-être grâce à l'air frais et tout l'exercice physique que je faisais. Si je recommençais à prendre soin de mon corps, mon esprit en bénéficierait peut-être aussi.

Et c'était l'une des raisons pour lesquelles j'étais venu en ville ce soir. J'éprouvais une pointe de culpabilité quant à l'égoïsme dont j'avais fait preuve quand j'avais acheté tous mes livres pour que personne d'autre ne puisse les lire. Surtout par peur que mon identité soit révélée.

Mon autre raison de passer à la librairie était pour voir si c'était Everett J. Williams en personne qui ferait une lecture de son livre. Je voulais le rencontrer et lui dire que ses bouquins m'aidaient à me sortir d'un très long cafard.

J'avais été déçu de découvrir que l'auteur n'était pas présent. J'aurais dû me douter que quelqu'un d'autre se chargerait de cette lecture.

Mais la remarque de Rett avait attiré mon attention.

— Tu écris quoi ?

— Des romans policiers.

Je fronçai les sourcils. C'était ce que je lisais.

— Lesquels sont les tiens ?

Il montra la pile de livres sur le comptoir, à côté du carton rempli des miens.

— Ceux qui sont dédicacés.

Je m'obligeai à conserver une expression neutre, parce que ce n'était pas la réponse à laquelle je m'attendais.

— C'est *toi*, Everett J. Williams ?

Apparemment, je n'avais pas été assez attentif, j'avais été trop accaparé par mes propres problèmes pour remarquer les signes évidents.

Il haussa les épaules.

— En chair et en os.

Il m'adressa un sourire qui ne monta pas tout à fait jusqu'à ses yeux. De toute évidence, il ne m'aimait pas, et je comprenais tout à fait pourquoi.

Je me remémorai que je n'étais pas venu à Eagle's Landing pour me faire des amis, et que je ne devrais pas me soucier de savoir si Rett m'appréciait ou pas. Je n'avais plus dix ans, je n'avais pas besoin de la validation des autres.

J'étais un adulte qui voulait que les gens respectent mon intimité. Aussi simple que ça.

En retour, je respectais l'intimité des autres.

Par contre, en plus de m'être comporté comme un con avec lui, j'avais été un imbécile, et ma vision du monde était si étriquée que je ne m'étais même pas rendu compte que le nom Rett pouvait être la version abrégée d'Everett. J'aurais pu prendre pour excuse le fait de ne pas connaître le nom de famille de Rett, le fait que sa photo n'était pas au dos de ses livres, ou que je n'avais fait aucune recherche sur l'auteur de la série que je dévorais en ce moment.

Tout ça était vrai, parce que je n'avais aucune raison de creuser plus. Je supposais que c'était le cas, maintenant.

— Ta signature leur donne plus de valeur ? m'enquis-je.

C'était une question un peu bidon, parce que j'avais moi-même effectué des tournées de dédicaces, je connaissais donc la réponse.

À vrai dire, j'aurais dû partir. Je ne savais pas pourquoi je continuais cette conversation, sachant que cela menait toujours à des questions.

Auxquelles je n'étais pas prêt à répondre.

— Ça dépend à qui tu demandes, répondit-il.

Il avait décidé à nouveau de se montrer aussi distant que moi.

— Je te demande à toi.

— Dans ce cas, non.

Je savais que c'était faux, mais il voulait peut-être me mettre au défi de le contredire.

— Mais est-ce que tu peux signer un des tiens ?

Je fus surpris.

— Tu veux que je te dédicace un exemplaire ?

— Bien sûr. Tu étais l'un de mes auteurs préférés, après tout.

J'étais.

Zut. Je le méritais bien.

— Et maintenant ?

— Disons juste que j'ai du mal à séparer l'œuvre de l'artiste. Alors, si tu acceptes d'en dédicacer, je préférerais que tu les signes tous. Mes clients apprécieraient plus que moi. Dolly en achèterait peut-être même certains pour les garder sur son étagère, au lieu de les échanger ensuite.

Je n'étais pas prêt à faire ça. Si je dédicaçais plus d'un exemplaire, je craignais que quelqu'un ne découvre qui j'étais en harcelant Rett pour lui faire avouer comment il avait obtenu ces livres dédicacés ; comme Dolly, la femme du maire et commère de la ville.

Je n'étais pas prêt à faire savoir à quiconque que je vivais ici, mis à part Rett. Même si d'autres pourraient le découvrir sans trop de mal, si Rett y était parvenu. Mais la plupart des gens ne faisaient pas attention aux détails et ils ne feraient sûrement pas le rapprochement. Comme moi quand il s'était agi de comprendre que l'homme devant moi était Everett J. Williams.

Je supposais que Rett n'avait dit à personne que Chase Jones et C. J. Anson étaient une seule et même personne. Et je ne pouvais que lui en être reconnaissant. Je détournai la conversation des dédicaces de mes livres pour ne pas ressembler encore plus à un connard insensible.

— Tu écris bien.

Rett pencha la tête.

— Je me débrouille. Je ne suis pas aussi expérimenté que toi.

Cet homme faisait plus que se débrouiller, et je ne mentais pas. Il écrivait vraiment bien. Il était excellent, même. Je n'avais plus lu quelque chose d'aussi bon depuis des années. Rett avait un vrai talent. Assez pour me donner envie de continuer à l'écouter durant le long trajet ennuyeux depuis Long Island. Assez pour me donner envie de finir la série *Dexter Peabody*.

Les livres retenaient rarement mon attention, maintenant. En fait, peu de choses y parvenaient. Mais sa série l'avait fait. J'envisageais même de lire ou d'écouter toute la bibliographie de l'auteur, s'il en avait une. Rien que ça prouvait la qualité de son écriture.

— Et contrairement à toi, je n'ai jamais vendu de best-seller. Mon lectorat est loin d'être aussi grand que le tien.

— Compte tenu de la qualité de ton travail, ça me surprend. La vérité, c'est que ton écriture est brillante, et que je suis impressionné. Il en faut beaucoup pour que je le sois.

— *Nooon*, c'est vrai ? demanda-t-il avec un rictus.

Je regardai ses lèvres, puis fermai les yeux et secouai la tête pour m'empêcher de me demander quelles sensations elles auraient contre les miennes.

Tu n'es pas ici pour te faire des amis, Chase, ni pour te trouver un amant.

J'avais emménagé à Eagle's Landing pour deux raisons... pour échapper au bruit assourdissant dans ma tête et autour de moi, et plus important encore, pour écrire. C'était tout. Je ne voulais pas attirer l'attention ni coucher avec qui que ce soit d'autre que mon mari.

Hélas, c'était désormais impossible. Tout ce qu'il me restait, c'étaient nos souvenirs intimes. Le souvenir de ce que j'éprouvais quand j'étais avec Thomas, à la fois au lit et en dehors.

Il avait été ce que certains pourraient considérer comme mon « grand amour ». Personne ne pourrait jamais le remplacer, et je n'avais pas envie d'essayer en trouvant quelqu'un d'autre. La perte de mon mari avait laissé un vide dans mon cœur, si grand que personne ne pourrait jamais le combler.

Tous ceux qui essaieraient échoueraient. Je savais que le simple fait d'essayer serait injuste pour l'autre personne.

S'il ne me restait que mes souvenirs pour me tenir compagnie la nuit, ça ne me dérangeait pas. Je n'avais pas le choix, de toute façon, puisque je ne pouvais rien changer à la situation.

Ce fut pour cette raison que je balayai toute trace d'attirance pour Rett et tournai la conversation vers le domaine de l'édition, un sujet bien plus sûr.

— Tu devrais te trouver un agent. Tu es assez bon pour ça.

— Je n'en veux pas.

Pourquoi ne voudrait-il pas d'un agent ? Sa carrière pourrait exploser si elle était bien représentée.

— Un agent pourrait vendre tes livres à l'un des cinq plus gros éditeurs existants.

— Je ne me rappelle pas t'avoir demandé ton avis.

Ah, oui. Il devait avoir décidé d'être aussi désagréable que je l'avais été avec lui durant nos rencontres précédentes. Je le méritais, et je ne pouvais pas lui en vouloir.

— Ta carrière pourrait énormément en bénéficier si tu entrais dans une maison d'édition.

— Peut-être. Mais je me satisfais de publier mes livres moi-même.

Quand il haussa à nouveau les épaules, cela attira mon attention vers ses épaules larges.

— En tant qu'auteur indépendant, murmurai-je, un peu distrait.

— Malgré ce que pensent certains, ce n'est pas un gros mot. Il a toujours semblé y avoir un conflit entre les deux factions. En réalité, les livres publiés de manière traditionnelle ne sont pas meilleurs que les indépendants, si ces derniers sont faits avec sérieux. Et pour être honnête, c'est la meilleure solution, ces temps-ci. Je peux écrire et publier mes livres à la vitesse que je veux. Je peux écrire ce que je veux. J'ai le contrôle créatif total sur tous les aspects de mon boulot, y compris l'illustration de la couverture. Contrairement à toi. Et n'oublions pas que tu as un agent et un éditeur qui sont sur ton dos en permanence, avec des échéances exigeantes et inflexibles.

Je ne pouvais en aucun cas le contredire là-dessus. Il avait raison, cette fois encore. Avoir un gros éditeur et un agent m'avait permis de me décharger d'une partie du boulot, mais ça accroissait aussi mon stress. Surtout en ce moment.

La publication indépendante permettait plus de flexibilité. Je serais le seul à m'infliger du stress, et pas les autres.

Et l'argent... moins d'intermédiaires se partageraient mes revenus, et plus de droits d'auteur iraient dans mes poches.

Peut-être que, pour ma prochaine série, je tenterais cette solution. Mon éditeur actuel avait un droit de préemption sur le reste de la série *Nick Foster* pour tout le temps qu'elle durerait. Alors, si je continuais d'écrire ma série de best-sellers – et je serais fou d'arrêter –, je n'avais d'autre choix que de garder mon éditeur actuel.

— Même si je ne reçois pas de grosse avance comme toi, je n'ai pas non plus à craindre de ne pas rembourser le montant de cette avance avec mes ventes. Je n'ai pas à m'inquiéter qu'un agent prenne une part de mon dû gagné à la sueur de mon front. Je ne suis peut-être pas une célébrité comme Agatha Christie, mais je gagne assez non seulement pour payer mes factures, mais aussi pour éviter d'avoir à fermer cette librairie.

— Pourquoi ?

Il fronça les sourcils sur ses yeux très sombres.

— Pourquoi quoi ?

Je croyais qu'ils étaient marron foncé, comme les miens,

mais ce soir, ils semblaient bien plus sombres. Presque noirs, même. C'était peut-être un effet de l'éclairage de la librairie. J'étais tenté de lui prendre le menton et de lui incliner la tête vers les lampes au plafond pour confirmer ce que je voyais.

— Pourquoi garder la librairie ouverte si elle ne fait pas de profit ?

— Cette librairie... commença-t-il avant de secouer la tête. *Toutes* les librairies sont un coffre au trésor, et les livres en sont le butin. Pour moi, et pour beaucoup de lecteurs, elles sont plus précieuses que le métal le plus inestimable ou que la gemme la plus rare. Comme tu le sais, les livres développent notre esprit, même la fiction. Ils transportent les gens dans des voyages qu'ils ne feraient peut-être jamais autrement. C'est pour cette raison que je saisis toutes les occasions pour encourager les gens à lire. Depuis les enfants des écoles locales jusqu'aux gens dans les maisons de retraite. S'ils n'ont pas les moyens de s'acheter un livre, je le leur prête. Le plus important, c'est que cette boutique me rende heureux et apporte aussi de la joie aux autres. C'est tout ce qui m'importe. Ce bonheur me rend plus riche que si j'avais beaucoup d'argent.

Sa passion profonde pour les livres et la lecture était indéniable. Je trouvais ça fascinant, tout autant que lorsqu'il lisait à voix haute tout à l'heure. Sa voix avait un timbre riche et apaisant, et il n'avait fallu que quelques phrases pour que je me sente absorbé par l'histoire. Après ça, j'avais regretté de ne pas être arrivé plus tôt pour écouter la lecture en entier.

Mais je m'efforçais d'esquiver les longues conversations avec les locaux, pour éviter les questions embarrassantes, ou de paraître impoli. Hélas, j'avais tendance à l'être, parfois, que je le veuille ou non.

Les gens aux bonnes intentions essayaient toujours

d'abattre les murs qui j'avais bâtis autour de moi pour une bonne raison.

Pour survivre.

Pour réussir à me lever le lendemain, et le jour suivant.

En avais-je envie ? Non. Pas quand je devais vivre un jour de plus sans Thomas.

Mais allais-je laisser les personnes que j'abandonnerais derrière moi éprouver la même souffrance que celle que je ressentais en ce moment ? Je savais ce que causait ce genre de deuil, la douleur dévastatrice, et je ne voulais faire subir ça à personne.

Ce qui m'avait poussé à verrouiller ces murs à double tour, pour raccommoder les morceaux fragmentés de moi-même. Pour pouvoir continuer à vivre.

Jour après jour. Nuit après nuit.

Un pas après l'autre à travers les ténèbres. Un jour, je trouverais peut-être la fin de ces ombres, et à ce moment-là, je pourrais revenir dans la lumière.

Mais je ne laisserais personne m'y pousser avant que je ne sois prêt.

Ça faisait partie des raisons pour lesquelles j'avais quitté Long Island. Mes amis et ma famille voulaient bien faire, mais ils ne se rendaient pas compte qu'ils m'étouffaient.

Mon agent voulait ce qu'il y avait de mieux pour moi, lui aussi, parce qu'en retour, il en bénéficierait financièrement. Mais ses « craintes » à l'idée que j'aie du mal à me remettre à l'écriture pouvaient être étouffantes aussi.

Avant de quitter Long Island, tout ce que je voulais faire, c'était rester dans un coin, le dos contre le mur, et grogner sur tout le monde.

Certains jours, c'était encore le cas.

Comme celui où j'avais rencontré Rett, au restaurant.

Je reportai mon attention sur l'homme qui parlait encore.

— Comme tu le sais, avec la popularité des e-books, des librairies ont dû fermer un peu partout. C'est encore le cas. Les e-books sont plus faciles à obtenir et plus économiques. L'autre bénéfice, c'est qu'on peut se balader avec des milliers de livres dans sa tablette. C'est pourquoi, sans mon boulot d'auteur, cette librairie n'aurait pas survécu. C'est plus pour me faire plaisir que je la possède, et elle me sert aussi de bureau. C'est une petite ville, et la boutique ne voit pas beaucoup de clients, je suis donc rarement interrompu. Ça me donne amplement le temps d'écrire. Mieux encore, je peux vivre à l'étage avec mon chien en guise de compagnon constant.

Il montra les rayonnages bien remplis d'un geste de la main.

— Je suis entouré par ce que j'aime faire. Lire et écrire. Je n'ai pas besoin d'un agent ni d'un gros éditeur ni de devenir un auteur célèbre. Je suis satisfait de ma vie. Contrairement à toi.

Contrairement à toi.

Ces trois mots me blessèrent, même s'il avait conservé un ton égal et qu'il n'avait pas du tout eu l'air en colère durant son discours.

Une fois de plus, il avait raison, aussi agaçant que ça puisse être. Mais je ne lui avouerais pas que j'étais loin d'être satisfait de ma vie et que je n'étais pas sûr de l'être un jour.

J'étais plus ou moins seul au milieu d'une bascule, à essayer de la maintenir en équilibre. Si je me penchais un peu trop d'un côté ou de l'autre, je ferais une lourde chute.

Mon emménagement à Eagle's Landing était censé m'aider à retrouver un équilibre dans ma vie. Je l'avais perdu depuis le jour où j'avais retrouvé Thomas mort. Dans la seconde qui avait suivi cette découverte, tout s'était effondré autour de moi, tout s'était retrouvé sens dessus dessous. Cet instant tragique était devenu l'épicentre de l'explosion.

Avant ça, Thomas était assis d'un côté de cette bascule et, moi, de l'autre. Nous nous maintenions en équilibre. Chaque fois qu'il s'enfonçait dans la déprime, j'étais là pour le relever jusqu'à ce que l'équilibre soit retrouvé.

Nous étions une équipe, et je croyais qu'on était heureux.

Comme Rett affirmait l'être. Cet homme menait une vie simple, et il était heureux. Il avait un commerce qu'il aimait, même s'il ne pouvait survivre seul. Il avait une carrière d'écrivain florissante, assez pour payer ses factures. Et bien sûr, il avait un chien fidèle.

Ce qu'il n'avait pas, par contre, c'était quelqu'un assis en face de lui sur la bascule de sa vie. Il était en équilibre au milieu, tout seul. Comme moi en ce moment. Mais il semblait bien mieux se débrouiller que moi.

Ma bascule n'arrêtait pas de pencher d'un côté et de l'autre, et chaque fois que ça arrivait, je devais compenser pour en corriger l'équilibre. Je devrais soit réussir à la redresser, soit en sauter pour de bon. Parce que j'en avais marre de lutter pour la maintenir droite.

— Bon, très bien...

Il était temps pour moi de partir. J'étais déjà resté trop longtemps. Surtout sachant que je commençais à apprécier l'homme à quelques pas de moi.

Je le respectais pour ce qu'il était, pour sa passion et sa manière de mener sa vie, sans regret et sans se plaindre.

Pendant que je me noyais dans mes remords.

— La vérité est parfois désagréable, hein ?

C'était lui qui se comportait comme un connard, là. Oui, je le méritais peut-être, mais rien ne m'obligeait à rester là à supporter ses critiques. J'étais venu ici pour rencontrer

Everett J. Williams. Et il se trouvait que cet homme était Rett.

Je devrais le remercier d'avoir partagé ses mots avec le monde, et plus spécifiquement avec moi. Hélas, les paroles avaient du mal à sortir de ma bouche. En grande partie à cause de ma peur paralysante à l'idée qu'il veuille savoir *pourquoi* ses livres étaient si importants pour moi.

— Merci de m'avoir apporté les prochains livres de Dexter Peabody, dis-je à la place. Qu'ils soient indépendants ou traditionnels, peu importe, continue de les écrire. Quand j'aurai rattrapé mon retard, je reviendrai chercher le reste de la série.

Il hocha la tête, et je me retournai pour partir, espérant que la pression qui s'était accumulée dans ma poitrine se dissiperait dès que je serais sorti.

J'avais l'impression que les murs se refermaient autour de moi – ceux de la librairie, pas ceux au fond de moi – créant une boîte autour de nous deux.

Une boîte à l'intérieur de laquelle je ne pouvais pas rester. Ni maintenant, ni jamais.

Sa prochaine question interrompit mes pensées d'un coup.

— Au fait, comment avance l'écriture de ton côté ?

C'était bien la preuve que cet homme était plus observateur que moi. Je craignais qu'il lise en moi comme dans un livre ouvert et décèle le tourment qui m'affligeait en plus de tout ce que je cachais.

Hélas, la vérité était que mes écrits n'avançaient pas du tout. Ce n'était pas un échec total, mais les mots ne se déversaient pas aussi aisément qu'ils le devraient. Mon stress ne faisait qu'empirer mon syndrome de la page blanche.

J'avais assez de bois de chauffage pour tenir très longtemps, parce que je m'étais focalisé sur la tâche de fendre du bois au lieu de me concentrer sur mon écriture. C'était devenu comme une forme de thérapie pour moi, ainsi qu'un moyen de soulager toute la colère accumulée au fond de moi, quand je pensais à l'injustice de la vie.

Mais il fallait que ça change parce que ce livre ne s'écrirait pas tout seul, même si j'aurais bien aimé.

Je regardai l'homme devant moi. Si nous avions été amis, il aurait été la personne idéale sur qui faire rebondir mes idées. Comme je le faisais avec Thomas.

C'était peut-être pour ça que j'avais autant de mal à écrire. Mon partenaire, dont l'opinion et les réflexions comptaient pour moi, même s'il n'était pas écrivain, était parti. Non seulement il avait laissé un vide dans mon cœur, mais il en avait aussi creusé un dans mon processus créatif.

Mais Rett et moi n'étions pas amis, et la façon dont je l'avais traité par le passé garantissait le fait qu'on ne le serait jamais. Quand il s'était montré gentil, j'avais été tout le contraire. Et j'étais le seul à blâmer pour ça.

Ça n'avait rien de nouveau.

Pouvais-je faire un effort pour arranger ça ? Peut-être, mais ça risquait de lui faire voir que j'étais complètement bousillé. Je n'étais pas prêt à laisser qui que ce soit se rapprocher à ce point de moi.

— Ça avance, mentis-je.

À en croire le regard qu'il me lança, il ne me croyait pas.

— Combien de stères de bois de chauffage tu as, maintenant ?

Je ne savais pas du tout combien représentait un stère de bois, mais je répondis :

— Un tas.

Il hocha la tête et reprit une expression indéchiffrable.

— Si tu veux, Harry pourra t'en racheter pour le vendre aux gens qui viennent dans la région pour camper, pêcher ou chasser. Il vend de petits ballots de bois de chauffage. Ce serait gagnant-gagnant pour vous deux.

Pourquoi avais-je l'impression que cet homme, le seul que j'avais rencontré récemment, me connaissait mieux qu'il ne le devrait ?

Une raison de plus pour le maintenir à distance, en plus de mon attirance pour lui.

— Je vais tâcher de m'en souvenir.

— Si tu as besoin de mon pick-up pour en apporter en ville, fais-le-moi savoir.

Nous nous regardâmes tous les deux dans un silence gênant.

Encore une fois, il me tendait un rameau d'olivier, même si je ne le méritais pas, et c'était à moi de l'accepter ou de le repousser.

Mon premier réflexe fut de l'envoyer promener, comme chaque fois depuis deux ans. De l'empêcher de traverser mes défenses pour atteindre la partie de moi la plus à vif et vulnérable.

— OK, merci, finis-je par murmurer.

Il tendit la main derrière moi pour prendre une carte de visite de la librairie. Son bras effleura accidentellement le mien.

Ma peau me picota et une chaleur se répandit dans mon bras ventre, confirmant mes craintes de le trouver attirant, même s'il était sûrement hétéro.

Mon esprit devait me jouer des tours.

Je n'avais plus laissé personne me toucher depuis la mort de Thomas. Pas même pour une simple étreinte. Je ne m'étais autorisé aucun contact physique avec ma famille, ni avec qui que ce soit d'autre. Si je laissais quelqu'un me toucher, je craignais de me désintégrer en un tas de poussière. Ensuite, un vent fort soufflerait et la balaierait jusqu'à ce qu'il ne reste plus rien de moi.

Pas même un seul grain.

Pas un seul.

Ses narines s'étaient dilatées, et ses yeux étaient devenus encore plus sombres quand ses pupilles s'étaient dilatées. Les poils fins de ses avant-bras se hérissèrent à cause de la chair de poule.

Qu'est-ce qui m'arrive ? Il avait réagi à ce contact accidentel, lui aussi. Comment était-ce possible ?

D'un geste raide et saccadé, il se détourna, attrapa le stylo posé sur le comptoir et griffonna quelque chose au dos de la carte.

Quand il se tourna à nouveau vers moi, il esquiva mon regard.

— C'est mon numéro de téléphone personnel.

Je lui pris la carte en prenant garde d'éviter que nos doigts se touchent, et je regardai les chiffres écrits avec soin.

— Pourquoi j'aurais besoin de ça ?

Il leva les yeux, mais dès qu'il croisa mon regard, il reporta son attention au-dessus de mon épaule.

— Tu n'en auras sûrement pas besoin, mais je te le donne quand même.

Sa voix était devenue un peu plus rauque.

Bon Dieu. Notre contact accidentel l'avait affecté autant que moi.

Était-il gay, lui aussi ?

Je ne poserais pas la question. Je ne voulais pas savoir. Si c'était le cas...

Non.

Non, même si nous devenions amis un jour, ça suffirait amplement. Je ne voulais pas d'un amant. Je ne voulais plus rien *ressentir* pour personne. Je n'étais pas prêt à prendre le risque d'ouvrir mon cœur pour ce genre de relation.

Je frottai sa carte de visite du pouce. Était-elle encore un peu chaude, là où il l'avait tenue ?

Bordel, Chase ! Arrête ça.

Je m'empressai de retourner la carte avec mon index et hochai la tête.

— Merci. J'essaierai de ne pas te déranger trop souvent.

Rett émit un petit ricanement, mais continua d'esquiver mon regard.

— Je ne m'inquiète pas trop pour ça.

Il croyait que je ne l'appellerais jamais.

Il avait sûrement raison.

— Bon, eh bien…

— Je dois fermer.

Il voulait que je parte. La réaction de nos corps était peut-être tout aussi embarrassante pour lui que pour moi.

— Bien sûr, murmurai-je en me tournant vers la porte.

Sans m'arrêter, je passai la porte, montai dans ma Bronco, sortis de la ville, remontai sur la montagne et rentrai dans ma cabane.

J'étais de retour en sécurité.

Parce qu'apparemment, je ne l'étais pas du tout dans cette librairie.

Chapitre Sept

Rett

UNE FOIS DE PLUS, j'allais à un endroit où je n'étais pas désiré. Je le savais déjà, et je le faisais quand même.

Chase ne m'avait pas contacté une seule fois, que ce soit en personne ou par téléphone. Il avait sûrement jeté ma carte de visite à la seconde où il était sorti de ma librairie, trois semaines plus tôt.

C'était la dernière fois que j'avais vu l'ours en hibernation avant qu'il ne retourne dans sa grotte de montagne.

J'avais remis les livres qu'il m'avait ramenés sur leur étagère – toujours pas dédicacés, bien sûr – et, de temps en temps, je me retrouvais devant cette étagère précise. Je me mentais à moi-même en me disant que je devais vérifier mon stock de ses livres et des miens, même si je disposais d'un excellent système de point de vente qui gardait un suivi automatique de l'inventaire.

Je me surprenais à me perdre dans mes pensées tout en

faisant courir mes doigts le long du dos des romans en faisant comme si je les faisais glisser sur sa peau nue.

Bien sûr, ça n'avait pas le même effet sur moi que lorsque nos bras s'étaient effleurés ce soir-là.

J'avais eu l'impression de toucher du feu. Des étincelles avaient jailli en moi et des flammes brûlantes s'étaient élevées en spirale de ma tête jusqu'à mes orteils, pendant que tout le sang affluait dans mon sexe.

Ma réaction m'avait abasourdi, mais il avait paru profondément troublé par sa propre réaction à notre contact très banal et accidentel.

Bien sûr que je le trouvais attirant. Mais seulement de l'extérieur, pas de l'intérieur. Je détestais ça, mais j'étais prêt à trouver toutes les excuses pour le toucher plus. Avec son consentement, bien sûr.

À la fin de chaque journée, après avoir fermé la boutique, éteint mon ordinateur et attaché la laisse au collier de Timber pour lui faire faire sa promenade du soir... Quand je m'autorisais à repenser à cet instant précis... mon imagination galopait, et j'avais bien du mal à la contenir.

Je me demandais ce que ça ferait s'il acceptait qu'on se touche... qu'on s'embrasse... et plus encore.

Jamais un contact aussi bref, aussi simple, ne m'avait affecté autant. À tel point que j'étais en train de développer une légère obsession pour cet homme.

Si je restais assez longtemps devant l'étagère, je finissais par sortir l'un de ses livres et le retourner pour examiner à nouveau sa photo datée en noir et blanc.

Elle avait été prise à une époque où il semblait bien plus heureux que maintenant.

Quand il était encore marié, sûrement, avant que la mort de son époux ne l'anéantisse.

Même si nous n'en avions pas parlé, je supposais que c'était ce qui l'avait rendu aussi insociable.

Non seulement la perte de son partenaire de vie lui avait brisé le cœur, comme il fallait s'y attendre, mais ça avait étouffé sa créativité et ça l'avait poussé à fuir son foyer à New York. Où il était sûrement entouré d'amis attentionnés et d'une famille aimante.

Ce dont il ne disposait pas ici. Ici, il n'avait personne.

Personne pour le soutenir. Personne à qui parler. Personne pour se soucier de lui.

Chase était venu à Eagle's Landing pour se terrer, pour continuer à lécher ses blessures après le deuil subi deux ans plus tôt. Il devait se cacher des gens les plus proches de lui, qui s'inquiétaient qu'il n'ait pas encore atteint la cinquième étape du deuil.

J'avais fait quelques recherches au sujet de la perte d'êtres aimés après le soir où il était venu pour la lecture. En plus de ce que je savais déjà, j'avais appris que le processus du deuil était unique à chaque individu et que les étapes n'étaient pas gravées dans la pierre.

Quand j'avais perdu mon frère, j'avais suivi le déroulement classique, semblait-il, en traversant les cinq étapes habituelles. Mais je n'avais jamais été du genre à me complaire dans ma douleur. Je n'avais jamais été non plus du genre à me plaindre du fait que la vie était injuste. Je vivais chaque jour en étant bien conscient de ce fait.

J'avais accepté ce que je n'avais pas le pouvoir de changer. Je faisais de mon mieux pour changer ce que je ne pouvais accepter.

Si la vie avait été juste, je n'aurais pas perdu mon frère. Je ne serais pas seul et j'aurais déjà trouvé mon âme sœur. Je serais plus réputé dans le genre policier, et je n'aurais pas à me battre autant pour me faire ma petite place dans ce domaine.

Surtout sachant que le grand C.J. Anson m'avait informé que mon écriture était « brillante ». Ça m'avait grisé d'entendre ça, surtout venant d'un auteur aussi prestigieux que lui. Mais ça n'avait pas amélioré mon modeste succès.

J'étais à nouveau garé derrière la cabane, pas pressé de sortir. Je coupai le moteur de ma Chevrolet et regardai la porte de derrière. Rien ne semblait avoir changé depuis la dernière fois que j'étais venu ici.

Ce qui me faisait me demander s'il avait bossé sur l'intérieur de la cabane. S'il était chez lui – et je supposais qu'il l'était, puisque j'étais garé à côté de sa Bronco –, j'essaierais peut-être d'abattre une partie de ses défenses en lui demandant de me montrer l'intérieur.

D'un autre côté, il risquait d'être énervé de me voir arriver ici sans avoir été invité, et pour être venu le déranger. Il me dirait peut-être de dégager.

Durant mes recherches, j'avais lu que les gens pouvaient régresser dans les étapes antérieures du deuil. Ils pouvaient aussi faire des allers-retours entre les différentes étapes. À mon avis, Chase rebondissait entre la colère et la dépression.

Il était tout à fait possible qu'il soit coincé dans une boucle infinie dont il n'arrivait pas à se libérer. Une petite poussée dans la bonne direction pourrait lui être bénéfique.

De ma part, bien sûr. Parce que, apparemment, j'aimais me torturer en essayant d'établir une meilleure connexion avec un homme qui n'en avait aucune envie.

J'avais reçu le message cinq sur cinq, mais ça ne voulait pas dire que je l'écouterais. Par contre, je devais aussi être préparé à sa réaction.

Assis dans mon pick-up, j'enfilai mon armure invisible, me préparant au combat.

Je devais l'admettre, j'étais bête de faire ça. Mais nous étions tous deux des auteurs, et si nous ne nous serrions pas les coudes...

C'est ça, Rett, continue de te mentir à toi-même. Tu sais très bien pourquoi tu es ici. Et ce n'est pas pour lui apporter les deux prochains livres de ta série et lui dire que tu as terminé le premier jet du dernier.

Ni pour lui demander s'il accepterait de bêta-lire ton travail et de te donner son opinion avant de l'envoyer à ton éditeur.

Je ne devrais pas accorder de valeur à son opinion sur mes écrits, mais il m'était difficile de m'en empêcher. Et à dire vrai, j'en serais honoré s'il acceptait de lire mon manuscrit inédit et de me donner son avis, qu'il soit bon ou mauvais.

Je serais même aux anges s'il se portait volontaire pour m'écrire une préface. Ce serait vraiment incroyable si un auteur de renommée mondiale comme C. J. Anson expliquait aux lecteurs pourquoi ils devraient lire mon livre.

Calme-toi, imbécile, ça n'arrivera jamais. Tu en attends trop de quelqu'un qui ne veut quasiment rien partager avec toi.

Pour la centième fois, je me demandai s'il avait toujours été comme ça ou si ça découlait de la perte de son mari. Je ne connaîtrais peut-être jamais la réponse, s'il ne surmontait jamais son deuil.

Mais s'il restait bloqué dans cette boucle perpétuelle pour le restant de sa vie...

Ce serait aussi triste que lorsque M. Coleman était mort tout seul dans cette cabane.

Chase ne devrait pas rester seul. Ce n'était que mon opinion, bien sûr, parce que j'étais certain qu'il ne serait pas d'accord.

Je dis à Timber de rester où il était, sortis de ma voiture et grimpai les marches jusqu'à la porte sans fenêtres. Je remarquai que les vitres neuves à l'arrière de la cabane étaient désormais ornées de rideaux, et même s'ils étaient ouverts, je ne voulais pas coller mon visage contre la vitre pour regarder à l'intérieur. Au lieu de ça, je fis ce que la plupart des gens civilisés feraient, et je frappai à la porte. Mon coup fut un peu assourdi à cause de l'épaisseur du bois.

Les portes n'étaient plus conçues ainsi. Celui qui avait construit cette cabane, peut-être M. Coleman en personne, avait dû fabriquer les portes lui-même, en solide bois de cèdre. Sûrement pour les rendre à l'épreuve des ours bruns.

Mais dans ce cas précis, l'ours vivait de l'autre côté de la porte.

Je remuai d'un pied sur l'autre, impatient, et tendis l'oreille pour voir si j'entendais des pas approcher. La cabane n'était pas bien grande, et si Chase était à l'intérieur, il ne devait se trouver qu'à quelques mètres de la porte.

Je frappai une deuxième fois, sans réponse.

Lassé d'attendre, je décidai de contourner la cabane pour rejoindre l'avant. Il n'avait peut-être pas entendu mon pickup se plaindre et râler pendant qu'il escaladait la rue Coleman.

À mon avis, Chase n'améliorerait jamais l'état de la rue, vu que ça dissuadait les visiteurs de passer le voir à l'improviste.

Des visiteurs indésirables comme moi.

J'avais remarqué qu'une nouvelle pancarte « défense d'entrer » avait été installée au bas de la montagne, près de la route. Mais bien sûr, je l'avais ignorée tout autant que l'état déplorable du chemin de terre.

Je m'arrêtai au coin de la cabane et regardai Timber, assis sur le siège passager, la tête passée par la vitre, les oreilles dressées de manière attentive et la langue pendant d'un côté de sa gueule.

Ses yeux étaient rivés sur moi. Même de là où j'étais, je voyais qu'il me suppliait du regard de le laisser venir avec moi.

J'étais un idiot.

— OK. Viens !

Avec un jappement bref et surexcité, il sauta par la vitre passager et s'élança en courant. Quand il arriva devant moi, sa queue était dressée et remuait de droite à gauche dans sa joie d'avoir été inclus à ma petite recherche.

— Je te jure, tu es aussi obsédé par cet homme que moi, espèce de traître, lui marmonnai-je entre mes dents.

Je me remis en route, et Timber tourna une fois autour de moi avant de m'emboîter le pas.

J'arrivai à l'avant de la cabane et, ne trouvant pas Chase sur le porche couvert et rustique, je grimpai les marches pour venir frapper à cette porte-là.

Timber s'assit à côté de moi pendant que j'attendais, son regard passant de moi à la porte comme pour me dire : « Contente-toi d'ouvrir cette porte, imbécile. Qu'est-ce qu'on attend ? »

— Eh bien, lui répondis-je à voix basse. S'il a suivi mes conseils et acheté un fusil ou une carabine, je n'ai pas envie de me faire trouer la peau. Et toi ?

Timber leva la tête vers moi, se lécha les babines, et j'aurais pu jurer le voir approuver d'un signe de tête.

Je soupirai.

Ce n'était pas la première fois que j'avais une conversation avec mon chien. Ça arrivait souvent, sachant que je vivais seul.

Correction : Timber et moi vivions seuls.

Je me sentirais sûrement seul s'il n'était pas là pour être mon compagnon constant.

Hum.

Je repoussai une pensée égarée et, après avoir frappé une nouvelle fois à la porte, n'entendis qu'un silence de mort.

Chase n'était pas là. Quand je me retournai pour scruter les environs à la recherche d'un signe de lui, je remarquai que la remise était remplie de bois de chauffage. D'autres piles étaient empilées avec soin plus près de la cabane et le long des flancs de l'appentis.

Je repérai aussi un arbre abattu, qui avait été tronçonné en plusieurs sections plus faciles à déplacer et empilées à côté de la souche que Chase utilisait pour fendre le bois.

Timber et moi étions peut-être un peu obsédés par Chase, mais ce dernier avait l'air obsédé par le bois. Puisqu'il n'était pas là pour me voir, je ne pris pas la peine de réprimer mon sourire à la blague puérile qui me vint à l'esprit à propos de cet homme et de son bois.

Je scrutai à nouveau les environs. Le ciel bleu était éclatant, aujourd'hui, et seul un nuage blanc et solitaire était visible au loin, près du sommet de la montagne qui se dressait au-delà d'Eagle's Lake. Des oiseaux gazouillaient et pépiaient, occupés à ce que les oiseaux faisaient dans la journée. La légère brise printanière était chaude sur ma peau et le soleil se reflétait sur l'eau immobile.

Je fronçai les sourcils.

Je m'étais trompé. L'eau n'était pas immobile. Une tache noire bougeait dans l'eau, formant des ondulations dans son sillage. Une tortue ? Un castor ? Cette bonne vieille Nessie, le monstre du loch Ness ?

— Allons-y, ordonnai-je à Timber en gardant les yeux rivés sur ce qui nageait vers la rive.

Quoi que ce puisse être, c'était encore loin de la côte.

Je descendis du porche et traversai l'espace de la taille d'un demi-terrain de football qui séparait la cabane du lac. Timber trottinait joyeusement à côté de moi.

Ce fut alors que je la vis. Une serviette jetée sur le dossier d'une vieille chaise en plastique, à côté du bord de l'eau. J'imaginais sans mal Chase assis sur cette chaise, plongé dans une réflexion silencieuse. Ça pourrait même être un endroit inspirant où écrire.

Ce qui me fit me dire que je devrais me trouver un endroit spécial dans la nature où m'asseoir et écrire, moi aussi. L'air frais me ferait peut-être du bien, après avoir passé la journée à écrire dans un recoin de la boutique. Un changement de décor me donnerait peut-être de nouvelles idées.

Timber émit une plainte, attirant mon attention. Il observait l'objet en mouvement se rapprocher. Il laissa échapper un aboiement bref et se mit à danser le long de la rive boueuse et rocailleuse.

Je plissai les yeux et observai de plus près ce qui n'était clairement pas une tortue.

Quand cet « objet » – composé de deux yeux, de cheveux noirs ébouriffés et d'une barbe – se hissa hors de l'eau, ma respiration se coinça dans ma gorge.

C'était précisément la personne que j'étais venue voir. N'avait-il pas conscience de tous les dangers que pouvait représenter un lac comme celui-là ? Et pire encore, il nageait tout seul.

J'étais bien content que Timber n'aime pas l'eau, autrement mon traître de chien aurait plongé sans attendre pour retrouver son nouveau meilleur ami.

Je secouai la tête, et poussai un soupir quand Chase fut enfin assez près de la rive pour avoir pied.

Je m'étranglai avec ma salive quand il émergea de l'eau et continua d'avancer vers nous. Je déglutis et ma pomme d'Adam se coinça un instant, avant de redescendre comme une fusée revenant sur Terre.

Il était complètement nu.

Les fesses à l'air.

Un ours tout nu.

Mon cerveau se mit à buguer comme un fil électrique en plein court-circuit.

Il sortait de l'eau comme un roi, sans une once de gêne, et son regard resta rivé sur moi à chaque pas qu'il fit.

Il ne se cacha pas non plus à mon regard curieux.

Mais *bordel de merde...* son corps... il avait beaucoup changé depuis la dernière fois que je l'avais vu, trois semaines plus tôt.

Apparemment la nage faisait beaucoup de bien au corps, tout comme le fait de couper du bois.

Si seulement ça avait le même effet sur sa santé mentale...

Mais ce n'était pas son cerveau que je regardais en cet instant, c'était autre chose.

Je ne devrais pas.

Je ne pus m'en empêcher. Surtout vu la façon dont il rebondissait entre ses deux cuisses fermes, légèrement duveteuses.

— L'eau est froide, marmonna Chase.

Je me raclai la gorge et levai les deux yeux, ainsi qu'un sourcil.

— Ah oui ?

S'il était comme ça quand l'eau froide le faisait se contracter, alors...

Je me mordillai la lèvre inférieure. *Boooordel.*

Il dut s'arrêter de marcher avant de m'avoir rejoint, parce que Timber était passé en mode chien de berger et formait des cercles si serrés autour de Chase qu'il risquait de le faire trébucher. Mon berger allemand jappait aussi de manière surexcitée et perçante, tentant d'attirer l'attention de l'homme. Mais Chase était focalisé sur moi.

Il prit une inspiration entre ses dents avant de murmurer :

— Ouais.

— Viens te réchauffer, alors.

Je m'obligeai à bouger et attrapai la serviette sur la chaise à côté de moi. Je la lui tins ouverte.

Parce que j'étais quelqu'un de serviable.

— Qu'est-ce que tu fais ici ? Je ne me souviens pas de t'avoir invité, dit-il d'un ton sec, ignorant la serviette et mon offre généreuse de le réchauffer.

— Si. Tu as dû oublier.

— Je m'en souviendrais si c'était le cas.

— Tu viens de dire que tu ne t'en souvenais pas.

— Je t'ai aussi demandé ce que tu faisais ici. Tu ne m'as toujours pas répondu.

— Je vais le faire, lui assurai-je. Tu veux ta serviette, d'abord ? Ou bien tu préfères sécher à l'air libre ?

C'était ce que j'aurais choisi, à sa place, mais je doutais qu'il veuille entendre mon opinion.

— Je n'ai rien à cacher.

— C'est clair, répondis-je entre mes dents.

J'espérais qu'il avance vers la serviette ouverte et me laisse le frotter pour le sécher. Cet espoir s'éteignit bien vite quand il me la prit des doigts et s'essuya grossièrement les cheveux avec, ôtant l'excédent d'eau.

Je m'attendais à ce qu'il l'enroule autour de sa taille pour cacher ses bijoux de famille de taille appréciable à mes yeux indiscrets, mais de toute évidence, ça ne lui posait aucun problème.

Ses cheveux humides et hirsutes pointant dans toutes les directions, il s'essuya le visage, puis ses larges épaules, ses bras musclés, avant de passer la serviette sur son torse – ses abdos étaient un peu plus définis que la dernière fois que je l'avais vu torse nu – et d'essuyer ses deux jambes en prenant son temps. Enfin, il enroula cette fichue serviette autour de sa taille.

Un soupir déçu m'échappa avant que je n'aie pu le retenir.

Quand il eut terminé de nouer la serviette au niveau de sa hanche – je me fis la remarque que sa ceinture d'Adonis, le V musculeux entre ses hanches, semblait mieux définie qu'avant, elle aussi –, il leva ses yeux marron et les riva aux miens.

— C'était une analyse de mon état de santé, ça aussi ?

Je me grattai la nuque et haussai les épaules.

— Non. C'était juste pour moi. Merci pour ça.

Il pencha la tête.

— Tu n'avais encore jamais vu d'homme nu ?

— J'en ai vu des tas, mais aucun comme toi pour de vrai.

C'était la pure vérité. Aucun des hommes avec qui j'avais pu coucher par le passé ne ressemblait à Chase.

Mes partenaires n'avaient jamais été des trolls, mais personne n'arrivait à la cheville de l'homme devant moi. Ce serait super de trouver quelqu'un qui ait la combinaison parfaite. Aussi attirant à l'intérieur qu'à l'extérieur.

Il me rappelait cette fois que j'avais acheté une nouvelle cafetière pour la librairie. Quand j'avais ouvert le carton, ravi qu'elle soit enfin arrivée, j'avais été déçu de découvrir que l'objet à l'intérieur était endommagé.

Sourcils froncés, Chase scruta mon visage, avant de descendre jusqu'à mes bottes, ne s'arrêtant qu'au niveau de l'érection que je ne pris pas la peine de cacher. Ça n'aurait fait que la rendre encore plus évidente.

Je n'avais pas honte de mon attirance pour lui. On faisait tous des erreurs qu'on devait assumer.

Et puis, s'il n'avait pas voulu que je le reluque, il se serait couvert plus tôt. Il ne l'avait pas fait, et il avait fait exprès de prendre son temps. C'était le plus bizarre. Surtout sachant qu'il se comportait comme s'il ne m'aimait pas.

— Qu'est-ce que tu es ? finit-il par demander.

Il me fallut une seconde pour comprendre ce qu'il me demandait.

— La même chose que toi.

J'aurais pu jurer le voir cesser de respirer et se transformer en statue de Michel-Ange. Il cessa même de cligner des paupières pendant un long moment.

Puis, comme si quelqu'un avait appuyé sur un interrupteur, il rejeta la tête en arrière et le reste de son corps revint à la vie.

— Qu'est-ce que ça veut dire ?

— Tu sais ce que ça veut dire.

Il plissa les lèvres et étrécit les yeux.

— Comment tu le sais ?

Merde.

Comment répondre à cette question sans lui laisser croire que j'avais fouillé dans sa vie ? Même si c'était bien ce que j'avais fait en cherchant les rubriques nécrologiques.

— J'ai deviné, c'est tout, mentis-je.

— Tu t'es trompé dans ce cas.

— Non. Un hétéro ne s'exhibe pas devant un autre homme.

Sa mâchoire se contracta, et il grogna :

— Tu crois que je m'exhibais ?

Il était temps de le mettre un peu dans l'embarras, comme il l'avait fait avec moi.

— Ce n'était pas le cas ?

— Qu'est-ce que tu fais là ? Je veux que tu répondes à cette question avant que je n'envisage de répondre aux tiennes. Tu es encore venu voir comment j'allais ?

— Ça fait trois semaines, remarquai-je d'un ton désinvolte.

— Je n'avais pas fait attention.

— Tu ne t'ennuies pas quand tu restes seul ici pendant des semaines d'affilée ?

— J'ai l'air de m'ennuyer ?

— Non, tu as l'air...

Il haussa un sourcil.

— Tu sais de quoi tu as l'air, terminai-je d'un ton précipité.

— Je n'y ai pas vraiment réfléchi.

Moi si. Je soupirai.

— On peut repartir à zéro ?

— Pourquoi ?

— Parce qu'on pourrait être amis.

— Je n'ai pas de place pour ça dans ma vie, annonça-t-il.

Il tapota Timber sur la tête, le grattouilla brièvement derrière les oreilles, puis se mit en route vers la cabane.

Je restai planté là une seconde et le regardai partir.

Mon chien trottinait sur ses talons tout en remuant la queue.

Traître !

Je soupirai encore et lançai :

— On a beaucoup en commun.

— Non, c'est faux, rétorqua-t-il par-dessus son épaule sans ralentir.

Je me mis en mouvement d'un coup et lui courus après. Je craignais qu'il m'enferme dehors s'il rentrait dans sa cabane. Et ce n'était pas une crainte infondée, il y avait une vraie probabilité pour qu'il le fasse.

— On est tous les deux des auteurs.

Idiot.

— Et alors ?

— Timber est loyal envers nous deux.

Si faible.

Il ralentit le pas, puis s'arrêta, regarda mon chien, avant de continuer de monter les marches du porche.

— Ça fait juste deux trucs.

— On est tous les deux des hommes.

Pour l'amour du ciel, cette remarque était encore pire.

Il secoua la tête sans se retourner.

— Des hommes *gay.*

Il s'arrêta encore, la main sur la poignée de la porte, mais garda le dos tourné.

— Je suis le seul gay de cette ville depuis que j'ai emménagé ici, il y a plus de dix ans.

Il resta figé sur place.

Je m'empressai de continuer, puisque j'avais son attention.

— Je n'ai jamais dit ça à personne.

C'était vrai. Tout le monde en ville supposait que j'étais hétéro, raison pour laquelle ils n'arrêtaient pas de me pousser verse leurs connaissances féminines célibataires.

Si quelqu'un était venu directement me poser la question, je lui aurais dit la vérité. Mais personne ne m'avait jamais demandé pourquoi je restais célibataire et rejetais toutes leurs tentatives pour me trouver quelqu'un.

Chase lâcha la poignée et se tourna vers moi au moment où j'arrivais en bas des marches du porche. Son visage était sans expression. Son regard, méfiant. Son corps, rigide.

— Je n'ai jamais dit que j'étais gay.

Je ne grimpai pas les marches. Je restai en bas et me

léchai les lèvres, m'accordant une seconde pour trouver une excuse expliquant pourquoi je savais qu'il était gay.

— Et même si je l'étais, ajouta-t-il, ça ne regarde personne sauf moi.

— Je suis d'accord. C'est pour ça que je ne l'ai jamais dit à personne.

— Tu viens de me le dire, à moi.

— Parce que je peux m'identifier à toi.

— Encore une fois, je...

— On partage un secret, maintenant.

Bordel, j'ai quel âge ? Dix ans ?

— Je n'ai pas de secret.

Il était sérieux ?

— Aucun ?

— Ce n'est un secret que si on veut que personne ne le découvre.

C'était vrai, et Chase mentait quand il affirmait n'avoir aucun secret. Mais je n'avais pas envie de vendre la mèche et d'avouer que j'avais découvert que son défunt partenaire était un homme.

— Et nos noms d'auteur, alors ?

Je devrais me contenter de rentrer en ville puisque, de toute évidence, j'avais perdu toute capacité à communiquer de manière efficace.

Quelque chose passa dans ses yeux, mais il s'empressa de le cacher.

— Tu n'en as pas. Tu utilises ton nom complet.

Je ne lui avais jamais dit ça. Je ne lui avais jamais confié que mon nom de famille était vraiment Williams. Je ne lui avais jamais dit quels étaient mes vrais premier et deuxième prénoms.

— Et comment tu sais ça ? m'enquis-je, surpris.

Son visage était désormais indéchiffrable, mais ses

narines se dilatèrent légèrement, le trahissant. Il avait fait des recherches sur moi, tout comme j'en avais fait sur lui.

Intéressant, mais pourquoi ?

— C'est évident, finit-il par répondre. C'est aussi écrit sur ta carte de visite.

Merde.

— Alors, tu ne l'as pas jetée ?

— Pourquoi j'aurais fait ça ?

Parce que tu ne peux pas t'empêcher de te comporter comme un gros con parfois, voilà pourquoi.

— Tu peux appeler le numéro au dos quand tu veux.

— Ce ne sera pas nécessaire. Je dois rentrer me changer, maintenant.

Il me congédiait, mais je n'en avais pas encore terminé avec lui.

— Je vais attendre. J'ai un truc à te donner dans mon pick-up.

— Quoi que ce soit, je n'en ai pas besoin.

— J'ai aussi un service à te demander.

— Dois-je te rappeler que nous ne sommes pas amis ?

— Pas encore, précisai-je.

J'étais vraiment borné. Je le savais, et Chase commençait à le comprendre.

Il baissa la tête et regarda ses pieds nus. Je ne pus résister à l'envie de leur jeter un coup d'œil aussi. Il avait de très beaux pieds, et je remarquai que quelques poils noirs décoraient ses gros orteils. Il en avait tout juste assez. C'était viril, sans trop faire homme des cavernes.

Je ne savais pas pourquoi je les trouvais sexy – je n'avais encore jamais prêté attention aux pieds des gens, à moins qu'ils ne ressemblent à des sabots fourchus – mais, avec Chase, c'était le cas.

Il secoua la tête, soupira, puis la releva. Je m'assurai que mon regard soit au-dessus de sa taille. Au-dessus de son cou, même.

Ça faisait longtemps que je n'avais pas été avec un homme, et c'était sûrement pour ça que celui-là m'attirait autant.

Mon dernier rencard datait d'un an plus tôt. Depuis que j'avais emménagé à Eagle's Landing, je devais aller chercher mes rencontres dans des zones plus peuplées, comme Williamsport, Scranton ou Wilkes-Barre.

Mais tous ces flirts étaient de courte durée. C'étaient plus des aventures que des relations. Un répit du manque d'intimité et de contact avec un autre homme jusqu'à ce que je trouve le prochain. Aucun des hommes avec lesquels j'étais sorti ou avec qui j'avais couché n'avait résisté à l'épreuve du temps.

Autrement dit, cela ne durait pas plus de quelques semaines, grand maximum.

J'étais du genre à adorer le défi consistant de trouver des intrigues originales pour mes livres. C'était la même chose pour les hommes. Chase était un défi impossible à laisser passer, c'était une certitude. Il aurait sûrement mieux valu l'ignorer, mais j'étais désormais déterminé à en faire au moins mon ami, si ce n'était plus.

Il allait devenir mon ami, *bordel,* qu'il le veuille ou non.

Je serais son Huckleberry.

Je me mordis les lèvres. Je devais être en train de devenir fou.

Je grimpai les marches quand il ignora ce que je venais de dire, se retourna et ouvrit la porte.

— J'aimerais beaucoup voir comment tu as rénové la cabane.

— Je n'en doute pas, grommela-t-il en entrant.

Dès que j'eus passé le seuil à sa suite, il s'arrêta, se retourna et me bloqua le passage, me faisant m'arrêter net.

— Je ne t'ai pas invité à entrer.

Je suivis Timber des yeux quand il se balada en trottinant dans la petite cabane en reniflant tout ce qu'il croisait.

— Dans ce cas, je vais juste prendre mon chien et...

Chase secoua la tête, plus par frustration devant mon insistance que pour refuser.

— Et je dois encore te donner ce que je t'ai apporté, insistai-je.

— Je n'ai besoin de rien.

Je me doutais qu'il dirait ça. Tout était bon pour se montrer grincheux.

— Ce sont les deux prochains tomes de la série. Je ne sais pas où tu en es dans ta lecture.

— Tu n'étais pas obligé de faire ça.

— Bien sûr que non, mais j'en avais envie. Je te respecte en tant qu'auteur et je suis ravi que tu apprécies mes livres. Mis à part les locaux, j'ai rarement des retours sur mes œuvres. Bien sûr, il y a les critiques, mais je les lis rarement parce qu'elles sont plus adressées aux autres lecteurs qu'à l'auteur. Et même si certaines peuvent réchauffer le cœur et m'encourager à continuer d'écrire, d'autres s'avèrent parfois très cruelles et me faire remettre en question chaque mot que j'écris.

Tous les auteurs avaient le même problème, mais ça ne rendait pas ça plus facile pour autant. Chaque livre que j'écrivais était comme mon bébé, et entendre quelqu'un me dire qu'il était affreux...

— Tu lis tes critiques, toi ? l'interrogeai-je, me demandant s'il se torturait avec ça.

J'avais lu certaines de ses critiques. J'avais beau trouver sa série géniale, ce n'était pas le cas de tout le monde. Et certains commentaires étaient non seulement injustifiés, mais aussi méchants.

— Non, répondit-il. Mon éditeur me lâcherait si mes livres étaient mauvais. Puisqu'il veut que je continue d'écrire, je suppose qu'ils doivent être bons.

Voilà qui était très humble de sa part, contrairement à la façon dont il était sorti du lac.

— Tu sais qu'ils sont bons.

— Mon opinion ne compte pas.

C'était si vrai.

Sans les lecteurs, nous n'étions pas des, juste des auteurs. C'était le courage de publier nos œuvres, puis de les vendre qui faisait de nous des écrivains.

N'importe qui pouvait écrire, mais tout le monde n'avait pas la peau assez dure pour publier ses récits et encaisser les critiques sévères sur son travail, qu'elles soient justifiées ou pas.

La vie dans le monde du livre n'était pas bien différente de celle du monde réel. Elle pouvait être cruelle.

— Bon...

Il prit une grande inspiration et regarda vers sa chambre.

— Je dois me changer. Merci d'être passé.

— Ça a dû être douloureux, de dire ça, hein ? m'enquis-je. Et si je rejoignais mon pick-up pendant que tu te changes pour te ramener les deux livres ?

— Si tu y tiens.

— J'y tiens, insistai-je.

Il me regarda pendant quelques secondes, et même si son expression était neutre, j'étais certain qu'il me prenait pour un cinglé. Je ne m'imposais jamais dans la vie des autres d'habitude mais... Chase avait besoin d'un ami, c'était évident.

Il ne s'en était pas encore rendu compte, voilà tout.

Il finirait par le faire. J'en étais certain. Et je savais aussi que j'étais la personne idéale pour ce poste.

Il ne l'avait pas encore compris non plus.

Dès qu'il fut parti dans sa chambre et qu'il eut refermé la porte, je me penchai vers Timber, assis à côté de moi, les yeux tournés dans la direction que venait de prendre Chase.

— Reste ici, murmurai-je à mon compagnon à quatre pattes. Comme ça, il ne pourra pas m'empêcher de revenir. Je doute qu'il ait envie que je te laisse ici.

J'espérais qu'il ne kidnapperait pas Timber, en tout cas. Ça ne dérangerait sûrement pas mon chien. Il se blottirait sur le lit de Chase la nuit et dormirait comme si cet homme était son papa depuis qu'il était un chiot.

— Traître, murmurai-je entre mes dents en lui faisant les gros yeux.

Mon chien aurait dû être honteux, mais il se contenta de me sourire et d'émettre un petit aboiement qui me fit lever les yeux au ciel.

Le pire, ce fut que, lorsque je sortis rejoindre mon pick-up, il ne parut même pas s'inquiéter de me voir partir.

Je devrais l'abandonner ici, ça lui apprendrait.

Chapitre Huit

Chase

Je ne comprenais pas cet homme. Il refusait de laisser tomber. Malgré toutes les fois où je lui avais clairement fait comprendre que je n'avais pas envie de son amitié.

Je n'avais pas besoin d'un « pote », et il essayait de se frayer un chemin jusqu'à cette place de force.

Mais maintenant que je savais qu'il était gay aussi...

C'était dangereux.

Je devais admettre que j'étais attiré par lui et qu'il serait mon genre en temps normal, mais je n'étais pas prêt à me lancer dans une relation. Qu'elle soit platonique ou autre.

Je devrais prendre une douche pour rincer l'eau du lac, mais je le ferais une fois certain que Rett serait parti. Autrement, il se précipiterait sûrement dans la salle de bains pour vérifier la température de l'eau avant de me proposer de me frotter le dos.

Je fermai les yeux, secouai la tête et, après avoir pris une grande inspiration dans un effort pour apaiser mon irritation grandissante, j'ouvris ma porte de chambre, espérant qu'il ait compris le message et soit parti.

Le premier être vivant que je repérai fut Timber, assis juste devant ma porte. Dès que le chien de Rett me vit, il se mit à remuer sa queue touffue contre mon plancher et me souris, sa longue langue pendant d'un côté.

Il était tout aussi ridicule que son propriétaire.

Le berger allemand se remit debout et fourra son museau dans ma main quand je le contournai.

Je n'avais jamais été un passionné de chiens – ni d'aucun autre animal –, mais Thomas et moi avions un chat. C'était lui qui avait insisté, malgré mes réticences. Je n'en voulais pas, mais la présence du capricieux félin avait aidé Thomas à affronter sa dépression.

La chatte l'adorait, et me détestait. Chaque fois que j'essayais de la caresser dans un effort pour vivre en harmonie, elle me crachait son dédain, alors je la laissais tranquille. Puis, Thomas était mort, et il n'était plus resté que moi et la chatte qui me détestait. Elle s'offusquait même quand j'essayais de la nourrir. J'avais commencé à craindre qu'elle me tue dans mon sommeil.

Les chats pouvaient parfois être diaboliques. Elle m'en voulait sûrement pour la mort de Thomas.

Sammie la siamoise en était venue à rester assise devant la porte d'entrée, à pleurer nuit et jour dans l'attente que Thomas rentre à la maison.

Elle n'était pas la seule à avoir le cœur brisé. Ni à se sentir seule. Thomas me manquait tout autant qu'à elle, si ce n'était plus.

Regarder souffrir cette pauvre chatte n'avait fait qu'empirer les choses pour moi. Même si mes parents approchaient tous deux des soixante-dix ans, ils avaient décidé d'adopter Sammie, qui était désormais heureuse avec eux.

Ce qui n'était pas mon cas.

J'étais sûr que mes parents auraient adoré que j'emménage avec le chat dans leur maison du Panama. Mais non...

J'avais quarante-cinq ans, et il était hors de question que je revienne vivre chez mes parents, ni même près d'eux. Ce n'était pas que je ne les aimais pas, au contraire, je m'estimais très chanceux de les avoir pour parents, mais je n'avais pas envie de les avoir constamment sur le dos, qu'ils m'encouragent à « tourner la page » ou tentent de m'organiser des rencards avec le fils ou le petit-fils gay de leurs amis. Ou pire, avec leurs amis gays.

Non.

Au début, ils m'avaient laissé faire mon deuil à ma manière, mais au bout d'un moment, ils s'étaient inquiétés et avaient commencé à me conseiller de me faire aider. Ils n'arrêtaient pas de venir à Long Island pour essayer de me convaincre en personne que ce n'était pas sain de ne pas continuer ma vie. Ils me conseillaient de déménager de cette maison qui contenait trop de souvenirs.

Alors, c'était ce que j'avais fait. J'avais fini par partir.

À Eagle's Landing.

Dans cette cabane, sur une montagne située au milieu de deux cents hectares de terrain.

Pour être *seul*.

Hélas, je n'étais pas seul en cet instant. J'avais un visiteur à quatre pattes et un parasite à deux jambes dans ma cabane. Je devais me débarrasser des deux pour me remettre à écrire. Je n'avais pas encore atteint ma limite de mots de la journée.

Si je ne m'en tenais pas à mon plan d'écriture structuré, je prendrais encore plus de retard avec mon roman en cours.

Le problème, c'était que, même en m'imposant des objectifs de mots quotidiens très faibles, je n'arrivais même pas à les atteindre. Je me retrouvais assis devant mon ordinateur et je perdais la notion du temps, à regarder le lac sans le voir. Et puis, frustré, je finissais par me lever et aller me balader, couper du bois ou nager.

Ou bien... je reprenais ma lecture du roman d'Everett J. Williams dans lequel j'étais plongé en ce moment.

Je ne devrais pas être aussi dur avec lui, mais je craignais qu'il aille trop loin si je lui accordai la moindre indulgence. Pour moi, ce serait un peu comme marcher pieds nus sur les legos de mon neveu, dans le noir. Chaque pas serait une torture, même si j'étais encore engourdi.

Mon regard se posa sur Timber, à mes pieds, puis sur les deux *Dexter Peabody* – les livres que Rett avait dû aller récupérer dans son pick-up – posés sur ma table à manger d'occasion. Rett était là aussi, en train de tout inspecter avec bien plus d'attention qu'il n'aurait dû.

Quand j'allais nager dans le lac, je le faisais nu pour ne pas avoir de short de bain à ajouter à ma pile de linge à laver. Je n'avais pas de lave-linge ni de sèche-linge dans ma cabane – et je n'en aurais sûrement jamais, par manque de place –, alors pour limiter mes trajets en ville dans la petite laverie à côté du restaurant, j'essayais de ne pas salir trop de vêtements.

J'avais un jean que je ne portais que lorsque je sortais des arbres morts et abattus des bois, ou quand je coupais et rangeais le bois de cheminée. Ce jean aurait pu tenir debout tout seul tant il était crasseux.

Il m'arrivait de rincer des vêtements dans le vieil évier de la cuisine avant de les faire sécher sur le porche, mais ce n'était pas pareil qu'en utilisant un vrai lave-linge, avec de la lessive de qualité.

J'avais volontairement pris mon temps pour sortir du lac, dans l'espoir que ma nudité mette Rett mal à l'aise et le fasse fuir.

Bien sûr, ça n'avait pas marché.

Au lieu de ça, il m'avait regardé comme si j'étais le buffet du dimanche du Nid d'Aigle. Et l'examen visuel de Rett l'avait fait paraître bien plus affamé que la foule tout droit sortie de l'église qui se disputait un plat réchauffé de saucisses.

— Tu es encore là, maugréai-je.

Je n'aurais pas dû être surpris par le fait qu'il n'ait pas compris le message.

Il s'empressa de fermer la porte du placard de la cuisine dans lequel il était en train de fouiner et se retourna avec un sourire. Je ne décelai pas une once de gêne sur son visage à l'idée de s'être fait surprendre.

— Je t'avais dit que j'avais un truc à t'apporter, répondit-il avec un signe du menton vers les livres sur la table.

Mes yeux se posèrent à nouveau sur eux. Je me rapprochai de la table et, d'un doigt, soulevai la couverture de celui du dessus.

Évidemment.

Il les avait dédicacés. Je fis tout mon possible pour conserver une expression impassible pendant que je lisais les mots inscrits avec une écriture insupportablement soignée.

À mon ancien auteur préféré,
Peut-être qu'un jour, tu réussiras à retrouver ta place au
sommet.
Bonne chance.

Je secouai la tête et ravalai un soupir.

— Merci.

— Pas de problème. *Dooonc...*

Il se racla la gorge, se rapprocha de moi et agita les mains pour indiquer l'intérieur de la cabane.

— Cet endroit est très sympa. Je ne l'avais jamais vu aussi propre.

C'était parce que, avant de me mettre à fendre du bois de manière obsessionnelle, je m'étais épuisé en nettoyant chaque centimètre carré de la cabane du sol au plafond. Si je n'étais pas lessivé le soir venu, j'étais incapable de dormir. Et quand j'arrivais à m'assoupir sans être exténué, je me mettais à rêver.

Je faisais tout mon possible pour éviter de rêver.

Doux Jésus, il jacassait encore...

— Et tous ces aménagements que tu as faits te seront bien utiles quand l'hiver arrivera. Les vents peuvent être violents et la neige, épaisse. Tu as songé à embaucher quelqu'un pour déneiger la voie ?

— Non.

— Tu devrais. Il ne faudrait pas que tu te retrouves coincé ici pendant des jours, sans aucun moyen de partir.

Ça ne m'avait pas l'air d'une si mauvaise chose, de me retrouver coincé dans la cabane.

— Surtout s'il y a une urgence, ajouta-t-il.

Cet homme aimait vraiment s'écouter parler.

— Merci de ton inquiétude, mais tout ira bien.

— Tu dois être habitué aux rudes hivers, après avoir vécu à Jéricho.

Je tournai vivement la tête vers lui et plissai les yeux. Pour savoir ça, il avait dû creuser au-delà de la biographie très limitée que j'avais procurée pour le dos de mes livres et pour mon site d'auteur. J'avais volontairement parlé de « New-York » en général, plutôt que d'évoquer précisément Long Island. Mais nulle part dans cette biographe je n'avais indiqué que j'étais gay. Nulle part dans cette biographie je n'avais dit que j'avais vécu à Jéricho.

Mes lecteurs n'avaient pas besoin de connaître ces informations. Ma vie personnelle et mes relations ne concernaient personne, alors où...

Putain !

La rubrique nécrologique. C'était forcément ça. Il avait trouvé celle de Thomas en effectuant une recherche sur mon vrai nom.

Merde, merde, merde. J'aurais dû utiliser un faux nom à mon arrivée à Eagle's Landing, mais je ne me serais jamais attendu à ce que quelqu'un dans cette ville fasse une recherche sur moi.

Je dévisageai le seul homme prêt à le faire.

Qui l'avait fait, même.

— Pourquoi ?

Il haussa les sourcils.

— Pourquoi quoi ?

Je pinçai les lèvres, me plaquai une main sur la nuque et la frottai de haut en bas. Je réduisis la distance entre nous en gardant les yeux rivés aux siens pour lui faire comprendre que l'avertissement que je m'apprêtais à délivrer était on ne peut plus sérieux.

— Garde les infos que tu as déterrées pour toi.

— Je...

Je levai la paume pour interrompre l'excuse qu'il s'apprêtait à me donner.

— Laisse tomber. Pour être franc, je trouve ça un peu flippant.

— Comme si tu n'avais jamais cherché personne sur Google, souffla Rett.

Bien sûr que je l'avais déjà fait, mais il n'avait pas besoin de le savoir.

— Je suis venu ici pour rester dans l'anonymat. J'ai emménagé ici, continuai-je en montrant le sol, pour qu'on me laisse tranquille.

— Je comprends. Ton secret sera bien gardé avec moi.

J'espérais que c'était vrai.

— J'espère bien. Maintenant... je dois...

— Ça te dérange si je jette un œil au reste des changements que tu as effectués jusqu'ici ?

Je fronçai les sourcils.

— La seule pièce que je n'ai pas vue jusqu'ici, c'est la chambre, s'empressa-t-il d'expliquer. Je te promets de ne pas grimper dans ton lit.

Il laissa échapper un rire bref.

Qui disait ce genre de truc ?

Cet homme était fou. Complètement marteau. Et si inconvenant.

Je pris une grande inspiration dans un effort pour dissiper mon irritation devant cet homme insistant. Je n'arrêtais pas de me répéter qu'il essayait juste d'être amical. Mais ça ne voulait pas dire que ça me plaisait, et j'avais vraiment du mal à croire qu'il ne voulait rien de plus. Si c'était le cas, je n'étais pas prêt à le lui donner.

Je ne voulais même pas être son ami, parce qu'il serait du genre agaçant et difficile à supporter. Le genre d'ami qu'on tolérait juste parce que notre moitié, notre famille ou nos amis proches étaient potes avec lui et qu'on n'avait pas le choix. Un ami par association.

Mais moi, j'avais le choix.

Je soupirai. Si je refusais, est-ce que je passerais pour un vrai connard ?

En avais-je quelque chose à faire si c'était le cas ?

Pour tout dire, quel mal est-ce que ça ferait s'il voyait ma chambre ? Peut-être qu'il partirait une fois qu'il aurait vu ce qu'il voulait ?

— Très bien. Mais fais vite.

Il m'adressa un sourire de travers bien plus sexy qu'il

n'aurait dû l'être, puis fonça droit vers ma chambre, craignant sûrement que je change d'avis.

J'y avais songé, vu que le regarder entrer dans mon espace le plus intime me donnait l'impression que des fourmis parcouraient mon dos.

Je le suivis aussitôt, parce que je l'imaginais bien capable de se mettre à fouiner dans mon tiroir à sous-vêtements. Appuyé contre l'encadrement de la porte et les bras croisés sur la poitrine, je le regardai faire un tour rapide de la petite chambre. Il n'y avait pas grand-chose à voir, mis à part le ventilateur neuf que j'avais installé au plafond et les nouvelles fenêtres plus grandes, qui ne laissaient plus passer de courant d'air et offraient une meilleure vue sur le lac.

Mis à part ça, la pièce venait d'être nettoyée et était remplie avec mes meubles.

— Ça paraît bien plus habitable qu'avant. Ça ressemble plus à une maison, maintenant.

Une maison dans laquelle tu as fait irruption.

Mais j'étais d'accord avec lui. Je me sentais désormais chez moi, ici.

J'avais acheté des draps neufs pour mon lit en laiton king size. Je n'avais apporté que le cadre de lit, le matelas et le sommier à ressorts depuis ma maison de Jéricho. J'avais fait don de tous les draps, vu que Thomas s'était chargé de la majeure partie de la déco et qu'ils me le rappelaient trop.

Je ne voulais pas l'oublier, et je ne le ferais jamais. Mais dormir dans les mêmes draps que ceux dans lesquels on dormait en tant que couple marié...

Je ne pouvais pas.

Surtout sachant qu'ils avaient encore son odeur.

Bon sang.

Mes yeux se mirent à me picoter de manière inattendue. Même si ça faisait presque deux ans, j'avais l'impression que c'était hier. Pourquoi sa perte m'affectait-elle autant ? Pourquoi n'arrivais-je pas à « tourner la page », comme tant de gens m'encourageaient à le faire ?

Encore une fois, je ne voulais pas l'oublier, juste amoindrir la douleur causée par sa mort.

Je croyais que, en emménageant ici, je pourrais commencer à m'engager sur cette voie. Au lieu de ça, je m'étais retrouvé face à Rett Williams. Qui n'arrêtait pas d'essayer de me piétiner.

Nous étions tous deux auteurs, et j'avais toujours pensé qu'il fallait être un peu cinglé pour réussir à écrire les histoires que nous inventions, parce que ce fut l'auteur de romans policiers au fond de moi qui me poussa à demander :

— C'est ici que son corps a été retrouvé ?

Qui était le plus flippant, maintenant ? Mais changer de sujet était un bon moyen de ne pas trop ruminer et d'éviter de me noyer dans mon chagrin.

Aucun de nous n'écrivait de romances heureuses et mièvres. Nous écrivions des histoires réalistes, au sujet de meurtriers et de sales types qui commettaient des actes horribles. Notre objectif était de traduire les gens en justice d'une manière divertissante, qui tiendrait les lecteurs en haleine.

Sauf que Dexter Peabody, détective privé, était un clown, contrairement à Nick Foster, mon détective chasseur de tueurs en série et bien plus sérieux.

Je n'étais pas du tout surpris que Peabody soit comme il était, maintenant que j'avais rencontré l'auteur à l'origine du personnage.

L'auteur en question se tourna vers moi.

— Coleman, précisai-je quand il ouvrit la bouche, mais que rien n'en sortit.

J'avais enfin trouvé un moyen de le déstabiliser. Son expression devint lugubre.

— Je crois, mais je ne suis pas rentré. J'ai laissé les policiers s'en charger.

J'aurais préféré ne pas rentrer, moi non plus, ce jour-là. J'aurais voulu ne pas avoir ce souvenir gravé dans mon cerveau pour le restant de mes jours.

Je regrettais d'avoir trouvé Thomas moi-même, mais d'un autre côté, je l'aurais regretté si quelqu'un d'autre était tombé sur lui à ma place. Ou si je n'avais pas pu le voir une dernière fois.

Le truc, c'était que... j'étais soulagé que personne d'autre n'ait pu le voir comme ça. Il méritait tellement mieux.

Mon mari ne méritait pas tout le malheur qu'il avait enduré dans sa vie. Il ne méritait pas les abus qui l'avaient plongé dans un gouffre si sombre et profond qu'il n'avait jamais réussi à en sortir.

J'avais fait mon possible pour l'aider. Pour lui tendre la main et le sortir de cet abysse. Sauf que mon aide n'avait pas suffi.

Bon Dieu, j'aimais tellement Thomas.

Pourquoi fallait-il que la vie soit aussi cruelle ?

Pourquoi certains avaient-ils la vie si facile pendant que d'autres payaient le prix fort ?

Je déglutis, tentant de dénouer ma gorge serrée, et clignai des paupières pour balayer les picotements.

Je ne permettrais pas que Rett voie ma vulnérabilité. Je ne lui donnerais pas plus raisons de « s'inquiéter » pour moi qu'il n'en avait déjà. Ça risquait de l'encourager à fourrer encore plus son nez dans mes affaires. Il utiliserait son « inquiétude » comme excuse pour continuer à venir me voir.

Je me secouai mentalement et m'empressai de combler la fissure dans ma résolution.

Ne le laisse pas te voir craquer.

Ma peine me paralysait totalement, parfois. À tel point que j'avais juste envie de creuser un trou pour m'enterrer dedans. Ces jours-là, je ne pensais pas pouvoir vivre un jour de plus sans Thomas.

Oui, je devrais tourner la page, ou au moins accepter que, quoi que je fasse, ça ne changerait rien à ce qui s'était passé. Je devrais me résoudre à la perte du seul homme que j'avais jamais aimé. Celui qui avait emporté mon cœur avec lui, laissant derrière lui un trou béant.

Sourcils froncés, Rett s'arrêta devant le placard encastré de ma chambre et le pointa du pouce.

— Pourquoi il manque les portes du placard ? Tu les fais refaire ? J'ai remarqué que celles de la salle de bains manquaient aussi.

Je n'étais pas étonné qu'il ait jeté un coup d'œil dans ma salle de bains pendant que je me changeais. Avait-il aussi fouiné dans mon armoire à pharmacie ?

Mais *bordel,* je n'aurais jamais cru devoir répondre à cette question, vu que je ne m'attendais pas à ce que quiconque n'entre dans ma chambre, ni même dans ma cabane. Encore moins à ce que cette personne soit aussi intrusive.

Même les ouvriers que j'avais embauchés pour effectuer une partie des aménagements n'avaient pas été aussi fouineurs.

— Tu as besoin d'aide pour les raccrocher ?

Je ne pus réprimer le sursaut qui me parcourut de la tête aux pieds à cette question. Pour n'importe qui d'autre, elle aurait paru banale. Pour moi, c'était tellement plus.

Je devais contenir les émotions qu'il éveillait chez moi, qu'il en ait conscience ou pas.

Il fallait qu'il parte. Maintenant.

Il m'observait avec attention.

— Ce sera plus facile à deux, termina-t-il.

Je n'avais pas besoin de son aide. Je n'avais besoin de rien de la part de cet homme, mis à part qu'il me laisse tranquille.

— Je n'ai pas besoin de portes.

— Bien sûr que si. Les placards sont l'endroit parfait où cacher tout le désordre...

Les placards sont parfaits pour se cacher...

— Tu n'as qu'à jeter tout dedans et fermer la porte.

Il mima le geste de claquer une porte avant de se tourner vers moi.

— Tu as besoin d'en faire construire de nouvelles ? Je connais quelqu'un qui...

— Non.

— Mais...

— Mes placards n'ont pas besoin de portes, l'interrompis-je d'un ton ferme.

Il se remit à froncer les sourcils.

— Pourquoi tu ne voudrais pas de portes ?

Bordel de merde ! Parce que j'ai peur de ce que je découvrirai quand je les ouvrirai.

J'aspirai de l'air jusqu'à ce que mes poumons soient remplis, puis je l'expirai par les narines.

— Je dois reprendre l'écriture.

— Ah oui ? Le prochain livre avance bien ?

Au moins, ça avait détourné son attention des portes. Dieu merci.

— Ça... progresse, mentis-je.

— Ce n'était pas très convaincant.

Quand il s'approcha de l'endroit où j'étais appuyé, contre l'encadrement de la porte, je me redressai et laissai retomber mes bras le long des flancs.

— Heureusement que je n'ai pas besoin de te convaincre, dans ce cas.

— Si tu as besoin de soumettre tes idées à quelqu'un pour ton prochain best-seller, je suis disponible.

— C'est bon à savoir.

Je tendis la main derrière moi, vers l'espace principal de la cabane, dans l'espoir qu'il comprenne le message et sorte de ma chambre pour repartir en ville.

D'où il voulait. N'importe où sauf ici.

Il détourna les yeux de moi pour les poser sur le reste de la cabane, de l'autre côté de la porte, avant de reporter son attention sur mon visage. Il hocha la tête.

Avait-il enfin compris ?

— Allons-y, Timber, dit-il.

Le chien était toujours en train de renifler chaque recoin de ma chambre et le bas de mon placard sans porte. Il leva vivement la tête et trottina vers nous en remuant lentement la queue.

J'hésitai près de la porte, parce que je voulais m'assurer qu'il sorte de ma chambre. S'il ne le faisait pas, je le pousserais dehors comme un berger allemand. Par contre, je mordrais plus que je n'aboierais.

Quand Rett me dépassa, nos bras se touchèrent à nouveau, comme à la librairie.

Cette fois, ma réaction fut encore pire que la dernière fois.

Un incendie se déclencha en moi, me prenant par surprise. Non, ce n'était pas un simple incendie, c'était un feu de forêt qui se déployait à toute vitesse, attisé par des vents forts et qui brûlait chaque centimètre carré en moi.

Toutes les cellules de mon corps se crispèrent.

Je ne pouvais plus bouger.

Ni même cligner des paupières.

Je n'arrivais même plus à respirer.

Tout ce que je pouvais faire, c'était regarder la pomme

d'Adam de Rett remonter lentement dans sa gorge, rester là une seconde, avant de retomber en place.

L'incendie en moi gagna en intensité quand je l'entendis prendre une brusque inspiration.

Il devait ressentir la même chose que moi, parce que les poils de ses bras se hérissèrent de chair de poule. Ses yeux écarquillés, fixés aux miens, étaient plus sombres que d'habitude, parce que ses pupilles étaient dilatées.

Il resta figé sur place. Nous étions tous deux sur le seuil. À quelques centimètres l'un de l'autre. Il ne restait qu'un petit espace entre nous. Si nous faisions le moindre mouvement dans n'importe quelle direction, nous nous toucherions à nouveau. Il suffirait que l'un de nous se penche en avant pour presser nos corps l'un contre l'autre.

Il était trop près.

Beaucoup trop près.

Assez pour que je voie son pouls cogner dans son cou et ses narines se dilater un peu.

Assez pour que je perçoive son odeur.

Pour que je sente sa chaleur.

Pour que je distingue ses tétons à travers le doux coton de son T-shirt, assez durs pour couper du verre.

L'air que je retenais dans mes poumons s'échappa d'un coup et mes tempes se mirent à palpiter. Mon sang afflua dans mes veines.

Et dès que mon cœur se remit à battre, bien plus vite que la normale, je lâchai :

— Tu dois partir.

J'avais parlé plus fort que je n'en avais eu l'intention.

Rett se lécha les lèvres, et je posai les yeux sur elles, éprouvant l'envie de le faire à sa place.

L'envie de goûter ses lèvres.

De toucher les poils courts et rêches le long de sa mâchoire et autour de sa bouche.

De tester la rugosité de ses cheveux noirs entre mes doigts.

D'enfoncer mes dents dans ses épaules larges, dans son cou, dans son...

Bordel. De. Merde.

Non.

Non.

Pas question.

Aucune chance, putain.

Je ne devrais pas avoir ce genre de réaction devant cet homme.

Il n'était qu'un emmerdeur.

Il essayait déjà de s'incruster dans ma vie. Je devais le repousser.

Je n'avais pas de place pour lui.

Ni en tant qu'ami, ni en tant que...

Quoi que ce soit d'autre.

— Quelque chose ne va pas ?

Il faisait exprès de ne pas comprendre.

— Rien, mis à part le fait que tu sois encore là, répondis-je malgré ma gorge serrée.

Mon cœur était incontrôlable et faisait affluer le sang là où il ne devrait pas.

Je n'avais pas envie de cet homme.

Je n'avais pas besoin de cet homme.

Je devais juste en convaincre mon sexe, puisqu'à cet instant, il n'était pas d'accord avec moi.

Nous allions devoir rester en désaccord.

J'attendis qu'il s'écarte du passage et nous laisse un peu d'espace. Voyant qu'il ne le faisait pas, qu'il restait planté là, les lèvres entrouvertes et les yeux rivés aux miens, je détournai le regard et me glissai devant lui en m'assurant qu'on ne se touche pas, même par accident.

Je pus enfin respirer quand j'arrivai au milieu de ma cabane, à quelques dizaines de centimètres de lui.

Je lui tournai le dos, ignorant l'intérêt dans ses yeux marron foncé, mais l'écoutant me dépasser en restant à bonne distance. Quand il réapparut dans mon champ de vision, Timber et lui étaient près de la porte.

Le dos tourné, Rett hésita, la main sur la poignée. Il resta là bien trop longtemps. Comme s'il attendait quelque chose. Ou qu'il essayait de se souvenir d'un truc. À moins qu'il ne cherche quoi dire.

Enfin, il secoua légèrement la tête, ouvrit la porte de derrière et sortit sur le petit porche.

Avant qu'il n'ait pu refermer derrière lui, je les suivis dehors, Timber et lui, pour m'assurer qu'il quitte bien la propriété et ne reste pas à rôder dans le coin.

Puis, je me souvins de ce qu'il avait dit un peu plus tôt.

Avant que je ne rentre m'habiller.

Avant ce contact...

Même si je savais que j'allais le regretter, je posai la question quand même, parce que j'étais très curieux maintenant. Surtout sachant que Rett n'en avait plus parlé ensuite et qu'il n'avait pas l'air du genre à hésiter à dire ce qu'il croyait nécessaire.

Pendant que Rett descendait les marches vers son pick-up, je lançai :

— Tu as mentionné vouloir me demander un service. C'était quoi ?

Il s'arrêta à mi-chemin et se tourna vers moi. Ses joues étaient un peu rouges, pas à cause de ce contact entre nous, plutôt parce qu'il était contrarié.

Contre moi, sûrement.

Je m'en foutais. Mieux valait qu'il se lasse d'essayer de m'amadouer et me laisse tranquille. S'il ne le comprenait pas encore, ça ne tarderait pas à arriver. Je m'en assurerais. Je ne voulais pas que ce qui s'était passé à la librairie, puis dans ma chambre, se reproduise.

— Peu importe.

Oh que si, c'est important. Il était agacé contre moi, c'était clair. Ou par sa réaction face à moi. Tout comme j'étais agacé par ma propre réaction avec lui.

— OK.

Je haussai les épaules, faisant comme si je n'en avais rien à foutre.

— Merci pour les livres dédicacés.

Je me retournai pour rentrer, mais un drôle de son s'échappa de sa gorge, me faisant m'arrêter et regarder par-dessus mon épaule. Voyant qu'il ne disait rien, je repris ma route, mais il me fit stopper une fois de plus.

— Je...

Je me retournai complètement cette fois, un sourcil haussé et la tête penchée, attendant qu'il me dise ce qu'il attendait de moi. J'étais curieux, mais je ne le supplierais pas de me le dire.

— J'ai terminé mon dernier livre.

Il voulait un biscuit ? Ou bien se vanter, sachant tout le retard que j'avais pris sur le mien ?

— OK ?

— J'espérais...

Merde.

— Que je le lise, terminai-je pour lui.

Je sentis la tension grandir dans ma poitrine. J'aurais dû m'en douter.

Non, tu n'aurais pas dû poser la question. Tu aurais dû le laisser partir au lieu de l'inviter à nouveau dans ta vie en ouvrant cette porte toi-même.

Il hocha la tête et s'essuya les mains sur les cuisses.

Regardez-moi ça, il était nerveux à l'idée de me demander ça. L'homme qui n'avait aucun filtre.

— Oui. Je sais que tu es occupé avec ton propre livre. Et tu n'as pas...

— Tu as un exemplaire avec toi ? l'interrompis-je.

Il ouvrit grand la bouche de surprise, avant de la refermer et de secouer la tête.

— Je peux te l'envoyer par e-mail. J'ai juste besoin de ton adresse.

— Si je te la donne, tu vas enfin me laisser tranquille ?

Il pinça la bouche une fraction de seconde avant de répondre :

— Ce n'est pas très gentil.

— À quel moment ai-je donné l'impression de chercher à être gentil ?

— Je n'ai jamais eu cette impression. De mon point de vue, tu es loin d'être gentil.

Bordel. Cette réplique cinglante faillit me faire sourire.

— Je n'ai pas encore lu le reste de la série. Ça risque de poser problème ?

Il fronça les sourcils.

— Attends... tu vas vraiment le lire ?

Je poussai un soupir.

— Tant qu'il ne contient aucun spoiler concernant les *Peabody* que je n'ai pas encore lus.

— Il n'y en a pas. Comme le reste de la série, c'est une toute nouvelle affaire.

Je hochai la tête. Je faisais la même chose dans mes livres. Chaque tome de la saga pouvait se lire de manière indépendante. On pouvait commencer par celui qu'on voulait, puis revenir en arrière ou lire les suivants.

— Très bien. Je vais le lire quand j'aurai le temps. Tu es pressé ?

— Je peux attendre, je ne l'ai pas encore mis en précommande. Je le ferai dès que tu auras fini de le lire.

Mais il lui fallait mon adresse e-mail.

Si je la lui donnais, ça lui donnerait un moyen supplémentaire de s'incruster dans ma vie.

Au pire des cas, je pouvais ouvrir une deuxième adresse e-mail. Comme ça, s'il s'avérait trop envahissant, je n'aurais qu'à supprimer le compte.

— Ton adresse e-mail est sur ta carte de visite ?

— Celle de la librairie, oui.

— Je t'enverrai un e-mail dessus pour que tu aies la mienne.

Il sourit. Un vrai sourire. Très large, sincèrement heureux.

Une fois de plus, je cessai de respirer.

Le soleil l'éclairait déjà, debout dans ma clairière, mais quand il ajoutait ce sourire ?

Il en devenait éblouissant.

Mais mon attirance pour lui était perturbante.

Je m'obligeai à me retourner et à rentrer.

— Eh !

Nom de Dieu, qu'est-ce qu'il voulait, encore ? J'avais déjà accepté de lui rendre un grand service. Un truc qui me prendrait du temps et qui empiéterait sur mon propre temps d'écriture. En plus, ça transformerait mon amour pour ses livres en travail, me privant du plaisir de la lecture.

J'étouffai un soupir et me retournai une dernière fois.

— Je peux te demander une dernière chose ?

Non. Je grognai entre mes dents.

— Je préférerais que tu t'abstiennes.

Bien sûr, il m'ignora.

— Pourquoi tu n'as aucune photo de toi et de ton mari ?

Oh, bordel. Hors de question qu'on s'engage sur cette voie.

— Passe une bonne journée, articulai-je.

Je tournai les talons, rentrai dans la cabane et claquai la porte entre nous.

— Ça n'avait pas l'air très sincère, lança-t-il au moment où je fermais la porte et tournais le verrou.

Chapitre Neuf

Chase

J'ENTENDIS d'abord les grincements et les secousses du pick-up qui arrivait sur la route. Puis, l'aboiement très reconnaissable d'un chien surexcité.

Avec une grimace, je lançai un dernier regard à mon écran et sauvegardai mon travail avant de fermer mon ordinateur et de me lever. Je n'avais pas besoin de sortir pour savoir qui s'était encore une fois introduit chez moi sans ma permission.

Merde. Comment pourrait-il obtenir ma permission ? Je ne lui avais laissé aucun moyen de me contacter autrement qu'en personne. Il devait croire que j'avais fait exprès de négliger de lui envoyer un e-mail, alors que je venais tout juste de me souvenir que j'avais oublié. Pour la bonne et simple raison que, pour la première fois depuis la mort de Thomas, j'avais retrouvé l'inspiration, et j'en profitais tant que ça durait.

Une autre crise de page blanche se tapissait dans l'ombre.

Cette menace me poussait à rester éveillé tard et à me lever tôt. Je ne faisais qu'écrire, tant que les mots me venaient facilement.

J'étais soulagé qu'ils se déversent comme si un barrage avait cédé.

Tout ce temps passé dehors à profiter du beau temps, du paysage magnifique et de l'atmosphère paisible avait dû finir par stimuler ma créativité, comme je l'espérais.

Mais le calme que j'avais trouvé s'apprêtait à être perturbé.

Encore.

Je sortis sur le porche et contournai la cabine pour me diriger vers Rett, qui était en train d'ordonner à Timber de rester dans le pick-up. J'entendis le chien lui répondre par un gémissement et un petit aboiement.

— Je sais que tu l'aimes bien, mais je ne suis pas sûr que ce soit réciproque, répondit Rett à la plainte de Timber.

Ses mots me parvinrent aux oreilles au moment où je tournais au coin du mur et où l'homme, son chien et son pick-up apparaissaient devant mes yeux.

Mon pas se fit hésitant quand je vis Rett debout près de la portière passager, en train de tapoter la crâne de Timber, qui avait passé la tête par la vitre. Une fois de plus, la langue du chien pendait sur le côté de sa gueule, lui donnant cet air loufoque.

— Tu parles la langue des chiens ? lançai-je à son maître tout aussi loufoque.

Rett se tourna vivement vers moi, et Timber laissa échapper un aboiement haut-perché et surexcité quand il me vit, faisant grimacer son maître.

Ça me fit mal aux oreilles même de là où j'étais, et je n'imaginais même pas ce que ça aurait été si j'avais été juste à côté.

— Je parle celle de Timber.

— Ce n'est pas un chien ? J'aurais pourtant juré que si.

— Timber veut se comporter comme s'il n'était pas un chien, comme tu peux le voir.

J'émis un son sceptique et descendis deux autres marches, m'arrêtant avant de me retrouver trop près et plaquant les mains sur les hanches.

— Qu'est-ce que tu fais ici ?

— Ça te dérange si je le laisse sortir ?

Je haussai une épaule. Dès que Rett ouvrit la portière du passager, le berger allemand sauta de la cabine, se précipita vers l'orée des arbres et leva la patte. Quand il eut terminé, il bondit vers moi et me donna un petit coup de museau dans la cuisse.

Je ne parlais pas le chien, mais quand il leva les yeux vers moi, je déchiffrai sans aucun mal son regard de chien battu.

J'écartai une main de ma hanche pour le caresser derrière les oreilles. Il s'assit sur mon pied et ferma à moitié les paupières de plaisir tandis que sa queue remuait de droite à gauche par terre.

— Pour une raison inconnue, mon chien t'aime bien. Il est plus doué pour cerner les gens, d'habitude.

Dans une autre vie, j'aurais ri à cette remarque, mais la vérité, c'était que ça m'arrivait très rarement, maintenant.

— Il est aussi doué que toi, je suppose, puisque tu n'arrêtes pas de venir chez moi. Même quand tu n'es pas désiré.

Rett esquissa un léger rictus et se retourna pour plonger la main dans son pick-up. Il en sortit une épaisse enveloppe en papier kraft et un sachet de...

Stylos ?

Il claqua la portière du pick-up, puis s'avança vers moi, ses longues jambes solides réduisant la distance entre nous.

Oui, c'étaient bien des stylos. Une *douzaine* de stylos rouges.

Pourquoi aurais-je besoin de...

Je grognai.

L'enveloppe en papier kraft devait contenir son manuscrit. Vu que j'avais oublié de lui envoyer un e-mail, il l'avait imprimé.

Je réprimai un soupir.

Quand nous ne fûmes plus séparés que par le corps noir et feu de Timber, Rett s'arrêta et haussa un sourcil.

— Je te l'aurais envoyé par e-mail si tu m'en avais envoyé un comme tu me l'avais dit.

Je baissai les yeux sur l'enveloppe qu'il avait levée entre nous.

Cet homme était vraiment déterminé. Mais je ne pouvais pas lui en vouloir. Il fallait avoir du cran pour avancer dans la vie. Il en avait à revendre, c'était une certitude.

— J'ai donc supposé que tu préférerais faire ça à l'ancienne, et je t'ai imprimé le premier jet, continua-t-il.

— Je ne gaspille pas le papier comme ça.

Thomas s'était toujours mobilisé pour la préservation de l'environnement. Il avait été horrifié, la fois où j'avais imprimé un roman de trois cent cinquante pages – même pas recto verso, en plus – juste pour le corriger, effectuer les modifications nécessaires sur mon logiciel d'écriture avant de le jeter dans une poubelle en métal et de le brûler.

Je n'avais plus jamais recommencé.

Peu de choses rendaient Thomas heureux.

Sa chatte Sammie.

Me voir respecter l'environnement.

Lire mes livres.

Quand on se blottissait au lit pour regarder Netflix.

La liste était courte.

Ce n'était pas comme s'il ne voulait pas être heureux, mais il avait été pas mal bousillé dans son enfance. Tout ça à cause de ses odieux parents. J'espérais qu'ils pourriraient en enfer, même s'ils étaient toujours bien vivants tous les deux. Contrairement à leur fils aîné.

Je n'avais pas été surpris qu'ils ne soient pas venus à notre mariage puisqu'ils considéraient notre amour et notre union comme une abomination.

Je n'aurais pas dû être étonné qu'ils ne viennent pas non plus à ses funérailles. J'en avais même été soulagé. Bien sûr, je ne les avais pas invités, mais l'un des amis d'enfance de Thomas les avait prévenus.

J'avais été sur les nerfs, ce jour-là, je m'étais attendu à ce qu'ils se pointent et fassent une scène. À ce qu'ils débitent des absurdités, nous traitent de pécheurs et affirment que Thomas méritait ce qui lui était arrivé pour la façon dont il avait mené sa vie.

Mieux valait qu'ils ne viennent pas, autrement j'aurais sûrement collé un coup de poing à son père, étranglé sa mère et fini en prison.

À vrai dire, ça aurait valu la peine de passer du temps derrière les barreaux.

— Moi non plus, d'habitude.

Hein ?

Oh, bon sang, j'avais laissé mes pensées vagabonder. Nous étions en train de parler du fait d'imprimer son manuscrit, c'est ça ?

Il haussa les sourcils.

— J'ai dû répéter cette phrase une demi-douzaine de fois avant de réussir à te tirer des réflexions qui t'accaparaient. Bon retour parmi nous.

Timber était appuyé de tout son poids contre ma jambe

et m'écrasait le pied tandis que Rett levait toujours son enveloppe.

Je lui pris le manuscrit et les stylos des doigts.

— Tu t'attends à ce que j'aie besoin d'autant de stylos que ça ? demandai-je en secouant l'enveloppe.

— D'après le peu que je sais de toi, oui. Il t'en faudra même sûrement plus que ça, que ce soit nécessaire ou pas.

Il plaisantait à moitié, mais il était aussi en partie sérieux.

— Je suis si affreux que ça ?

Je connaissais déjà la réponse.

— Oui.

— Alors, qu'est-ce que tu fais ici ?

Son expression devint sérieuse à 100 %.

— Parce que j'ai le sentiment que tu n'étais pas si affreux avant...

Avant de perdre Thomas.

Il avait raison.

De nous deux, Thomas avait été le plus lugubre tandis que j'avais été la lumière de notre relation et de nos vies. Nous étions jadis comme le yin et le yang.

Maintenant... ma lumière s'était éteinte.

J'en décelais encore un éclat au loin, mais elle était hors de portée. Quand j'essayais de l'attraper, elle me glissait entre les doigts.

Un gémissement à mes pieds me fit baisser les yeux. Quelqu'un voulait attirer mon attention. Exactement comme son maître.

Est-ce que ce serait si grave que ça si j'avais un ami ? Quelqu'un qui comprenait les tenants et les aboutissants de l'écriture et de la publication ? Quelqu'un qui savait ce que c'était que d'être gay ?

Quelqu'un qui savait ce que c'était que d'être seul ?

Même si Rett ne l'était pas tout à fait, il avait Timber.

Et les habitants d'Eagle's Landing.

Je ne m'autorisais même pas ça.

Je regardai la tête de Timber et murmurai :

— J'ai l'impression que c'était dans une autre vie.

— Mais tu étais différent.

Je levai les yeux du chien vers son propriétaire. Je pinçai les lèvres, déglutis pour ravaler la boule dans ma gorge.

— Je ne serai plus jamais le même.

Je fermai les yeux et regrettai ces mots dès qu'ils eurent passé mes lèvres. Cet homme essayait d'abattre mes défenses depuis la seconde où il m'avait rencontré. J'avais peur qu'il soit en train d'y arriver.

Apparemment, la ténacité payait. Rett en était la preuve.

Bon sang. Ma détermination à lui cacher ma vulnérabilité venait de s'envoler.

— Tu vas bien ? demanda-t-il en posant une main sur mon bras.

Je ne vais jamais bien. Je me raclai la gorge et ouvris les yeux.

Je sentis de petites décharges électriques à l'endroit où ses doigts me touchaient. Ça me rappelait quand j'étais jeune et que je frottais mes pieds sur le tapis en chaussettes, avant de toucher un objet pour sentir un petit choc d'électricité statique. Je trouvais ça excitant, à l'époque, et même si je savais ce qui se passerait, ça me faisait toujours sursauter, puis éclater de rire.

Je ne riais pas, aujourd'hui.

Et l'expression inquiète sur le visage de Rett avait disparu. Il regarda l'endroit où il me touchait, mais n'ôta pas sa main. Au contraire, il resserra les doigts.

Puis, il fit un petit mouvement de haut en bas avec son pouce.

Une caresse ? Était-ce ce qu'il venait de faire ?

Je dégageai mon bras, retirai mon pied de sous le poids de Timber et fis un pas en arrière pour pouvoir respirer.

— Qu'est-ce que tu fais ?

— Je m'assure que tu vas bien. Tu es devenu blanc comme un fantôme. Je m'inquiétais...

— Conneries, grognai-je en m'efforçant de contenir mes émotions.

Je fis un autre pas en arrière et levai le manuscrit.

— Je jetterai un coup d'œil à ça quand j'en aurai l'occasion.

Je m'efforçais de ne pas paniquer à l'idée de ce que Rett suscitait en moi chaque fois qu'il me touchait. Mais je commençais à me sentir ébranlé par tout ça, et je craignais de me retrouver propulsé en avant si brutalement que je m'écraserais et exploserais en un millier de morceaux si je laissais passer ça.

Je ne pouvais le permettre.

J'avais besoin d'espace.

De temps.

Et d'être seul.

Esquivant son regard, je le contournai en gardant mes distances et me dirigeai vers le porche de devant d'un pas vif. J'étais sûr de donner l'impression d'être pourchassé par un monstre.

Parce que c'était la vérité. Je l'étais.

Et je devais m'échapper.

— Chase, attends !

— Non, hurlai-je sans me soucier de ce qu'il penserait.

Sans me soucier d'être impoli.

Le seul problème, c'était que j'étais si perdu dans mes réflexions que je ne m'étais pas rendu compte qu'il me suivait.

Avant que je n'aie pu refermer la porte derrière moi, il

apparut. Sur le seuil de ma cabane. S'introduisant de force dans ma vie.

Il fallait qu'il parte. Et je devais éviter d'entrer en contact avec lui. Si j'ignorais notre réaction l'un envers l'autre, ça finirait peut-être pas disparaître. *Il* finirait peut-être par disparaître.

— Rett...

Je ne pouvais pas le regarder. Je ne voulais pas voir l'expression dans ses yeux ni sur son visage.

— Tu comptes faire comme si tu ne ressentais pas ça ?

Oui, bien sûr que oui !

— Je ne fais comme si rien du tout. Je ne sais pas de quoi tu parles.

— Conneries, répliqua-t-il. Tu l'as senti aussi. Comme à la librairie, et dans ta chambre, l'autre jour. Tu peux le nicr autant que tu le veux, ce n'en est pas moins là.

Je me frottai le front du pouce.

— Il n'y a *rien*.

J'essayais de me convaincre moi-même tout autant que lui.

— Tu refuses de le voir, c'est tout.

— Tu imagines des trucs.

— Non.

Je m'arrêtai net et me tournai vers lui.

— Bien sûr que si.

Il n'était qu'à quelques centimètres de moi. Je n'aurais qu'à lever la main pour le toucher. Mais ce serait idiot. Ça reviendrait à passer la main au-dessus d'une flamme. Ça ferait mal, et je regretterais de m'être brûlé.

— C'était quand, la dernière fois qu'on t'a touché ? Que tu as autorisé quelqu'un à te prendre dans ses bras ? Ou à te réconforter ?

Ma poitrine se contracta à ses questions murmurées et mon cœur se mit à cogner avec force.

— Je n'ai pas besoin de tout ça.

— Si. On en a tous besoin.

— *Toi*, peut-être, mais pas moi.

— Pourquoi tu es aussi buté ?

Parce qu'il le faut. Je n'ai pas le choix.

J'étais sur la corde raide depuis deux ans, et il ne faudrait pas grand-chose pour que je ne bascule. Si ça arrivait, je ne pourrais jamais m'en relever.

Rett menaçait de me pousser dans le vide.

Même si, en temps normal, il serait mon genre, je n'arrêtais pas d'essayer de me convaincre que je n'avais plus de préférences. Que je n'étais plus intéressé par aucun homme. Qu'il soit gay, bi ou...

Il était trop près.

— Tu dois partir, grognai-je.

C'était un ordre. Un avertissement. Une dernière chance.

— Il n'y a rien de mal à éprouver ce que tu ressens quand on se touche, Chase. Rien du tout. Tu as le droit de souffrir, mais tu as aussi le droit de ressentir. Autorise-toi ça. Autorise-toi à guérir. Ça ne veut pas dire que tu l'oublies. Ça n'arrivera jamais. Il est encore dans ton cœur, il le sera toujours.

— Tu ne... commençai-je avant de secouer la tête. Je ne te dois aucune explication.

— Tu as raison. Mais même si tu le nies, il y a quelque chose entre nous.

— Tu imagines des trucs.

Il tourna la tête sur le côté et crispa la mâchoire.

— Tu te trompes, et je vais te le prouver.

Il réduisit l'écart entre nous.

— Je n'ai pas besoin de preuve, je veux juste que tu partes...

Avant que je n'aie compris ce qui se passait, avant que je ne puisse le repousser, Rett enroula la main autour de l'arrière de ma tête et m'attira en avant, écrasant sa bouche sur la mienne.

Nos lèvres entrèrent en collision dans une explosion qui m'étourdit une seconde. C'était presque la même réaction que la première fois que j'avais embrassé Thomas mais...

C'était différent.

Ni mieux ni pire...

C'était inattendu.

Ses lèvres remuèrent contre les miennes et sa langue glissa sur elles, demandant à entrer.

Mon cœur se mit à cogner dans ma poitrine. Tous les cheveux sur ma nuque s'étaient hérissés.

Et mon sang s'accumulait à un endroit où il n'aurait pas dû.

L'espace d'un instant, je balayai toutes les pensées de ma tête, parce qu'elles étaient conflictuelles.

Repousse-le. Rapproche-le.

Garde la bouche close. Autorise-le à entrer.

Mon sexe avait réagi aussitôt, mon cerveau était apathique. Perdu.

Je ne devrais pas avoir envie de ça, mais j'en voulais plus.

J'aurais dû être en colère devant l'audace de cet homme en train de m'embrasser.

Je devais l'arrêter.

Je portai les mains à sa poitrine, mais au lieu de le repousser, je recourbai les doigts autour de son T-shirt.

Je n'eus qu'à entrouvrir très légèrement la bouche pour que sa langue s'engouffre à l'intérieur. Elle se déplaça et goûta chaque recoin. S'entremêla à la mienne.

L'espace d'un instant, j'oubliai qui j'étais, où j'étais et qui j'embrassais.

Ça m'avait manqué. Ces caresses. Cet élan d'adrénaline. Cette intimité.

À la fois parfaits et imparfaits.

Tout autant désirés que craints.

Il enfonça les doigts dans mon cuir chevelu et son autre main se resserra sur ma taille.

Tout son corps vibrait contre moi.

À moins que ce ne soit le mien ? Était-ce moi qui tremblais ? Qui était sur le point de craquer ?

Puis, son érection se pressa contre la mienne.

Son érection était pressée contre...

Son érection contre...

Contre la mienne...

Putain !

Le brouillard dans mon cerveau se dissipa, et je me retrouvai au milieu de ma cabane, avec un homme par lequel je ne voulais pas être attiré. Un homme que je ne devrais pas embrasser. Et qui ne devrait pas m'embrasser non plus.

Qu'est-ce qu'il faisait ?

Qu'est-ce que je faisais ?

C'était mal. *Tellement* mal.

Je n'avais pas envie de ça.

De Rett.

Bordel, pas du tout.

Je ne pouvais pas.

Je ne voulais pas.

Je serrai son T-shirt encore plus fort, le fis pivoter, arrachai ma bouche de la sienne et le repoussai de toutes mes forces.

Il prit une brusque inspiration, perdit l'équilibre et recula en titubant.

Comme au ralenti, je vis son pied se prendre dans l'une des chaises, le faisant tomber.

Je bondis en avant pour attraper son bras qui s'agitait, mais il pivota pour éviter de tomber en arrière.

Sans succès.

Le bruit que fit sa tête en touchant le coin de la table épaisse me fit grimacer.

— Putain ! aboyai-je.

Puis, ses genoux flanchèrent, et il s'écroula au sol.

Je regardai l'homme couché par terre.

Ses yeux étaient fermés.

Nom de Dieu ! Je me laissai tomber à genoux à côté de lui.

— Rett !

J'attrapai son visage et le tournai vers moi.

Faisait-il semblant pour me punir ? Ou s'était-il vraiment évanoui ?

Je tapotai sa joue barbue avec deux doigts.

— Rett !

Bordel !

Je lui tournai délicatement la tête pour voir l'endroit où il s'était cogné, et vis aussitôt le sang.

Qu'est-ce que j'ai fait ?

J'écartai ses cheveux courts et brun foncé et fus soulagé de ne voir qu'une petite coupure. Mais ça ne voulait pas dire qu'il n'y avait rien de plus grave au-delà de ça.

Comme un traumatisme crânien.

Putain ! Je ne voulais pas lui faire de mal.

Mais c'était exactement ce que j'avais fait.

Chapitre Dix

Rett

JE NE SAVAIS PAS où je dormais, mais en tout cas, ce n'était pas très confortable. Pire encore, ma tête était surélevée par un oreiller très dur et bosselé.

En plus, elle palpitait comme si j'avais une sévère migraine.

Je devais me trouver un endroit plus confortable où dormir. Ailleurs qu'ici.

J'ouvris les yeux et les refermai aussitôt.

Venais-je bien de voir deux têtes penchées au-dessus de moi ?

J'entrouvris à nouveau les paupières. Assez pour comprendre ce que j'avais vu sans la lumière pour me poignarder la caboche comme un couteau de boucher.

Non, même si ma vision était floue, je me rendis compte qu'il n'y avait pas deux têtes, à moins d'être face à des jumeaux.

Deux Chase, ce serait sûrement trop.

À cet instant, même un seul, c'était trop.

Il était à genoux à côté de moi et il me fallut quelques secondes pour comprendre que l'oreiller sous ma tête était en fait ses genoux.

Et que j'étais couché sur le plancher.

Rien de tout ça n'avait de sens.

Je grimaçai encore en entendant Timber émettre une plainte bruyante. Du coin de l'œil, je distinguai une silhouette sur quatre pattes, à la fourrure noir et feu et occupée à faire les cent pas. Une seconde plus tard, le chien fourra sa grosse tête entre nous et colla son long museau contre ma joue.

Chase l'écarta du passage.

— Timber, non. Pas maintenant. Va… va… quelque part.

Timber n'alla nulle part, il se contenta de poser les fesses à côté de Chase et de nous regarder alternativement, moi et l'homme penché au-dessus de moi.

— Qu'est-ce qui s'est passé ? tentai-je de demander, mais mes mots étaient plus embrouillés et étouffés que je ne m'y attendais.

À moins que ce ne soit à cause du coton dans mes oreilles ?

J'avais encore la tête qui tournait et je ne comprenais pas comment je m'étais retrouvé par terre. Ni pourquoi.

Pire encore, mon cerveau palpitait au rythme de sa propre pulsation cardiaque. Et il appuyait quelque chose contre l'arrière de mon crâne. Une serviette humide ? Un gant de toilette ? Quelque chose de mouillé.

M'étais-je coupé ? En tout cas, ça faisait un mal de chien, et ça pulsait autant que le reste de ma tête.

— Tu as trébuché.

Je fronçai les sourcils et tentai de me redresser.

— Ne bouge pas, me conseilla Chase.

Il me retint au sol, une main pressée à l'arrière de ma tête et l'autre contre mon épaule.

— J'ai trébuché sur quoi ? Timber ?

Mon chien était réputé pour sa tendance à se retrouver là où il ne fallait pas, y compris sous mes pieds. Parfois, je pourrais presque jurer qu'il essayait de m'éliminer.

— La chaise, répondit-il en pinçant les lèvres.

— J'ai trébuché sur une chaise ? répétai-je.

Je n'étais pas aussi maladroit d'habitude.

Quand je tentai de toucher l'arrière de mon crâne, Chase écarta ma main d'une tape.

— N'y touche pas.

— Ça fait mal.

— Ça ne veut pas dire que tu devrais y toucher.

Je ravalai mon envie de lever les yeux au ciel et répondis :

— OK, papa.

Parce qu'il était très loin d'être mon père. Surtout sachant tout ce que j'avais envie de faire à cet homme...

Oh non. Chase ne ressemblait en rien à mon père. Et je n'étais pas du genre à appeler les hommes « papa ».

En temps normal, j'aurais été ravi de me retrouver la tête sur ses genoux, avec sa main en coupe en dessous, mais pas dans le cas présent.

— Tu veux que je t'amène à l'hôpital ?

— Je saigne ?

Il écarta l'essuie-tout humide de ma tête et me montra les traces de sang.

— C'est juste une entaille.

— Assez large pour nécessiter des points de suture ?

— Non, mais tu vas sûrement devoir prendre un peu d'aspirine.

— Mes pupilles sont dilatées ?

Je retins mon souffle quand il se pencha un peu plus pour me regarder dans les yeux.

Bon sang.

— Alors ?

Il secoua la tête. Ses pupilles étaient plus larges et ses narines, un peu dilatées.

— Alors, non. Je ne veux pas aller à l'hôpital. Mon assurance n'est pas terrible.

— Je paierai.

Je le regardai en plissant les yeux.

— Pourquoi ? J'ai juste trébuché, hein ?

— Oui.

Un souvenir rebondit soudain dans mon cerveau embrouillé. Je portai un doigt à mes lèvres dans un effort pour le rendre plus net.

Mes lèvres...

Oui, ça avait un rapport avec mes lèvres.

M'avait-il donné un coup de poing à la bouche ? Non. Elle saignerait et serait douloureuse.

Je me souvenais que mes lèvres me picotaient... et...

Bordel de merde.

Tout me revint d'un coup.

Le baiser dans lequel je m'étais noyé. L'impact brutal contre ma poitrine avant que je ne perde l'équilibre...

Mon cœur qui s'arrêtait de battre, avant de me remonter dans la gorge quand j'étais tombé en arrière.

Toujours couché – en grande partie par terre, et le haut du corps sur les genoux de Chase –, je levai les yeux vers le coin de la table, sur lequel j'avais abandonné un peu de mon ADN apparemment. Quelques cheveux et un peu de sang.

— Tu m'as poussé.

Si ça sonnait comme une accusation, c'était volontaire.

Il m'avait repoussé, m'avait fait trébucher sur la chaise, et cela m'avait ouvert le crâne.

Tout ça pour un baiser.

OK, ce n'était peut-être pas un simple baiser. En fait, c'était le plus torride que j'aie connu depuis très longtemps.

Peut-être même depuis toujours.

Il avait beau être déterminé à nier l'attirance entre nous – ou la connexion, quel que soit ce qui avait créé les petites explosions au creux de moi –, elle était bien là. C'était impossible à réfuter.

Enfin, c'était ce que Chase faisait.

Mais il ne pouvait nier qu'il avait été autant en érection que moi, durant ce baiser, *et* qu'il me l'avait rendu.

Juste avant de...

Il aurait pu me tuer. *Quel connard.*

— Tu aurais pu me tuer, répétai-je à voix haute.

Les lèvres que j'avais embrassées plus tôt se tordirent.

— Tu n'es pas mort, de toute évidence.

— Mais j'aurais pu.

— Mais ce n'est pas le cas.

— J'ai trébuché sur cette chaise parce que tu m'as *poussé*.

Il grimaça et eut au moins la décence d'avoir l'air coupable.

— Je ne voulais pas te faire de mal, c'était un réflexe.

— Ce n'est pas un réflexe normal face à un baiser. J'aurais pu mourir.

— On a déjà parlé de ça. Tu respires encore.

— Heureusement pour toi !

Je plaquai une main sur le sol pour me remettre debout.

— Je ne suis pas sûr de pouvoir m'estimer chanceux que tu respires encore, répliqua-t-il en me repoussant au sol. En fait, c'est même tout l'opposé. Parce que, tant que tu peux respirer, tu peux aussi parler. Reste ici.

— Non. Tu es dangereux.

— Mais non.

— J'ai eu la preuve du contraire.

— Tu n'aurais pas dû faire ça, marmonna Chase. Je... j'ai paniqué.

Évidemment qu'il avait paniqué. Sa première réaction et son érection prouvaient qu'il avait aimé ça. Et ça ne lui plaisait pas.

— Tu m'as frappé pour un baiser ?

— Je ne t'ai pas frappé. Je t'ai juste repoussé.

— Ne joue pas sur les mots.

— Il y a une différence entre les deux.

— C'est toi qui le dis.

J'entendis un gros soupir entre nous.

— Je vais t'aider à te relever et t'installer dans un endroit plus confortable que le sol.

Je me redressai assez pour m'asseoir.

— Je ferais mieux de partir.

— Je suis sûr que tu as encore le vertige.

Il tenta de me faire me recoucher, mais sans succès cette fois.

— Tu ne devrais pas conduire.

Ça devait le tuer de devoir m'empêcher de partir.

— Je n'ai pas envie de rester ici quand ma présence est indésirable.

— Ça ne t'a jamais dérangé jusque-là.

Il n'avait pas tort.

— Tu devrais te reposer.

— Où ? Sur le plancher ? m'enquis-je.

Parce que cet homme n'avait pas de canapé. Il avait un fauteuil à l'air très confortable – peut-être inclinable – devant la cheminée, mais mis à part ça, le nombre de ses meubles était assez restreint.

Il regarda autour de lui, et un muscle se contracta sur sa mâchoire quand ses yeux se posèrent sur la porte de sa chambre.

Oh non...

— Laisse-moi t'emmener dans un endroit plus confortable. Puisque je n'ai pas de canapé, tu vas devoir te coucher sur mon lit.

Non. Non.

Ce n'était pas une bonne idée. Mais l'embrasser sans lui demander la permission n'en avait pas été une non plus.

— Aide-moi à me lever et à rejoindre mon pick-up. Je peux conduire.

— Il ne vaut mieux pas. Pas tout de suite.

— Tout ira bien.

— Tu ne vas pas bien, s'écria-t-il presque.

C'était le signe clair qu'il perdait patience. Eh bien, il n'était pas le seul.

Il bondit sur ses pieds et me laissa assis par terre. Une seconde plus tard, il se pencha, passa un bras sous mes aisselles et autour de mon dos.

— Aide-moi. Je ne peux pas te soulever tout seul.

— Je ne veux pas me coucher sur ton lit.

— Crois-moi, je n'ai pas envie de toi là-bas non plus.

Rien que pour ça, j'avais envie de passer toute la nuit dans son lit.

Il m'aida à me lever et, dès que je fus sur mes pieds, mon cerveau tourna plusieurs fois sous mon crâne. Ma vision périphérique s'assombrit.

— Oh là.

— Je te l'avais dit. Tu devrais m'écouter.

J'aurais levé les yeux au ciel si ça n'avait pas risqué de me faire tomber dans les pommes.

— C'est discutable.

Il soupira, serra les dents, et je me penchai contre lui pour qu'il m'aide à parcourir les quelques mètres qui nous séparaient de sa chambre. Une fois à l'intérieur, il me fit asseoir sur son matelas. Puis, dès que j'eus posé mes fesses, il souleva mes jambes sur le lit jusqu'à ce que je sois couché.

Son lit était vraiment confortable. Je devrais lui demander la marque de son matelas.

Il fourra ses deux oreillers sous ma tête en prenant garde de ne pas toucher ma blessure.

— Reste ici. Ne bouge pas. Je vais te chercher de la glace.

Il tourna les talons et sortit de la pièce comme s'il avait le diable aux trousses.

— Verse un peu de whisky sur cette glace, suggérai-je avant de grimacer au son de ma voix.

Chase grommela quelque chose, mais je ne compris pas quoi.

Je soupirai. Je ne m'attendais pas à ce que ma soirée tourne comme ça.

J'avais souvent rêvé de me retrouver dans le lit de Chase, mais ces fantasmes n'incluaient pas que j'y sois tout seul, ni que je sois blessé à la tête. Une blessure causée par Chase lui-même.

— Je n'ai pas de maïs ni de petits pois. C'est le mieux que je puisse t'offrir.

— Je croyais que tu m'apportais un whisky avec glaçons.

— Tu as droit à des épinards congelés.

Il se rapprocha et posa le sachet de légumes congelés sur le lit, à côté d'un gant sec. Il déboucha une boîte d'Aleve® et fit tomber deux comprimés dans sa paume.

— Prends ça.

— Tu veux que je les avale sans eau ?

Il ferma les yeux quelques secondes, et dès qu'il les

rouvrit, il ressortit de la chambre, la mâchoire assez crispée pour couper du verre.

Je ravalai mon sourire quand il revint moins d'une minute plus tard avec de l'eau.

— Ce n'est pas de l'eau du puits, hein ? m'enquis-je en scrutant le verre.

— Tu te fous de moi ?

Je pinçai les lèvres, pris le verre qu'il me tendait, jetai les comprimés dans ma bouche et les fis passer avec une gorgée de ce qui ressemblait à de l'eau de source. Au moins, il ne m'avait pas fait boire de l'eau d'Eagles Lake pour que j'attrape la dysenterie.

— Lève la tête.

Comme le bon patient que j'étais, je fis ce qu'il me demandait, mais en ajoutant un grognement pour faire bonne mesure.

Il se pencha vers moi en esquivant mon regard et pressa les épinards congelés contre ma tête. J'émis un léger hoquet quand le froid toucha ma blessure, et il riva aussitôt les yeux aux miens. Sûrement malgré lui.

Nous nous dévisageâmes et cessâmes tous deux de respirer.

Ou de bouger.

Je baissai les yeux vers ses lèvres quand sa langue apparut pour les lécher.

Oh oui, il pensait à ce baiser, lui aussi.

J'étais tenté de goûter à nouveau ces lèvres, mais je ne voulais pas tenter le diable. Il était capable de me frapper tant que j'étais à terre.

Je grimaçai quand une douleur irradia de mon entaille.

— Je sens que tu n'as jamais été infirmier.

— Si tu ne m'avais pas embrassé, tu n'aurais pas eu besoin

d'un infirmier, rétorqua-t-il. Tu m'as pris de court. Je ne m'attendais pas à ça.

À moins d'être poussé dans ses retranchements, il ne serait jamais prêt. Mais je ne le lui ferais pas remarquer, parce qu'il nierait.

J'avais déjà compris qu'il était buté.

Le lit trembla violemment quand, d'un coup, Timber sauta dessus. Il lâcha un gros bâillement, tourna plusieurs fois sur lui-même pour trouver l'endroit parfait où s'installer, puis se blottit à côté de moi, revendiquant le lit de Chase.

Malheureusement pour moi, et par chance pour Chase, cela rompit le sort entre nous. Il s'écarta.

— Maintiens ça en place, ordonna-t-il d'une voix bourrue.

Je préférerais que tu le tiennes pour moi.

Quand je tendis la main pour le lui prendre, nos doigts s'effleurèrent, et il réagit encore une fois comme si je l'avais brûlé.

Il se redressa et s'écarta du lit tout en s'essuyant les mains sur son jean, se comportant comme si j'avais la gale.

— Trop tard. Tu es déjà gay. Je ne peux pas te le refiler.

— Ce n'est pas drôle.

— Tu ne t'en es peut-être pas encore rendu compte, mais je *suis* drôle. J'ai un excellent sens de l'humour. Tu es juste trop malheureux pour t'en rendre compte.

— Tu es loin d'être assez drôle pour faire des spectacles de stand-up sur cette petite scène au fond de ta librairie.

— Peut-être pas. Mais maintenant que tu en parles, je vais y réfléchir.

— Ne prends pas cette peine. Si tu faisais ça, les habitants d'Eagle's Landing risqueraient de te pourchasser avec des fourches et des torches.

Je souris.

— Regardez-moi ça, tu as *bien* un sens de l'humour caché

quelque part au fond de ce gouffre sombre dans lequel tu es plongé. C'est peut-être toi qui devrais faire du stand-up. De l'humour noir, bien sûr.

Je tapotai le lit à côté de moi.

— Tu ne risques rien, lui assurai-je quand il resta où il était. Je te promets de ne plus jamais t'embrasser.

Avant qu'il n'ait pu le cacher, quelque chose passa dans ses yeux à cette déclaration.

Une preuve de plus qu'il n'avait pas détesté ce baiser. Mais comme il l'avait dit, je l'avais pris par surprise.

C'était compréhensible.

Et il était sûrement en colère contre lui-même pour avoir aimé ça.

Encore une fois, c'était compréhensible. Il m'avait repoussé par réflexe.

— Je te pardonne.

Il pencha la tête et m'observa avec de la méfiance dans ses yeux marron.

— Je te demande de m'excuser, ajoutai-je. Parce que je n'aurais pas dû faire ça. Je suis désolé. J'espère que ce baiser ne te provoquera pas de traumatisme à long terme, que seules des années de thérapie te permettront de surmonter.

Il pinça les lèvres.

— Et j'espère que tu ne me détesteras pas pour ça.

Il baissa les yeux vers Timber, blotti à côté de moi, en train de lui faire le don inestimable de ses poils noir et feu sur la couette.

— Et que tu veux toujours bêta-lire mon manuscrit.

Le regard de Chase passa de Timber à moi.

— Ça t'arrive de la fermer ?

Je haussai les épaules.

— Je ne vois pas beaucoup de gens dans la journée, même quand la librairie est ouverte. Ça me pousse à jacasser dès que je suis en présence d'autres êtres humains vivants. Même si je ne suis pas sûr de pouvoir te considérer comme un être humain vivant. J'ai eu des conversations plus intéressantes avec des cailloux.

— Alors, pourquoi tu continues d'insister ?

Parce que j'essaie d'abattre tes défenses. Et quand je m'engage dans quelque chose, je n'abandonne pas avant d'avoir accompli mon objectif. Déterminé ? Oui. Idiot ? Peut-être.

— Je suis sûr que tu étais un type bien dans une autre vie. On a aussi beaucoup en commun, que tu sois prêt à l'admettre ou pas.

Il me surprit en s'asseyant enfin au bord du lit. Son poids fit à peine bouger le lit, le matelas devait être à mémoire de forme.

— Il était temps que tu te détendes un peu.

— Je ne m'assois que parce que j'en ai marre de rester debout.

C'étaient des conneries. Je sentais qu'il se relâchait un peu et qu'il était prêt à parler. Mes taquineries avaient dû finir par traverser sa façade revêche.

— Tu n'es pas obligé de rester assis ici avec moi.

— Si je ne te surveille pas, tu es capable d'essayer mes vêtements.

— Tu es plus large que moi.

— Pas de beaucoup.

J'examinai son profil. Il avait détourné la tête et caressait la patte arrière de Timber, qui était tout près de lui.

— Tu aimes les chiens.

— Je n'en ai jamais eu.

Ah, oui, il était enfin prêt à bavarder. Je devais l'encourager à continuer.

— Qu'est-ce qui t'a poussé à choisir Eagle's Landing ?

— Cette cabane. La taille du terrain. La vue. Et le prix défiant toute concurrence.

— Un endroit parfait où se cacher.

Il tourna la tête, et nous nous regardâmes dans les yeux.

— Apparemment pas.

Je souris.

— Certaines personnes sont plus déterminées que d'autres.

— Sans déconner, répondit-il en poussant un soupir. Tu as encore le vertige ?

— Tu essaies de te débarrasser de moi ? J'ai proposé de partir tout à l'heure. C'est toi qui as insisté pour que je reste.

— Tu t'es cogné la tête assez fort.

— J'ai dû être poussé assez fort.

— Je me suis déjà excusé.

Je haussai les sourcils.

— Tu es sûr ?

Il fronça les sourcils.

— Je ne l'ai pas fait ?

— Je suis prêt à renoncer à tes excuses si tu réponds à une question.

— Une seule ?

— C'est une assez grosse question.

Aussitôt, je le vis se raidir et se renfermer sur lui-même, alors je m'empressai de la poser.

— C'était quand, la dernière fois que tu as eu...

Des relations sexuelles ?

— Des contacts intimes avec quelqu'un ?

— Ça ne te regarde pas.

— Tu as raison. Mais j'ai décidé de m'y intéresser.

— Tu ne devrais pas.

— Mais c'est le cas. Alors, réponds-moi, ou je veux te voir à genoux, à me supplier de te pardonner.

Je tentai de conserver une expression sérieuse et de ne pas sourire, parce que jamais je ne lui demanderais de faire ça.

Une seconde. Venait-il de lever les yeux au ciel ? C'était bon signe. Je commençais à détecter des tendances humaines chez lui.

Quand je lui donnai un coup de coude pour l'encourager à répondre, il s'écarta un peu, mais se tourna légèrement vers moi. Il ne caressait plus Timber, sa main était plaquée sur le lit, très près de mon mollet.

Je m'imaginai ce que ça ferait s'il recourbait les doigts autour et le serrait légèrement.

Avant de remonter...

Reste concentré, Rett.

— Ma question concernait l'intimité. J'attends toujours ta réponse.

— Qu'est-ce que ça peut te faire ?

Je montrai le sol et ordonnai d'une voix plus grave que la normale :

— Mets-toi à genoux ou réponds.

Il soupira et se passa les doigts dans les cheveux, les ébouriffant encore plus qu'ils ne l'étaient déjà. Je ne me souvenais pas s'ils avaient été comme ça avant *le baiser,* il les avait sûrement décoiffés quand il avait paniqué et qu'il avait cru m'avoir gravement blessé.

— Je ne sais pas.

— Si, tu sais.

— Plus depuis...

Il pinça les lèvres, et j'eus ma réponse.

— Plus depuis ton mari.

Chase secoua la tête et regarda de l'autre côté de la pièce.

Bordel, c'était il y avait plus de deux ans.

— Laisse-moi reformuler... c'était quand, la dernière fois que quelqu'un t'a touché ?

— Je viens de te le dire, il y a plus de deux ans.

L'irritation dans sa voix était évidente, et les doigts près de ma jambe se recourbèrent avec force autour du drap, assez pour blanchir ses articulations.

— Je ne parle pas de quelque chose de sexuel, précisai-je. Je parlais d'un simple contact physique.

Il lui fallut trop longtemps pour répondre. C'était révélateur, à mes yeux. Et douloureux, mais pas autant que lorsqu'il répondit :

— Quand ma famille m'a serré dans ses bras à ses funérailles.

Il y avait plus de deux ans, une fois de plus.

— Tu n'as plus eu aucun contact physique avec personne depuis lors ?

— Non, et je n'en veux pas.

Il décrocha sa main de la couette et se mit à triturer un fil décousu.

Le silence entre nous s'éternisa.

Avait-il peur de ressentir quelque chose et de s'autoriser à sortir de sa torpeur engourdie ? Pourquoi tenait-il à se maintenir aussi à l'écart de tout et de tout le monde ?

Ce n'était pas sain.

— Vivre comme un moine n'est pas bon pour la prostate. Ni pour la santé mentale.

Chase se rembrunit.

— Tu essaies encore d'être drôle ? Si oui, c'est encore une fois un échec.

— Je n'essayais pas d'être drôle, et je ne plaisante pas.

Nouveau silence.

Je voulais qu'il continue à parler. J'étais en train de créer de petites fissures dans son armure, et je devais continuer, les élargir jusqu'à pouvoir me faufiler au travers.

J'éprouvais ce besoin insensé de lui faire comprendre que ce qu'il se faisait subir – en vivant dans une bulle et en évitant le reste du monde – n'était pas sain.

— Ça fait longtemps pour moi aussi, avouai-je.

J'espérais qu'il soit plus enclin à s'ouvrir à moi si je lui confiais un truc personnel sur moi.

Chase riva son regard sombre et perturbant sur moi.

— Quoi ?

Étant le seul gay d'une ville remplie d'hétéros, je n'avais aucun ami avec qui discuter de tout ce qui avait à voir avec les rencontres ou le sexe.

— Tu sais, le sexe. Les contacts. Le fait de se perdre auprès d'un autre. L'intimité. Le plaisir partagé. Les murmures échangés. Les rêves et les secrets qu'on se confie. Tout ça. Ça me manque.

Cet aveu était à 100 % vrai.

— Va le trouver, alors. Rien ne t'en empêche.

— Tu as raison. Rien ne m'en empêche, murmurai-je. Sauf moi-même.

J'hésitai une seconde, avant d'ajouter :

— Comme toi.

— Mais tu en as envie. Pas moi.

— Si, Chase. Tu essaies juste de te convaincre que tu n'en veux pas. Tu ne devrais pas te priver du plaisir des caresses d'un autre. Tu sais que tu peux en profiter sans t'empêtrer dans une relation, hein ?

Clin d'œil, clin d'œil.

— Rien que de coucher avec quelqu'un peut créer des complications.

— C'est vrai, mais seulement si tu le permets. Tu as déjà entendu parler d'amis avec bénéfices ?

— Ça peut déraper aussi.

— C'est vrai. Ça pourrait.

Tout ce qui avait à voir avec le sexe ou l'intimité pouvait déraper. Mais ça valait toujours mieux que de l'éviter complètement.

— Tu ne t'es jamais dit que les risques en valaient la chandelle ?

Il bondit sur ses pieds, parce que je le poussais dans une direction qui le mettait mal à l'aise. Il se dirigea vers la fenêtre qui donnait sur le lac et regarda dehors, me tournant le dos.

Timber avait levé la tête et émit un petit son, mais dès qu'il se fut assuré que Chase et moi étions encore près de lui, il fourra à nouveau son museau sous sa queue touffue, ferma les yeux et émit un petit grognement satisfait.

Je fis courir ma main le long de son dos.

— Je me souviens de ce baiser dans les moindres détails, maintenant, Chase. Je me souviens comment ça a commencé. Oui, au début, tu étais surpris, mais ensuite, tu l'as savouré pleinement. Jusqu'à ce que tu te souviennes que tu ne devrais pas. C'est de la culpabilité. Tu crois que tu le trompes, que tu salis sa mémoire ? Si c'est ça, tu as tort.

— N'essaie pas de me psychoanalyser.

Je n'avais jamais perdu de partenaire, mais après avoir lu la rubrique nécrologique de Thomas, j'avais bien réfléchi à ce qu'on devait ressentir quand ça arrivait. Quand on perdait son compagnon de vie, son âme sœur. La personne à qui on avait juré fidélité pour le restant de sa vie.

Thomas était parti, mais Chase était resté derrière. Leur amour éternel avait été écourté. Je ne savais pas comment ni pourquoi, mais ça n'avait pas d'importance. Tout ce qui comptait, c'était comment Chase avait réagi à ce deuil.

Pas bien. Il fallait s'y attendre. Mais qu'il soit encore bloqué dans son chagrin au bout de deux ans ?

Soit Thomas était l'amour de sa vie, soit il s'en voulait de la mort de son mari.

— Je te dis ce que je vois. Ce à quoi tu es aveugle.

— Ce que tu es en train de dire, c'est que tu penses que je devrais coucher avec toi, rétorqua-t-il.

Il était toujours devant la fenêtre et regardait dehors, mais il serrait désormais l'encadrement de la vitre à deux mains.

— Eh bien... je ne me portais pas volontaire pour être ton pote de baise mais... Bon sang... je ne dirais pas non. Mais je parlais de quelqu'un qui t'attirerait, pas moi.

— Tant mieux, parce que je ne suis pas attiré par toi.

Je souris vers son dos.

— Tu crois que je vais te croire ? Ou bien c'est toi que tu essaies de convaincre ?

Il fit volte-face. Son visage était dur et ses yeux encore plus.

— Tu as l'air d'aller mieux. Il est temps que tu partes.

Bordel. J'étais peut-être allé un peu trop loin.

Mais il y avait du progrès. Peut-être pas beaucoup, mais c'était toujours mieux que rien, et je pensais que c'était un pas dans la bonne direction.

Même si c'était difficile à dire avec certitude, vu que Chase avait tendance à souffler le chaud et le froid.

J'espérais obtenir un peu plus de chaud, mais ça prendrait du temps.

Par chance, j'avais tout le temps du monde.

Chapitre Onze

Chase

Je parvins à conserver mon calme pendant que j'aidais Rett et son chien à rejoindre le pick-up.

J'y parvins pendant que je le regardais s'éloigner.

Je gardai mon sang-froid pendant que je retournais sur le porche et rentrais dans ma cabane silencieuse.

Plus de chien. Plus de Rett.

Plus que moi et mes pensées.

Quand je fus rentré, je remarquai l'enveloppe en papier kraft ainsi que le sachet de stylos rouges sur ma table. Je fonçai droit vers eux, parce que j'avais besoin de quelque chose pour me distraire.

Pour détourner mes pensées de cet homme. De ce baiser.

De la facilité avec laquelle j'aurais pu me perdre en Rett rien qu'en pressant mes lèvres contre les siennes.

Je devais aussi trouver un moyen de ne pas craquer. Si je ne trouvais pas les mots pour écrire mon livre aujourd'hui, me plonger dans son manuscrit m'aiderait peut-être.

Parce que les bords de ma maîtrise de soi commençaient à s'effriter. Et je n'avais pas envie de continuer de triturer ce fil décousu, comme celui de ma couette.

Celle sur laquelle avait été couché Rett.

Parce que je l'avais blessé.

Je n'en avais pas eu l'intention, mais je n'avais pas menti quand j'avais dit à Rett que j'avais paniqué.

C'était vraiment ce qui s'était passé. Pas parce qu'il m'avait embrassé sans me demander la permission, mais parce que, si je ne l'avais pas repoussé, je serais allé plus loin.

Et ça aurait été dangereux.

Rett était dangereux.

J'avais envie de lui, c'était un fait.

Mais je ne pouvais pas l'avoir.

Il avait suggéré que je me trouve un « pote de baise ». Je ne savais pas s'il était sérieux, ou s'il se portait volontaire, mais si c'était le cas, je ne comptais pas sauter sur l'occasion.

En partie parce que je n'imaginais pas Rett se satisfaire de ce genre de relation. Il s'était incrusté dans mes affaires, et s'il se retrouvait aussi dans mon lit ? Ce serait encore pire.

Mais plus que ça, je ne supportais pas l'idée de perdre encore quelque chose.

Ni mon cœur.

Ni quelqu'un à qui je tenais.

Ni quelqu'un que j'aimais.

Le sexe et une amitié des plus basiques pouvaient aisément évoluer en amour. C'était un vrai risque. Je connaissais peu de gens capables de séparer les deux, même si ça commençait comme ça.

Bien sûr que c'était possible. Les gens pouvaient coucher ensemble sans l'intimité qui allait avec. Mais en général, c'était avec des inconnus, pas avec quelqu'un qu'ils connaissaient et avec qui ils couchaient régulièrement.

Serais-je capable d'avoir des relations sexuelles impersonnelles avec Rett ? J'en doutais fort.

Même si notre baiser n'avait duré que quelques secondes, ma crainte de tomber amoureux de cet homme me hanterait peut-être toute ma vie.

Même si je faisais semblant de ne pas l'apprécier, c'était le cas. Même s'il était exaspérant, et pas aussi drôle qu'il le croyait.

Il y avait plus de trucs chez lui que j'appréciais que de trucs que je détestais.

Son apparence. Son odeur.

Son amour pour son chien.

Ses livres.

Son attitude optimiste.

Sa détermination à garder sa librairie ouverte pour les résidents d'Eagle's Landing, même si elle constituait une perte financière pour lui. Les activités hebdomadaires qu'il organisait dans sa boutique pour donner quelque chose à faire aux locaux.

Il était gentil. Attentionné. Il était...

Non.

Hors de question.

Après avoir ouvert la grosse enveloppe, j'en sortis ce qui ressemblait à une ramette de papier entière. Il y avait peut-être cinq cents pages, mais il ne les avait pas numérotées. Ses livres avaient tendance à être plutôt longs, selon le nombre d'ennuis dans lesquels Dexter Peabody se fourrait durant son enquête.

Quand j'étais plongé dans leur lecture, je n'avais pas envie qu'ils se terminent, à moins de savoir que le prochain était disponible et attendait que je l'entame. Parce contre, celui que je tenais entre les mains était *bien* le dernier.

Jusqu'à ce qu'il écrive le prochain, en tout cas.

Bien sûr, cela me fit prendre conscience du temps que mes lecteurs attendaient pour mon prochain roman. Je comprenais pourquoi ils étaient si impatients.

Mon premier réflexe avait été de refuser de bêta-lire son manuscrit. Je ne devrais vraiment pas prendre du temps sur mon programme d'écriture pour lire et annoter ce texte. Mais si j'avais refusé, je l'aurais sûrement regretté plus tard.

J'appréciais ses livres. Bien sûr, je savais désormais d'où Peabody tenait son caractère « emponiais » – le mot qu'employait le détective pour se décrire dans les livres.

De l'auteur lui-même.

Rett n'était pas vraiment niais, ni même empoté, mais il avait quelque chose d'attachant, comme Peabody.

Même si je ne le lui avouerais jamais.

Il était déjà assez pot de colle comme ça. J'avais marché dessus par accident et, maintenant, je n'arrivais plus à m'en dépêtrer, malgré tous mes efforts.

Je craignais qu'il devienne une habitude si je le permettais.

D'abord en tant que collègue écrivain. Puis, en tant qu'ami. Et ensuite...

C'était une pente glissante que je n'avais pas envie d'emprunter.

J'avais déjà bien assez dérapé avec ce baiser. Même s'il n'avait pas duré longtemps, c'était déjà trop avant que je ne me reprenne et ne me souvienne à qui appartenaient les lèvres pressées contre les miennes.

Ce n'étaient pas celles de Thomas, mais celles de Rett.

Pas celles de mon mari, mais d'un homme que je connaissais à peine.

Bien sûr, cette intimité me manquait, mais est-ce que j'avais envie de me rapprocher d'un autre homme, même en tant que « pote de baise » ? Non.

Je ne pouvais me permettre de m'impliquer dans une autre relation.

Rett disait que ce n'était pas comme si je trompais Thomas, et même si, techniquement, il avait raison, c'était quand même l'impression que ça me faisait.

J'avais promis à Thomas de l'aimer « jusqu'à ce que la mort nous sépare ». Sauf que je ne m'attendais pas à ce que sa mort arrive si vite. Elle aurait dû frapper quand nous aurions été vieux et grisonnants, quand nous n'aurions plus eu de dents, quand nous aurions dû marcher avec une canne et porter une prothèse auditive.

Je m'attendais à ce qu'on vieillisse ensemble. À ce qu'on soit tous deux couverts de taches de vieillesse et de rides, à ce qu'on porte un dentier. Au lieu de ça, j'étais obligé de vieillir sans lui.

Il m'avait abandonné.

Il m'avait laissé tout seul.

Brisé.

Il m'avait laissé et, maintenant, je ne voulais plus être avec personne d'autre.

Je l'aimais de tout mon cœur, mais mon cœur et mon esprit avaient volé en éclats quand je l'avais découvert.

Quand *je* l'avais découvert. Le pire jour de ma vie.

Pourquoi tes placards n'ont pas de portes ?

Je fermai les yeux.

Pourquoi tes placards n'ont pas de portes ?

J'aspirai une goulée d'oxygène dans mes poumons et la retins jusqu'à ce qu'elle me brûle.

Pourquoi tes placards n'ont pas de portes ?

Une pression s'accumula en moi, tendant ma peau jusqu'à ce que je m'attende à ce qu'elle cède. Ma vision s'étrécit, et je me mis à suffoquer. J'aspirais désespérément de l'air dans un effort pour soulager cette pression.

J'agrippai ma gorge close, laissai tomber le manuscrit sur la table et me dirigeai en titubant vers l'avant de la cabane.

J'avais besoin d'air.

J'avais besoin d'espace.

J'avais besoin de mon mari.

Mais à la place de Thomas, je ne voyais que Rett.

Je ne sentais que ses lèvres sur les miennes.

À la seconde où je passai la porte et sortis sur le porche, je tombai à genoux et aspirai l'air nocturne tandis que ma gorge continuait de se fermer et que mon cœur creusait un trou dans ma poitrine. Une main invisible s'était refermée autour, serrant de plus en plus fort à chaque seconde qui passait.

Ça recommençait, et je ne pouvais rien faire pour l'en empêcher.

Je devais endurer tous les cauchemars, tous les flash-back, toutes les crises de panique.

Ma seule solution était d'attendre que ça se termine.

Impuissant et perdu, je m'assis sur les talons, me recroquevillai autour de mes genoux et laissai tomber ma tête dans mes mains.

Je voulais juste oublier. J'avais trop peur d'oublier.

Je voulais tourner la page. J'avais peur d'avancer sans lui.

Ma poitrine était lourde comme du plomb pendant que je m'efforçais de me redresser.

J'enfonçai mes doigts dans mes cheveux.

Et me mis à tirer.

Encore.

Et encore.

J'essayais de détourner mon attention de ma souffrance. N'importe quoi pour me sortir de ce sombre gouffre de désespoir.

Pour me rappeler que j'étais encore vivant.

Mon cœur battait encore. Mes poumons fonctionnaient toujours.

Mais mis à part ça, je n'étais qu'une coquille. Une coquille vide.

Rett essayait de changer ça, malgré mes réticences.

Il essayait d'ouvrir cette coquille, d'insuffler la vie en moi.

Le problème, c'était que ça marchait.

Mais je ne pouvais pas avoir l'un sans l'autre. Je ne pouvais pas choisir ce que je laissais au fond de moi.

Si je ressentais la moindre chose, je ressentais tout.

Même ce qui me dévastait et m'anéantissait.

Je n'étais pas prêt.

Je n'étais pas prêt.

Je n'étais pas...

Je rejetai la tête en arrière et hurlai à pleins poumons.

Je n'arrêtais pas de me tirer les cheveux, de hurler encore et encore, tentant de relâcher toute ma rage. Toute l'affreuse douleur.

Je ne pouvais pas m'arrêter.

Ces cris torturés dérivèrent sur l'eau. Et bientôt, ils se mêlèrent les uns aux autres et me revinrent en écho, amplifiés. Assourdissants.

Ils s'enfoncèrent dans ma tête. Dans mon cœur. Ils me transpercèrent comme une lance.

Je hurlai jusqu'à ce que ma voix soit enrouée, jusqu'à ce que j'aie l'impression que ma gorge saignait.

Chaque cri me raclait de l'intérieur comme une cuillère rouillée.

Jusqu'à ce qu'il ne reste plus rien au fond de moi.

Jusqu'à ce que je sois redevenu une coquille vide.

À nouveau engourdi.

Ma seule façon de survivre.

Chapitre Douze

Rett

JE TENDIS VIVEMENT la main vers mon téléphone quand il vibra. Je l'avais branché pour la nuit, vu que j'avais fini de bosser pour la journée, et m'étais adossé à la tête de lit pour regarder un film tout en passant distraitement les doigts le long du dos de Timber. Mon compagnon dormait en ronflant, étalé à côté de moi sur le matelas et occupant la majeure partie du lit. Comme d'habitude.

Je ne recevais jamais d'appel ni de message si tard le soir, à moins qu'il ne soit arrivé un truc important et que tous les habitants d'Eagle's Landing n'aient reçu un message groupé. Les SMS reçus à cette heure pouvaient prévenir d'un incendie. D'une collision entre un cerf et une voiture. De la présence de coyotes. D'une intrusion d'ours noir. Ou d'une blessure grave.

En général, les commérages plus légers attendaient que le soleil soit levé. Pas les urgences.

Je débranchai le téléphone, le pris sur ma table de chevet

et m'empressai de mettre mes lunettes de lecture posées à côté du lit. Je retirais mes lentilles de contact dès que j'avais fermé la librairie et fait faire sa dernière promenade à Timber.

Je pouvais regarder un film sans problème sans mes lunettes, mais j'avais besoin d'un peu d'aide pour les écrans plus petits, comme celui de mon téléphone.

Dès que je lus le message, je rejetai la tête en arrière.

Je ne pris pas la peine de réprimer mon sourire tout en le lisant une deuxième fois pour m'assurer d'avoir bien lu. Même si ça venait d'un numéro inconnu, je savais exactement qui l'avait envoyé.

Et j'avais bien l'intention d'ajouter ce numéro à mes contacts.

Comment va ta tête ?

Elle est toujours attachée à mon cou, répondis-je en ricanant assez fort pour faire lever celle de Timber. Il me lança un regard en coin, mécontent que j'aie interrompu son sommeil.

Trois jours avaient passé depuis que mon crâne était entré en contact avec le coin de la table de l'auteur de ce message. Trois jours de silence. Trois jours durant lesquels j'avais revécu ce baiser encore et encore dans mes pensées.

Trois jours à me demander si Chase faisait pareil.

Trois jours à espérer que cet homme accepte mon offre de devenir son pote de baise, même si je ne l'avais pas proposé officiellement, je m'étais contenté de le sous-entendre.

Je m'attendais à ce que Chase comprenne le message.

Était-ce la raison pour laquelle il me contactait ? Pour enfin ouvrir le dialogue entre nous ?

Comme deux êtres humains, plutôt qu'un homme et un grizzly grincheux et insupportable ?

Ma blessure à la tête était un bon rappel du fait que je devrais attendre que Chase fasse le prochain pas.

Cela prit une minute entière, mais mon téléphone finit par se remettre à vibrer entre mes doigts. *Je suppose que c'est positif.*

Je suis surpris que tu penses ça. Même si je trouvais Chase attirant, je me satisferais aussi d'une amitié platonique. Cet homme avait besoin de quelqu'un à ses côtés. Quelqu'un qui comprenait aussi les aspects les plus importants de sa vie. *Tu m'as pardonné de t'avoir embrassé ?*

Tu m'as pardonné de t'avoir fendu le crâne ?

Ça dépend, as-tu commencé à bêta-lire mon livre ? Je m'attendais presque à ce qu'il s'en soit servi pour allumer un feu.

Je comptai dix battements de cœur avant de recevoir le prochain message de Chase. *Il est bon.*

— Waouh, murmurai-je, avant de m'excuser auprès de Timber pour l'avoir encore dérangé.

Il grogna et s'étira pour prendre encore plus de place.

— Je suis si content d'avoir acheté un matelas deux places rien que pour vous, Votre Altesse.

Je détournai mon attention du gros paresseux à quatre pattes pour la reporter sur l'homme que j'espérais voir monopoliser mon lit un jour. *Juste bon ?*

Pour l'instant. En fait, je crois que c'est ton meilleur...

— Écoute un peu ça, Timber. C. J. Anson dit que ce livre est mon meilleur à ce jour. Qu'est-ce que tu penses de ça ?

Je n'eus même pas droit à un regard noir, cette fois.

Tu me rappelles beaucoup ce détective privé.

Je fronçai les sourcils. *C'est censé être un compliment ou une insulte ?*

C'est TON personnage, à toi de me le dire.

Je laissai aller ma tête en arrière contre la tête de lit et souris vers le plafond.

Oui, cet homme était aussi barricadé qu'un vidéoclub, mais il m'arrivait d'avoir un aperçu de l'homme qu'il avait été autrefois. Ou que je supposais qu'il avait été.

Dans ce cas, je prends ça comme un compliment, puisqu'au-delà de ses manières d'empoté, Dexter est un génie.

Je ne te trouve ni empoté ni génial, répondit-il.

Mon sourire s'élargit. *Tu ne me connais pas assez bien pour être ébloui par ma génialitude.* J'ajoutai une émoticône au grand sourire à la fin pour faire bonne mesure.

Quoi ? Ce n'est même pas un mot.

On est des auteurs. On a le droit d'inventer des mots. Émoticône d'homme qui hausse les épaules.

Non. Émoticône en colère.

Je gloussai. *OK, dans ce cas... que dis-tu de ça : ébloui par mon intelligence ?* Émoticône portant des lunettes de soleil.

Je suis toujours sceptique. Émoticône qui lève les yeux au ciel.

Laisse-moi te le prouver. Émoticône de mains jointes en prière.

Je n'ai pas besoin de preuve. Je dois reprendre ma lecture, même si je devrais être en train d'écrire. Quand je serai sans ressources parce que je n'aurai pas pu terminer mon prochain livre, je t'en tiendrai pour responsable. Émoticône d'homme en train de jurer.

Émoticône choquée. *Si tu es désespéré, je peux te prêter de l'argent. Mais tu es sûrement mille fois plus riche que moi, même si tu n'as pas sorti de nouveau livre depuis des années.* Émoticône de dollar. Émoticône de dollar. Émoticône de dollar.

Même si je le taquinais, c'était sûrement vrai.

J'avais vu combien il avait payé ces cent hectares dans les archives publiques. Cette info était facile à trouver en ligne. Bien sûr, la maison qu'il avait vendue à Long Island avait sûrement payé cette propriété sur la montagne tout en lui laissant assez d'argent en banque pour les rénovations.

Cet homme survivrait. Financièrement parlant, en tout cas.

Le grand C.J. Anson m'a dit que j'étais le meilleur écrivain du MONDE.

Ne t'emballe pas trop.

Je m'empressai de répondre : *Je peux mourir heureux maintenant, tous mes rêves se sont réalisés.*

— Oh merde.

Je n'avais pas réfléchi avant d'envoyer ça.

Devrais-je m'excuser ? Attendre de voir ce qu'il répondrait ? Ce ne serait peut-être pas si grave.

Je n'obtins qu'un silence en retour.

Merde. Merde. Merde.

Je regardai mon téléphone, espérant ne pas avoir tout gâché, priant pour qu'il m'écrive un autre message, même si c'était pour me traiter de connard insensible.

Je me mordillai la lèvre inférieure pendant que les minutes s'égrenaient :

9 h 33,

9 h 34,

9 h 35,

9 h 36.

Je ne pouvais attendre plus longtemps. J'appuyai sur l'icône de téléphone au sommet de notre fil de messages.

La sonnerie s'égrena, puis je tombai sur la boîte vocale.

— Merde !

J'envoyai un autre SMS au lieu de laisser un message. *Désolé de m'être comporté comme un connard sans le vouloir.*

Deux minutes passèrent. J'aurais dû arrêter les frais et reprendre mon film.

Contrairement à moi, qui suis un connard volontaire-

ment ? Le message apparut sur mon écran accompagné d'une émoticône d'homme qui hausse les épaules.

C'est toi qui le dis, pas moi, écrivis-je avant d'ajouter une émoticône souriant à l'envers.

Mais tu l'as pensé.

Tu lis dans mes pensées depuis le sommet de ta montagne ?

Bien sûr, parce que tu es bruyant même quand tu ne fais que penser.

Je ricanai doucement pour ne pas perturber le repos nécessaire de mon chien. Il avait passé une dure journée, occupé à pourchasser les lapins dans son sommeil.

Dans ce cas, tu veux bien ne pas tenir compte de toutes ces pensées que j'ai eues à ton sujet ? Émoticône de mains jointes en prière.

Lesquelles ?

Celles où on était tous les deux nus. En même temps. À faire des trucs assez discutables, mais très satisfaisants.

Nouveau silence.

Je m'empressai d'écrire un autre message pour ne pas passer pour un pervers. *Tu sais ce que c'est, avec les auteurs... notre imagination déborde, parfois.*

Le truc, c'était que je n'avais même pas besoin d'imaginer Chase nu. Je savais *exactement* à quoi ressemblait l'ours tout nu. J'avais enregistré cette image dans un coin de ma tête, et je la ressortais souvent.

Le silence s'éternisa.

On est les deux seuls gays d'Eagle's Landing, lui rappelai-je.

Ce n'est pas parce qu'on est gays tous les deux qu'on devrait être amis.

Je n'ai jamais parlé de devenir ami.

Je visais le trophée, et j'accepterais une amitié en guise de prix de consolation si je perdais.

Ça ne veut pas dire non plus qu'on devrait coucher ensemble.

Ça permettrait de soulager le stress, et ce serait un bon moyen de combattre l'angoisse de la page blanche.

Pourquoi aurais-tu envie de coucher avec moi ? Je suis un misérable connard, tu te souviens ? À moins que tu l'aies oublié ?

Mais j'ai vu ta queue de connard. Émoticône aux yeux en forme de cœur.

L'eau était froide. Émoticône de tortue.

Je SAIS. *C'est bien ce que je dis.* Émoticône d'aubergine.

Ce n'est pas forcément mieux quand c'est gros. Émoticône qui grimace.

Parle pour toi. Émoticône à la bouche zippée.

C'est ce que je fais, répondit-il.

Tu es en dessous ? demandai-je avant d'ajouter trois émoticônes choquées.

Bonne nuit.

ATTENDS *!*

Laisse tomber, Peabody.

Jamais, Foster.

J'aboyai un rire et réveillai encore une fois Timber.

Je regardai mon téléphone et attendis.

Ça ne pouvait pas se terminer comme ça. Notre conversation se passait bien. J'avais bon espoir que son comportement s'améliore. Mieux encore, que notre relation s'améliore.

Tu as toujours été un gay assumé ? demandai-je pour essayer de continuer la conversation.

Il fallut une éternité avant que la réponse n'arrive, mais quand elle apparut enfin, mon cœur cogna dans ma poitrine.

Depuis que j'ai quinze ans. Quand j'ai annoncé à mes parents que j'aimais les garçons.

Et ? Je voulais le pousser à continuer de parler.

Je bondis jusqu'au plafond quand mon téléphone se mit à sonner. Je m'empressai de faire glisser mon doigt sur l'écran pour décrocher. Puis, je retins mon souffle et le mis sur haut-parleur.

Pendant quelques secondes, je crus qu'il m'avait appelé par erreur, vu qu'il n'y avait que du silence.

Cet homme était toujours si exaspérant.

Sa voix grave gronda à l'autre bout du fil.

— Au début, ils m'ont dit que j'étais juste un peu perdu, que je traversais une phase, expliqua-t-il avant d'aboyer un rire sec. Que ça me *passerait* en grandissant.

Bordel de merde. Il venait de me confier quelque chose de personnel à son sujet. Étais-je vraiment en train d'abattre ses défenses ?

Mieux encore, il m'avait *appelé*. À moins que je ne me sois endormi et que je ne sois en train de rêver ? Un fantasme de plus sur la longue liste.

— Timber, est-ce que je dors ou est-ce que ça arrive vraiment ? chuchotai-je.

— Quoi ?

Je secouai la tête.

— Rien.

Merde. Ne fous pas tout en l'air, Rett.

— Ça veut dire que tes parents ne t'ont pas soutenu ?

Il poussa un petit soupir à l'autre bout du fil.

— Ils ont fini par le faire, mais ça a pris du temps. Au bout d'un moment, ils ont compris que ce n'était pas une phase que je traversais à cause de l'adolescence et des hormones. Surtout quand je me suis marié avec...

Il s'interrompit.

Je ne savais pas si Chase en avait conscience, mais il faisait souvent tourner son alliance autour de son doigt. Celle qu'il portait encore bien qu'il ne soit plus marié et soit officiellement veuf. J'étais sûr que, dans son cœur, il se considérerait toujours comme marié à l'amour de sa vie.

J'aurais sûrement fait pareil si j'avais perdu mon âme sœur.

— Quand tu t'es marié, dis-je pour terminer sa phrase au lieu de la laisser en suspens.

Je ne l'obligerais pas à prononcer le nom de son mari. Pas sachant que ce souvenir était encore trop douloureux.

— Oui, répondit-il. Mon mariage les a convaincus que je ne changerais jamais. Au début, ils croyaient que j'avais décidé d'être gay, d'être différent. On sait tous les deux que ça ne marche pas comme ça.

C'était bien vrai. Les gens qui pensaient que c'était un choix se trompaient sur toute la ligne. Et quand les personnes qui nous entouraient étaient incapables d'accepter ça, ça pouvait s'avérer mortel.

Un jour, les préférences sexuelles des gens n'auraient plus d'importance et personne ne se retrouverait marginalisé, mais sûrement pas de notre vivant, hélas. Il restait encore un tas de bigots dans le monde qui n'acceptaient pas ceux qui étaient différents.

C'était l'une des raisons pour lesquelles je cachais ma sexualité aux habitants d'Eagle's Landing. Je ne voulais pas risquer ma relation avec eux. Certains seraient tolérants, mais je craignais que ce ne soit pas le cas de tous. Même si ce serait *leur* problème, et pas le mien, je devrais quand même affronter leurs préjugés.

— Ils s'y sont faits, maintenant, dit Chase, me ramenant à notre conversation. Ils m'ont beaucoup soutenu quand j'ai perdu...

Il prit une brusque inspiration.

— Quand je suis devenu veuf.

— Ils vivent près d'ici ? Ou est-ce qu'ils étaient proches quand tu vivais à Jéricho ?

Je n'aurais peut-être pas dû mentionner la ville où il avait vécu, ça risquait de lui rappeler que j'en savais plus sur lui qu'il n'en avait envie.

Il était venu à Eagle's Landing pour vivre dans l'anonymat. J'avais tout gâché.

— Non, répondit-il après une brève hésitation. Ils ont pris leur retraite il y a un moment et sont partis vivre au Panama, figure-toi. C'était plus économique que de rester aux États-Unis. Je leur rends visite quand je peux et je les appelle souvent. Ils ont enfin compris comment faire des appels vidéo sans que le son soit coupé ou sans que leurs têtes soient hors champ et que je regarde leurs poitrines pendant qu'ils parlent. Ils profitent de la vie d'expatriés et de leur retraite. Je suis heureux pour eux.

— Oui, tu m'as tout l'air d'un type heureux, répondis-je avec ironie, avant de le regretter aussitôt.

J'essayais de le faire s'ouvrir à moi, pas se renfermer comme une huître.

— Sur ce... grommela-t-il.

Il essayait de mettre fin à la conversation. C'était trop tôt. Je cherchai désespérément quelque chose à dire.

— Combien de stylos rouges tu as épuisés ?

Il émit un petit son à l'autre bout du fil.

— Tous.

— Oh, regardez-moi ça. Tu as donc le sens de l'humour, finalement.

— Je ne plaisantais pas.

Je ris. Une seconde plus tard, je paniquai.

— Une seconde. C'est vrai ?

Étouffait-il un rire ? Était-ce possible ? Non. Impossible. Devrais-je poser la question ou garder la bouche close et espérer avoir mal entendu ?

Il valait toujours mieux garder la bouche close. Surtout pour moi.

— Je t'ai dit que c'était ton meilleur roman jusqu'ici. Je ne mentais pas.

— Je pourrais t'embrasser pour ça !

Bordel. Je m'empressai de contenir mon enthousiasme.

— De manière métaphorique. Je ne compte pas pousser ma chance. J'ai eu la migraine pendant deux jours la dernière fois que je t'ai embrassé, et j'ai eu du mal à écrire à cause de ça.

J'attendis. Une excuse. De la compassion. N'importe quoi.

Je n'eus droit qu'à un silence.

Un long silence.

— Je te le ramènerai quand je l'aurai fini, finit-il par dire.

Ce serait malpoli de lui demander quand il pensait le finir ?

Je ne voulais pas lui mettre la pression, mais j'étais curieux de voir ce qu'il avait écrit au stylo rouge.

— Ou bien envoie-moi un message, et on pourra venir le récupérer, Timber et moi. Je ne veux pas t'importuner.

— Je te le déposerai la prochaine fois que je passerai en ville.

Parce qu'il y aurait moins de tentation de cette manière ? Pour éviter qu'on ne se retrouve seuls tous les deux dans sa cabane dans les bois ?

Hum.

— Je serai là.

Il raccrocha.

— Mince alors, Timber. Non seulement il m'a envoyé un

message, mais il m'a *appelé*. Et mieux encore, il aime mon dernier livre. Je crois que je fais des progrès avec lui.

Timber leva la tête et me lança un regard exaspéré, avant de la laisser retomber sur le matelas avec un grognement.

Une chose était sûre, je ne pouvais m'empêcher de sourire. Et je continuai même pendant les scènes les plus sanglantes de l'adaptation d'un des romans de Stephen King que j'étais en train de regarder.

Chapitre Treize

Chase

JE LEVAI les yeux vers l'appartement au-dessus de La Page Suivante. Il était tard, mais j'espérais que Rett serait encore réveillé. La lumière visible entre les volets laissait entendre qu'il l'était.

C'était une mauvaise idée.

Il aurait été plus avisé de laisser le manuscrit sous l'essuie-glace de son pick-up.

Je regardai à droite, par-dessus mon épaule, là où j'avais garé la Bronco, derrière la librairie. La petite zone pavée était assez large pour y garer deux véhicules. À gauche de la zone de parking, là où je me trouvais actuellement, il y avait une petite cour herbeuse entourée d'une clôture grillagée. Ce n'était pas assez grand pour que Timber s'y dégourdisse les pattes, mais ça devait permettre au chien de faire ses besoins quand il ne faisait pas beau.

Je pourrais laisser l'épaisse enveloppe sur sa Chevrolet,

sur le perron à l'arrière de la librairie, ou bien grimper les marches sans un bruit et la déposer devant la porte de l'appartement, à l'étage. Avant de croiser les doigts pour qu'il la trouve avant la prochaine averse.

Ou alors, je pourrais grimper ces marches et frapper à la porte.

Je ne l'avais pas prévenu de ma venue.

Je ne lui avais même pas dit que j'avais terminé la bêta-lecture.

Mais je n'avais pas prévu de me sentir aussi agité, dans ma cabane, ce soir, et de ressentir le besoin de sortir.

De venir à la librairie.

De voir Rett.

Depuis ce maudit baiser, il n'avait plus quitté mes pensées.

Je n'arrêtais pas de penser au moment où nos bouches s'étaient jointes, puis à la blessure que je lui avais causée à l'arrière du crâne.

Je me sentais affreusement coupable.

De l'avoir laissé m'embrasser, d'avoir aimé ça, puis d'avoir paniqué et de l'avoir repoussé. Pire encore, cette culpabilité s'infiltrait dans mes os, parce que je n'arrivais pas à m'empêcher de penser à lui.

Je me disais que, si je finissais de lire son manuscrit et le lui rendais, l'ôtant de ma vue, je pourrais reprendre mon emploi du temps habituel.

Rester seul et misérable, à m'apitoyer sur moi-même.

Sans laisser personne approcher de peur de perdre ce qu'il resterait de mon cœur si je devais surmonter une autre perte.

Après la mort de Thomas, je m'étais retrouvé déphasé, tout mon monde sens dessus dessous. Pour me protéger, j'avais voulu me concentrer sur ma carrière et ma famille, restant en contact avec eux par discussions vidéo occasionnelles.

Mon plan était de maintenir ma vie aussi simple que possible, jusqu'à ce que je sois prêt à affronter des choses plus difficiles. Rett pouvait transformer mon désir de simplicité en quelque chose de bien plus compliqué.

Si je le laissais faire.

Malgré mes efforts pour résister, je me retrouvai au bas des marches, les yeux levés vers la terrasse en bois plongée dans la pénombre à l'arrière de l'appartement.

Je pris une grande inspiration, humant l'air nocturne et m'emplissant les poumons. On était fin juin et il faisait chaud, mais pas humide. J'étais certain que ça ne tarderait pas.

Je ne faisais que retarder ce que j'étais venu faire. Lui rendre son manuscrit avec mes annotations et les modifications que je lui recommandais de faire.

Oui, c'était la seule raison pour laquelle j'avais roulé dix minutes jusqu'à la ville.

Bien sûr.

Je n'avais aucune autre raison d'être ici.

Aucune.

Je serrai les dents et grimpai les marches.

Sa terrasse était petite, mais douillette, avec deux chaises, une petite table, une guirlande lumineuse éteinte, deux hautes plantes en pot et même l'un de ces auvents en toile au-dessus pour apporter de l'ombre en été.

L'arrière du bâtiment donnait sur une petite rue déserte. J'étais sûre qu'elle l'était tout le temps, vu qu'Eagle's Landing n'était pas une ville très animée et qu'elle était plutôt assoupie. Un avantage supplémentaire à l'achat de cette cabane.

Le silence et la paix.

Jusqu'à Rett, en tout cas.

Je cognai à la porte surmontée d'une petite fenêtre en demi-cercle. Je n'entendis pas ses pas. Par contre, j'entendis Timber se mettre à aboyer comme un dingue et grogner derrière la porte. Puis, je vis le sommet de la tête de Rett apparaître derrière la fenêtre décorative quand il approcha. Tout en hurlant au berger allemand de « se calmer un peu ».

Le verrou cliqueta et la porte s'entrouvrit. Rett coinça sa jambe nue et poilue dans l'ouverture, sûrement pour empêcher le berger allemand de s'échapper.

Ou de mordre un éventuel intrus.

Quand le visage de Rett apparut dans l'espace entre la porte et l'encadrement et qu'il vit que c'était moi, il écarquilla les yeux et ouvrit assez pour que Timber se précipite sur la terrasse. Le chien se mit aussitôt à me tourner autour en remuant la queue et en jappant de manière surexcitée. Je grimaçai quand ses cris hauts perchés me transpercèrent les oreilles comme un pic à glace.

Je ne savais pas que les chiens pouvaient être aussi théâtraux.

Rett n'avait pas allumé la lumière sur le porche, et l'appartement éclairé derrière lui le faisait ressembler à une silhouette sombre. Quand il recula, je le vis enfin plus clairement.

— Qu'est-ce que tu fais ici ?

Ma gorge était sèche et aussi rêche que du papier de verre quand je déglutis. Je le parcourus des yeux, de ses cheveux décoiffés à ses pieds nus. Il ne portait qu'un boxer sombre et ample, peut-être noir ou bleu marine, ainsi qu'un T-shirt élimé et déformé qui promouvait le bar local, le Perchoir. Il était si vieux que je voyais l'un de ses tétons à travers un petit trou, et une tache brune douteuse en forme de rein était visible au-dessus de son nombril.

— Tu dormais ?

Il secoua la tête.

— Non, mais je me détendais au lit avec une bière et un film.

— Je ne voulais pas te déranger.

Il haussa les épaules, attirant mon attention sur la façon dont le vieux T-shirt moulait ses larges épaules et ses biceps.

— La bière est éventée et le film, mauvais.

Je me mordis les lèvres jusqu'à ce que l'envie de sourire me soit passée.

— Tu comptes rester planté là, ou tu veux entrer ?

Il m'invita d'un geste de la main.

Ce ne serait peut-être pas très judicieux d'entrer chez lui. *Contente-toi de lui remettre l'enveloppe, Chase, et tire-toi d'ici.*

Rett pencha la tête.

— Je ne mords pas.

Mais j'ai envie de te mordre, moi. Je levai l'enveloppe en papier kraft.

— Je viens juste te rendre ça.

Il baissa les yeux sur son manuscrit avant de les relever vers mon visage. Il fronça les sourcils.

— Tu aurais pu me l'apporter demain matin.

— Je ne voulais pas attendre.

— J'ai largement le temps de le remettre à mon éditeur. Je ne compte pas le sortir avant six mois.

— Comme je l'ai dit, je ne voulais pas attendre.

— Je vois ça. Vu qu'il est plus de 22 heures.

— C'est vrai ?

Il haussa un de ses sourcils sombres.

— Tu ne sais pas quelle heure il est ?

— J'ai perdu la notion du temps.

— Entre, insista-t-il.

Il me tourna le dos et s'éloigna de la porte.

— Tu veux une bière ? demanda-t-il par-dessus son épaule.

Est-ce que j'en voulais une ?

Oui, mais je n'étais pas sûr que ce soit une bonne idée. Cet homme était déjà assez tentant sans ajouter de l'alcool. Ça risquerait de faire fondre ma résolution de fer.

Je sentais déjà une chaleur parcourir mes veines rien que de le voir en sous-vêtements.

Mon regard fut attiré par le roulement de ses hanches pendant qu'il s'éloignait de moi. Je m'assurai que Timber m'avait suivi à l'intérieur avant de fermer la porte.

Mon cœur cognait dans ma poitrine, parce que je m'engageai dans une situation qui me mettait mal à l'aise. Je me concentrai plutôt sur l'appartement, dans un effort pour tuer les fourmis qui rampaient sous ma peau.

La librairie était un bâtiment de bonne taille, il était donc logique que son appartement au-dessus soit spacieux. Je scrutai tout ce que je voyais, et j'avais raison. C'était plus grand que ma cabane. Les murs étaient couverts de photos, de sa famille et d'animaux sauvages, ainsi que de quelques clichés de la nature.

Je me demandai si Rett s'essayait à la photographie. Cela me fit me rendre compte que je ne savais pas grand-chose de lui. Juste l'essentiel.

De l'autre côté de la porte, il y avait un espace ouvert, comme dans ma cabane, mais en plus raffiné et moderne. Le salon était constitué d'une cheminée à gaz encastrée et d'un grand écran fixé au mur au-dessus. En face de ce mur, il y avait un large canapé sectionnel en cuir à l'air confortable. Juste devant, par terre, se trouvait un gros panier de chien circulaire.

Tout en examinant les alentours, je suivis Rett dans le

prochain espace ouvert, une cuisine de bonne taille. Elle était propre et bien rangée. Tout ce qui était disposé sur le plan de travail semblait à sa place. Pas d'assiettes sales dans l'évier. Pas de verres vides abandonnés sur le plan de travail. Pas de restes de nourriture, mis à part les bananes suspendues à un genre de crochet. L'un de ces gadgets de cuisine que je croyais que les gens achetaient sans jamais s'en servir.

Je me trompais, apparemment.

Rett ouvrit le frigo et y prit quelque chose. Je laissai errer mon regard sur son dos, m'arrêtant sur son postérieur et le fin coton de son boxer, tendu sur ses fesses très fermes et arrondies.

Je détournai les yeux, parce que je ne devrais pas le reluquer comme une friandise alléchante.

Quand il se retourna après avoir fermé la porte du frigo, il avait deux bouteilles de Sea Dog Sunfish Ale dans les mains. Il en déboucha une et me la tendit. Je me rapprochai et la lui pris des doigts avant de regarder l'étiquette.

— Tu as déjà bu du Sea Dog ? s'enquit-il.

— Une fois. J'ai goûté leur bière à la myrtille.

— Oh, c'est la meilleure. Faite avec des myrtilles sauvages du Maine. J'ai demandé à Rick de commander des caisses de cette marque pour pouvoir en acheter localement.

— Rick ?

— Le propriétaire du Perchoir. Tu y es déjà passé ?

Je secouai la tête.

— Non.

— C'est un petit bar endormi.

Tout comme cette petite ville.

— Rick est un type bien.

J'entendis très bien ce qu'il n'ajouta pas : « contrairement à toi ».

Je portai la bouteille à mes lèvres, et l'alcool léger et froid se déversa dans ma gorge serrée. C'était vraiment bon, doux et rafraîchissant. J'allais peut-être devoir passer au Perchoir récupérer un pack de six.

Je n'étais pas un gros buveur, mais j'aimais déguster une bonne bière de temps en temps. Le Sea Dog serait le breuvage parfait avec lequel m'installer sur le porche, les pieds posés sur la rambarde pour admirer le lac tout en écoutant la faune locale.

Je devais dire quelque chose, au lieu de rester planté là comme un idiot sans cervelle.

— Comment va ta tête ? Elle est guérie ?

Il but une longue gorgée de sa bière, la posa sur le plan de travail à côté du frigo, puis vint se placer devant moi.

Nous nous dévisageâmes sans ciller pendant quelques secondes. Je commençais à me sentir nerveux et m'apprêtais à reculer quand il me tourna le dos et passa les doigts dans ses cheveux pour les écarter. Je voyais encore sa blessure.

Bon sang.

— Ça a laissé une cicatrice, murmurai-je.

— Par chance, elle est petite. Elle finira par disparaître.

Il était bien optimiste. Mais il l'était toujours, après tout.

Quand il se tourna à nouveau vers moi, nous nous retrouvâmes encore une fois à quelques centimètres l'un de l'autre. Le bout de ma botte touchait ses orteils nus. J'aurais pu jurer que nous avions tous deux cessé de respirer pendant que nous nous observions.

— Qu'est-ce que tu fais là ? demanda-t-il d'une voix plus rauque que d'habitude.

— Je te l'ai dit.

J'engloutis deux autres grosses gorgées d'alcool. J'espérais que ça éteindrait la chaleur en train de grandir dans mon ventre.

— Tu l'as fini quand ?

— C'est important ?

Il hocha la tête.

Bien sûr que ça l'était. Il essayait d'analyser mon processus de pensée et mes actes.

— Ce matin.

— Et tu viens à…

Il tourna la tête pour regarder l'horloge numérique du four.

— Presque 22 heures.

— Je…

Je n'avais aucune excuse à lui fournir. Il pencha la tête sur le côté.

— Tu…

— J'ai perturbé ta soirée, conclus-je.

Parce qu'il était hors de question que j'admette que je n'avais pas arrêté de penser à lui, jusqu'à être à deux doigts d'exploser.

Je ne lui dirais pas que je m'étais masturbé sous la douche ce matin en songeant à ce baiser.

Je ne lui dirais pas que j'avais failli recommencer ce soir. Je ne lui dirais pas non plus que c'était pour ça que j'étais monté dans ma Bronco et que je m'étais garé derrière sa librairie avant d'avoir pu changer d'avis.

Non. Je ne lui dirais rien de tout ça.

— Je me suis dit que, si je te l'apportais ce soir, tu pourrais commencer les corrections tôt demain matin.

Il leva le menton et étrécit les yeux, décelant la vérité sous le mensonge que je venais de prononcer.

Je resserrai un peu plus les doigts autour de la bouteille pleine de condensation. Pour rompre le sort qu'il m'avait lancé, je portai la bière à ma bouche et engloutis ce qu'il en restait. Puisque j'étais assez proche pour atteindre la petite table de cuisine, je posai la bouteille vide dessus sans déplacer les pieds ne serait-ce que d'un centimètre.

— Une autre ?

Oui. Je voulais un autre baiser.

Je hochai la tête.

Ma respiration devint un peu plus facile quand il s'éloigna de moi pour aller chercher une autre Sea Dog dans le frigo. Il la déboucha, revint vers moi, mais ne s'arrêta que lorsque nous fûmes à nouveau tout près l'un de l'autre.

Il avait fait exprès. Parce qu'il *savait*.

Au lieu de me tendre la bière, il la garda contre sa poitrine, m'obligeant à tendre la paume vers elle.

— Qu'est-ce que tu fais là, Chase ?

Non seulement sa voix était rauque, mais cette fois, elle était aussi emplie d'autres questions silencieuses.

Je refermai la main autour de la bouteille froide, mais ne sentis que ses doigts chauds sous les miens. J'effleurai son torse à travers le coton fin. Je me raclai la gorge.

— Je te l'ai dit.

— Qu'est-ce que tu ne me dis pas ?

Plus que je n'étais prêt à admettre.

Quand je tirai sur la bouteille pour la lui prendre, il la garda collée contre sa poitrine et vint avec elle. Sans même le vouloir, je l'attirai contre moi.

Jusqu'à ce qu'on soit si proches que nos souffles se mêlèrent.

— Qu'est-ce que tu fais là, Chase ? murmura-t-il.

Sa pomme d'Adam remonta lentement dans sa gorge avant de redescendre.

— Je ne sais pas, répondis-je à voix basse.

Je savais pourquoi, mais je n'avais pas envie de l'avouer. J'avais peur de m'autoriser à avoir ce que je voulais vraiment de Rett. Ce qu'il m'offrait avec plaisir. Ce que je pourrais accepter.

— C'était une erreur.

— On fait tous des erreurs.

Je ne le savais que trop bien.

Mais il y avait des erreurs dont on ne se remettait jamais. J'espérais que celle-ci n'en faisait pas partir parce que j'en avais déjà commis assez pour toute une vie.

— Qu'est-ce que tu fais là, Chase ?

— Combien de fois tu comptes me poser cette question ?

J'avais tenté de prendre un ton agacé. Sans succès. Au lieu de ça, j'avais l'air un peu désespéré.

— Autant de fois que nécessaire, jusqu'à ce que j'obtienne la vérité.

— Je t'ai déjà dit la vérité.

— Tu m'as donné une excuse facile. Mais au fond de toi, ce n'est pas pour ça que tu es venu ici.

Pourquoi était-il aussi exaspérant ? Pour être franc, je m'infligeais ça tout seul puisque j'étais venu le voir, cette fois, et pas le contraire.

— Comment tu le sais ?

— Même si tu fais tout ton possible pour le cacher, je le vois dans tes yeux, c'est clair comme de l'eau de roche.

Merde. Je détournai les yeux.

— Tu imagines des choses.

— Foutaises. Je reconnais ce regard, parce que je veux la même chose que toi.

— Je veux juste qu'on me laisse tranquille.

— Et pourtant, tu es là, dans mon appartement. Tard le soir. À me servir une piètre excuse pour expliquer ta présence.

— Je n'aurais pas dû venir.

C'était la vérité.

— Mais tu es venu, alors on fait quoi, maintenant ?

— Je ferais mieux de partir.

C'était aussi la vérité.

— Avant d'avoir obtenu ce que tu es venu chercher ?

Je vidai la deuxième bouteille de Sea Dog en deux gorgées.

Rett secoua la tête, alla chercher une autre bière dans le frigo, la décapsula et jeta le bouchon sur le plan de travail avec les autres. Puis, il me tendit ma troisième bière.

Je la lui pris sans hésiter.

J'essayais de me servir de l'alcool pour fortifier mes murs. Mais bien sûr, ce fut un échec aussi parce qu'ils commençaient à s'effriter peu à peu.

Il pencha la tête vers ma troisième bière.

— Si tu la bois aussi vite que les deux autres, je ne te laisserai aller nulle part avant un moment.

Cet homme était si frustrant, dans tous les sens du terme.

Je gardai les yeux rivés aux siens, levai la bouteille, la portai à mes lèvres, ouvris la bouche et la vidai d'une traite.

Il étira les lèvres, puis hocha la tête.

Je hochai la tête aussi, avant de poser la bouteille vide à côté des autres.

Je tendis la main, attrapai son T-shirt et l'attirai vers moi, espérant que le coton fin ne se déchire pas et nous fasse perdre l'équilibre tous les deux.

Ce ne fut pas le cas, mais je plaquai Rett contre moi. Avant qu'il n'ait pu reprendre son souffle, j'inclinai la tête et écrasai ma bouche sur la sienne. Ce n'était pas un baiser. Pas encore.

Je me contentai de humer son odeur.

De trouver le courage de faire ce que j'avais envie de faire à l'homme collé contre moi. Poitrine contre poitrine. Orteils contre orteils. Bouche contre bouche.

Et maintenant...

Érection contre érection.

— Je t'ai promis de ne plus jamais t'embrasser. Tu ne vas pas m'assommer encore une fois, hein ? murmura-t-il contre mes lèvres.

— Non, parce que, cette fois, c'est *moi* qui t'embrasse, vu que c'est la seule façon de te faire taire.

— Eh bien, ce n'est pas la seule, mais...

Je connaissais les autres façons, mais on allait commencer par un autre baiser. Pour compenser le dernier désastre. Causé par mes blocages.

D'une main, je l'attrapai par le coude, et j'enfonçai les doigts de l'autre dans sa nuque, pressant nos bouches l'une contre l'autre ainsi que tout le reste.

À la seconde où il l'ouvrit avec un grognement, sa langue s'entremêla à la mienne.

Notre baiser n'avait rien de délicat. Il était brusque. Féroce. Purement sexuel. Il n'était ni doux ni intime, et il n'avait rien de romantique non plus.

Le baiser que nous échangions ne concernait que l'instant présent. Rien de plus.

Il ne servait qu'à me prouver que je pouvais avoir des contacts physiques sans attachement émotionnel. Que je pouvais lui donner ce qu'il voulait, prendre ce dont j'avais besoin et passer à autre chose.

Peut-être même nous prouver à tous les deux que nous n'étions pas faits l'un pour l'autre.

Nous ne ferions pas de bons potes de baise. Nous ne ferions pas de bons amis avec bénéfices.

Et nous...

Putain.

Il referma le poing dans mes cheveux si fort que j'aurais été incapable de bouger même si j'avais voulu. Il fit glisser son autre main le long de mon dos, jusqu'à mes fesses, et enfonça les doigts dans mon jean, me rapprochant encore plus de lui. Son sexe dur se frotta contre le mien.

Quand il grogna dans ma bouche, j'acceptai ce son avec avidité et lui en offris un en retour, sans vraiment le vouloir.

Je ne voulais pas lui montrer à quel point j'avais envie de lui. À quel point j'avais besoin de son contact physique. À quel point j'appréciais ce baiser. Celui que j'avais prévu, plutôt que celui qu'il m'avait imposé avant que je ne sois prêt.

Ce soir, j'étais prêt.

J'étais aussi prêt à plus.

Je n'arrêtais pas de me répéter que, si ça arrivait ce soir, si ça allait plus loin qu'un baiser, ça ne voudrait rien dire. Ce ne serait que du sexe.

Nous ne faisions que satisfaire un besoin primaire.

Ces trois derniers jours, je n'avais pas arrêté de me répéter qu'on pourrait s'en tenir au sexe, que rien ne nous obligeait à aller plus loin que ça. Que ce serait un simple contact physique nécessaire.

Sans attaches. Sans rien de plus.

Sans risquer de blessure émotionnelle.

Sans craindre de détruire encore plus mon cœur déjà écorché et cabossé.

Il passa à nouveau la main sur mes fesses, s'arrêtant au niveau de la ceinture de mon jean, puis il enfonça les doigts entre le jean et ma peau bouillante.

Le contact me brûla, attisant les flammes qui me léchaient le ventre. Cela me poussa à pencher la tête pour m'emparer de sa bouche plus profondément, pour enfoncer ma langue et goûter chaque recoin.

Sa brusque inspiration... la façon dont son sexe glissa contre le mien... dont il tira sur mes cheveux jusqu'à ce que mes yeux me brûlent... dont ses doigts jouaient contre la raie de mes fesses...

Tout ce qu'il faisait m'illuminait de l'intérieur. Ça transformait ces flammes ondulantes en brasier rugissant.

Ça me poussait à en vouloir plus. J'avais besoin de plus.

Je le fis se retourner et, nos corps toujours collés l'un à l'autre, je me mis à marcher à reculons en prenant garde à ne pas rompre notre connexion. Il resta avec moi pas à pas tandis que je nous faisais sortir de la cuisine pour nous faire emprunter le couloir qui devait mener à sa chambre.

Je me rendis compte que, même si je m'étais préparé mentalement à ce baiser, je n'étais pas prêt pour tout ce qui pourrait en découler.

Je n'avais rien apporté avec moi. Pas de préservatif. Pas de lubrifiant. Rien.

S'il n'en avait pas non plus, tout ça serait étouffé dans l'œuf.

Et s'il en avait, avec qui s'en était-il servi par le passé ?

Personne dans cette ville, à ce qu'il paraissait. Il devait aller ailleurs. Avait-il pris le risque de ramener un autre homme chez lui en espérant que personne ne le voie ?

Il m'avait dit ne pas avoir révélé son homosexualité à Eagle's Landing. Je comprenais pourquoi, mais ça voulait dire qu'il devait quitter la ville pour avoir des relations sexuelles.

Qu'est-ce que ça pouvait me faire ? Pourquoi faisais-je une fixation sur les personnes avec qui Rett avait pu coucher, ou couchait peut-être encore ?

Un « pote de baise ».

Il en avait peut-être un dans chaque ville voisine, et il voulait que j'en devienne un aussi parce que je serais plus proche et plus pratique.

J'arrêtai de mener, et il reprit les rênes, une main dans

mes cheveux et l'autre sur mes fesses pour m'entraîner avec lui, vu que je ne savais pas quelle porte menait à sa chambre.

Il recula lentement dans le couloir, et nous parvînmes à continuer de nous embrasser. Nos lèvres ne se séparèrent pas une seule fois.

Je ne me lassais pas de sa bouche sur la mienne, de la façon dont sa langue luttait avec la mienne pour prendre le contrôle, du grondement grave qui émanait du fond de sa gorge.

Mon sexe palpitait, mes testicules devenaient lourds. Mon cœur cognait comme une grosse caisse pendant un concert de rock. L'espace d'un bref instant, je craignis que ce soient les symptômes d'une crise de panique.

Ce n'était pas le moment d'en faire une. De perdre la vue, l'ouïe et toute perception de l'endroit où je me trouvais. Quand tout devenait accablant, que je voulais juste fermer les yeux et me rouler en boule jusqu'à ce que ça passe.

Il lâcha mes cheveux et mes fesses, tendit la main derrière lui pour ouvrir sa porte de chambre, et j'écartai enfin ma bouche de la sienne.

Quelque chose m'effleura la jambe, et je supposai que c'était Timber, mais je ne regardai pas parce que je ne pouvais détourner les yeux de Rett.

Ses pupilles étaient si dilatées que ses yeux avaient l'air complètement noirs. Sa poitrine se soulevait au même rythme que la mienne. Une rougeur se déployait du col déformé de son T-shirt jusqu'à sa gorge. Ses lèvres étaient entrouvertes et des bouffées d'air s'en échappaient.

— Bordel de merde, murmura-t-il d'une voix tremblante.

J'étais d'accord. *Bordel de merde.*

À chaque fois que nous nous étions effleurés sans le vouloir, ça avait été comme si une décharge m'avait parcouru la peau. Ça m'avait effrayé, parce que je n'avais encore jamais eu ce genre de réaction.

Avec personne.

Pas même avec...

Les murs d'acier s'abattirent, interrompant cette pensée. Je ne pouvais pas penser à *lui* pendant que j'étais dans la chambre d'un autre homme. *Avec* un autre homme.

Je ne pouvais pas.

Je ne le ferais pas.

Pas si je voulais réussir à me regarder dans le miroir ensuite.

Chapitre Quatorze

Chase

Dès que Rett m'eut attiré dans sa chambre en recourbant un doigt autour de ma boucle de ceinture, il se servit de son pied pour repousser Timber hors de la pièce et s'empressa de refermer la porte derrière le chien, l'enfermant de l'autre côté.

Même si je comprenais la nécessité de faire ça, ce n'était pas le cas de son chien, apparemment. Quand j'entendis Timber se mettre à pleurnicher de manière théâtrale, ça me fit l'effet d'un seau d'eau glacée sur la tête.

Mais avant que je n'aie pu m'éloigner, revenir à la réalité et repartir dans ma cabane, Rett me poussa contre la porte, entremêla nos doigts et me cloua les mains de chaque côté de ma tête. Il rapprocha son nez du mien et me regarda droit dans les yeux, une expression déterminée sur le visage.

— Je ne peux pas, m'obligeai-je à articuler, tentant de me dissuader d'aller plus loin avec lui.

Ce serait une erreur. Ça octroierait à Rett plus de pouvoir sur moi que je n'étais prêt à lui donner. Je craignais aussi qu'il fasse irruption comme un taureau si je lui entrouvrais la porte.

— Tu l'as déjà fait, murmura Rett en pressant son front contre le mien et en serrant mes doigts.

— Je ne peux pas... je ne peux pas...

J'allais regretter ça, même si j'en avais envie.

— C'était juste un baiser.

Oui, c'était juste un baiser. C'était aussi bien plus que ça. C'était une promesse de ce qui pourrait se passer ensuite. Ça me donnait aussi envie de faire tant de choses avec Rett.

Je tentai de me libérer, mais Rett resserra les doigts.

— C'était juste un baiser. Spontané, mais qui ne voulait rien dire.

C'était faux. Il essayait de m'empêcher de paniquer et de le repousser. Mais quoi qu'il dise, ce baiser était loin d'être dénué de sens.

Il me mettait en érection et me donnait envie de lui. Je n'avais rien éprouvé de similaire depuis deux ans, je me l'étais interdit. À cet instant précis, j'éprouvais un tas de trucs.

Et ça m'inquiétait.

Je ne pouvais pas m'attacher à cet homme, ni à aucun autre.

Je ne pouvais pas.

Mieux valait que je reste seul, c'était plus sûr. En plus, ce serait plus facile.

Mais l'embrasser m'avait fait me rendre compte que l'intimité me manquait.

Ça me manquait de ne plus être étreint, embrassé, collé peau contre peau. L'excitation de l'intimité et la satisfaction après-coup.

Je pourrais sûrement connaître ça avec Rett, mais à quel prix ? Non seulement pour moi, mais aussi pour lui.

— Tu réfléchis trop, chuchota-t-il. Nous ne sommes que deux hommes en train de profiter de la compagnie l'un de l'autre.

Cet homme était parfois si perspicace que c'en était pénible.

— Je ne suis pas sûr d'apprécier ça.

— Parce que tu laisses la culpabilité te ronger.

— Je ne peux pas m'autoriser à avoir envie de ça. J'ai envie de toi, mais je ne peux pas...

— Ce n'est pas de l'infidélité, Chase.

— C'est l'impression que ça me donne.

Même si j'essayais de le cacher, mon murmure avait une note tourmentée. Une guerre faisait rage dans ma tête et dans mon cœur. Quoi qu'il se passe, je devais me montrer honnête avec Rett. Il savait que je souffrais, mais il ne savait pas exactement pourquoi.

— Je l'aime. Je ne cesserai jamais de l'aimer. Même s'il est parti, il n'existe personne d'autre pour moi. Personne. Il n'y a toujours eu que lui.

Je pris une profonde inspiration, emplissant mes poumons avant de terminer :

— Je suis désolé. Je ne devrais pas...

— S'il savait, tu ne crois pas qu'il voudrait que tu continues d'avancer ?

— S'il savait ? Il ne saura jamais, mais moi, si. Je devrais vivre avec ça.

— Il n'aurait jamais voulu que tu te coupes du monde. Ou que tu cesses de vivre ta vie comme elle devrait être vécue. Il voudrait que tu sois heureux. Que tu te souviennes des bons moments passés avec lui, sans ressasser sa mort.

— Qu'est-ce que tu en sais ? Tu ne l'as jamais connu.

Je fronçai les sourcils, et ma colère remonta à la surface. Je tentai de séparer nos mains, mais il ne fit que resserrer les doigts autour des miens et me pressa plus fort contre le mur avec son corps.

J'étais sûr d'être plus fort que lui ; j'aurais pu le repousser si j'avais essayé. Mais la dernière fois que j'avais fait ça, ça avait très mal tourné. Mon objectif n'était pas de le blesser, juste de m'éviter de souffrir.

— Tu as raison, je ne le connaissais pas. Mais je devine que c'était un homme bien si tu l'aimais autant. La plupart des gens bien ne voudraient pas que celui qu'ils aiment reste enlisé dans son chagrin pendant plus de deux ans. Le truc, c'est que… je n'essaie pas de prendre sa place, Chase. Jamais je ne ferais ça. Ce que tu avais avec lui restera avec toi pour toujours. Avec moi, tu aurais quelque chose de totalement nouveau. Différent. Ce serait léger, drôle, rien de sérieux. Il n'y a rien de mal à t'autoriser ça. À prendre plus que ce que tu te permets d'avoir. À mon avis, tu te flagelles pour quelque chose sur lequel tu n'as aucun contrôle.

Il avait raison, mais ça ne rendait pas ça plus facile pour autant.

C'était mon blocage. Ni celui de Thomas ni celui de Rett. C'était le mien.

Peut-être que, si je n'avais pas perdu mon mari dans de telles circonstances, j'aurais réagi autrement.

Peut-être que si je ne l'avais pas trouvé moi-même.

Si je n'avais pas su ce qui avait poussé Thomas à prendre cette décision effroyable.

Peut-être que si j'avais été plus attentif, si j'avais pris de ses nouvelles plus souvent...

Peut-être...

Tellement de « peut-être ».

Qui arrivaient tous trop tard.

Oui, je devais tourner la page, mais en vérité, j'aurais préféré revenir en arrière. Je voulais repartir à zéro. M'assurer que j'avais fait tout ce qui était en mon pouvoir pour que Thomas comprenne qu'il était désiré, aimé, que j'étais là pour lui quoi qu'il arrive. Pour m'assurer qu'il prenne soin de lui. Pour vérifier qu'il allait bien avant de partir ce jour-là, au lieu de me contenter de supposer...

Il avait dérapé. Mais moi aussi.

Quoi qu'il en soit, ce n'était pas Thomas qui me tenait les mains en cet instant, ce n'était pas Thomas qui me clouait à la porte. Ce n'était pas le front de Thomas qui était pressé contre le mien.

Non, ce ne serait plus jamais lui. Nous ne partagerions plus jamais ce genre de moment.

Je n'avais plus que mes souvenirs. Jusqu'à ce que je les perde aussi.

J'entendis murmurer mon nom et ouvris les yeux. Je ne m'étais même pas rendu compte que je les avais fermés. J'étais de retour dans la chambre de Rett et dans la situation actuelle.

Avec Rett.

Si différent de Thomas.

Rett était comme un rayon de soleil, comparé aux nuages noirs et orageux qu'était Thomas.

À mon avis, Rett avait plus de bons jours que de mauvais, tandis que les mauvais jours de Thomas étaient bien plus courants que les bons.

Mais rien de tout ça n'était sa faute.

Bordel, ce n'était pas de la mienne non plus. Alors, pourquoi est-ce que je me torturais comme ça ? Pourquoi je n'arrivais pas à profiter de l'homme avec qui j'étais en ce moment, sans que la culpabilité concernant celui que j'avais perdu me pèse autant ?

— Accorde-nous juste ce soir.

Et ensuite ?

— Si je fais ça, qu'est-ce que tu crois qu'il se passera ensuite ?

Il rejeta la tête en arrière pour qu'on se voie plus clairement.

— Rien de plus que tu serais prêt à offrir, assura-t-il d'un ton qui me déçut.

Je ne devrais pas l'être, mais de manière inattendue, c'était le cas.

Il était prêt à prendre ce que j'étais disposé à lui donner, rien de plus.

C'était ce que je voulais, mais c'était injuste pour lui. Je ne comprenais pas pourquoi il ne s'attendait à rien d'autre qu'une aventure d'un soir.

À moins que ce ne soit un mensonge. Ou bien… que ce soit la norme pour lui. Il était peut-être du genre à séparer l'attraction physique de l'attachement émotionnel.

Hélas, je n'avais jamais été l'un de ces hommes. Pour moi, le sexe et l'intimité allaient de pair. Le sexe n'était pas qu'une activité, ça avait un sens profond. Je n'avais jamais couché avec un inconnu, jamais eu de coup d'un soir. Ni quand j'étais plus jeune, et encore moins maintenant.

Malgré tout, il était prêt à s'engager là-dedans sans rien attendre, sans se soucier de n'obtenir rien d'autre de moi. Pouvais-je réagir pareil ?

Je n'en étais pas sûr. Une crainte de plus qui me rongeait.

Pire encore, ne serait-ce pas gênant, à l'avenir, si ça tournait très mal entre nous ? Nous habitions dans la même ville. Nous faisions la même carrière.

Nous étions tous deux attirés l'un par l'autre comme des aimants.

— Je crois n'avoir encore jamais eu affaire à quelqu'un qui réfléchissait autant à tout ce qu'il faisait comme toi.

Je n'étais pas comme ça avant... avant que ma vie ne change de manière drastique. J'avais loupé certains détails, et je ne pouvais pas prendre le risque que ça recommence.

Par contre, je commençais à craindre qu'il me connaisse mieux que je ne me connaissais moi-même. Je croyais que c'était impossible, mais je me trompais peut-être.

— Tu n'as aucune idée de ce à quoi je pense.

— En fait, c'est faux. C'est écrit sur ton visage.

Je pris aussitôt une expression impassible, ce qui fit naître un sourire sur son visage. Pas parce qu'il était heureux ou amusé, il essayait juste de prendre mon côté insupportable avec légèreté.

Je ne connaissais ça que trop bien.

Même si j'aimais Thomas, certains jours, il avait été difficile de vivre avec lui et de le supporter. Vers la fin, cela avait été souvent comme ça. Je n'aurais pas dû être aveugle à ce signe, mais j'avais été occupé. Accaparé par ma dernière publication et la gestion de tout le « tapage » qui allait avec.

Les tournées de dédicaces, les émissions de télé, etc. Je devais aller partout où mon agent littéraire et mon éditeur arrivaient à m'envoyer pour accroître les ventes et booster leurs profits. J'avais été débordé et j'avais oublié de m'arrêter le temps de prendre des nouvelles de Thomas.

J'ouvris la bouche pour m'excuser, mais la refermai avant d'avoir prononcé un mot. Son côté insistant avait beau être agaçant, fondamentalement, je savais que c'était un homme bien.

Il méritait tellement mieux que moi. Même pour une nuit.

— Je ferais mieux de partir.

— Mais tu ne le feras pas.

Je le connaissais à peine, mais il me connaissait trop bien. Il devait avoir un don.

— Tu es très sûr de toi.

— Et tu es très incertain.

Je n'avais jamais été comme ça avant, mais *bordel,* il avait raison une fois de plus. Ça ne le rendait que plus agaçant encore.

— C'est pour ça que je ferais mieux de partir.

Il relâcha enfin mes mains et prit mon visage entre ses doigts chauds, son pouce droit effleurant ma joue et ma barbe.

— En fait, c'est pour ça que tu ne devrais pas.

Le contact de ses mains me faisait un effet auquel je n'avais pas envie de réfléchir, et je me retins de frotter ma joue contre sa paume. De l'encourager à continuer de me caresser.

J'avais déjà le plus grand mal à me contenir.

J'avais peur de craquer et de voler en éclats si je le laissais me réconforter et me consoler. Si ça arrivait, je n'arriverais peut-être jamais à recoller les morceaux.

— Laisse-nous une chance. C'est tout ce que je te demande. Si tu es mal à l'aise ou que l'alchimie que je pensais qu'il y avait entre nous s'avère inexistante, on pourra rester amis.

— On n'est pas amis.

Le sourire sur son visage devint sincère.

— Si, on l'est. Tu ne t'en es pas encore rendu compte, c'est tout.

Bordel, il était si séduisant. Et bien sûr, il le savait.

Un sourire. Une caresse. Quelques mots. Il n'avait pas à faire beaucoup d'efforts pour m'attirer vers lui.

Et ça me foutait aussi une trouille bleue.

Si je n'étais pas arrivé à ce moment précis de ma vie, je lui aurais sauté dessus. Mais je savais que j'étais bousillé. Je savais *pourquoi* je l'étais. Et même si j'aurais aimé arranger ça, je ne pouvais rien y faire.

J'avais plongé dans le puits noir et profond de Thomas de mon plein gré en pensant pouvoir l'aider à en sortir. J'avais échoué, et je n'avais pas envie d'entraîner quelqu'un d'autre avec moi. Je ne voulais pas rendre un type aussi heureux et comblé que Rett aussi misérable que moi.

Tout ça parce qu'il voulait coucher avec moi.

Parce que j'en avais envie aussi.

Je grimaçai.

— Juste du sexe. Aucune autre attente en dehors de ça, hein ?

— Je t'ai dit que j'accepterai tout ce que tu seras prêt à me donner.

— Pourquoi tu te contenterais du strict minimum ?

Il haussa les épaules.

— Parce que, pour l'instant, je n'ai rien du tout.

Ce n'était pas vrai.

— Tu as beaucoup de choses.

Il avait une librairie, sa carrière d'auteur, un bel appartement, une ville qui le soutenait et un chien fidèle.

— Tu sais ce que je veux dire.

Oui, je savais.

J'étais face à un homme qui avait beaucoup moins d'attaches que moi. Je ne pouvais pas lui en vouloir.

— Très bien, lâchai-je dans un murmure si faible que je l'entendis à peine moi-même.

Il haussa les sourcils.

— Quoi ?

Je grimaçai, pris une inspiration.

— OK, répondis-je, pas beaucoup plus fort.

Mon cœur cognait comme si je m'attendais à ce qu'un éclair s'abatte sur moi pour avoir accepté de tromper un homme qui n'était plus en vie. C'était ridicule, je le savais. J'aurais voulu réussir à me sortir cette culpabilité tenace de ma tête, mais j'en étais incapable.

— Je ne t'ai pas entendu.

Je me penchai vers lui jusqu'à ce que nos nez se touchent et répétai :

— OK.

Dès qu'il écarquilla les yeux et ouvrit la bouche, je m'en emparai.

Deux battements de cœur plus tard, mon sexe était à nouveau dur comme l'acier et nos langues dansaient le tango.

Les mains sur mes hanches, il se balança de haut en bas pour frotter son membre contre le mien, me rendant un peu dingue. Mais c'était exactement ce dont j'avais besoin. Pour oublier tout sauf l'homme que j'étais en train d'embrasser.

L'homme que je m'apprêtais à baiser.

Bordel. Qui baisait qui ? Je n'avais pas réfléchi à ça. Ni quand j'avais descendu ma montagne, ni quand j'avais traversé la ville, ni même quand j'avais garé ma Bronco à côté de sa Chevrolet.

Je ne m'attendais vraiment pas à ce que ça aille aussi loin.

Une fois de plus, je m'étais trompé. Tout s'apprêtait à aller bien plus loin que ce à quoi je m'attendais.

Quand il prit le relai de notre baiser et enfonça sa langue dans ma bouche, je commençai à croire que ça ne fonctionnerait pas, de toute façon. Si aucun de nous ne voulait être en dessous, ça risquait de mettre un frein à tout ça.

Et vu sa façon de m'embrasser, je n'avais pas l'impression qu'il ait l'habitude d'être dans cette position.

Je ne l'étais pas non plus.

Ça pouvait poser problème.

J'étais marié à Thomas depuis si longtemps – et plus récemment, abstinent – que j'étais rouillé, s'agissant des tenants et des aboutissants d'une relation. Ou plutôt d'une aventure, dans ce cas précis.

Je repartais quasiment de zéro, et j'allais devoir m'en sortir à tâtons.

Cela en vaudrait-il la peine ?

Je sursautai quand il me pinça le téton, me tirant de mes pensées.

Bordel. Il n'avait même pas besoin de prononcer un mot pour me faire prendre conscience que je réfléchissais trop, une fois encore.

Je laissai Rett reprendre le contrôle du baiser quelques instants et me rendis compte que ça en vaudrait la pcine. Nos bouches semblaient faites l'une pour l'autre. Elles s'accordaient à la perfection, sans le moindre embarras.

Rien que de l'embrasser faisait brûler les incendies au fond de mon ventre encore plus fort. Ça me donnait envie de le jeter sur le lit, de grimper sur lui et de le baiser jusqu'à ce qu'on soit tremblants et transpirants.

Je ne voulais pas faire l'amour.

Je ne voulais pas de relation sexuelle « proprette » ou polie.

Je voulais plonger au plus profond de cet homme, baiser comme une bête sauvage – avec les dents, les ongles et des encouragements bien audibles – pour nous faire prendre notre pied avant de nous laisser vidés et satisfaits.

Un accouplement basique, mais animal.

Quand on aurait eu tous les deux ce qu'on voulait, on se serrerait la main et on redeviendrait des collègues auteurs...

Peut-être même des amis.

Je lui accorderais ça, parce que je ne pouvais me permettre de lui offrir plus.

Mais je réfléchirais à ça plus tard. Pour l'instant, j'étais prêt à me perdre auprès de l'homme que j'embrassais. Et à profiter de ce moment pour oublier tout ce qui causait de l'électricité statique dans mon cerveau de manière quotidienne.

Pour un bref instant, je voulais me libérer des chaînes qui me pesaient, oublier tout le reste.

Plus d'angoisse de la page blanche, plus de famille étouffante, plus de Thomas.

Seulement Rett.

Sa bouche, son sexe, son cul, son attitude positive, et même son côté « emponiais ». Je voulais tout.

Je pris son T-shirt dans mon poing et, quand je le poussai en arrière – pas pour le repousser, mais pour le rapprocher du lit –, j'entendis le coton usé se déchirer.

Je rompis le baiser et pris de grandes inspirations pour reprendre mon souffle tout en faisant passer son T-shirt par-dessus sa tête. Je le laissai tomber par terre et, avant qu'il n'ait pu prendre le mien, je tendis la main dans mon dos pour le retirer aussi et le jeter au sol.

— OK, murmurai-je encore, la voix aussi tendue que mon sexe palpitant.

— OK, répéta-t-il, dans un murmure aussi, mais tremblant.

Son corps vibra contre le mien quand je lui donnai un coup avec ma poitrine nue pour le repousser en arrière. Un pas... deux... trois, puis l'arrière de ses jambes heurta le matelas.

Mais je ne m'arrêtai que lorsque nous tombâmes tous deux sur le lit derrière lui et que je le clouai sous mon poids.

Sous moi, son érection était dure et bouillante, elle me brûlait la hanche même à travers mon jean et mon boxer.

J'envisageai un instant de le prendre dans ma bouche et de le sucer jusqu'à ce qu'il soit haletant et sans forces.

Je plongeai dans ses yeux marron, qui passèrent de mi-clos à grands ouverts.

— Quoi ?

J'étrécis les yeux et souris.

— Putain, murmura-t-il. Qu'est-ce qui se passe ? Je ne t'avais encore jamais vu sourire. Je devrais avoir peur ?

Au lieu de répondre, je me remis sur mes pieds, attrapai son boxer au niveau des hanches et l'abaissai sur ses jambes.

Bon Dieu.

Son sexe dur était long et d'une circonférence solide. Le gland était brillant, j'avais sûrement étalé le liquide séminal quand j'avais abaissé son boxer.

Même s'il était couché sur le lit sur le dos, ses pieds étaient encore plantés au sol. Je lui écartai un peu plus les cuisses du genou et m'accroupis, bien content que le sol de sa chambre soit recouvert d'une épaisse moquette.

J'avais dépassé l'âge de vouloir m'agenouiller sur du ciment ou du bois.

Quand Rett leva la tête, je remarquai une légère rougeur sur sa poitrine qui se déployait jusqu'à ses joues. Je plaquai les mains sur ses cuisses musclées, les écartai encore plus et me rapprochai jusqu'à être pris en sandwich entre elles.

Dès qu'il tendit la main vers son érection, je l'écartai d'une tape et pris son sexe dans mon poing. Je le caressai, et une goutte presque transparente apparut au bout.

— Bordel de merde, souffla-t-il en me regardant le regarder.

Je gardai les yeux rivés sur cette perle brillante, tenté de l'essuyer avec ma langue, et je continuai de caresser son membre. La peau était soyeuse contre mes doigts rugueux.

En tant qu'écrivain, je n'avais encore jamais eu de cals aux doigts. Depuis que j'avais emménagé dans la cabane et que j'avais fendu une quantité incalculable de bois, mes mains étaient devenues aussi rugueuses que celles d'un bûcheron. Je ne savais pas si cette sensation était plus agréable ou pas pour lui, mais apparemment, ça ne le dérangeait pas, vu qu'à chaque mouvement vers le haut, ses hanches imitaient mon geste à l'envers.

Chaque fois que ma main remontait, ses hanches s'abaissaient. Chaque fois qu'elle le caressait vers le bas, ses hanches se soulevaient.

Avec un grognement, il continua de ruer dans mon poing.

— Bon Dieu, Chase. Il ne va pas falloir longtemps avant que je ne jouisse. J'ai l'impression d'être un pétard dont la mèche rapetisse de plus en plus.

Mon regard passa de son sexe à son visage.

— Tu es en train de dire que tu ne veux pas que je te touche.

— Pas du tout ! Bien sûr que j'ai envie que tu me touches. Je fantasme ce moment depuis la première fois que tu es entré dans ma librairie. Tu vois ? C'est bien le problème. Parce que j'ai eu des fantasmes de ce moment, et maintenant que ça arrive pour de vrai... je ne vais pas mentir...

Il laissa tomber la tête sur le lit, rompant le contact visuel.

— J'ai l'impression d'être un gamin de douze ans en plein rêve érotique nocturne.

— Alors, tu n'as pas envie que je lèche ta queue et que je te nettoie le gland ?

Il se figea complètement et, au bout d'une seconde, releva la tête.

— Seulement si tu insistes.

Quand nos regards se rivèrent l'un à l'autre, je baissai la tête et le pris dans ma bouche.

Je voulais m'assurer de garder les yeux ouverts. Pendant que je le suçais. Même quand je le baiserais. Je ne voulais pas que mon cerveau s'égare, qu'il mélange la personne avec qui j'étais et celle avec qui je n'étais pas.

Je ne voulais pas oublier une seule seconde que c'était Rett. Je devais m'assurer qu'il n'y ait que nous deux dans la chambre.

Personne d'autre n'avait sa place ici, avec nous.

Juste lui et toi, Chase. Personne d'autre. Autorise-toi à oublier un instant. À profiter de ça. De lui. Il est consentant. Il a envie de ça. De toi.

Montre-lui à quel point tu as envie de lui, toi aussi — malgré la façon dont tu te comportes.

Déterre l'ancien Chase, celui d'avant, et enterre temporairement celui qui est brisé.

Rien que pour ce soir.

Offre-lui ça.

Offre-le à toi-même.

Ce sera un pas de plus vers la guérison, même si tu penses que tu devrais continuer de souffrir.

Il avait raison. Tu te punis pour quelque chose sur lequel tu n'as pas vraiment de contrôle. Tu croyais que tu en avais, mais tu as eu la preuve du contraire.

Quand j'ouvris ma gorge et l'avalai presque jusqu'à la garde, ses hanches se soulevèrent du lit et il referma les doigts autour des draps de chaque côté de son corps.

— Bordel de merde, grogna-t-il.

Encore une fois, je le pris aussi loin que possible, presque jusqu'aux testicules, en m'arrêtant juste avant de m'étrangler ou hoqueter. Il poussa un lourd soupir, suivi d'un autre grognement. Cela m'encouragea à continuer de déplacer ma bouche le long de son membre dur, suçant et léchant, utilisant même mes dents pour frotter le gland sensible.

Pendant quelques secondes, je me concentrai sur cet endroit et fis courir ma langue tout autour. Je suçai le bout un instant pour collecter la saveur piquante, puis j'aplatis la langue et suivis l'épaisse nervure pulsante au-dessous de son sexe.

La peau fine comme du satin avait un goût un peu salé. J'enroulai deux doigts à la base et serrai jusqu'à ce que les veines ressortent, avant de l'engloutir à nouveau en entier.

Cette fois, il gémit, et plaqua les deux paumes sur le matelas tandis que son sexe, ses hanches et ses jambes tressautaient autour de moi.

Ses prochains mots étaient essoufflés et entrecoupés, rythmés par le balancement de ma tête.

— Si tu me fais jouir...

Je le pris en entier.

— Je ne pourrai pas te baiser...

Je le laissai glisser de ma bouche et restai au-dessus de son gland charnu.

— Au moins pour un temps... termina-t-il. Je ne sais pas pour toi, mais il me faut beaucoup plus de temps pour me reprendre depuis que j'ai atteint la quarantaine.

C'était pareil pour moi mais...

Je le relâchai.

— Tu ne me baiseras pas.

Autant éclaircir ça maintenant, au lieu d'attendre que ce soit trop tard. Juste au cas où ça poserait vraiment problème.

Il leva la tête, son regard plongea dans mes yeux sombres et y resta rivé. Je lui rendis son regard, attendant qu'il remette en cause ce que je venais de dire.

Il n'en fit rien, et ça n'aurait pas dû me surprendre. Je

devinai que, même s'il n'était pas habitué à prendre cette position, il était prêt à faire une exception ce soir.

Pour moi.

Autrement, il risquait de perdre cette occasion de coucher avec moi.

Il avait plus envie de ça que moi, c'était clair. Même si, à cet instant, j'étais prêt à lui donner ce qu'il voulait. Mais s'il voulait ça, il devrait me laisser prendre ce que je voulais en échange.

Quand il laissa retomber sa tête sur le lit, je pinçai le coin des lèvres pour m'empêcher de sourire.

Je passai les bras sous ses cuisses et me servis de mes épaules pour replier ses genoux contre sa poitrine.

Il releva à nouveau la tête.

— Qu'est-ce que...

Je l'ignorai et me concentrai plutôt sur ce qui était à quelques centimètres de mon visage.

Commençant au niveau de la fente de son gland, je fis courir ma langue le long de son membre, puis la jonction de ses testicules, jusqu'à arriver à son périnée. Je pressai ma bouche à cet endroit et aspirai.

— *Bordel de...*

Je gardai les bras enroulés autour de ses jambes et refermai une main autour de son sexe, avant de me mettre à le caresser. Je pris ses testicules en coupe pour les écarter du passage.

Puis, je me mis au travail.

Jusqu'à le rendre dingue.

Son sexe serré dans mon poing, je titillai doucement ses testicules entre mes doigts et fis courir mes lèvres le long de son périnée jusqu'à arriver à son anus.

Il ne s'attendait pas du tout à ce que je me pointe devant

sa porte, ce soir. Il n'avait pas eu le temps de se préparer pour ce que nous nous apprêtions à faire, mais je m'en foutais.

J'avais envie de ça, peu importaient les conséquences. Si je devais faire ça, autant y aller à fond.

Mon avidité pour cet homme sur le lit rugit en moi.

J'étais insatiable. Affamé.

Dès que je fis courir ma langue le long de son anus pincé, les vannes s'ouvrirent et une vague me submergea en rugissant. M'engloutissant et me noyant jusqu'à ce qu'il ne reste plus rien à part Rett dans mes pensées.

À cet instant, j'eus ce que je voulais. J'étais si désespérément désiré... Pas de passé. Ni de futur.

J'étais enfin dans l'instant présent.

Chapitre Quinze

Rett

BORDEL.

Bordel.

Booooordel.

Je levai la tête pour regarder mon corps entre mes deux jambes écartées et repliées, et je vis Chase dans *ma* chambre, à genoux sur *ma* moquette en train de lécher *mon* anus.

Je ne me souvenais pas d'avoir vu ça dans aucun de mes fantasmes.

Et je n'allais pas me plaindre. C'était tellement mieux que dans tous mes rêves. Et en bonus, il était si doué pour ça.

Mon seul regret était que rien n'avait été prévu.

L'espace d'une seconde, j'éprouvai une pointe de gêne.

Je ne m'étais pas préparé. Je ne m'étais pas épilé et j'étais aussi poilu qu'un carré de mauvaises herbes *hors de contrôle*. Autrement dit, tout ce qu'il voyait, touchait et goûtait était au naturel.

Il avait droit au « vrai Rett », de nombreuses heures après ma dernière douche.

Mais bon, si ça ne le dérangeait pas, ça ne devrait pas me déranger non plus. Je voulais profiter de ce qu'on était en train de faire, sans qu'aucune angoisse vienne me tracasser.

Je ne lui avais pas demandé de faire ça, c'était donc lui qui le voulait. Si j'avais su, je lui aurais demandé d'attendre la prochaine fois. Mais...

J'avais peur qu'il n'y ait pas de prochaine fois, juste un « plus jamais ». Et ce serait bien dommage.

Entre son poing autour de mon sexe, la façon dont il titillait mes testicules et me chatouillait l'anus avec sa langue...

J'étais à deux doigts d'exploser. Il n'avait plus qu'à appuyer sur le bouton *start* avec sa langue talentueuse et...

Bon sang... ça y était... *eeeet* je partais...

Partais... partais... parti.

Des feux d'artifice explosèrent dans mon cerveau et dans mon ventre, et j'émis peut-être même une plainte quand mes hanches se soulevèrent du lit et que mon sexe devint une fontaine, repeignant mon ventre de chauds filets de sperme.

Il continua de me caresser d'une poigne plus fort, évitant volontairement mon gland devenu trop sensible. Quelques secondes plus tard, lorsqu'il m'eut totalement vidé, tous les muscles qui s'étaient crispés quand j'avais joui cessèrent d'exister.

Je n'étais plus qu'un sac mou abandonné sur le lit.

Les yeux levés vers le plafond au milieu d'un brouillard d'intense satisfaction, je repris un peu conscience quand il retira sa langue et que ses mains lâchèrent mon sexe qui tressautait encore, ainsi que mes bourses vides.

Je me contentai de respirer, de me ressaisir après ce qui

venait de se passer, impatient de voir ce qui allait se passer ensuite. Ça faisait bien trop longtemps que quelqu'un d'autre que moi-même m'avait fait jouir. Je me demandais pourquoi j'avais attendu, maintenant.

Enfin, je savais pourquoi. Les coups d'un soir avec des inconnus n'avaient jamais été mon truc. Et sortir avec quelqu'un... même pas la peine d'y penser. C'était impossible là où je vivais. Ça demandait aussi trop d'efforts, et je n'avais pas le temps pour ça.

Je trouvai la force de lever la tête pour regarder l'homme qui avait sûrement été envoyé ici par le destin. C'était peut-être pour ça que j'avais attendu.

Si c'était vrai...

Le destin me jouait-il un tour cruel ? Pourquoi aurais-je envie d'être avec quelqu'un comme...

Chase.

Il était séduisant, oui. Vraiment sexy. Mais était-il agréable d'être en sa compagnie ? Pas du tout.

Le nuage au-dessus de sa tête était trop sombre pour moi. Bien sûr, la météo pouvait changer. Mais cela arriverait-il un jour ?

Je pris une grande inspiration par le nez, avant de la relâcher.

En valait-il la peine, aussi frustrant que ça puisse être ?

Quand il se releva, déboutonna son jean et l'abaissa en même temps que son boxer, révélant des jambes épaisses, musclées et poilues, je pinçai les lèvres et le parcourus des yeux, maintenant qu'il était totalement nu.

En valait-il la peine ? Je n'avais aucun moyen de répondre à cette question. Il était trop renfermé, et je ne savais pas quelle était sa personnalité avant qu'il ne perde son mari.

Il avait peut-être toujours été comme ça, et ne changerait

peut-être jamais. J'espérais que c'était faux et que, sous la surface fracturée, se cachait une plante qui valait la peine d'être arrosée.

Mais je n'avais aucune garantie.

Et si j'essayais de l'aider et qu'il ne cessait jamais de résister ? Est-ce qu'on finirait par se détester ? Cela valait-il la peine de prendre ce risque ?

Il caressa son érection et, pendant une fraction de seconde, je regrettai que ce soit sa main, et pas la mienne. Avant que je n'aie pu m'asseoir et tendre les doigts vers lui, il m'arrêta net :

— Les préservatifs et les lubrifiants ? Tu conserves ça où ? demanda-t-il en parcourant la chambre des yeux.

Hum...

— Tu n'en as pas dans ton portefeuille ?

— Et toi ? répliqua-t-il, ce qui constituait une réponse suffisante.

Je fermai les yeux et secouai la tête. Maintenant, nous étions tous les deux nus, et aucun de nous n'était prêt à aller plus loin.

Tu m'étonnes.

— Tu n'as pas de préservatif ni de lubrifiant chez toi ?

Il avait le culot de paraître agacé alors que c'était *lui* qui s'était pointé à l'improviste ?

J'ouvris les yeux et fusillai son visage renfrogné du regard.

— Tu es venu ici pour me baiser et tu n'en as pas apporté ?

— Je ne suis pas venu ici pour te baiser, grogna-t-il, planté là avec son sexe dans la main.

Je soupirai.

— C'est vrai. Bien sûr que non. Continue de te mentir à toi-même.

Sa mâchoire devint aussi dure que son érection. À mon avis, cette dernière ne le resterait pas longtemps, et je m'apprêtais à passer à côté.

Bordel.

Ce fut alors que je me rappelai que j'avais bien des préservatifs quelque part. Dans mon pick-up. Pour quand j'allais retrouver des hommes dans d'autres villes, pour boire un verre, dîner ou... profiter de mon « dessert » préféré.

Je fis un inventaire rapide de ma boîte à gants dans ma tête. Depuis combien de temps ces préservatifs étaient-ils là ? Me restait-il assez de lubrifiant ? Je ne connaîtrais la réponse que lorsque je serais allé vérifier.

Je regardai mon ventre couvert de sperme et mon sexe désormais flasque.

Non seulement cet homme était difficile à supporter, c'était tout aussi compliqué d'essayer de coucher avec lui !

Je serrai les dents et levai la main. Je fus impressionné qu'il comprenne mon signal et la prenne pour m'aider à me lever.

Je récupérai mon vieux T-shirt par terre et essuyai mon abdomen avec, effaçant toute preuve de mon éjaculation.

Chase avait réussi à gâcher mon rêve érotique.

— Alors ?

Encore une fois... il avait l'audace de paraître agacé ?

— Tu es sérieux ? Tu vas te comporter comme si j'étais le fautif ?

— Qui ne conserve pas de préservatif ni de lubrifiant chez lui ?

J'arrêtai de remonter mon boxer, levai la tête et lui lançai un autre regard noir.

— Tu veux parier sur le fait qu'il n'y en a pas non plus dans ta cabane ?

Évidemment, ça le fit taire aussitôt.

— C'est bien ce que je pensais. Pourquoi acheter du lubrifiant quand la lotion fonctionne aussi ? Et ça me donne la peau douce, en plus.

Je fis le geste de me masturber avec le poing et indiquai ma table de chevet de l'autre côté du lit d'un signe de tête. Elle contenait une grosse bouteille de lotion. Format familial, avec une pompe achetée à Costco. Je n'y allais pas souvent, mais quand ça arrivait, je faisais aussi une provision de mouchoirs en papier.

Ils étaient posés près du lit, eux aussi.

Son regard passa de ma table de chevet à moi, et il haussa un sourcil.

— Ne me juge pas, le prévins-je dans un grommellement tout en finissant d'enfiler mon boxer.

— Tu vas où ?

— En boxer ? Nulle part. Mais quand j'aurai enfilé un jean, je rejoindrai mon pick-up pour récupérer le matériel requis dans ma boîte à gants.

— Tu en as dans ton pick-up.

C'était drôle, parce qu'il n'avait pas l'air de poser la question, plutôt de confirmer ses soupçons.

— Oui. Parce que mon ami à cinq doigts est mon seul partenaire, ici. Jusqu'à ce soir, en tout cas.

Je le regardai en haussant les sourcils.

— Si tu m'avais prévenu que tu venais...

— Je ne suis pas venu ici pour le sexe.

— C'est ça. On va s'en tenir à cette version des faits.

Je secouai la tête, récupérai mon jean sur la chaise, près de mon placard, l'enfilai, trouvai un T-shirt dépourvu de taches de sperme et le fis passer par-dessus ma tête. Quand je regardai Chase, il m'observait.

Son sexe était aussi mou que le mien et ses mains, plaquées sur ses hanches nues.

— Pourquoi tu as l'air aussi énervé ? C'est moi qui dois m'habiller et courir jusqu'à mon pick-up. C'est moi qui vais me retrouver plié en deux pendant que tu enfonceras ta queue dans mon cul. J'ai perdu à la courte...

Je baissai les yeux sur son sexe.

— Tu avais raison, l'eau était froide. Elle n'a rien de court. Tu as au moins ça pour toi.

Je n'attendis pas sa réponse. J'ouvris la porte de la chambre, esquivai Timber quand il se précipita à l'intérieur comme s'il avait failli mourir quand on l'avait maintenu à l'écart, et sortis de mon appartement. Je m'arrêtai juste à la porte le temps d'enfiler mes tongs.

Je rejoignis mon pick-up et revins en quelques minutes. Je pris tout ce qu'il y avait, décidant d'y regarder de plus près une fois rentré.

Je fus soulagé quand il y eut enfin assez de luminosité pour me permettre de lire la date d'expiration sur la boîte de préservatifs. Le tube de lubrifiant était encore presque plein. Par chance, nous avions tout ce qu'il nous fallait. Les capotes étaient encore bonnes et le tube, au trois quarts pleins.

Sauf que prendre un peu l'air m'avait fait reconsidérer la situation. Et réévaluer l'ours insupportable qui m'attendait dans ma chambre.

Une fois encore, je me demandai si ça valait la peine de me confronter à un grizzly grincheux pour trouver l'ourson affectueux qui se cachait peut-être quelque part en lui.

Au fond de moi, je pensais qu'il pourrait vraiment exister.

Sans ralentir, je retirai mes tongs et retournai dans la chambre. Je trouvai Chase perché au bord du lit, Timber entre les jambes. Sa langue pendait d'un côté de sa bouche et il faisait les yeux doux à l'homme sur *mon* lit.

Une fois de plus, j'eus la preuve que le chien que j'avais

élevé depuis qu'il était tout petit, que je nourrissais tous les jours avec de la nourriture hors de prix, à qui j'achetais des cadeaux pour son anniversaire et Noël *et* que je promenais tous les jours était un traître.

Un homme séduisant passait ma porte, et mon compagnon à quatre pattes se transformait en Benedict Arnold.

Pourquoi mon *ex*-chien fidèle n'était-il pas un peu plus perspicace ?

Oh, une seconde. Je devrais peut-être me poser la même question à propos de moi-même.

— Timber, appelai-je. Sors.

Timber ne bougea pas.

Bien sûr que non. Pas alors que quelqu'un était en train de le caresser sous le menton. L'expression de mon chien passa de l'adoration à l'extase.

Super. Ça devrait être à moi de connaître l'extase.

— Timber, dehors !

J'ignorai l'homme qui me regarda en haussant un sourcil et me concentrai sur le chien à l'ouïe sélective. Quand j'approchai, je jetai les préservatifs et le lubrifiant sur le matelas et repérai une balle de tennis qui dépassait de sous le lit. Je la pris, la montrai à Timber, puis la jetai hors de la pièce.

Avec un aboiement perçant, Timber sortit de la chambre d'un bond, à toute vitesse. Je claquai la porte derrière lui et soupirai.

Quand je me tournai à nouveau vers le lit, j'eus à peine le temps de voir les lèvres de Chase s'étirer légèrement. L'espace d'une seconde stupéfaite, je crus qu'il allait sourire. Il parvint à se retenir et à le cacher.

Je levai les yeux au ciel.

— Comment est-ce que je peux apprécier quelqu'un et le détester autant en même temps ?

— Je n'arrête pas de me poser la même question.

— Et pourtant, tu es là.

Il pencha la tête sur le côté.

— Je suis là.

— Juste pour rappel, vu que tu t'es pointé à l'improviste, je ne suis pas responsable si...

Je penchai aussi la tête et écarquillai les yeux en un message silencieux.

— Je sais.

— Ça ne te dérange pas ?

— Si c'était le cas, je ne serais pas assis tout nu sur ton lit, à attendre que tu approches pour que je puisse te montrer que ça ne me dérangera pas.

— *Oooh.*

— Oui, « oh ».

J'étirai le coin des lèvres.

— Je t'apprécie un peu plus qu'il y a cinq minutes.

— J'en suis soulagé.

— Tu le seras bientôt. Mais... euh...

Je levai un doigt pour lui indiquer d'attendre une minute.

— Laisse-moi le temps d'aller chercher une serviette.

J'entrai dans la petite salle de bains attenante à ma chambre, en récupérai une dans le tiroir à linge et, quand je ressortis avec, je la lui jetai. Il la rattrapa contre sa poitrine, retira les draps pour les jeter au sol, puis étala la grande serviette sur le matelas pendant que je me déshabillais.

Quand je fus nu, j'étais à nouveau en érection.

Je n'étais pas le seul.

Une fois qu'il fut assis au bord du lit, je vins me placer entre ses jambes, à l'endroit où se trouvait Timber un peu plus tôt.

— Tu veux que je me mette à genoux pour que tu puisses me caresser sous le menton ?

— Est-ce que ta jambe tressaillira comme celle de Timber ?

Ah, oui. Enfin. Un peu d'humour.

Rien que ça me fit me dire que ça en valait peut-être la peine. Qu'*il* en vaudrait la peine. J'avais juste besoin d'un peu de compréhension et de beaucoup de patience.

— Ma jambe peut potentiellement tressaillir, mais pas à cause de caresses sous le menton.

Il releva ses yeux sombres de mon érection, désormais perpendiculaire au reste de mon corps.

— Impressionnant, hein ?

— Tu considères ça comme impressionnant ?

J'aboyai un rire.

— Je ne parle pas de la taille... même si tu vas me donner des complexes en disant ça. Je parlais de ma rapidité à récupérer.

— *Ah.*

— *Ah ?*

— Tu n'en auras pas besoin, expliqua-t-il.

— Oui, tu m'as déjà bien fait comprendre ça, répondis-je d'un ton amer.

— Ça te pose un problème ?

— En temps normal, peut-être. Ce soir, je fais une exception pour toi. J'espère que tu apprécies.

Il bondit du lit, me faisant faire un pas en arrière. Quand il tendit la main, la recourba autour de ma nuque et m'attira à lui, je me retrouvai plaqué contre son torse.

Il approcha aussitôt sa bouche de mon oreille, et ses poils rêches me chatouillèrent lorsqu'il murmura :

— J'apprécie.

Un frisson me parcourut.

Je n'étais pas seulement excité par sa voix, mais par tout

ce qui le constituait. La puissance avec laquelle il me tenait. La largeur de ses épaules et de sa poitrine. Les poils noirs qui recouvraient son torse, son bas-ventre et ses cuisses. Son érection épaisse pressée contre la mienne.

Sa personnalité laissait peut-être à désirer, mais ce n'était pas le cas de tout le reste.

Mieux encore, quand il me regardait comme un lion affamé regarderait une gazelle blessée, je me rendais compte que j'avais peut-être déchaîné une bête.

Ça ne me dérangeait pas du tout.

Délicat ou brutal, les deux m'allaient. Les paroles ou le silence. Rapide ou lent. J'accepterais tout ce que Chase aurait à m'offrir, tant que j'avais le droit d'en profiter aussi.

Je glissai les mains entre nous pour les plaquer sur l'épais tapis qui recouvrait sa poitrine et trouver ses deux tétons. Quand mes pouces les effleurèrent, il s'empara à nouveau de ma bouche.

Cette fois, quand il prit le contrôle, il m'embrassa comme s'il cherchait à me dévorer d'une traite. Mais avant que je ne me noie dans ce baiser, il y mit fin, nous retourna et me poussa sur le lit.

J'atterris en rebondissant.

— Cul dressé ou contre le matelas ?

— Dressé.

Je me plaçai au milieu du lit et m'assis sur la serviette.

— Tu dois te souvenir que c'est moi que tu baises. Je ne veux pas que tu fasses comme si j'étais quelqu'un d'autre. Si c'est ce que tu veux, alors ça ne va pas le faire.

Il ne répondit rien...

— Chase...

Il hocha la tête.

— Alors, c'est décidé. Cul sur le matelas. Si tu n'aimes pas ça, la porte est juste là. Si tu penses à autre chose, je préfère encore que tu partes plutôt que de m'utiliser comme substitut.

Je retins mon souffle et attendis sa réaction. Pour toute réponse, il prit le tube de Tush Cush et le jeta sur mes genoux. Je le levai.

— Avant d'ouvrir ça, je dois l'entendre de ta bouche.

— Vu la façon dont tu jacasses, j'aurais bien du mal à faire semblant que tu es quelqu'un d'autre.

— Ce que tu es en train de dire, c'est que je devrais parler tout du long pour m'assurer que tu restes dans cette pièce avec moi, au lieu de te retrouver avec quelqu'un d'autre en pensée ?

— Ce que je suis en train de dire, c'est... ferme-la.

Un éclat de rire m'échappa. Mais il s'évanouit bien vite quand il grimpa sur le lit. Je me tournai vivement vers la tête de lit, m'assurait que la serviette était encore coincée sous moi pour éviter qu'on salisse trop mes draps, puis j'ouvris le tube de lubrifiant.

J'en versai une dose généreuse sur mon index et mon majeur pendant que Chase ouvrait un préservatif. Pendant que je me préparais avec le Tush Cuch, Chase m'observa.

Avec attention.

Cela me donna envie de me donner en spectacle, les pieds sur le lit et les fesses levées pour étaler généreusement le lubrifiant autour de mon anus, avant de plonger les doigts dedans. Quand j'en eus appliqué assez, je fis aller et venir mes doigts d'un geste séducteur, que j'espérais ne pas être trop embarrassant.

Je dus atteindre mon objectif parce que, tout en me regardant, il se mit à caresser son membre de haut en bas, le préservatif oublié dans son autre main.

Quand j'approfondis le spectacle en ajoutant de petits

gémissements et grognements tout en ruant des hanches, il secoua la tête, enfila la capote et me prit le Tush Cush des doigts.

— Ça t'arrive de te comporter normalement ?

— La vie est trop courte pour qu'on soit normaux. Je peux faire semblant quand c'est nécessaire.

Il appliqua une dose généreuse de lubrifiant sur son sexe recouvert de latex et, quand il eut terminé, il réduisit la distance et posa le tube sur la table de chevet, à portée de main.

Bien vu.

Ça faisait longtemps que je n'avais plus été dans cette position, qui n'était pas ma préférée. Je ne détestais pas, mais je préférais plonger plutôt qu'être celui dans lequel on plonge.

À genoux, il se plaça entre mes jambes pliées, m'attrapa les chevilles et, comme lors de son anulingus, il repoussa mes genoux contre ma poitrine. Je détendis les muscles en préparation lorsqu'il fit glisser son majeur le long de périnée jusqu'à mon anus, avant de plonger sans avertissement.

— Je préférerais… commençai-je avant qu'il ne recourbe le doigt et ne caresse ma prostate. Non. Tout va bien.

Le doigt toujours enfoncé dans mon anus pour caresser l'emplacement magique, il se pencha vers moi et s'empara de ma bouche.

OK, je pourrais m'habituer à ça.

Il continua de m'embrasser tout en retirant son doigt de mon anus. Il l'essuya sur la serviette, puis se rapprocha. Son gland glissa le long de mon périnée jusqu'à être juste en face de sa cible. Là où il le voulait.

Où je le voulais aussi.

Une pression, une poussée, un coup dans ma porte de

derrière. Puis, il poussa en avant tout en approfondissant le baiser. À mon avis, il m'embrassait juste pour me faire taire.

Je détendis l'anneau de muscles, l'accueillant en moi.

Il en profita pour s'enfoncer plus profond, avec lenteur et prudence. Il se retirait, se déplaçait et plongeait à nouveau, se frayant un chemin en moi et m'étirant au passage.

Plus il allait loin, plus je me sentais rempli, plus j'étais distrait. Je ne participais plus qu'à moitié au baiser.

Mais quand il fut enfin enfoncé en entier, quand il ne put aller plus loin, quand ses testicules furent collés contre mes fesses, il arrêta de m'embrasser et leva la tête pour me regarder.

Son expression était méfiante et son regard, indéchiffrable, et il ne bougeait plus. Il se contentait de respirer et de me regarder.

Ça commençait à m'inquiéter.

Regrettait-il déjà ?

— Tu es avec moi ? demandai-je.

— Oui.

Je fus soulagé par cette réponse, mais aussi un peu agacé qu'il ait l'air surpris. Par contre, il me prit de court lorsqu'il me demanda :

— Tu vas bien ?

Surprise, surprise. Il s'assurait que j'allais bien. Je ne m'attendais pas à ça de sa part, et j'étais content qu'il ait pris la peine de demander.

— Je vais bien.

— Je ne suis pas du genre délicat.

— J'aurais pu jurer le contraire.

— Je ne serai pas délicat, me prévint-il sans plus d'explication.

Mais ce n'était pas nécessaire, j'entendais ce qu'il ne disait pas.

Il y avait un lieu et un temps pour le sexe brutal. Et c'était la même chose pour les tendres ébats. Nous n'aurions pas droit au second scénario. Mais il n'avait pas besoin de me prévenir parce que le premier me convenait très bien.

Sauf qu'il ne le savait pas.

Il resta immobile jusqu'à ce que je lui aie assuré :

— Je ne vais pas casser.

Chapitre Seize

Rett

Même si je lui avais dit que je ne casserais pas, quelques secondes plus tard, je commençai à me demander si je m'étais trompé. J'allais peut-être casser, parce que l'homme derrière moi me rappelait un grizzli pendant la saison des amours.

Il enfonçait son sexe en moi aussi fort et vite que possible. L'espace d'une seconde, je me félicitai d'avoir été aussi généreux avec le lubrifiant.

Parce que... waouh. Quelle que soit la tourmente émotionnelle qu'il éprouvait en ce moment, il s'en servait pour alimenter chacun de ses mouvements. Ou c'était l'impression que j'avais, du moins. Peut-être qu'il baisait toujours comme ça.

Quand ses grandes pattes se refermèrent autour de mes poignets et les clouèrent au lit, sa barbe se frotta contre la mienne, émettant un son qui me rappela des ongles sur du Velcro. Il continua de frotter ses poils rêches le long de ma gorge, éraflant ma peau et me faisant durcir de plus en plus.

Il se redressa, attrapa ma lèvre inférieure entre ses dents et mordit si fort que je crus que j'allais saigner. Quand il la lâcha, je passai la langue dessus pour m'assurer que ma peau n'était pas entaillée.

Ce n'était pas le cas.

Il me mordilla la gorge, suivant le même sillage le long duquel il avait frotté sa barbe.

Il enfonça les dents dans mon épaule, assez fort pour faire jaillir un flot d'endorphines en moi. Mon gémissement se transforma en grognement quand il planta ses dents dans ma chair au moment où je soulevais les hanches pour suivre le rythme de ses va-et-vient.

Oui, l'animal sauvage au fond de lui avait été libéré. Il n'avait plus eu de relations sexuelles depuis au moins deux ans. Pour moi, ça faisait plus d'un an.

Nous étions tous deux plus que prêts pour ça. Pour cette connexion qui n'était possible que lorsqu'on couchait avec un partenaire. Les plaisirs solitaires pouvaient suffire à nous satisfaire, mais ils n'apportaient rien de plus. Aucune connexion personnelle.

Il continua de me pilonner, ses bourses cognant contre mes fesses à chaque coup de reins.

Quand il se mit à me mordiller sur la poitrine, j'écartai les jambes du passage pour lui laisser de la place et les enroulai autour de ses hanches. Il prit l'un de mes tétons dans sa bouche avide, le suça avec force et passa ses dents au bout, me faisant grogner et cambrer le dos pour l'encourager à continuer. Il passa plusieurs fois d'un téton à l'autre, alternant entre sa bouche et ses dents.

Oh oui, m'embrasser n'était pas la seule façon de m'empêcher de parler, comme il était en train de le découvrir.

Parce contre, comme il m'avait cloué les mains sur le matelas, je ne pouvais pas lui attraper les fesses ni refermer les poings dans ses cheveux, ce que je mourais d'envie de faire. Je secouai les bras pour lui faire comprendre de me lâcher, mais il m'ignora et continua de me rendre dingue. De me baiser. Me sucer. Me mordre. De frotter sa barbe et ses dents le long de ma chair échauffée et sensible.

Puis... tout s'arrêta.

Mes poignets soutinrent la majeure partie de son poids quand il se redressa jusqu'à placer son visage au-dessus du mien. Une mèche de ses cheveux hirsutes retomba sur son front, et j'eus envie de l'écarter de ses yeux sombres et ténébreux pour mieux les voir.

Pour essayer de décrypter ce qui se passait dans sa tête.

Même si l'un de ses yeux était en partie caché, je voyais bien qu'il ne regardait pas à travers moi, qu'il me voyait vraiment.

Le soulagement m'envahit quand je me rendis compte qu'il ne se servait pas de moi comme substitut pour remplacer l'amour de sa vie perdu. C'était évident sur son visage, il était bien conscient de la personne avec qui il était.

Au moins pour l'instant. J'espérais que ça ne changerait pas lorsque nous approcherions de notre destination finale.

— Chase...

Il secoua une fois la tête, me lâcha les bras et enfonça les doigts dans mes cheveux, serrant avec force pour m'incliner la tête en arrière et m'étirer le cou, exposant ma gorge. Je m'attendais à ce qu'il referme la main autour et serre. Je fus un peu déçu quand il ne le fit pas. Même si je n'avais jamais été intéressé par ce genre de trucs, je n'étais pas contre l'idée de tester de nouvelles choses.

Au lieu de devenir aussi brutal que ce à quoi je m'attendais, il s'empara à nouveau de ma bouche. Il m'embrassa avec brusquerie. Profondément. Jusqu'à ce que je sois à bout de souffle une fois de plus.

Il me pilonnait l'anus encore et encore, le liquide séminal se mettant à couler plus vite de mon sexe quand il frottait le sien contre ma prostate. Le fluide visqueux s'étalait entre nous et recouvrait notre peau. Rien que son poids sur mon érection risquait de me faire jouir une deuxième fois.

Je suivais le rythme de chaque coup de reins, glissant mon sexe entre nos corps pressés l'un contre l'autre. Jusqu'à ce que je vacille au bord du gouffre.

Un seul faux pas... non, un seul *bon* pas, et je basculerais.

Et bien sûr, son prochain mouvement suffit. Je jouis et nous souillai à nouveau.

J'arrachai ma bouche de la sienne, les poumons se soulevant tandis que j'aspirais des goulées d'air. Les hanches de Chase n'étaient pas la seule chose qui pistonnait, sa poitrine aussi. Il avait tout autant de mal à respirer que moi. Sa respiration était courte, creuse. Je le voyais dans ses yeux – même s'il esquivait mon regard, maintenant –, il était à deux doigts de craquer aussi.

Quand il serra les dents et grimaça, je sus que c'était le moment...

Il bondit en avant, se hissant sur les bras, ferma les yeux, laissa retomber sa tête en avant et s'enfonça deux fois de plus, avant de jouir dans un brusque soupir.

Tous ses muscles se contractèrent, et il resta au plus profond de moi. Les nerfs sensibles autour de mon anus me firent savoir quand son sexe eut fini de pulser, quand il eut fini de jouir.

Même ensuite, il resta en moi plus longtemps que ce à quoi je m'attendais.

Avait-il peur de se retirer, ou essayait-il de se raccrocher à cette connexion le plus longtemps possible ? Peut-être un mélange des deux.

J'attendis patiemment, le laissant bouger quand il serait

prêt, puisque j'étais très bien où j'étais. Son poids ne me dérangeait pas, et j'avais juste envie de placer les doigts sous son menton pour lui lever le visage et voir son expression. Pour déceler ce qu'il ressentait, parce que j'étais certain qu'il le cachait.

Bien sûr, ça n'avait rien de surprenant, même si j'étais un peu déçu.

Quand il leva enfin la tête, son expression était méfiante et sa mâchoire, crispée. Il dissimulait peut-être sa culpabilité en s'autorisant cet instant avec moi. Quelqu'un d'autre que la personne qu'il aimait de tout son cœur.

Parce que c'était évident.

Quoi qu'il en soit, ce soir était une étape importante pour lui. Deux ans coincé en enfer, c'était long, et j'espérais que ce qu'on avait fait ce soir l'aiderait à briser ce cercle vicieux qui le faisait alterner entre la dépression et la colère. Que ça lui permettrait de passer à la prochaine étape du deuil : l'acceptation.

Même si je n'avais pas l'audace de penser que coucher avec moi était aussi puissant. Mon égo n'était pas surdimensionné à ce point.

En parlant de surdimensionné... le sexe de Chase commençait à désenfler. Bientôt, il n'aurait d'autre choix que de se retirer pour se nettoyer.

Quand il remua, je murmurai :

— Attends.

Je me tournai autant que je le pouvais vers la table de chevet, vu que la partie inférieure de mon corps était toujours coincée sous son poids.

J'attrapai la boîte de mouchoirs d'un doigt et la fis glisser vers moi. Dès que j'eus réussi à m'en emparer, je me laissai retomber sur le lit et la lui tendis.

— Tu vas avoir besoin de ça.

Sans un mot, il retira quelques mouchoirs de la boîte, puis se retira lentement de moi et ôta le préservatif. Il l'enroula avec soin dans un mouchoir et se servit du reste pour s'essuyer.

Je devais faire pareil, mais pas ici. Je me levai du lit, emportant la serviette avec moi pour ne rien oublier derrière moi, et me rendis dans la salle de bains attenante pour me nettoyer.

Je fis ce que j'avais à faire, me débarrassant de l'excès de lubrifiant et m'essuyant, craignant que Chase s'enfuie de mon appartement avant que je n'aie pu terminer et ressortir.

Je retins mon souffle quand je rouvris la porte de la salle de bains, et le relâchai dès que je vis que Chase était toujours là. Dans ma chambre. Assis au bout du lit et les yeux posés sur moi.

Toujours sans dire un mot, il se leva et me contourna pour aller dans la salle de bains à son tour. En évitant qu'on se touche.

Pendant qu'il était dans l'autre pièce, j'enfilai mon boxer et m'assis en tailleur au milieu du lit pour l'attendre. Je n'avais aucune idée de ce qui se passerait ensuite. De ce qu'on ferait après ça.

Il pouvait rester. Ou partir.

Je ne lui demanderais de faire ni l'un ni l'autre. Je le laisserais déterminer ce qu'il voulait par lui-même. Il devait être prêt à entamer ce processus de guérison et d'acceptation. Je voulais l'aider, mais je ne pouvais pas l'obliger à quoi que ce soit.

Sinon, il ne ferait que freiner des quatre fers et résister. Peut-être même qu'il ferait machine arrière et me ferait sortir de sa vie.

Alors oui, cette soirée avait constitué un pas en avant,

mais ça ne voulait pas dire que nous étions en terrain solide. Il pourrait tituber et reculer.

Dès que la porte s'ouvrit, un Chase nu approcha du bout du lit.

— Tu vas bien ?

Qu'il s'inquiète une fois de plus de mon bien-être me confirma qu'il se souciait des autres. La clôture surmontée de lames de rasoir qu'il avait construite autour de lui-même avait pour unique but de le protéger. Il était l'incarnation de cette vieille expression : « chat échaudé craint l'eau froide ».

— Je vais bien. Et toi ?

Voyant qu'il ne répondait rien, je compris qu'il était émotionnellement fragile. Ça n'avait rien de surprenant.

— Ce n'est pas de l'infidélité, Chase. Quelle que soit l'impression que ça te donne.

— Tu n'as pas à me répéter ça. Je sais ce que c'était et ce que ce n'était pas.

Oh oui, quelqu'un était un peu susceptible.

— Tu es sûr ?

— Arrête de croire que tu me connais mieux que je ne me connais moi-même. Ce n'est pas le cas.

— Non, je ne connais pas autant que je le voudrais. Si tu le permettais.

— En tant qu'amis ?

Je haussai une épaule.

— Amis. Ou plus.

— Je ne veux pas de plus.

Je passai une main sur le lit.

— On vient de faire plus. Et si tu dis que c'était une erreur, je laisse Timber revenir dans la chambre pour te mordre les fesses.

— Il ne me mordra jamais.

C'était vrai.

— Parce que tu l'as corrompu.

— Il a besoin d'affection. Comme son maître.

Je haussai les sourcils jusqu'à la racine des cheveux.

— *Oooh.* Tu viens de faire une *blague* ?

— Pas vraiment, non. J'étais sérieux.

Je donnai une tape sur mon genou avec un petit reniflement amusé.

— Tu *sais* faire des blagues !

Il soupira, récupéra son boxer par terre et l'enfila sur ses jambes épaisses et poilues.

Je fus surpris qu'il ne fasse pas la même chose avec son jean. Mais je ne dis rien pour ne pas l'effrayer. Il était comme une taupe sortant la tête de son tunnel en plein jour.

Je devais aborder ce moment « post-sexe » avec précaution.

Je descendis du lit.

— Je vais chercher de l'eau. Tu en veux ?

— Je dois partir.

— Non, rien ne t'y oblige. Rien ni personne ne t'attend dans cette cabane.

Je fis un signe de tête vers le lit.

— Assieds-toi. Laisse-moi t'apporter une bouteille d'eau.

Et ensuite, on pourra parler.

Bien sûr, je ne prononcerais pas cette dernière réflexion à voix haute, parce que ça lui donnerait une raison de paniquer et s'enfuir.

Sans attendre sa réponse, je me rendis à la cuisine et, bien sûr, dès que j'ouvris la porte de la chambre Timber le Traître me renversa presque dans sa hâte de retrouver Chase. Je poussai un juron entre mes dents et récupérai deux bouteilles d'eau dans le frigo.

Quand je revins dans la chambre, je me rendis compte que Chase n'était pas en train de caresser Timber, et que ce dernier était déçu. Non, il était assis au bord du matelas, tête baissée, les coudes posés sur les cuisses et les mains pendantes entre ses genoux écartés. Il regardait son alliance, la faisant tourner autour de son doigt comme il en avait l'habitude.

Je ravalai les mots que j'avais envie de prononcer, parce que je me remémorai pour la centième fois qu'il fallait me montrer patient avec cet homme, que tout le monde abordait le deuil différemment et à son propre rythme.

Je lui tendis la bouteille d'eau.

— Tu t'es contenu.

Il me prit la bouteille des doigts, sourcils froncés, et leva les yeux vers mon visage.

— De quoi tu parles ?

— Tu m'as prévenu deux fois que tu ne serais pas tendre. Pourquoi me dire ça et ne pas aller au bout ?

Il déboucha la bouteille et inclina la tête en arrière, attirant mon regard vers sa gorge quand il en engloutit la moitié.

Quand il eut terminé, il s'essuya la bouche avec le poignet.

— Tu es en train de dire que tu es déçu ?

— Que les choses soient bien claires... je suis *loin* d'être déçu. Le sexe avec toi était plus satisfaisant que je n'ai envie de l'admettre. En fait, j'aurais préféré que ce soit nul pour ne pas être tenté de recommencer, plaisantai-je. Malgré tout, tu n'avais aucune raison de te contenir.

— Je ne l'ai pas fait.

— Conneries.

— Si tu veux savoir la vérité...

— Je veux toujours la vérité.

Les seules personnes qui préféraient les mensonges étaient celles trop fragiles pour affronter la vérité. Je n'étais pas comme ça, et je ne le serais jamais. Pour moi, les mensonges faisaient plus de mal que d'affronter la vérité en face.

Elle était parfois douloureuse, mais c'était réel, au moins.

— Alors, voilà la vérité... je me suis contenu parce que je commençais à perdre le contrôle. J'avais peur de te faire du mal.

J'avais peur de te faire du mal. Encore une preuve que, au fond de lui, il se souciait des autres. Je devais juste écarter les couches dures et couvertes de cicatrices pour trouver le vrai Chase.

— À moins d'être du genre à aimer le bondage ou d'autres petits jeux visant à faire couler le sang ou à étouffer, tu ne me feras pas de mal. Tu ne me feras pas peur non plus. Ça ne me dérange pas que ce soit brutal. Même si j'aime aussi les instants de tendresse qui vont de pair avec les échanges intimes. Quoi qu'il en soit, le plus important avec le sexe, c'est que ce soit *agréable*. On devrait au moins être d'accord là-dessus.

— Ça l'était ?

— Oui, répondis-je.

— Alors, arrête de te plaindre.

Je soupirai.

— Je ne me plaignais pas. Je te disais juste que tu n'avais pas à te contenir avec moi.

— C'était notre première fois ensemble et je voulais...

J'ignorai sa remarque à propos de notre première fois ensemble. Je risquais de lui faire prendre peur si je me concentrais là-dessus.

— Tu voulais quoi ? l'encourageai-je.

Il se renferma comme une huître.

Merde. J'avais merdé quand même.

Il n'en dirait pas plus, et commençait à se renfermer complètement. Je le voyais sur son visage et dans la façon dont ses doigts écrasaient presque la bouteille d'eau. Ses sentiments étaient en train de le submerger malgré lui, et il n'aimait pas ça.

Mais il ne se leva pas et ne s'habilla pas pour partir. Il resta assis sur mon lit, mon chien déloyal aux pieds. Il devait attendre autre chose de moi et avoir peur de demander, ou de le prendre par lui-même.

D'un autre côté, peut-être que je me trompais sur toute la ligne. Ça arrivait de temps en temps.

Mais je ne saurais jamais ce qu'il voulait, ce dont il avait besoin s'il refusait qu'on en discute. Je n'imaginais pas Chase Jones vouloir discuter en toute franchise. Il se sentirait plus en sécurité s'il demeurait en surface et ne plongeait pas trop profond.

Pour lui, aller trop profond signifiait être emporté dans un lieu sombre et effrayant.

Même si ça ne me plaisait pas qu'il soit si renfermé sur lui-même, je comprenais.

Et encore une fois, je devais me montrer patient. Si j'en étais incapable, autant lui demander de rentrer chez lui et le laisser tranquille. Ces signaux légers, mais significatifs, que je n'arrêtais pas de déceler me donnaient bon espoir qu'il veuille se libérer du bourbier émotionnel dans lequel il pataugeait en ce moment.

Puisqu'il s'était déjà renfermé sur lui-même, je décidai de me lancer. Ça ne pourrait pas faire de mal.

— Tu as mentionné notre « première fois ». Ça veut dire qu'il pourrait y en avoir une deuxième plus tard ?

Il se passa une main sur la bouche et me regarda. Pas le genre de regard qui sous-entendait : « j'ai envie de te sucer la queue », bien sûr.

Avant qu'il n'ait pu refuser de rester, je continuai :

— Tu penses que je suis fou de vouloir que tu restes. Et tu as peut-être raison.

— Je ne comprends pas bien pourquoi...

Il s'interrompit avant d'avoir été au bout de sa pensée.

— Pour être honnête, je ne comprends pas bien non plus, vu que tu es aussi avenant qu'une souche d'arbre pourrie.

Mince alors. J'aperçus l'un de ces tressaillements de lèvres furtifs.

Je pris soudain conscience que mon nouvel objectif dans la vie serait de faire sourire cet homme. Et pas de manière forcée. Je voulais de vrais sourires sincères. Ou mieux encore, des rires.

Pourquoi avais-je quoi que ce soit à foutre du bonheur de cet homme... ?

J'avais peut-être besoin de voir un psy, moi aussi.

Il termina sa bouteille d'eau avant de la reboucher en prenant tout son temps. Quand il eut terminé, il se leva, posa la bouteille vide sur ma commode et s'approcha de moi. Il avait une expression sérieuse, mais je lisais la confusion dans ses yeux, et je la sentis se répercuter au plus profond de moi.

Il avait envie de moi. Il voulait rester. Mais son cœur et son esprit étaient à nouveau entrés en guerre.

Quand il fut si près que nos orteils se touchaient, je murmurai :

— Reste. Oublie tout ce qu'il y a en dehors de cette chambre pour une nuit. Accorde-toi ça, accorde-toi une pause pour une fois. Tu le mérites, et personne ne te jugera d'avoir profité d'un peu de compagnie et d'intimité. Surtout pas moi. Tu sais pourquoi ? Parce que j'en ai besoin tout autant que toi. Ça ne fait peut-être pas deux ans pour moi, mais ça fait trop longtemps. Tu n'as peut-être pas envie d'admettre que tu en as besoin, toi aussi, mais je n'éprouve aucun problème à l'admettre à moi-même. J'en ai besoin, Chase, et tu as ce dont j'ai besoin. Alors, je te demande de rester.

— Toute la nuit ?

Le grondement grave et doux de sa voix me faisait plus d'effet qu'aucune autre voix masculine ne l'avait jamais fait.

— Autant de temps que tu le voudras.

Même s'il ne restait que quelques heures, ce serait un autre pas en avant.

— Je suis là pour toi, aussi longtemps que tu le voudras.

— Je ne comprends toujours pas pourquoi...

Une fois de plus, je perçus ses doutes. Avant que je n'aie pu lui expliquer pourquoi, il hocha la tête.

— OK.

J'en restai bouche bée, sous le choc. Il profita de ma bouche ouverte pour s'en emparer à nouveau.

* * *

Un souffle chaud se répandit sur ma peau. Je gémis et roulai sur le dos...

Pour me retrouver face à une créature bien plus poilue que Chase.

Mon chien effronté était couché sur le dos au milieu du lit, les quatre pattes en l'air, la tête tournée dans ma direction et les yeux posés sur moi.

Il sourit.

Je fronçai les sourcils.

Adieu mes espoirs d'ébats spontanés au petit matin. Mon chien était un vrai tue-l'amour.

Je m'étirai de tout mon long et éprouvai un léger inconfort. Ce n'était pas grand-chose, mais ça suffisait à me rappeler que Chase et moi avions couché ensemble deux fois, la veille au soir. La deuxième fois, il m'avait assez détendu pour me montrer un peu plus ce qu'il aimait faire.

Il était même resté après coup, alors que je m'attendais à ce qu'il s'enfuie.

Je me hissai sur les coudes et regardai de l'autre côté du lit.

Personne.

Il avait réussi à s'esquiver entre le moment où je m'étais endormi et maintenant. Tout ça sans me réveiller. C'était un exploit en soi, surtout avec mon foutu chien.

— Où il est parti ?

Timber se retourna sur le flanc, me regarda, puis bâilla à s'en décrocher la mâchoire.

— Tu l'as laissé partir sans me réveiller ?

Timber le Traître émit un petit aboiement.

— Tu n'aurais pas pu faire ça pendant qu'il s'enfuyait en douce ?

Mon chien se lécha les babines, puis éternua.

Je laissai retomber ma tête sur l'oreiller et regardai le plafond, me demandant pourquoi Chase était parti.

J'étais sûr qu'il l'avait fait peu de temps après notre deuxième séance d'ébats.

La veille au soir, il avait paru affamé les deux fois.

En manque d'attention. De contact physique, tout simplement.

D'une intimité plus complexe.

J'étais prêt à lui offrir ça, et bien plus encore.

Quoi qu'il veuille, je le lui donnerais. Il fallait juste qu'il l'accepte.

Les événements de la veille au soir nous avaient prouvé qu'il y avait une connexion physique entre nous, mais il nous manquait encore un lien émotionnel. Je n'étais pas assez fou pour m'attendre à ce qu'il se crée, mais je me raccrochais encore au mince espoir que, un jour, ce soit possible.

J'en attendais trop d'un homme qui ne serait peut-être jamais prêt à m'accorder ça. Je tentai de me convaincre que c'était parce que Chase était le premier homme gay qui vivait près de chez moi depuis que j'étais arrivé à Eagle's Landing.

Ce serait parfait si j'avais un partenaire sexuel à portée de main. Par contre, pour les mêmes raisons, maintenant que je l'avais goûté, je voulais plus qu'une simple amitié avec bénéfices. Je voulais continuer d'éplucher les couches protectrices pour découvrir qui il était au fond de lui, et peut-être pour l'aider à se retrouver.

Mais d'abord, je devrais prendre rendez-vous pour faire examiner ma tête. Parce que n'importe quelle personne saine d'esprit s'abstiendrait de considérer un homme comme lui comme un défi.

N'importe qui.

Mais après tout, nous étions un peu bizarres, nous autres les écrivains. C'était forcé. Nous écoutions les voix dans nos têtes et nous écrivions tout ce qu'elles nous disaient.

Ça ne pouvait en aucun cas être considéré comme normal.

Je soupirai, me passai les mains sur le visage, puis sortis du lit.

— Viens, traître. Je vais te sortir.

Timber sauta du lit avec un aboiement surexcité et attendit patiemment près de la porte de la chambre pendant que je cherchais où avait atterri mon boxer quand Chase me l'avait arraché la deuxième fois.

Je n'avais aucune idée de l'endroit où il se trouvait. Il l'avait peut-être emporté en guise de trophée. Un rappel de notre excellente nuit passée ensemble.

Je ricanai.

Elle avait été excellente d'un point de vue sexuel, en tout cas. Émotionnellement parlant, et niveau conversation, ça laissait un peu à désirer.

Je m'assurerais que ça finirait par venir une fois qu'il se serait libéré de la culpabilité et du chagrin qui lui pesaient sur les épaules.

Je sortis un boxer propre du tiroir de ma commode et l'enfilai.

D'abord, Timber, puis une douche.

Aussitôt après, et plus important encore, un bon café. J'aurais besoin d'une ou deux tasses supplémentaires de caféine pour arriver à fonctionner, aujourd'hui.

Peut-être que, plus tard, j'enverrais un message à Chase pour vérifier qu'il allait bien. Mais pour l'instant, j'allais le laisser tranquille.

J'espérais juste qu'il ne s'en voulait pas pour ce qui s'était passé. Il avait paru plus détendu durant la deuxième manche, et je prenais ça pour un bon signe.

Mais il s'était encore contenu.

Des pas de bébé...

Timber se précipita vers moi quand je sortis de la chambre en regardant autour de moi pour m'assurer que Chase n'était plus dans mon appartement, attendant que je me réveille.

Bien sûr que non.

Par contre, l'enveloppe en papier kraft contenant mon manuscrit m'attendait sur le plan de travail de la cuisine. J'avais oublié que ça avait été son excuse pour venir me voir hier soir.

Après avoir laissé sortir Timber, je revins vers l'enveloppe et en sortis les pages qui constituaient mon premier jet.

Les mots écrits à l'encre rouge en haut de la page de

couverture attirèrent mon regard. *Je n'ai pas grand-chose à dire mis à part... ne change rien.*

Je ne m'attendais pas à ce genre de note de la part de Chase, alias C. J. Anson.

Je fis courir mon doigt sur son écriture. Elle était tout en lignes tranchantes et difficile à déchiffrer, comme celle d'un médecin.

Je feuilletai les pages et ne trouvai que quelques corrections de coquilles ou de petites fautes grammaticales. Mis à part ça, il n'y avait pas grand-chose d'autre.

Encore une fois, j'étais stupéfait.

Je m'attendais à ce qu'il ait barré des paragraphes entiers, faisant ressembler mon manuscrit à une scène de crime, tant il l'aurait repeint de rouge.

Avec un sourire, je reposai le manuscrit sur le plan de travail avant de rejoindre ma douche en sifflotant.

Oui, j'allais prendre des nouvelles de M. Chase Jones plus tard dans la journée.

Et j'attendais ça avec impatience.

Chapitre Dix-Sept

Chase

DEBOUT AU BORD DU LAC, je regardais l'étendue d'eau sans la voir. J'étais épuisé après la nuit dernière, vu que je n'avais pas fermé l'œil.

Ni avant de coucher avec Rett. Ni après.

J'étais accablé par la culpabilité à l'idée d'être couché dans le lit de Rett, alors j'étais parti. Pour éviter qu'il essaie de me convaincre de rester, je m'étais sauvé dès qu'il s'était endormi. Je ne voulais pas avoir à m'expliquer ni à me disputer avec lui parce que je ne voulais pas rester toute la nuit.

Je ne pouvais pas.

Vraiment pas.

Le pire, c'était que, aussi exaspérant qu'il puisse être, j'aimais bien Rett. Je n'en avais pas envie, mais je *l'aimais bien*.

Si j'avais juste voulu quelqu'un avec qui coucher, j'aurais pu trouver ça ailleurs. Un inconnu sans nom dans une ville voisine. Ce n'était pas difficile de trouver un partenaire anonyme. Il existait des applis pour ça.

Mais je ne voulais de personne d'autre, et ça me perturbait. J'étais aussi en colère contre moi-même parce que je croyais que je n'aurais plus jamais envie de personne.

Après la mort de Thomas, je m'étais promis de rester abstinent pour le restant de ma vie. J'avais cru à tort que je n'aurais besoin de personne. Qu'il était mon seul et unique amour. Que jamais je ne pourrais tenir autant à quelqu'un d'autre que je tenais à mon mari. Que je pourrais me contenter de passer le restant de mes jours tout seul.

La dure vérité, c'était que j'étais loin d'aller bien.

J'étais juste perdu.

Les pensées dans ma tête étaient embrouillées, mais une chose était claire…

Coucher avec Rett m'avait fait prendre conscience que j'étais vide à l'intérieur et que, tout ce qu'il restait du moi d'avant, c'était un fantôme.

Je fis tourner mon alliance autour de mon annulaire gauche. Elle ne devrait pas être froide comme du métal. Elle devrait me brûler, calciner ma chair pour avoir rompu mes vœux. Envers Thomas. Envers moi-même. Envers notre union.

Je m'étais montré faible en laissant mon attirance pour Rett me pousser à rompre ma promesse personnelle de ne plus jamais être avec personne.

Je fis tourner ma bague plus vite.

De plus en plus vite.

— Putain !

Je l'ôtai de mon doigt d'un geste brusque et la jetai de toutes mes forces.

— C'est *ta* faute. La tienne ! Non seulement tu t'es fait du mal, mais tu m'as bousillé de manière irréparable ! Comment as-tu pu croire que tu pouvais faire ça ? Que tu pouvais m'abandonner et que tout irait bien ? Ça ne va pas bien. Tu t'es détruit, et tu m'as détruit au passage.

Mes genoux ne me soutenaient plus et flanchèrent sous le poids écrasant. Ils s'enfoncèrent dans la terre meuble sur la rive du lac, et je me recroquevillai sur moi-même, tentant d'apaiser la douleur insoutenable dans mon ventre et ma poitrine.

Je hurlai jusqu'à ce que ma voix se brise. Jusqu'à avoir la gorge à vif. Jusqu'à ce que les larmes brouillent ma vue sans que je puisse les retenir. Je ne pouvais empêcher ma poitrine de s'ouvrir en deux, exposant le trou là où aurait dû se trouver mon cœur.

En mettant fin à ses souffrances, Thomas avait causé un chagrin effroyable et destructeur à la personne qu'il aimait.

Ma poitrine se souleva sous l'effet d'un cri sans début ni fin. Je n'arrivais plus à reprendre mon souffle, les sanglots secouaient tout mon corps. Jusqu'à ce que je ne puisse plus rien faire pour m'échapper.

J'étais en train de voler en éclats, révélant le vide au fond de moi.

Je perdis la notion du temps pendant que tout s'effondrait sur moi et autour de moi.

Ce ne fut que lorsque mes pensées commencèrent à s'éclaircir, quand je pus à nouveau respirer, quand je n'eus plus rien à expulser, que je pris conscience de ce que j'avais fait.

Ce que je n'aurais pas dû faire.

Je me redressai et scrutai le lac.

— Merde ! m'exclamai-je, le juron amplifié par l'eau placide. Merde !

Pourquoi avais-je fait ça ? Je venais de jeter une partie importante de mon mariage. Le symbole qui nous liait l'un à l'autre. L'alliance qu'il avait choisie exprès pour moi. Le seul rappel qu'il me restait de lui, à part ses cendres, quelques photos et les souvenirs.

Je bondis sur mes pieds et fonçai dans l'eau sans perdre de temps à me déshabiller. Je ne savais pas du tout où elle était tombée, mais je devais la retrouver avant qu'elle ne s'enfonce dans la boue au fond de l'eau pour ne plus jamais être retrouvée.

Je ne ressortirais pas de ce lac tant que je ne l'aurais pas récupérée.

Tant que je ne l'aurais pas entre mes mains.

Je commençai par l'endroit où elle avait le plus de chance d'être tombée et plongeai dans l'onde fraîche. Mes bottes se transformèrent aussitôt en seaux d'eau pesants et mes vêtements devinrent trempés, leur poids m'entraînant vers le fond.

Même les yeux ouverts, je ne voyais rien dans les profondeurs troubles, alors je fouillai la boue des doigts, cherchant au toucher.

Rien.

Rien.

Et toujours rien.

Mes chaussures remplies d'eau m'empêchaient de battre des pieds et j'avais du mal à nager. Je craignais que la bague ne soit tombée dans une partie trop profonde du lac.

Mais *bordel*, je ne savais pas où elle était. Je savais juste qu'elle n'était plus à sa place. Autour de mon annulaire.

Seigneur. Je ne ressortirais pas tant que je ne l'aurais pas trouvée. Même si je me retrouvais dans une tombe aquatique.

Je continuai mes recherches frénétiques. À chaque fois que j'enfonçais les ongles dans la boue, l'eau se troublait encore plus, et j'étais désormais incapable de voir à plus de quelques centimètres de mon visage.

La panique obstrua ma gorge déjà à vif, et mon cœur se mit à battre de manière incontrôlable dans ma poitrine. J'étais focalisé sur ma recherche et je ne me souciais de rien d'autre à part retrouver ce que j'avais perdu, ce que j'avais jeté de manière inconsidérée.

Tous les objets solides que mes doigts effleuraient n'étaient que des cailloux visqueux ou des pierres tranchantes. Le fond du lac semblait en être recouvert. Quand ce n'était pas une pierre, mes mains touchaient des bâtons ou des carrés de végétation pourrissante.

Je ne trouvai rien de lisse et circulaire. Le symbole de l'infini. De l'éternité.

C'était ce qu'on s'était promis.

Thomas avait rompu cette promesse.

Malgré tout, je savais que je devais lui pardonner, ou mon « éternité » serait gorgée de chagrin. Je devais m'autoriser à lâcher prise. La veille au soir, j'avais eu la preuve que j'étais arrivé à un moment charnière de ma vie.

Ça ne m'empêchait pas de vouloir récupérer la bague que Thomas m'avait donnée. Il l'avait glissée à mon annulaire le jour de notre mariage parce qu'il m'avait aimé tout autant que je l'aimais.

Et quoi qu'il ait pu faire, quelle qu'en soit la raison, je l'aimais encore, je l'aimerais jusqu'à ma propre mort.

Mes poumons me brûlaient, mes yeux ne me servaient plus à rien. Ma peur de ne jamais retrouver l'alliance me noyait tout autant que le lac trouble.

Toutes les larmes que je versais étaient aussitôt emportées par l'eau. Mais elle ne pouvait emporter mes regrets.

Mon corps se mit à me combattre, exigeant que je remonte à la surface pour aspirer de l'air. Mais je ne pouvais pas. Je ne pouvais pas arrêter. Pas encore. Sinon, je ne saurais plus où j'avais déjà cherché. Je refuserais de prendre la moindre inspiration tant que je n'aurais pas retrouvé ma bague.

Elle était forcément quelque part ici.

Mon instinct de survie poussait mon cerveau à vouloir planter les bottes dans le sol pour me propulser vers la surface, mais mon cœur brisé tentait de me convaincre d'abandonner, de laisser la solitude et la douleur insoutenable être balayées pour toujours.

Une guerre faisait rage en moi.

Et peu importait qui de mon cœur ou de mon corps l'emporterait, parce que je resterais en proie au chagrin quoi qu'il arrive.

Le choix me fut ôté quand quelque chose se referma avec force autour de ma poitrine et m'entraîna avec lui.

Je me débattis pour échapper à ce qui m'avait attrapé. La pression autour de ma poitrine et sous mes bras se resserra encore plus, et je m'y agrippai dans un effort désespéré pour la faire lâcher prise.

Un bras.

Un bras humain.

Le manque d'oxygène me faisait-il délirer ? Étais-je en train de perdre ce qu'il me restait de santé mentale ?

Quand ma tête remonta à la surface, je hoquetai, puis recrachai en toussant une partie de l'eau que j'avais inhalée, mais mes poumons luttaient encore pour aspirer une autre goulée d'air.

Je clignai des paupières, tentant de voir qui était en train de me traîner hors du lac.

Évidemment, putain.

Mes poumons gargouillaient, et j'arrivai à peine à aspirer assez d'air pour parler.

— Lâche... moi... articulai-je d'une voix anormalement enrouée.

— Je ne te lâcherai pas tant qu'on ne sera pas sortis de cette eau, s'écria-t-il, la voix empreinte d'un mélange de peur et de colère.

Malgré ma vision floue, je remarquai sa mâchoire serrée et l'irritation dans ses yeux.

Je ne pouvais pas le repousser, et si j'essayais, je risquais de le noyer aussi.

— Je ne peux pas sortir tout de suite !

Bon Dieu, même mon cri donnait l'impression d'être encore sous la surface.

— Tu vas sortir ! Tu es aussi froid et raide qu'un morceau de bœuf congelé.

Je tentai de m'écarter et de me dégager.

— Je n'ai pas fini !

Il ne répondit pas et ne me lâcha pas tant qu'on ne fut pas tous deux à genoux dans l'onde peu profonde sur la rive. Nous étions tous deux essoufflés et nous efforcions d'aspirer l'air que nos poumons requéraient. Je n'aurais su dire si c'étaient des larmes ou l'eau du lac qui ruisselaient sur mes joues.

— Qu'est-ce que tu foutais, putain ?

Oh oui, il était furieux.

— J'ai perdu... quelque chose.

— Dans le lac ?

Là aussi. Je hochai la tête, parce que c'était trop dur de parler pour l'instant. Si je m'y efforçais, je risquais de craquer et de me mettre à sangloter comme un bébé.

Je ne voulais pas que Rett me voie pleurer. Je ne voulais pas qu'il voie à quel point j'étais désespéré et détruit, même si mon instinct me soufflait qu'il le savait déjà.

N'ayant pas la force de me relever, je restai où j'étais, et ne levai la tête que lorsque je l'entendis dire :

— Prends ma main. Laisse-moi t'aider à sortir de là.

Laisse-moi t'aider...

Contrairement à moi, il était debout sur une partie plus solide de la rive, paume tendue.

— Prends ma main, Chase. Je ne peux pas te porter ! s'écria-t-il. Tu dois faire un effort aussi. Je ne peux pas le faire pour toi. Je ne peux que t'aider.

Mon premier réflexe fut de lui répondre que je n'avais pas besoin de son aide, alors que c'était très loin de la vérité.

J'avais besoin d'aide. Et pas qu'un peu. Pour une raison inconnue, cet homme était prêt à être celui qui me l'apporterait. Je ne comprenais pas pourquoi il voudrait prendre cette peine.

Un frisson me parcourut jusqu'aux os, et mes dents se mirent à claquer de manière incontrôlable.

— Donne-moi ta foutue main, Chase. Tu vas entrer en hypothermie. Tes lèvres sont déjà en train de bleuir.

Je parvins à rassembler assez de force pour mettre ma paume dans la sienne, et il me tira sur mes pieds. Mes bottes couinaient à chaque pas que je faisais hors de l'eau pour rejoindre un terrain plus ferme.

Mais j'étais fatigué. Vidé de mes forces. J'avais à peine assez d'énergie pour bouger. Ça n'empêcha pas Rett de se transformer en cheval de trait assez puissant pour m'entraîner hors du lac, loin de mon alliance perdue.

Je ne la retrouverais peut-être jamais. Elle était peut-être perdue pour l'éternité.

Cette possibilité me poussa à planter les pieds dans le sol et à m'incliner en arrière, obligeant Rett à s'arrêter.

— Je dois y retourner.

— Pour quoi faire ? Tu étais sur le point de te noyer, Chase. Je ne te laisserai pas faire ça. Pas tant que je serai là.

— Je n'essaie pas de me noyer. Je dois la retrouver.

Je n'avais vraiment pas envie de lui avouer ce que j'avais inconsidérément jeté comme l'idiot que j'étais.

— Retrouver quoi ?

— Qu'est-ce que tu fais là ? demandai-je.

— Réponds d'abord à ma question, et je répondrai à la tienne.

— Mon alliance, admis-je d'un ton embarrassé.

Il baissa aussitôt les yeux vers la main qu'il refusait de lâcher, même si je n'arrêtais pas de tirer pour me libérer. Ses yeux marron foncé, injectés de sang à cause de l'eau du lac et encadrés par des cils noirs, pointus et mouillés, se relevèrent vers moi.

— Comment tu l'as perdue ? Tu es encore habillé et tu portes même tes bottes ! À moins que tu ne te sois baigné tout habillé, après que je t'ai surpris en train de nager tout nu ?

Sa colère était teintée d'un sarcasme agacé si puissant que j'en sentais presque le goût sur ma langue.

— Peu importe comment je l'ai perdue. Tout ce qui compte, c'est que je dois la retrouver.

Je toussai encore, et mes poumons sifflèrent un peu. Je recrachai un peu d'eau par terre.

— Non, pas maintenant.

— Tu ne peux pas me dire quoi faire.

Je tirai sur mon bras si fort que je faillis perdre l'équilibre.

— Je peux, et c'est ce que je vais faire puisque, apparemment, tu es incapable de penser de manière lucide.

— Pour qui tu te prends, putain ? m'exclamai-je en toussant à moitié.

Je tirai de tout mon poids pour reculer.

— Très bien. Va te noyer si tu insistes.

Je ne m'attendais pas à ce qu'il abandonne aussi vite, ni à ce qu'il lâche ma main si soudainement. Je tombai en arrière et atterris sur les fesses, dans l'herbe, à mi-chemin entre le lac et la cabane.

Stupéfait, je restai là, à trembler de froid et à claquer des dents, la peau engourdie et trempé de la tête aux pieds. Mes pieds s'étaient transformés en blocs de béton glacés dans mes bottes.

Je pressai mes paumes contre mes yeux quand ces derniers se remirent à me brûler.

Je pris quelques grandes inspirations dans un effort pour désobstruer mes poumons et apaiser les montagnes russes de mes émotions.

— Je suis désolé, laissai-je échapper avant d'avoir pu me retenir.

— Tu t'excuses auprès de qui ? Moi ? Thomas ? Toi-même ?

J'esquivai son regard et ses questions.

Des doigts forts se refermèrent sur ma mâchoire et me firent lever le visage.

— Chase...

Quand je le regardai enfin, il secoua la tête, s'accroupit devant moi, enroula une main autour de l'arrière de ma tête et serra.

— Il faut que tu rentres, que tu retires ces vêtements et que tu te réchauffes.

Il parlait d'un ton bien plus doux, soudain.

De la pitié. Voilà ce qu'il éprouvait.

Même si c'était l'été, l'eau était toujours froide puisque le lac était alimenté par une source souterraine. Chaque fois que j'allais y nager, c'était pour une baignade brève et revigo-rante. En général, je restais jusqu'à ce que je ne puisse plus supporter la température.

Pour être glacé jusqu'à l'os, j'avais dû chercher la bague pendant plus longtemps que je n'en avais conscience. Ou bien cela avait été parce que j'avais tâtonné au fond du lac plutôt que de nager à la surface réchauffée par le soleil.

J'avais du mal à supporter ce que je lisais dans les yeux de Rett, sous ses sourcils froncés.

— Laisse-moi t'aider.

Sa supplique murmurée était emplie d'une émotion tangible et nourrie par la douleur insupportable au fond de moi.

— Pourquoi ? Pourquoi tu voudrais m'aider, putain ? Je suis...

Termine ta phrase.

Quel que soit le terme que j'emploierais, ça n'aurait rien d'agréable, mais ce serait sûrement adéquat. Mais il n'avait pas besoin que je finisse.

— Oui, c'est vrai, et par chance pour toi, je comprends pourquoi.

Il se leva et me tendit à nouveau la main.

— Viens. Tu frissonnes. Tu vas te casser les dents à force de les claquer comme ça. Et si tu perds toutes tes dents, je ne voudrai peut-être plus t'embrasser.

Ses lèvres tressaillirent un peu, puis il les pinça.

Je pris sa main, et il me hissa à nouveau sur mes pieds. Sans un mot de plus, nous nous dirigeâmes vers la cabane et entrâmes. Il m'attira aussitôt dans la salle de bains et alluma la douche.

Pendant que l'eau se réchauffait, il me déshabilla, parce que mes doigts étaient trop engourdis et tremblaient trop pour me permettre de délacer et retirer mes bottes. Même lui eut du mal à retirer mon jean trempé.

Quand je fus nu, il écarta le rideau de la douche et me poussa sous le jet. L'eau chaude se déversa sur mes cheveux, mon visage et le reste de mon corps, me ramenant peu à peu à la réalité.

Encore plus quand Rett écarta à nouveau le rideau et, lui aussi nu, me rejoignit. Mon cerveau devait être en bouillie parce que je n'avais même pas songé au fait qu'il avait plongé tout habillé dans l'eau fraîche, lui aussi, même s'il n'y était pas resté aussi longtemps que moi.

La cabine de douche n'était assez grande que pour une personne, Rett dut donc se presser derrière moi. Contre mon dos, il enroula les deux bras autour de moi et plaqua les mains sur ma poitrine, laissant l'eau s'écouler sur nous deux et nous réchauffer. Un simple geste de réconfort qui n'avait rien de sexuel.

Je fermai les yeux et savourai la sensation de sa peau contre la mienne, la pression de son corps, sa façon de me maintenir en sûreté. Entre la buée autour de moi, la chaleur de son corps et celle de l'eau, je revins peu à peu à la vie. Bientôt, les frissons cessèrent, mes dents arrêtèrent de claquer et mes muscles se détendirent.

Durant tout ce temps, nous n'échangeâmes pas un seul mot ; nous n'attendions rien l'un de l'autre. Je me contentai de savourer sa compréhension et son soutien silencieux.

Au bout d'un moment, l'eau cessa de couler, et j'ouvris les yeux en entendant le rideau de douche coulisser. D'une légère poussée, il m'encouragea à sortir.

Je tendis la main vers la serviette accrochée au support, mais Rett la prit en premier et s'en servit pour essuyer ma peau, me réchauffant encore plus.

Me faisant presque me sentir à nouveau humain.

Ce qui m'effrayait.

J'avais peur que le mur que j'avais bâti autour de moi soit la seule chose qui m'empêchait de voler en éclats, et si je l'abaissais...

Si je l'abaissais, il ne resterait peut-être plus rien à sauver pour Rett.

Parce que c'était évident… c'était ce qu'il essayait de faire.

Je ne comprenais toujours pas pourquoi.

Quand je fus sec, il récupéra une autre serviette sur le support du placard étriqué et dépourvu de portes, se sécha à son tour en vitesse. Son corps large était placé de manière stratégique pour m'empêcher de sortir tant qu'il n'aurait pas terminé.

De toute évidence, il tenait à garder un œil sur moi.

— Timber ? demandai-je d'une voix enrouée.

Entre mes cris et l'eau sale du lac, ma gorge allait souffrir un moment.

— Tu aimes plus mon chien que moi.

D'après ce que je savais de cet homme, je l'imaginais bien prononcer ces mêmes mots en plaisantant. Mais aujourd'hui, il y avait une note blessée dans cette remarque, et peut-être aussi de la tristesse.

C'était ma faute.

La mienne.

Rett croyait encore que je ne l'aimais pas. Mais après tout, je ne lui avais jamais donné de raison de penser le contraire.

Malgré mes réticences, ma peur de laisser quelqu'un trop se rapprocher de moi, je devais arranger ça. Mais je n'étais pas sûr d'en être capable.

Pour être honnête, je ne devrais pas l'encourager à continuer d'essayer de m'aider. Au bout du compte, ça risquait de lui faire plus de mal encore que je ne lui en avais déjà fait. Je voulais l'empêcher de s'entailler sur l'un des éclats déchiquetés de mon cœur.

Il méritait tellement mieux qu'un homme comme moi. Qui portait son passé tragique comme un manteau. Qui ne faisait que l'enrouler encore plus étroitement autour de lui et le porter comme un bouclier plutôt que de le jeter.

Hélas, ce bouclier ne me protégeait pas. Pas du tout. Au contraire, il me détruisait de l'intérieur.

Je regardai la pile de vêtements humides sur le sol de la salle de bains. Les siens et les miens. Entourés d'une flaque qui me rappelait le lac dont il m'avait tiré.

Rett m'avait sauvé la vie quand j'avais été prêt à me laisser noyer.

Je tournai les yeux vers lui.

— Où est Timber ? demandai-je à nouveau.

Je ne savais pas pourquoi je m'en souciais à ce point, peut-être essayais-je juste de détourner mes pensées de ce que j'avais fait. Du fait que Rett m'avait sauvé. De la vie en général.

— Si tu écoutes avec attention, tu l'entendras en train de pleurnicher sur le porche, dehors, à attendre qu'on le laisse entrer.

— Il était où ?

Rett haussa une épaule nue.

— Dès que je suis arrivé ici, il est parti pourchasser un écureuil dans les bois.

— Tu n'as pas eu peur qu'il s'enfuie ?

Il étira les lèvres en un demi-sourire.

— Non. En général, il finit par se souvenir de la personne qui l'aime et qui s'occupe de lui. De là où est sa place, en bref. Il ne va pas loin.

— Il t'est fidèle.

— Oui.

Rett pencha la tête et m'observa.

— Et il t'est fidèle aussi, maintenant.

— Je ne suis rien pour lui.

— Tu représentes plus que tu en as conscience pour lui.

— Ça n'a aucun sens.

— Comme tu le sais, Chase, la vie n'a parfois aucun sens.

Mais on fait avec, du mieux qu'on peut, parce qu'on n'a pas d'autre choix.

— On a toujours le choix.

— Mais certains de ces choix... même si tu ne les fais que pour toi-même... peuvent affecter les autres. Alors, quand on se soucie des autres, on n'a souvent qu'un seul choix. Et au bout du compte, s'il n'y a qu'un seul choix, est-ce qu'on a vraiment le choix ?

Mon cœur rata un battement. Rett savait-il ?

Impossible. Il savait que Thomas était mort, mais pas comment ni pourquoi.

— Pourquoi ne pas le laisser entrer ? suggérai-je.

— Parce que je ne veux pas te laisser seul.

— Je vais bien, mentis-je.

— Tu es loin d'aller bien.

Il pouvait me laisser seul le temps d'aller chercher son chien, mais il avait le sentiment de ne pas avoir le choix.

Il s'avéra qu'il avait raison.

Encore.

Chapitre Dix-Huit

Rett

Je ne voulais pas le laisser seul. Même pendant les quelques secondes qu'il me faudrait pour aller ouvrir la porte et laisser entrer Timber. Néanmoins, j'étais certain que mon chien pourrait m'aider à sortir Chase de ses idées noires.

Quelque chose avait poussé cet homme à jeter son alliance dans le lac. Je craignais d'être la raison de ce geste, après ce qu'on avait fait hier soir. La culpabilité devait lui peser, même si, en réalité, il n'avait aucune raison de se sentir coupable.

Mais quand je l'avais vu se débattre au fond de ce lac glacé, puis me repousser quand j'avais tenté de l'en sortir...

Ça m'avait prouvé que sa réalité était enveloppée de colère, de dépression et de culpabilité. S'il ne se libérait pas de tout ça, je doutais qu'il survive.

À mon avis, il s'était maintenu dans un état aussi anesthésié que possible depuis la mort de son mari pour s'empêcher de plonger pour toujours, et la veille au soir, tout avait changé quand il s'était vu obligé de se confronter à ses sentiments.

Apparemment, cette confrontation avait été insoutenable.

Je n'étais pas un professionnel en santé mentale, mais j'avais fait beaucoup de recherches sur l'esprit humain et sur sa façon de réagir face à certains événements, comme la mort. Parce que j'étais auteur de romans policiers.

J'accordais beaucoup d'importance à la justesse des réactions des personnages. Après avoir lu tous les livres de C. J. Anson, je savais que ça l'était tout autant pour lui.

Mais quand il s'agissait de lui-même, il était trop près pour le voir.

Quand nous eûmes une serviette sèche enroulée autour de la taille, je le fis m'accompagner dehors pour tordre nos vêtements trempés et les jeter sur les rocking-chairs pour qu'ils sèchent tout en faisant entrer mon chien en train de pleurnicher et de faire les cent pas dans la cabane.

Les bergers allemands avaient tendance à percevoir les émotions de leur propriétaire, et ce jour-là ne faisait pas exception. Timber n'arrêtait pas d'aller et venir entre Chase et moi pour vérifier qu'on allait bien.

J'observai avec attention quand Chase passa les doigts le long du dos soyeux de Timber, avant de les enfoncer dans son épaisse fourrure comme pour s'y raccrocher. Ces gestes étaient le signe évident qu'il luttait encore contre ses émotions. Et ça risquait de durer encore un moment.

Je devais rester patient et compréhensif. Par chance pour Chase, je disposais de ces deux qualités.

Quand j'eus préparé du café et lui en eus tendu une tasse, il s'appuya contre le petit plan de travail de sa kitchenette. Je l'examinai par-dessus le bord de ma tasse en céramique. Il était devant la fenêtre et regardait le lac.

Dans lequel il avait « perdu » son alliance.

J'étais sûr que, si je m'en allais, il retournerait aussitôt dans cette eau. Sûrement pour ne jamais en ressortir.

Je ne me le pardonnerais jamais si je permettais ça. Autrement dit, je n'irais nulle part tant que je ne serais pas certain qu'il était assez stable pour rester seul. Par contre, je ne pouvais pas garder le silence plus longtemps.

— Chase... Il y aura toujours un lendemain, avec ou sans toi. Comme tu le sais, ça ne t'affectera pas de la même manière que les personnes que tu laisses derrière toi si tu abandonnes.

Même s'il ne m'avait pas dit comment Thomas était mort, j'en avais une petite idée.

— Il ne me reste plus personne, grommela-t-il.

— Tu as ta famille. Tu as tes fans, qui t'aiment même s'ils ne t'ont jamais rencontré. Et... tu m'as, moi.

— Je ne t'ai jamais demandé ton opinion ni ton aide.

— Peut-être pas.

— Il n'y a pas de « peut-être ».

— Que ce soit bien clair... je me fous de savoir si tu veux de mon aide ou pas. Ou de mon opinion. Je te la donnerai quoi qu'il en soit. Et tu sais ce que tu vas faire ? Tu vas l'accepter, putain. Tu te souviens de notre conversation au sujet du choix, qu'on a eu dans la salle de bains ? Dans ce cas précis, je ne te laisse qu'un seul choix : accepter mon aide. Bien sûr, de ton point de vue, tu as peut-être l'impression de ne pas avoir de choix du tout.

Il se retourna et me lança un regard noir tout en serrant sa tasse fumante si fort que les articulations de ses doigts pâlirent.

— Je ne sais pas pour qui tu te prends en faisant irruption dans ma vie comme ça...

— Tu sais qui je suis et je sais ce que tu traverses.

— Non, tu ne sais pas.

— J'ai perdu mon frère...

— J'ai perdu mon *mari,* putain. Ce n'est pas pareil.

— Pas tout à fait, mais on a tous les deux perdu quelqu'un qu'on aimait. Qui faisait partie de nous. C'est assez similaire pour m'aider à comprendre ce que tu traverses.

— Tu ne peux pas.

Je ravalai un soupir. *De la patience, tu te souviens ? De la patience !*

— La peine peut être lourde à porter. Pourquoi tu ne me laisses pas t'aider à alléger ce poids ?

Il passa son pouce sur son front et baissa la tête jusqu'à poser son menton sur sa poitrine, qui se soulevait et retombait plus vite que la normale.

Il était à deux doigts de craquer. Encore.

Je m'empressai de poser ma tasse derrière moi et de m'écarter du plan de travail, faisant de mon mieux pour ne pas marcher sur les pattes de Timber quand il se mit à tourner autour de moi, affolé.

Une fois devant Chase, je lui pris sa tasse des doigts et repartis la poser à côté de la mienne. Sans perdre une seconde, je revins vers lui.

Ses poings étaient serrés ; il luttait pour garder le contrôle et repousser les larmes.

C'était un jour décisif pour lui. Il relâchait enfin tout ce qu'il avait gardé contenu au fond de lui. Ça faisait peut-être un mal de chien, mais quand ce serait terminé, j'avais bon espoir qu'il se sentirait mieux et qu'il envisagerait plus claire-ment son futur. Qu'il se rende compte qu'il avait des gens qui l'aimaient et tenaient à lui dans sa vie.

Qui voulaient qu'il reste sur cette Terre. Qu'il soit heureux et comblé à nouveau, plutôt que fracturé en plusieurs morceaux.

Dès que son corps se mit à tressauter, il serra les dents et se détourna de moi.

Pour me cacher qu'il était en train de s'effondrer. Pour cacher ses larmes.

Je savais ce que c'était parce que, par le passé, j'en avais versé aussi. Et comme la plupart des hommes qu'on avait éduqués pour qu'ils croient que pleurer était un signe de faiblesse, j'avais compris que, en vérité, c'était cathartique.

Il devait s'accorder ça. Il ne pourrait jamais tourner la page et guérir s'il n'affrontait pas en face tout ce qui le déchirait de l'intérieur. Encore moins s'il se contentait de l'ignorer et de le conserver au fond de lui.

Mais il n'était pas le seul à souffrir, j'avais mal pour lui aussi.

J'aurais voulu pouvoir soulager sa douleur, ne serait-ce qu'un peu. Mais il devait emprunter ce chemin tout seul. Je ne pouvais pas le faire pour lui. Je ne pouvais que marcher à ses côtés et rester à sa portée au cas où il aurait besoin de moi.

Timber se tenait entre nous, la tête penchée pour écouter les tentatives de Chase pour étouffer ses sanglots. J'écartai mon chien du passage et pressai mon torse nu contre le dos de Chase. Je repliai un coude autour de son cou et l'autre bras autour de sa taille, l'attirant contre moi.

Aussitôt, il se raidit, tous ses muscles retransformés en béton. J'avais l'impression d'enlacer une statue de pierre.

Il lui faudrait du temps pour se débarrasser de tout ce qu'il avait enfermé au fond de lui. Il ne s'en rendait peut-être pas encore compte, mais chaque minute de cette extraction en vaudrait la peine. Un peu de souffrance à court terme soulagerait sa douleur sur le long terme.

Devant la fenêtre, je l'étreignis pendant ce qui me parut durer des heures, alors que seules dix minutes avaient dû passer.

Même quand ses pleurs devinrent silencieux, ses larmes restaient assourdissantes.

Quand sa respiration s'apaisa et qu'il se détendit dans mes bras, il se mit à glisser vers le sol, n'ayant plus la force de soutenir son propre poids.

Je suivis le mouvement, refusant de briser notre connexion. Je voulais qu'il sache que j'étais là pour lui, pour aussi longtemps qu'il aurait besoin de moi.

Je pressai mes lèvres contre ses tempes.

— Tu peux me repousser autant que tu voudras, promis-je, mais je suis là pour toi, et je ne te lâcherai pas.

Je n'irai nulle part. Il faudrait que des grizzlis sauvages viennent me déchiqueter pour me faire partir.

APRÈS AVOIR FOUILLÉ dans ses placards, je trouvai un bocal de sauce tomate et une boîte de spaghetti, dont je me servis pour nous préparer un repas ce soir-là, une fois que je l'eus convaincu de manger. Nous nous installâmes dehors, sur le porche, face au lac.

Ou plutôt, je mangeai pendant qu'il picorait sa nourriture. Timber se fit une joie d'engloutir une partie de ses restes.

Je surpris Chase en train de regarder l'eau, mais il ne mentionna plus son alliance. Ça ne voulait pas dire qu'il ne retournerait pas à sa recherche à la seconde où je serais parti.

Alors, je restai.

Je fis la vaisselle, puis je cherchai quelque chose de plus acceptable que des pâtes à donner à manger à Timber, avant d'aider un Chase émotionnellement vidé et physiquement épuisé à grimper au lit. Je me glissai sous les draps à ses côtés.

Tout ça sans la moindre résistance ni protestation de sa part.

Pas même quand je me blottis contre de lui, pressai mon nez contre sa nuque et le gardai serré contre moi toute la nuit.

Quand sa respiration ralentit et devint plus régulière, je me détendis enfin assez pour laisser mes yeux se fermer. Je m'endormis en moins d'une minute, vu qu'il n'était pas le seul à être émotionnellement exténué.

À mon réveil, j'étais seul.

Je me redressai d'un bond dans le lit, et il me fallut quelques secondes pour me souvenir de l'endroit où j'étais. Quand tout me revint, je pris conscience d'une chose...

Pas de Chase. Pas de Timber.

Merde.

À mon avis, si Chase était reparti vers le lac, Timber se serait précipité vers la rive en aboyant de manière surexcitée.

À moins que mon chien n'ait aperçu un foutu écureuil et ne se soit précipité après lui une fois de plus.

Merde.

Je sortis du lit et me précipitai vers la fenêtre. Pas de chien en vue. Plus important, pas la moindre ondulation sur la surface du lac.

Était-ce trop tard ou trop tôt ?

Je m'empressai d'enfiler un boxer propre et sec récupéré dans le tiroir de la commode de Chase.

Mes narines se dilatèrent quand je remarquai quelque chose...

Une odeur de bacon. Et de café.

Mon estomac gargouilla, et je pus à nouveau respirer. Timber n'avait aucune compétence en cuisine.

Je souris et, dès que j'eus ouvert la porte de la chambre, l'odeur du petit-déjeuner m'assaillit.

Si Chase s'était levé pour faire la cuisine ce matin, c'était qu'il devait se sentir mieux.

Bien sûr, Timber était assis juste à côté de lui, devant la cuisinière, et le regardait avec envie, la langue pendante et un long filet de salive s'en écoulant.

Mon chien se languissait de quelque chose qui lui était interdit.

— Pas de bacon pour lui.

Chase regarda par-dessus son épaule. Il portait un short en coton gris et ample qui moulait joliment ses fesses.

— Trop tard, répondit-il.

Il recommença à retourner le bacon craquant sur la poêle en fer forgé avec une fourchette.

— Dans ce cas, je suppose que tu seras de corvée pour éponger la diarrhée de chien.

— Je ne crois pas, non, vu qu'il repart avec toi.

— Oh, je ne suis pas invité au petit-déjeuner ? m'enquis-je.

Je vins me placer derrière lui et lançai un regard noir à mon chien pour avoir mangé du porc.

— Après le petit-déjeuner, précisa-t-il.

Il retira le bacon de la poêle et déposa les bandes croustillantes sur une assiette recouverte d'un essuie-tout pour absorber une partie de la graisse.

— Ça sent bon murmurai-je.

Il brisa des œufs à une main dans la même poêle.

— Mais tout ce bacon huileux risque de durcir mes artères.

Le short moulant de Chase risquait de durcir autre chose, lui.

Pendant qu'il surveillait les œufs dans la poêle, je passai un bras autour de sa taille et déposai un baiser sur sa peau chaude, au milieu de son large dos nu.

Il sursauta, puis posa la fourchette et se retourna. Je m'attendais à ce qu'il me repousse, mais au lieu de ça, à ma stupéfaction, il m'enveloppa dans ses bras.

— Merci.

Bordel de merde. Je ne m'attendais pas non plus à de la gratitude.

— Pour quoi ?

— Pour hier. Pour la nuit dernière.

Il soupira.

— Pour m'avoir supporté alors que tu n'étais pas obligé.

À la seconde où Timber se plaignit de ne pas bénéficier d'assez d'attention, Chase me lâcha et se tourna à nouveau vers la cuisinière.

Merci, le chien, d'avoir gâché ce moment.

— Tu l'as sorti ?

— Oui.

Merde alors.

— Tu es doué avec lui. Tu devrais adopter un chien.

— Je ne veux pas de chien.

— Ce sont les meilleurs compagnons.

Et j'en serais un aussi.

— Je suis très bien tout seul.

— Pourquoi es-tu aussi buté ?

— Rien que pour t'agacer.

Il me tournait le dos, et je n'aurais su dire s'il plaisantait ou s'il était honnête. Deux semaines plus tôt, je ne me serais même pas posé la question. Ça aurait été la deuxième option. Ce matin, c'était peut-être la première.

— Eh bien, tu as réussi. Tu peux arrêter quand tu veux, maintenant. C'est épuisant.

— Tu n'es pas obligé de rester ici.

— Tu as raison. Rien ne m'y oblige. Mais je suis là, alors arrête de te comporter comme un con.

Il prit une spatule sur le plan de travail, retourna les œufs, les laissa cuire pendant quelques secondes, puis déposa deux œufs frits à la perfection dans chaque assiette, avec quatre bandes de bacon.

Quand il eut terminé, il emporta les deux assiettes vers la table avec Timber sur les talons, qui laissa une traînée de bave dans son sillage.

— Tu peux nous servir du café ?

Je remplis deux tasses, et nous nous assîmes pour prendre le petit-déjeuner comme si les événements de la veille n'avaient jamais eu lieu. C'était à la fois rassurant et inquiétant.

Était-ce le calme avant une autre tempête ? Ou la veille au soir avait-elle constitué un tournant pour lui ? Était-il enfin prêt à aller de l'avant, à faire en sorte d'être heureux ?

Nous étions assis l'un en face de l'autre, et il esquivait mon regard, concentré sur sa nourriture. Il mangeait avec plus d'enthousiasme que lors de son dîner de la veille au soir.

Ça devait être un bon signe.

— C'est bon, murmurai-je avant de fourrer une autre bouchée d'œufs au plat dans ma bouche.

— Ce sont juste des œufs au plat et du bacon. Un singe pourrait le faire.

Peut-être. Mais ce n'était pas un singe qui avait préparé ce plat, c'était Chase, qui avait préparé un petit-déjeuner *pour moi*. Il ne m'avait pas foutu dehors hier soir, il m'avait laissé dormir pendant qu'il sortait mon chien et me faisait à manger.

Je ne voulais pas en faire toute une histoire, mais à mes yeux, c'était incroyable. Et j'appréciais ce revirement.

Dès que nous eûmes fini de manger, il récupéra nos assiettes vides, avant de revenir pour les tasses. Il les remplit toutes les deux et fit un signe de tête vers la porte. Il voulait sûrement que je parte, maintenant qu'on avait fini.

— Allons nous asseoir dehors.

Regardez un peu ça, je me trompais.

Je hochai la tête et m'efforçai de ne pas trop m'enthousiasmer. Je le suivis sur le porche, retirai nos deux jeans encore mouillés des deux rocking-chairs et les posai sur la rambarde du porche pour qu'on puisse s'asseoir.

Quand nous fûmes installés sur les sièges, nous sirotâmes nos cafés dans un silence confortable pendant que Timber explorait et marquait la cour. Par chance, il resta dans notre champ de vision.

L'espace d'une seconde, je nous imaginai assis là tous les matins, ensemble, à profiter du silence et de la nature environnante tout en sirotant un café avant de nous mettre à écrire pour la journée.

Je ne devrais pas aller trop vite en besogne. Je ne voulais pas me porter la poisse. Ni être déçu.

Chase était le premier homme qui m'intéressait vraiment depuis longtemps.

Comme lui, je devrais envisager une thérapie, parce qu'il fallait être dingue pour s'attacher à lui et ses problèmes.

Hélas, le cœur a ses raisons que la raison ignore, quoi que l'esprit lui répète. Ou quels que soient ses avertissements.

Du coin de l'œil, je voyais Chase concentré sur le lac placide devant nous.

— Parle-moi de lui, demandai-je d'une voix douce.

Il but une longue gorgée de café et, quand il eut terminé, il se tourna vers moi, sourcils froncés.

— Pourquoi ?

— Je veux mieux te connaître, et il constitue une grande part de toi-même.

— Je suis surpris que tu veuilles apprendre à me connaître après la façon dont je t'ai traité.

Je haussai une épaule.

— Comme je l'ai dit hier soir, je comprends toute la peine que te cause ce deuil. C'était dur pour moi aussi quand j'ai perdu mon frère, expliquai-je avant d'ajouter : et inattendu.

Tout comme la mort de Thomas avait dû l'être pour Chase, supposai-je.

Elle n'avait pas dû être causée par une longue maladie. Sa mort avait été soudaine, et Chase n'avait pas eu le temps de s'y préparer mentalement.

— Tu en as parlé à quelqu'un ?

Il se tourna à nouveau vers le lac, esquivant mon regard.

— La personne à qui je parlais est partie.

— Je parlais d'un professionnel.

— Non. Un thérapeute n'effacera pas ce qui s'est passé.

Peut-être pas, mais il pourrait quand même l'aider à gérer son chagrin.

— Parfois, ça fait du bien d'en parler. À mon avis, tu as gardé toute cette peine en toi en refusant de parler de lui ou de ce qui s'est passé.

Il porta sa tasse à ses lèvres, engloutit le reste de son café, puis posa sa tasse vide par terre à côté de son rocking-chair. Il se passa les doigts dans les cheveux tout en regardant Timber explorer les abords des bois.

Sa poitrine se souleva lentement quand il prit une grande inspiration. Je faillis en tomber de mon siège quand il se mit vraiment à parler...

Bien sûr, j'écoutai.

— On s'est rencontrés quand on avait une vingtaine d'années. J'étais en première année à l'université de Brown et il tenait un stand de glaces sur la promenade d'Ocean City, dans le Maryland, où mes potes et moi allions pendant les vacances de printemps.

— Il n'était pas à la fac aussi ?

Chase secoua la tête, mais resta concentré sur Timber, qui suivait la piste d'une odeur fascinante.

— Non. Il avait eu des difficultés au lycée et avait décidé de ne pas continuer ses études.

Il marqua une pause, comme s'il attendait que je pose d'autres questions, mais je faisais de mon mieux pour garder la bouche close et éviter de le bombarder. Un véritable exploit, pour moi. Surtout que j'avais très envie de savoir pourquoi Thomas avait eu des difficultés à l'école.

J'avais mes hypothèses.

— On s'est entendus tout de suite, et on a presque passé toutes les vacances de printemps ensemble. D'ici la fin de la semaine, je ne m'imaginais pas ne jamais le revoir, et c'était pareil pour lui, alors on a entamé une relation à distance le temps que je termine mes études. C'était dur, d'être séparés, mais on a réussi à passer la plupart de mes vacances et de nos étés ensemble...

Chase me raconta ensuite l'été qui avait suivi l'obtention de son diplôme, quand il avait écrit son premier livre tout en faisant un job qu'il détestait.

Après avoir lu le premier jet, Thomas avait assuré à Chase que le monde entier devait lire cette histoire. Il avait garanti à Chase qu'il avait un vrai talent et que ses écrits devaient être partagés avec les autres. Ça l'avait motivé à se chercher un agent et, dix mois plus tard, alors qu'il avait presque abandonné tout espoir qu'on le recontacte, il avait enfin reçu une réponse.

L'agent lui avait demandé le manuscrit complet et, après l'avoir lu, il avait aussitôt voulu le représenter, assurant que les plus gros éditeurs se battraient pour publier ce livre.

Son agent avait eu raison.

Son manuscrit avait été mis aux enchères et les droits de publications avaient été achetés avec une somme d'argent faramineuse, comprenant une avance à six chiffres. À partir de là, sa carrière d'auteur avait décollé en flèche.

Il avait laissé tomber son boulot merdique et réalisé son rêve d'écrire à plein-temps.

Je connaissais déjà une partie de cette histoire, grâce à mes recherches en ligne, mais je le laissai raconter son histoire comme il le voulait, au rythme qu'il voulait. Par miracle, je parvins à ne pas l'interrompre une seule fois.

Peut-être parce que je me mordais la langue chaque fois que j'étais tenté de le faire.

— Thomas a emménagé avec moi dès que je me suis trouvé un logement après la fin de mes études. Il m'a toujours soutenu, à la fois d'un point de vue émotionnel et financier, pendant que je continuais d'écrire. Il n'a pas fallu longtemps avant que je ne gagne plus d'argent que Thomas et que je ne puisse lui rendre la pareille.

D'un coup, il se tut. Il s'arrêta net. Comme si c'était la fin de l'histoire. Je savais que c'était loin d'être le cas.

Se souvenir de leur rencontre était une chose, mais ne pas affronter le reste...

— Vous vous êtes rencontrés et êtes tombés amoureux, repris-je pour l'encourager à continuer. Vous vous êtes soutenus l'un l'autre... ça m'a l'air d'une relation parfaite.

Il tourna la tête et riva ses yeux marron foncé aux miens.

— Ce n'était pas parfait.

Aucune relation ne l'était jamais, mais j'essayais de le pousser à continuer.

Même si je savais qu'il restait encore beaucoup à raconter, si c'était tout ce qu'il était prêt à me confier aujourd'hui, je me contenterais de ces miettes dans l'espoir qu'il s'ouvre un peu plus à moi plus tard.

C'étaient peut-être les prémices de notre vie ensemble. Notre passé, présent et futur. Même si ce n'était qu'en tant qu'amis.

Bien sûr, je voulais plus que ça, mais je n'étais pas sûr que Chase soit prêt un jour.

— Je n'avais jamais été avec quelqu'un d'autre.

Waouh. Je ne m'attendais pas à cette confession.

— Personne ?

Il haussa les épaules.

— J'avais déjà embrassé des hommes... commença-t-il avant de secouer la tête. Non, pas des hommes... des *garçons*, à la fac, avant de rencontrer Thomas, mais c'est tout. Ça n'est jamais allé plus loin que ça, mais ces baisers m'ont confirmé que j'étais gay. Quand j'ai rencontré Thomas, j'ai su dès le départ que c'était « le bon », et il m'a semblé naturel d'aller plus loin. Alors... c'est ce qu'on a fait. On est devenus inséparables et on en a appris plus l'un sur l'autre. On est tombés de plus en plus amoureux, et puis... on s'est mariés. Ça aurait dû être parfait.

— Aussi bonne que soit une relation, elle n'est jamais parfaite, Chase. À mon avis, quand une relation paraît parfaite, c'est sûrement faux. Le couple doit cacher quelque chose. On a tous nos hauts et nos bas. On a tous nos mauvais jours. Même quand on aime quelqu'un, cette personne sera parfois en désaccord avec nous, elle nous agacera ou nous frustrera. C'est la nature humaine.

— Bien sûr qu'on a eu nos mauvais moments. On était tous les deux passionnés et on avait tendance à se disputer pour des trucs bêtes. Mais on n'était pas rancuniers, et les disputes ordinaires n'étaient pas notre principal problème.

— C'était quoi, alors ?

Quand il se passa une main sur le visage, je devinai qu'on en arrivait au plus douloureux. Je fus tenté d'aller chercher un rouleau d'adhésif pour me le coller sur la bouche et me retenir de dire quoi que ce soit qui l'interromprait.

Quand Timber grimpa les marches en courant, il vint d'abord me voir pour recevoir une brève caresse sous le menton, avant de s'approcher de Chase et de s'asseoir entre ses jambes. Il enfonça les doigts dans l'épais pelage de mon berger allemand et le caressa, poussant Timber à fermer à demi les yeux d'extase.

Étais-je un peu jaloux de mon chien ? Oh que oui. Pas parce que Timber cherchait l'affection d'un autre homme, mais parce qu'il avait droit aux attentions physiques que je rêvais d'obtenir de la part de Chase. Mais ça m'apaisait toujours de caresser mon chien quand j'étais perturbé, et je ne voulais pas priver Chase de ce bénéfice.

Tout en caressant le cou et le dos de Timber, il tourna à nouveau ses yeux sombres vers moi.

— Ce que je m'apprête à te dire ne devra être répété à personne.

Je hochai la tête, me préparant mentalement.

Sa pomme d'Adam tressauta quand il déglutit.

— Je veux t'entendre le dire.

— Ce que tu me diras restera entre nous.

Il me dévisagea pendant quelques secondes, et quand je hochai la tête pour le rassurer, il me rendit mon geste. Il reporta son attention sur mon chien et continua :

— Thomas a toujours été en proie à la dépression. Au début, il me l'a caché. Il craignait que je ne veuille pas rester avec lui si je le voyais prendre des médicaments pour contrôler son humeur. En gros, il était embarrassé. Mais sa gêne, ou sa honte de ne pas être « normal », tout ça découlait de la façon dont ses parents le traitaient. Ils refusaient d'accepter son homosexualité. Ils n'admettaient pas non plus ses problèmes de dépression. Ils pensaient que les deux finiraient par lui passer.

— Impossible.

Je détestais les histoires de parents incapables d'accepter leur propre enfant. J'avais eu de la chance. Ça me donnait envie d'appeler mes parents plus tard pour les remercier d'avoir été aussi compréhensifs. Ils m'avaient tellement facilité la vie en m'aimant de manière inconditionnelle.

— C'est vrai. Mais personne ne pouvait leur dire ça. Ils étaient super religieux, et il savait qu'ils ne l'accepteraient jamais. Alors, il a fait semblant d'être hétéro jusqu'à ce qu'il me rencontre. Il n'avait jamais montré le vrai Thomas à personne. Il a été obligé de « jouer un rôle » pour survivre. Quand il est tombé amoureux, il a enfin commencé à se défaire d'une partie de la honte profondément enracinée en lui. Il la portait comme un manteau, malgré tous mes efforts pour l'aider à s'en débarrasser. Malgré tout, je suis resté là pour lui, je l'ai soutenu et je l'ai aidé à s'accepter.

Ça me semblait familier...

Chase avait été pour Thomas celui que je voulais être pour lui. S'il me laissait faire.

— Il avait quel âge quand il a commencé à soupçonner le fait qu'il était gay ?

— Il devait avoir douze ou treize ans... Il se posait des questions, bien sûr. Mais sa plus grosse erreur a été d'en parler à ses parents. Même si tous les enfants devraient pouvoir faire ça.

Chase fronça les sourcils et secoua la tête. Il caressait encore Timber, qui avait posé la tête sur sa cuisse.

— Ses parents ont été épouvantés. Ils lui ont dit que l'homosexualité était un péché et qu'il avait besoin d'aide. Sa dépression a commencé quand ses parents l'ont obligé à suivre une thérapie de conversion, alors qu'il n'était qu'un enfant.

Il crispa les doigts sur le dos de Timber, lui faisant rouvrir les yeux, d'autant plus qu'il répéta en hurlant :

— Un enfant, putain !

Son cri se répercuta sur le lac.

— Il ne pouvait pas être guéri ni réparé, parce qu'il n'était ni malade ni brisé ! Pas à l'époque, en tout cas. Il a enduré cet enfer, et ça l'a bousillé de manière irrémédiable. Ces conneries devraient être illégales partout. Ce n'est pas parce qu'on ne se conforme pas aux croyances des autres qu'on est cassé et qu'on a besoin d'être réparé. On devrait être accepté et respecté pour ce qu'on est.

Les thérapies de conversion étaient affreuses. Une fois de plus, je fus bien content d'avoir des parents qui m'aimaient et qui m'acceptaient. Je n'imaginais même pas ce que ça devait être, d'être traité comme si quelque chose clochait chez moi, comme si je devais être réparé tel un vase cassé.

— Chase, tu prêches un converti, répondis-je.

Je tendis la main et pris celle qui ne caressait pas Timber pour la serrer.

— J'ai eu de la chance de ne jamais avoir à affronter tout ça. Est-ce que j'ai été brimé au lycée à cause de ça ? Oui. J'ai tenté de faire profil bas autant que possible, mais il y a toujours eu un gamin pour essayer de me mettre plus bas que terre en se moquant de moi ou en disant des trucs ignorants. Mais mes parents m'ont soutenu, ils m'aimaient qui que je sois, et c'est toujours le cas. Mes parents ne se doutaient de rien, mais quand je leur ai fait mon coming-out, ils ont réagi comme si ce n'était pas si important. Ils m'ont dit qu'ils m'aimaient quoi qu'il arrive. Ils voulaient que je sois heureux, quelle que soit la personne avec qui je décidais de vivre. S'ils sont déçus de quelque chose, c'est que je sois encore célibataire à quarante ans.

Je portai sa main à ma bouche. Quand mes lèvres effleurèrent ses articulations, ses doigts tressaillirent dans les miens.

Il était si refermé sur lui-même depuis si longtemps que le moindre contact affectueux semblait le surprendre. Ça me brisait le cœur.

— Pourquoi es-tu encore célibataire, d'ailleurs ?

Bordel, j'avais commis l'erreur de parler de moi et de mes parents, lui laissant l'occasion de s'y raccrocher et d'éviter d'avoir à continuer sa propre histoire.

— C'est simple… je n'ai pas encore trouvé l'amour de ma vie, et je n'ai pas envie de me caser.

Je lui avais donné une réponse courte, mais sincère, parce que je devais ramener la conversation vers sa relation. On n'était pas là pour parler de moi.

— Ce serait sympa si, un jour, les jeunes LGBTQ+ n'avaient plus besoin de faire leur coming-out. Si tout le monde était automatiquement accepté pour ce qu'il était. Si l'amour et l'attirance sexuelle n'étaient liés qu'aux individus, et pas au genre ni aux attentes des autres. On devrait élever notre jeunesse, et pas l'enchaîner, l'obliger à lutter, souffrir et subir des dégâts handicapants et permanents. J'ai l'impression que c'est exactement ce qui est arrivé à ton mari.

Chapitre Dix-Neuf

Rett

— Quand Thomas m'a enfin avoué ce qui lui était arrivé lorsqu'il était plus jeune, j'ai fait un tas de recherches sur les thérapies de conversion pour essayer de comprendre pourquoi il souffrait, pourquoi il avait tant de mal à surmonter chaque jour.

Je ne connaissais pas tous les détails de la thérapie de conversion, mais j'en savais assez. En tant que membre de la communauté LGBTQ+, je savais qu'elles étaient interdites dans beaucoup d'États parce qu'il avait été prouvé qu'elles étaient totalement inefficaces et faisaient plus de mal que de bien.

Je fulminais à l'idée que des gens croient possible le fait de changer l'orientation sexuelle ou l'identité de genre de quelqu'un, généralement par la force. Ça enrageait sûrement tout autant Chase. Ces jeunes n'étaient pas acceptés par leur propre famille et leur communauté, on leur répétait que quelque chose clochait chez eux, qu'ils devraient avoir honte d'être attirés par certaines personnes, d'aimer certaines personnes.

Le fait était que tenter de « convertir » l'orientation sexuelle d'un enfant ou son identité de genre accroissait les risques de dépression et triplait les risques de pousser ce jeune au suicide. Un très grand nombre d'entre eux réussissaient, et c'était une vraie tragédie.

— Ce programme l'a brisé. Ça l'a anéanti, que ses parents rejettent ce qu'il était. Dès qu'il a été assez âgé pour partir de chez eux, il est parti et ne leur a plus jamais adressé la parole.

Je n'arrivais pas à imaginer ce que ça serait, de ne pas être accepté pour qui j'étais, de me voir obligé de devenir quelqu'un d'autre. Quand sa propre famille l'avait envoyé participer à ces pratiques barbares, elle avait laissé entendre à Thomas qu'il serait toujours rejeté à moins de changer une partie intégrante de lui-même, même si c'était impossible.

Comme le disait la chanson de Lady Gaga : « *Baby, I was born this way** . »

D'après ce que m'expliquait Chase, Thomas avait joué le rôle du réformé jusqu'à ce qu'il puisse s'enfuir. Mais d'ici là, il avait déjà subi des dégâts irréparables.

Cette néfaste prétendue « thérapie » devrait être considérée comme un acte criminel et interdite dans tous les États. J'étais consterné face à l'idée que ce ne soit pas encore le cas. C'étaient ceux qui obligeaient un enfant à subir une thérapie de conversion qui devraient avoir honte, et pas le jeune qui vivait sa vérité.

— Quand il prenait ses médicaments, il était le Thomas duquel j'étais tombé amoureux. Hélas, quand tout allait bien dans sa vie, quand il se sentait heureux, « normal », comme il le disait, il avait tendance à arrêter de les prendre. Je le

---

* Traduction de l'anglais vers le français : « Bébé, je suis né comme ça. »

surveillais avec attention, mais pas assez apparemment. Parce je ne l'ai pas vu. J'ai raté les signes montrant qu'il dégringolait à nouveau dans ce trou noir.

Il resserra ses doigts autour des miens, presque au point de me faire mal.

— Malheureusement, j'avais des délais serrés à respecter et je restais tout le temps enfermé dans mon bureau pour écrire mon quota de mots. J'ai manqué les signes, même s'il était bien plus important pour moi que l'argent ou le succès. Il était bien plus important que mes personnages de fiction. Si seulement il m'en avait parlé... s'il avait dit *quelque chose...* j'aurais éteint mon ordinateur, laissé tomber ce foutu livre, envoyé mon agent et mon éditeur se faire foutre, et j'aurais fait le nécessaire pour le sauver. Pour être honnête, je croyais qu'il était plus serein maintenant qu'on était ensemble. Que sa vie avec moi le rendait heureux et satisfait. Que notre couple était solide.

Ses mots se coincèrent dans sa gorge, et il la racla.

— Je me suis tellement trompé.

Je ne l'encourageai pas à continuer. Je voulais que Chase ne me raconte son histoire avec Thomas que s'il se sentait prêt. Je lisais sur son visage que c'était une épreuve, pour lui.

Malgré tout, ça aurait peut-être un effet purifiant sur lui.

— Si seulement je m'étais rendu compte qu'il souffrait. Pourquoi je n'ai rien vu ? J'étais vraiment si occupé que ça ? Est-ce que tout le reste accaparait mon temps et détournait mon attention de lui ? Rien... *rien* n'était plus important que Thomas à mes yeux. Rien du tout. Et l'espace d'un instant, j'ai oublié ça. J'ai oublié parce que je croyais qu'il allait bien. Il avait l'air d'aller bien. Je me suis trompé. Il souffrait en plaquant un sourire sur son visage. Il s'en servait comme un masque pour cacher la vérité au monde entier. Un masque pour me le cacher, à moi, la seule personne qui avait été là pour lui quand il n'allait pas bien. Tout ce qu'il avait à faire, c'était de dire quelque chose. Tout ce que j'avais à faire, c'était de prêter un peu plus attention à ce qui se passait. Et à cet instant, j'ai baissé ma garde... C'est tout ce qu'il a fallu. Un seul dérapage de ma part. Un seul dérapage de son côté.

Mon petit-déjeuner tournoyait dans mon ventre. J'avais envie de prendre Chase dans mes bras pour le soulager de sa peine et de sa culpabilité. Une simple étreinte ne suffirait pas, mais j'espérais que continuer à l'écouter l'aiderait.

— Ce jour-là...

Il ferma les yeux et déglutit. Il les garda clos et continua, sûrement en train de revivre ce jour fatidique.

— Ce jour-là, j'avais un rendez-vous avec mon agence de relations publiques pour discuter de ce qui était prévu pour ma prochaine publication. Sur le chemin du retour, je me suis retrouvé coincé dans un embouteillage causé par un accident de voiture, et j'ai craint d'être en retard pour notre réservation à dîner. Dès que je suis entré dans la maison, je l'ai appelé.

Chase secoua la tête, ouvrit les yeux et les tourna vers le lac.

— Il n'a pas répondu. Je me suis précipité à l'étage et j'ai pris une douche rapide, supposant qu'il était à l'arrière de la maison, en train d'attendre que je rentre...

Il prit une longue inspiration, avant de la relâcher tout en reprenant :

— Quand j'ai ouvert le placard pour prendre mon costume...

Ma respiration se coinça dans ma gorge quand Chase marqua une pause. J'avais des crampes aux doigts tant je serrais sa main fort. Parce que je savais ce qui allait suivre et que ça m'emplissait d'effroi.

Je *savais,* mais ça ne voulait pas dire que j'étais préparé.

Si je n'étais pas prêt à entendre ce qu'il allait dire ensuite, je n'imaginais même pas ce qu'avait dû ressentir Chase quand il avait vécu cet instant bouleversant.

Je l'entendis à peine quand il murmura :

— Je l'ai trouvé. Il était là-dedans.

Je fermai les yeux, *essayant* d'imaginer ce que Chase avait découvert, *essayant* de me figurer l'horreur dévastatrice qu'il avait dû éprouver en découvrant celui qu'il aimait comme ça...

Mais à moins de le vivre, pouvait-on vraiment l'imaginer ?

— Si j'étais rentré à la maison plus tôt...

Je rouvris les yeux et tirai sur sa main pour qu'il me regarde. Quand nos regards se croisèrent, je demandai :

— Tu crois que c'était ta faute ? Parce que tu étais en retard ?

J'avais posé la question d'un ton plus dur que je ne le voulais. Je n'avais pas pu m'en empêcher, parce que mon premier réflexe avait été de lui hurler dessus et de le secouer. Il s'en voulait pour un truc qui échappait à son contrôle, pour l'acte désespéré de quelqu'un d'autre, mais je ravalai ces mots parce que ça ferait plus de mal que de bien.

— Non, c'était plus que ça. Mon retard n'était qu'un détail parmi d'autres. Quand j'y repense aujourd'hui, je peux dresser toute une liste d'événements ayant mené à ce moment, l'ayant poussé à faire ce qu'il a fait. Ce matin-là, il m'a embrassé plus longtemps que d'habitude, quand il m'a dit au revoir. Je ne savais pas que ce serait la dernière fois. J'étais pressé, je me suis impatienté quand il a tardé à me lâcher. Mais j'ai oublié. C'est moi qui ai oublié de prendre le temps de vérifier qu'il allait bien. C'est ma faute. Je ne me suis pas rendu compte qu'il avait arrêté de suivre sa thérapie et de prendre ses médicaments. Je ne lui ai pas posé de questions, et j'aurais dû. Je ne sais pas pourquoi il a abandonné. Pourquoi il a décidé d'arrêter de vivre. J'aurais fait tout mon possible pour l'aider s'il m'avait parlé de ses difficultés. S'il en avait discuté avec moi. On avait déjà remporté tant de batailles ensemble. Mais celle-là... celle-là, il l'a combattue seul.

Chase décrocha sa main de la mienne et la frotta sur son short. Il ouvrit la bouche, mais il lui fallut un moment avant que quelque chose n'en sorte.

— Il s'est battu seul. Et il a perdu. Il a perdu, putain. À cause de ça, j'ai perdu aussi. Je ne suis rien sans lui. Rien. Quand il s'est ôté la vie, il a pris la mienne en même temps, ne laissant qu'une coquille vide. Une foutue coquille vide.

J'avais envie de le contredire – c'était faux, il n'était pas rien, il n'était pas qu'une coquille vide, il était tellement plus –, mais je ne pouvais pas remettre en cause ce qu'il disait. Si c'était ce qu'il ressentait, alors c'était ce qu'il croyait. C'étaient ses sentiments, et je ne les lui volerais pas.

Par contre, j'avais d'autres moyens de le convaincre du contraire. De lui montrer qu'il pouvait encore vivre sa vie. Que d'autres tenaient à lui.

Sa famille. Ses fans. Moi.

— Pourquoi ? demanda-t-il d'une voix tendue et à vif.

Ce simple mot se répercuta jusqu'au fond de mon âme.

— Pourquoi voulait-il que je le trouve ? Pourquoi m'avoir fait ça ?

Sa voix se brisa en même temps que son cœur.

Je ne savais pas quoi dire, quoi faire pour apaiser ses souffrances. Elles étaient bien plus profondes que je ne le croyais au départ parce qu'il se sentait responsable et s'en voulait.

Je n'étais pas sûr que ça disparaisse un jour.

Je ne ressentais ni l'envie ni le besoin de demander plus de détails sur le suicide de son mari. Ce devait être pour ça qu'il avait retiré les portes des placards et ne les avait jamais remises. Un truc que personne ne ferait normalement. Ce ne serait pas juste de l'obliger à le dire à voix haute. S'il voulait me le dire, plonger un peu plus loin dans les souvenirs qu'il avait enfouis, je l'écouterais. Même si c'était difficile ou embarrassant pour nous deux. Pour lui, parce qu'il devrait revivre ce cauchemar. Pour moi, parce que je devrais le vivre avec lui.

Même si j'étais prêt à écouter tout ce qu'il me dirait, aussi difficile que ce soit à entendre, je ne m'attendais pas à ce que ses prochaines paroles me glacent jusqu'à l'os.

— Jamais je n'oublierai les éraflures sur la porte, à l'endroit où il a donné des coups de pied. Je ne sais pas si c'était juste une réaction instinctive ou...

Chase secoua la tête comme s'il essayait de balayer ce souvenir.

— Ou s'il avait regretté sa décision et s'était battu pour vivre. Je ne le saurai jamais, parce que je ne suis pas rentré à la maison à temps pour le sauver. Et parce qu'il n'a laissé aucune note, ne me donnant aucun moyen de faire mon deuil. Même pas un « je t'aime » ni un « je suis désolé ». Même pas une excuse, sachant que ce serait moi qui le retrouverais, et pas un inconnu. Il le *savait*, et il a choisi de le faire à cet endroit, de cette manière, malgré tout. Il a été retrouvé par la personne qui l'aimait le plus. Celle qui l'aimait et l'acceptait malgré ses défauts et ses problèmes. La personne qui l'a soutenu et qui lui a promis de rester à ses côtés contre vents et marées. La personne qui lui a fait le serment de ne jamais le quitter quoi qu'il arrive, pour le meilleur et pour le pire.

La main enfouie dans le pelage de Timber se crispa en poing.

— J'ai prononcé ces vœux parce que j'en pensais chaque

mot. Je croyais que lui aussi. Je ne vais pas mentir... j'ai plusieurs fois envisagé de le rejoindre. Pour m'assurer qu'on reste ensemble pour toujours. Pendant très longtemps, je me suis cru incapable de continuer sans lui. Mais je pensais à ce que j'ai éprouvé ensuite... Je me suis senti écœuré. Trahi. Détruit.

Le suicide mettait peut-être fin aux souffrances de celui qui s'ôtait la vie, mais pour ceux qu'il laissait derrière lui, ce n'était que le début. Parfois, la personne en question était trop accaparée par ses souffrances pour s'en rendre compte.

— Alors, je suis là. Depuis deux ans, je fais mon possible pour survivre même si j'ai juste envie d'abandonner. Hier, tu m'as rappelé pourquoi je n'ai pas mis fin à mes jours après l'avoir trouvé. Je ne voulais pas faire subir ça à ma famille. Aux gens qui m'aimaient et que j'aurais laissés derrière moi.

L'acte de Thomas n'était pas la faute de Chase, mais la culpabilité pesait quand même sur ses épaules. J'étais sûr que, dans ses cauchemars, il revivait le moment où il avait retrouvé l'homme à qui il avait donné son cœur.

Quand un silence nous enveloppa, j'attendis de voir s'il lui restait autre chose à dire, à déterrer.

Lorsque j'eus le sentiment qu'il avait terminé, qu'il avait vidé tout ce qu'il avait sur le cœur, je pris la parole.

— La vie a le chic pour nous passer au bulldozer, Chase. Parfois, on se retrouve enterré. D'autres fois, on se relève et on s'époussette. Mais ça demande beaucoup d'énergie. Certains en arrivent au point où il ne leur reste plus assez de force pour continuer, pour insister. Pour se frayer un chemin à travers les ténèbres et trouver la lumière. Surtout si cette dernière n'est qu'une étincelle minuscule.

Je ne savais pas si mes paroles l'aideraient, mais à cet instant, je me sentais impuissant, je n'avais rien d'autre à lui offrir. En tant qu'auteur, on aurait pu s'attendre à ce que je trouve les bons mots. Hélas, ça ne marchait pas comme ça. Les personnages de fictions n'avaient rien à voir avec les souffrances d'une personne de chair et de sang.

Je me levai du rocking-chair, écartai Timber du passage et me mis à genoux au pied de Chase. Je passai les bras autour de sa taille et posai la tête sur ses cuisses. Ce n'était pas vraiment une étreinte, mais c'était une connexion physique. Je ne savais pas s'il avait besoin que je l'enlace, ou s'il m'était reconnaissant de le faire. Mais j'en avais besoin moi-même, après tout ce que je venais d'apprendre.

— Je suis désolé que tu aies dû endurer ça. Je suis désolé que tu aies perdu l'homme que tu aimais. Mais tu avais raison, ton deuil n'a rien à voir avec le mien. Mon frère me manque tellement que ça me fait encore souffrir, parfois, même après des années, mais il est mort dans un accident inopiné et regrettable. La mort de Thomas était intentionnelle. En apaisant ses souffrances, il te les a transmises. Il n'avait peut-être pas conscience que ça arriverait.

— Sûrement pas, parce qu'il n'avait pas les idées claires. J'ai découvert plus tard qu'il avait arrêté de prendre ses médicaments et d'aller en thérapie depuis un bon moment, parce qu'il avait cru à tort qu'il allait mieux.

Il tenta de faire tourner son alliance autour de son doigt, mais elle n'était plus là, bien sûr.

Je me redressai, lui pris la main et pressai mes lèvres sur l'anneau de peau pâle autour de son doigt. Le creux formé par la bague finirait par disparaître, et la peau bronzerait jusqu'à être de la même teinte que le reste de son corps. À moins qu'un jour, une autre bague vienne remplacer la première.

Chase ferma les yeux.

— J'ai peur de l'oublier, murmura-t-il.

— Tu n'as pas besoin de ton alliance pour te souvenir de lui.

— C'est devenu une habitude, de la toucher. Un moyen de me sentir plus proche de lui.

— C'est une habitude, mais même sans l'alliance, je te promets que tu ne l'oublieras jamais. Tu ne peux pas, Chase, même si tu essaies, parce qu'il a laissé sa marque ici, expliquai-je en pressant les doigts contre son cœur. On n'oublie pas ce qui nous est arrivé de plus affreux, ni ce qui nous est arrivé de plus beau. On a tendance à oublier ce qui était médiocre. Et d'après ce que tu m'as dit, votre amour était loin de l'être.

— Notre amour avait beau être fort, je n'ai pas pu guérir les dégâts qui avaient déjà été faits.

Hélas, dans ce cas précis, c'était vrai.

— Parfois, l'amour ne suffit pas, aussi fort soit-il, et ce n'est pas ta faute. Tu l'aimais plus que n'importe qui d'autre, et je suis sûr qu'il le savait. Pense à toutes les bonnes années durant lesquelles tu l'as enveloppé de ton amour et de ton acceptation.

Il hocha la tête et poussa un soupir, tournant ses yeux sombres vers moi. J'étais encore à genoux, accroché à lui pour lui montrer mon soutien.

— Je n'ai jamais parlé de tout ça à personne. Je ne croyais pas en être capable un jour. Je ne sais même pas pourquoi je te l'ai dit. Mais je suis sûr d'une chose, je ne veux plus jamais avoir à parler de ça.

— Je vais voir ça comme un compliment, que tu te sois senti assez à l'aise avec moi pour me raconter ça. Merci de t'être confié à moi pour que je comprenne ce que tu endures.

Il m'avait ouvert son cœur, et je prenais ça comme un énorme pas en avant. Pour lui et pour nous.

Bien sûr, je me rendais compte qu'il n'y avait pas de

« nous ». Mais s'il m'avait raconté son histoire, c'était qu'il me faisait assez confiance pour ça, ça prouvait qu'il accordait de l'importance à mon amitié, je prenais donc ça comme une grande avancée. J'espérais que notre relation continuerait à grandir après ça.

Nous travaillerions sur le reste au rythme que Chase voudrait. J'étais prête à lui accorder tout le temps qu'il voudrait. Et s'il ne voulait pas la même chose que moi, s'il voulait que notre relation reste platonique, je l'accepterais aussi.

J'étais juste content d'avoir trouvé quelqu'un qui me ressemble et qui vivait si près de moi.

Il se leva, me hissa sur mes pieds, puis alla s'appuyer contre la rambarde. Je remarquai la position du soleil dans le ciel.

Merde. C'était déjà la fin de matinée et je devais aller ouvrir la Page Suivante avant que quelqu'un en ville ne craigne qu'il me soit arrivé quelque chose. Mais je ne voulais pas le laisser seul. Pour être honnête, je n'étais pas *prêt* à le laisser. Il venait de s'épancher et son cœur était encore exposé.

Je grimaçai.

— Je dois aller ouvrir la librairie, mais je ne veux pas te laisser tout seul.

Quand il se tourna vers moi, son expression était grave, mais il avait l'air d'aller bien. En surface, du moins. J'espérais qu'il ne jouait pas la comédie.

— Tout ira bien.

— Je n'en doute pas, mais je n'irai pas bien, moi. Promets-moi de ne rien faire de stupide. Si tu me le jures, je te promets de trouver quelqu'un qui possède un détecteur de métaux étanche ou sous-marin, pour qu'on retrouve ton alliance.

Il m'adressa un sourire de travers qui n'avait rien d'un vrai sourire et qui ne montait pas jusqu'à ses yeux.

— Je promets de ne rien faire de stupide.

J'agitai un doigt vers lui, me forçant à sourire aussi pour ne pas laisser paraître mon inquiétude.

— Je veillerai à ce que tu tiennes cette promesse.

Avant que j'aie pu rabaisser la main, il m'attrapa le poignet et m'attira à lui, enroulant les bras autour de moi avec force et me prenant totalement de court.

Il pressa son front contre le mien et nous restâmes dans cette étreinte étonnamment longtemps.

— Merci, finit par murmurer Chase.

Ces mots me réchauffèrent le cœur plus que n'importe quoi d'autre.

— Tu n'as pas à me remercier, répondis-je à voix basse, pensant chaque mot.

— Si, Rett, il le faut.

— *Tu n'as pas à me remercier.*

— *Si, Rett, il le faut.*

Cet échange fit fondre mon cœur, et y laissa une petite fissure. Chase enchaîna avec un tendre baiser sur mes lèvres. Après quoi il resta accroché à moi pendant un long moment. Nous partagions cet espace où il pourrait se rétablir émotionnellement des dégâts causés par ce qu'il m'avait raconté aujourd'hui.

Je restai dans ses bras aussi longtemps qu'il en aurait besoin, jusqu'à ce qu'il me lâche, même si nous étions tous les deux réticents.

Maintenant qu'il s'était confié à moi, c'était peut-être l'occasion pour Chase de prendre un nouveau départ. Bien sûr, il n'oublierait jamais Thomas, que ce soit leur amour ou la fin de leur histoire. Mais la douleur causée par cette fin tragique finirait peut-être par s'adoucir, il finirait peut-être par s'autoriser à guérir, au lieu de se reprocher un événement sur lequel il n'avait aucun contrôle. Même s'il avait cru à tort que c'était le cas.

Si Thomas n'avait pas fait ce qu'il avait fait ce jour précis, rien ne garantissait que ce ne serait pas arrivé une autre fois ; la dépression était un combat quotidien.

Mon cœur rata un battement quand, juste avant que je parte, il me demanda si je reviendrais plus tard.

Chase Jones ne me repoussait plus, au contraire, il m'attirait plus près. Notre connexion avait beau être hésitante et fragile, elle existait bien.

J'étais désormais certain qu'elle ne ferait que se renforcer.

Ce soir-là, je pris un sac pour la nuit dans mon pick-up avant de partir pour sa cabane, juste au cas où...

Je prenais pour excuse mes réticences à emprunter les vêtements de Chase pour rentrer chez moi, comme je l'avais fait ce matin. Mon autre raison d'emporter un sac était d'amener un short de bain. Parce qu'après avoir passé un coup de fil à Harry du magasin de bricolage, j'avais pu récupérer un détecteur de métal sous-marin.

Grâce à ça, je comptais chercher l'alliance de Chase.

J'espérais réussir à la retrouver pour lui. Et j'étais déterminé à ne pas abandonner jusqu'à ce que je l'aie dans les mains.

Tout comme j'étais déterminé à ne jamais abandonner cet homme.

Chapitre Vingt

Chase

Presque tous les soirs depuis trois semaines, dès qu'il avait fermé la librairie pour la journée, Rett montait dans son pick-up avec son chien et remontait la montagne pour me rejoindre. Après ça, nous ne faisions que discuter et passer nos nuits ensemble, partageant le dîner et le lit.

Par contre, nous ne couchions pas ensemble.

Je ne me sentais pas prêt, après avoir libéré tout ce que je retenais au fond de moi. Il respectait ma décision, même si j'avais remarqué du lubrifiant et des préservatifs dans le sac qu'il emportait avec lui pour la nuit.

J'avais proposé de descendre passer la nuit chez lui plusieurs fois, mais ça ne le dérangeait pas de rester avec moi dans ma cabane, à l'abri des yeux indiscrets. J'avais découvert qu'il craignait les ragots, en ville, même s'il n'y avait rien à dire. Pour l'instant.

Ce soir, ça allait changer. J'étais prêt à passer à l'étape

suivante quant à notre intimité, vu que je me sentais bien mieux mentalement que trois semaines plus tôt.

Il n'avait aucune idée de ce que j'avais prévu.

Je ne le voyais plus comme un parasite agaçant qui essayait d'abattre mes murs. Parce que, malgré toutes mes résistances, il avait réussi à traverser mes barrières.

Durant ces trois semaines cruciales, j'avais ouvert mon cœur et je l'avais laissé commencer à combler le vide.

Ce n'était pas de l'amour. Pour l'instant, c'était du respect, une amitié solide et une compagnie précieuse.

Pas une fois il ne m'avait mis la pression pour qu'on couche ensemble. Au contraire, il attendait patiemment que je sois prêt.

Je n'avais pas insisté non plus parce que j'attendais le bon moment. Mais j'avais assez attendu.

Plus important encore, je ne voulais aller de l'avant avec personne d'autre que Rett.

L'une des raisons pour lesquelles j'attendais, c'était que j'avais bien conscience que notre relation risquait de devenir délicate si on commençait à coucher ensemble. Même s'il ne l'avait jamais admis à voix haute, il voulait plus qu'une amitié avec bénéfices. Il n'avait pas besoin de le dire, parce que je le voyais dans ses gestes, ses réactions et ses choix de mots. Ainsi que dans sa façon de me regarder.

Pas une fois il n'avait refusé quand je l'avais invité à passer la nuit. Mais je m'attendais à ce qu'il finisse par le faire de frustration, puisque je ne lui donnais pas ce que j'étais sûr qu'il voulait et attendait.

Alors oui, il faisait des sous-entendus, mais il ne me mettait pas la pression. Il se contentait de laisser la porte entrouverte, et quand je serais prêt à l'ouvrir, il m'attendrait de l'autre côté.

Même si je ne comprenais toujours pas pourquoi il aurait envie d'une relation avec moi, j'appréciais la patience infinie de cet homme, ainsi que sa compréhension envers moi, vis-à-vis de mon passé et de mes problèmes.

Pour être honnête, je ne pensais pas que ça en valait la peine. Il n'était pas d'accord.

Je souris. Il avait peut-être une araignée au plafond. Cette possibilité me laissait penser qu'on irait très bien ensemble.

Ensemble.

Étais-je vraiment en train d'envisager une autre relation alors que je m'étais juré que c'était terminé ? Surtout avec un homme que je ne connaissais que depuis quelques mois et que j'avais passé la majorité de ce temps à repousser ?

À la seconde où j'entendis son pick-up remonter la rue Coleman, je terminai la dernière phrase du chapitre que j'étais en train d'écrire et fermai mon ordinateur portable. Je reconnaissais désormais les grognements et grincements de sa Chevrolet quand elle escaladait ma montagne.

Malgré mes tentatives pour combler une partie des grosses crevasses et des nids-de-poule, dès qu'il y avait un gros orage, la pluie balayait toute la terre et la pierre que j'avais utilisée. J'avais fini par décider que ça n'en valait pas la peine. À moins de faire paver tout le chemin de terre – ce qui me coûterait une fortune –, j'allais devoir me résigner à son état actuel. Ou plutôt, *nous* devrions nous y faire, puisque Rett venait à la cabane tous les soirs.

Il n'avait pas dormi une seule fois dans son lit depuis deux semaines. À moins qu'il n'y fasse une sieste durant la journée.

Quand j'avais jeté mon alliance dans le lac, avant d'expulser tout ce que je refoulais au fond de moi, les mots s'étaient déversés plus facilement. J'étais soulagé de retrouver enfin un bon rythme d'écriture, et je devais remercier Rett pour ça.

Tout en regardant mon annulaire toujours nu, j'attendis que Timber tourne à l'angle de la cabane en courant et fasse irruption sur le porche pour réclamer ses caresses derrière les oreilles et sur la croupe. Encore une routine qui était devenue une habitude. Et que j'attendais avec impatience, de manière surprenante.

Je n'aurais jamais cru pouvoir m'attacher autant à un chien. Ni à son maître.

Mais ce soir, Timber ne fut pas le seul à contourner la cabane en courant. Au début, je crus qu'un ourson noir le poursuivait, tentant de mordre la queue du berger allemand pendant qu'il trottinait vers moi.

Je plissai les yeux. Qu'est-ce que c'était que ça ?

— C'est quoi, ça ? hurlai-je quand Rett apparut à la suite des deux animaux à un rythme bien plus lent. Tu as adopté un autre chien ?

— Non.

Non ?

— Alors, d'où il vient ?

— Je veux dire, oui, j'ai adopté un autre chien. Mais pas pour moi.

Le chiot noir avait une tête carrée, un pelage hirsute et de grosses pattes. J'avais bien deviné. C'était un chiot déguisé en ourson noir.

— Elle s'appelle Onyx.

— Tu ne m'as pas dit que tu comptais prendre un autre chien. Elle est propre ?

La dernière chose dont j'avais envie, c'était qu'un chiot urine partout dans ma cabane.

— Je te laisse deviner, vu qu'elle a dix semaines.

Super.

— Et tu veux qu'elle dorme dans mon lit cette nuit ?

C'était hors de question, même s'il répondait oui. Je n'avais pas envie de me réveiller dans une flaque humide. Et pas le genre que la plupart des hommes hétéros aimaient.

— Pas encore. J'ai apporté une caisse et un panier pour chien avec moi.

Il avait fait quoi ?

Le chiot parvint enfin à refermer sa gueule autour de la queue de Timber, et se mit à tirer dessus. Timber avait l'air aussi patient avec le chiot turbulent que l'avait été Rett avec moi.

— Onyx ! le réprimanda Rett quand il grimpa les marches et approcha de l'endroit où j'étais assis, à la petite table extérieure sur laquelle je travaillais.

J'avais déjà reçu quelques devis pour l'ajout d'une grande pièce adaptée à toutes les saisons, qui doublerait presque la superficie de ma cabane. En attendant, tant que la météo était agréable, je continuais de travailler sur le porche.

— Onyx, répétai-je d'un ton bourru.

Rett poussa un juron et essaya de décrocher la gueule du chiot de la queue du pauvre Timber.

— Tu peux trouver un autre nom si celui-là ne te plaît pas.

Je clignai des paupières.

— Pourquoi je changerais le nom de ton chien ?

Avec un soupir – vu qu'Onyx s'était emparé du bas de son pantalon et était en train de le déchirer avec enthousiasme, en grognant, bien sûr –, Rett se laissa tomber sur la chaise à côté de moi.

— Parce que c'est le tien.

Je le dévisageai comme s'il avait perdu l'esprit. Parce que c'était le cas.

— Excuse-moi... quoi ?

— Pas la peine de t'excuser, contente-toi de me remercier.

Je secouai la tête.

— Te remercier pour quoi ?

— Pour t'avoir apporté un compagnon fidèle.

— Tu as dû cogner ton crâne épais quelque part, assez fort pour te faire oublier que je t'ai dit que je ne voulais pas de chien.

— C'est un chiot.

— Qui deviendra un chien.

Il fallait que je baisse d'un ton et que j'apaise ma panique à l'idée de devenir responsable d'un autre être vivant.

Rett fit un geste vers le lac.

— Tu aimes te baigner dans cette eau glaciale. Au cas où tu ne le saurais pas, les terre-neuve *adorent* nager. Tu ne devrais pas nager tout seul, et tu n'auras plus à le faire maintenant.

— Pourquoi aurais-je envie qu'un chien vienne nager avec moi ?

— Et si tu te noyais ?

— La réponse est simple. Je me noierai. Qu'est-ce qu'un chiot à l'air idiot comme celui-là pourra y faire ?

— Il pourra te traîner hors de l'eau.

— Tu accordes beaucoup de confiance à ce chiot de dix kilos de pattes et de poils.

Il m'ignora.

— J'ai aussi apporté des provisions. Ne me remercie pas.

— Je ne comptais pas le faire, et je n'ai pas besoin de provisions parce que je ne veux pas d'un foutu chien.

Rett haussa les épaules.

— Trop tard.

— Il perd ses poils ?

— Est-ce qu'il peut avoir des poils sans en perdre ? J'ai

inclus un peigne et une brosse dans le sac de provisions. J'irai le chercher dans mon pick-up tout à l'heure.

Il avait vraiment fait ça ?

— Il bave ?

Rett secoua la tête. Je ne savais pas si c'était pour répondre par la négative ou d'impatience.

— Il fera quelle taille à l'âge adulte ?

— Tu peux te contenter de me remercier ?

— Non.

— C'est juste un mot.

— Et ça, rétorquai-je en montrant le chiot occupé à mâchonner le pied de la table, ça représente un engagement d'au moins dix ans.

— Tu me remercieras plus tard, je peux te l'assurer.

— Quand tous mes meubles auront été détruits par des traces de morsures, tu veux dire ? Ouais, bien sûr. Ne sois pas surpris si tu découvres un chiot attaché sur le porche de ta librairie.

Il soupira.

— Si tu fais ça, je la remettrai dans mon pick-up et je te la rapporterai.

— Je ne veux pas de chien.

— J'ai bien compris.

— Dans ce cas, tu devrais respecter ma décision.

— Je le ferais si elle était pertinente.

— Rett.

— Chase. Fais-moi confiance. Je te promets que tu me remercieras plus tard.

— En déposant des sacs de merde de chien sur ton paillasson ?

— Je croyais qu'on avait dépassé depuis longtemps l'époque où tu te comportais comme un vrai connard.

Je penchai la tête et le regardai en haussant les sourcils.

— Ah vraiment ?

— Si ce n'est pas le cas, souffla-t-il avec agacement, tu veux bien te dépêcher de la dépasser ?

Je soupirai et, quand le chiot eut fini de mâchonner ma chaise en bois, il approcha et s'assit maladroitement devant moi.

Je la dévisageai. Elle était vraiment grosse pour un chiot de dix semaines.

— Elle fera quelle taille à l'âge adulte ?

— Oh... Euh...

Il se frotta le front et esquiva mon regard.

— Je ne sais pas... quarante-cinq kilos... environ ?

Je ramassai ma mâchoire sur le plancher du porche.

— *Environ* ? Qu'est-ce qui a pu te faire croire que j'avais envie d'un chien qui ferait presque la moitié de ma taille une fois adulte et qui finirait sûrement par me dévorer ?

— Parce que je vois bien que tu es doué avec Timber.

J'ouvris la bouche, mais il leva la paume pour m'interrompre.

— Crois-moi, Onyx te fera du bien.

— Je n'ai pas les moyens de la nourrir.

Il leva les yeux au ciel.

— Oh, je t'en prie. Tu m'as donné la somme de ton avance pour le livre sur lequel tu bosses en ce moment. Je ne veux pas t'entendre me dire que tu n'as pas les moyens. Onyx pourrait manger du filet mignon tous les soirs sans que tes finances en souffrent.

— Pourquoi tu es aussi buté ?

Il se tourna vers moi, un sourcil haussé.

— *Moi* ?

— Oui, toi.

Son deuxième sourcil rejoignit le premier à mi-chemin de son front.

— Tu t'es regardé dans le miroir ?

— Oui, et j'y ai vu un homme parfaitement raisonnable.

Rett ricana.

— OK, OK. Je vois que quelqu'un est en plein délire, ce soir.

— Oui, *il* l'est, vu qu'*il* m'a apporté un chien de quarante-cinq kilos qui va me mettre sur la paille.

— Oh mon Dieu, marmonna Rett en laissant aller sa tête en avant et en la secouant. Tu as gagné. Je la ramène chez l'éleveur demain.

Il serait prêt à faire ça ?

Je pinçai les lèvres et regardai le chiot, réfléchissant à mes options. J'aurais pu tuer Rett pour avoir une fois de plus dépassé les bornes, je pourrais renvoyer Onyx avec lui et lui demander de la ramener là d'où elle venait, ou bien...

Je grognai.

— Très bien. Je peux la garder à l'essai.

— Ce n'est pas une voiture.

— Elle va sûrement devenir aussi grosse qu'une voiture.

— Les jours où tu ne te baigneras pas dans cette eau glacée, tu pourras l'emmener en balade avec toi. Ce sera aussi agréable de te blottir contre elle lors des froides soirées d'hiver et...

— Ce n'est pas ton rôle à toi, ça ?

Sa bouche était ouverte quand je l'interrompis, et elle le resta. Aucun mot n'en sortit.

Mince. J'avais réussi à le laisser sans voix pour une fois. Je croyais que c'était impossible.

Quand il retrouva l'usage de la parole, il répondit :

— Je ne suis pas là tous les soirs.

— Vraiment ?

Ces trois dernières semaines, il avait dormi à côté de moi tous les soirs sauf deux. Il pinaillait.

— Ne fais pas comme si tu ne me demandais pas de venir ici tous les soirs, comme si c'était moi qui m'incrustais dans ta vie contre ta volonté.

— Rett...

Il leva une main et sourit.

— OK, je l'admets... je n'y crois pas moi-même.

Un coin de mes lèvres s'étira. Il ouvrit à nouveau grand la bouche.

— Waouh. C'est un sourire que je vois ?

— Non.

Il se leva, vint se placer devant moi et m'écarta les jambes avec son genou pour venir se placer entre elles.

— Qui ment, maintenant ?

Mon demi-sourire s'étira pour de bon.

— Je ne voulais vraiment pas de chien, Rett.

— Trop tard.

— Je la garde si tu promets de m'aider à m'occuper d'elle.

— Ça ne me pose aucun problème.

— Ça veut dire que tu devras passer plus de temps ici.

— Dommage pour toi. Ça ne me pose aucun problème non plus, répéta-t-il avec un sourire de plus en plus large.

Je lui pris les hanches et l'attirai plus près.

— Je me disais...

Il grogna.

— Je dois m'inquiéter ?

— Seulement si tu n'as pas apporté de préservatifs et de lubrifiant. Si tu ne l'as pas fait, alors oui, tu devras t'inquiéter. Comme tu le sais sûrement, ce n'est pas la même chose avec de la salive.

Il referma le poing dans mes cheveux et m'inclina la tête

en arrière. Il la tourna de droite à gauche et m'examina en plissant les yeux.

— Qu'est-il arrivé à Chase Jones ? Des aliens l'ont-ils remplacé par quelqu'un d'autre ? Quelqu'un qui rit et fait des blagues, même si elles sont affreuses ? Est-ce que je connais l'inconnu assis devant moi ?

Je haussai les épaules.

— Tout ce que je dis, c'est que... j'aimerais apprendre à mieux te connaître.

— Tu me connais depuis des mois.

— Nu, je veux dire.

Sa bouche forma un *O* parfait.

— *Oooh.*

— En commençant ce soir.

— *Oooh.*

— Alors, si tu n'as pas apporté de lubrifiant, tu risques fort de dire « ouille » plutôt que « oooh ».

— Même si je n'en avais pas apporté, le Harry's Hardware n'est pas si loin que ça.

Un petit rire m'échappa avant que je n'aie pu le retenir.

— Tu veux qu'on utilise du dégrippant ?

— Waouh. Regarde-toi. Tu es hilarant. Vraiment, qui est ce nouveau Chase ? J'aimerais apprendre à mieux le connaître, moi aussi.

— Je suis prêt pour un nouveau départ. Grâce à toi.

Son sourire s'évanouit.

— Moi ?

Je penchai la tête.

— Toi.

— Non, Chase. C'est toi le responsable de ce changement, pas moi.

— Sans toi, je serais encore « misérable », répondis-je en mimant des guillemets.

— Je suis content si j'ai pu t'aider, mais je ne peux pas m'attribuer tout le mérite.

— Sans toi, je serais encore bloqué dans mon enfer personnel, répondis-je d'un ton un peu plus ferme.

— Je... ne sais pas quoi répondre.

— Dis-moi juste que tu as apporté du lubrifiant et des préservatifs.

— Bien sûr que oui. Je ne suis pas un imbécile.

— Dans ce cas, tout va bien.

Il s'écarta, le regard sérieux et les sourcils froncés.

— Tu es sûr, Chase ? Tout va bien entre nous ? Tu es *vraiment* prêt pour ça ?

— Je ne pense qu'à ça.

Il étrécit les yeux.

— Depuis combien de temps ?

— Au moins une semaine.

— Et tu ne veux coucher avec moi que maintenant ? On dort l'un à côté de l'autre toutes les nuits.

— Vois l'attente comme des préliminaires.

— Plutôt comme un tourment. J'attends depuis...

— Je sais.

— J'ai plus envie de ça que tu ne le sauras jamais.

— J'en ai envie aussi. Mais je voulais d'abord m'assurer d'être dans le bon état d'esprit pour ça. Ça n'aurait pas été juste pour toi, sinon. Comme la première fois.

Il scruta mon visage.

— Tu considères que cette première fois était une erreur ?

Je devais choisir mes mots avec précaution. Je n'avais pas envie de blesser Rett, de quelque manière que ce soit.

— Non, ce n'était pas une erreur. C'était la première étape pour me tirer de ce gouffre de désespoir.

— Et tu en es sorti, maintenant ?

Il n'avait pas l'air de me croire.

— Tu crois que ce n'est pas le cas ?

— Non, pas tout à fait.

Je devais lui accorder ça.

— Jamais je ne cesserai de l'aimer, et il me manquera toujours, Rett. J'ai toujours été honnête avec ça.

— Je sais. Ce serait égoïste de ma part de croire le contraire. Je n'ai pas envie de ça, de toute façon. Ce qu'il y avait entre vous deux était spécial. Ce n'était peut-être pas parfait, mais c'était un amour sincère, c'est une certitude.

— Merci.

— De quoi ? Reconnaître cette vérité ?

— De ne pas être jaloux de mon amour pour mon mari.

— Jamais. Et tu sais quoi... savoir que tu peux aimer aussi fort, de manière aussi inconditionnelle, me donne bon espoir que, un jour, tu pourras m'aimer tout autant.

Tout l'air dans mes poumons s'évanouit. J'arrivais à peine à respirer, un anneau invisible s'était resserré autour de ma poitrine. Je levai les yeux vers lui, incapable d'articuler un mot.

Quand j'y parvins enfin, je ne pus que souffler son nom.

— Rett...

Il ferma les yeux pendant une seconde et soupira par le nez.

— Oublie ce que j'ai dit. Je n'aurais pas dû.

Je ravalai la boule dans ma gorge. Elle s'était formée à cause de ma peur de le décevoir.

— Tu en attends peut-être trop de moi.

Il effleura les poils rêches de ma mâchoire du bout des doigts.

— Je ne crois pas. Ne te sous-estime pas.

— Ce n'est pas le cas. Mais je ne veux pas te faire de mal.

— Dans ce cas, ne m'en fais pas.

Une réponse facile à un problème complexe.

— J'aimerais bien que ce soit aussi simple.

— Ça peut l'être. Si c'est difficile, c'est parce que tu as fait en sorte que ça le soit, Chase. Tu as tout le pouvoir. Ce n'est pas pour rien si je te l'ai remis.

— Je te suis vraiment reconnaissant pour ça, mais tu n'étais pas obligé de le faire.

— Si, il le fallait. Et regarde où tu es maintenant grâce à ça.

— Et on est où ?

Son front se plissa quand il haussa les sourcils.

— Eh bien, j'ai l'impression que tu t'apprêtes à tirer un coup.

Je me levai, lui faisant faire un pas en arrière.

— En fait, j'ai plutôt l'impression que c'est *toi* qui t'apprêtes à tirer un coup.

— C'est du pareil au même. Tant que c'est avec toi, je sais que ce sera bon...

— Je vais te préparer une bonne sauce blanche.

Il cligna des paupières, pinça les lèvres, puis rejeta la tête en arrière et éclata de rire. Un gros rire joyeux qui venait du plus profond de lui et qui rebondit dans toute la clairière autour de la cabane.

Quand ce son merveilleux me parvint aux oreilles, cela me fit sourire à la fois de plaisir et de soulagement. J'avais peur qu'il ait perdu sa joie de vivre à force de passer du temps avec moi. Que mon caractère de misérable connard ait fini par déteindre sur lui. Même si c'était par choix qu'il passait autant de temps avec moi.

Encore une fois, je ne comprenais pas pourquoi il s'était acharné autant, mais j'étais bien content qu'il l'ait fait.

Sans lui...

Sans doute que... sans lui, je ne serais qu'un ermite malheureux et solitaire. J'étais déjà bien engagé sur cette voie.

C'était la raison précise pour laquelle j'avais acheté cette propriété. Mon plan avait été de me cacher de tout le monde. *Bordel,* de me cacher de la vie, même.

Je lui devais beaucoup pour s'être montré buté et avoir refusé de faire une croix sur moi. Je n'étais pas sûr de pouvoir lui rendre la pareille un jour. Ça ne voulait pas dire que je n'allais pas essayer.

— Pourquoi tu n'es pas déjà en train de m'embrasser ? Tu as peur d'attraper quelque chose ? plaisanta-t-il.

Oui, des sentiments.

Je ravalai cette vérité au fond de moi. Je craignais que ce soit trop tard. Ces deux nuits durant lesquelles il n'avait pas dormi avec moi, durant les premières semaines, il m'avait manqué.

Vraiment manqué. Imaginez un peu ça.

J'étais tout aussi surpris.

Cet homme était très vite devenu une habitude. Et je n'étais pas sûr de vouloir m'en défaire de sitôt, peut-être même jamais. J'appréciais nos conversations. J'aimais passer mes soirées avec lui. J'aimais le voir assis en face de moi au petit-déjeuner, à siroter du café et à raconter ses projets pour la journée tout en me fusillant du regard quand je glissais un morceau de bacon ou de saucisse à Timber.

En définitive... j'aimais être avec lui.

Je ne pouvais pas oublier que cette nuit durant laquelle on avait couché ensemble avait été agréable, elle aussi. Ça aurait été encore mieux si je m'étais autorisé à en profiter, au lieu de me contenter de faire semblant.

Ce soir, je serais bien plus concentré sur ce qui se passerait. De manière incroyable, le temps passé avec Rett m'avait permis de me sentir presque humain à nouveau.

Pour être parfaitement honnête, on pouvait même enlever le « presque ».

En faisant irruption dans ma vie, Timber et lui avaient fait plus pour moi qu'aurait pu le faire n'importe quel thérapeute. Cet homme devait avoir un pouvoir magique.

Par contre, il était hors de question que je lui admette tout ça. J'en entendrais parler jusqu'à la fin de mes jours.

Bien sûr, pour l'instant, il avait mieux à faire avec sa bouche. J'étais sûr qu'il serait d'accord.

Chapitre Vingt-Et-Un

Chase

Je gardai mes lèvres collées à celles de Rett dans un baiser très minutieux, très profond et *très* excitant et le fis reculer vers ma chambre, en me servant de ses hanches pour le diriger pendant qu'il serrait mon visage à deux mains.

S'il trébuchait, nous tomberions tous les deux. Avec un peu de chance, aucun des deux chiens ne se mettrait sur notre chemin.

Dès que nous eûmes passé la porte du porche pour entrer dans ma cabane, je retirai son T-shirt sans faire attention où il tombait – sur la tête de Timber, apparemment – jusqu'à ce que Rett émette un son venu du fond de sa gorge. Refusant toujours d'interrompre le baiser, je regardai du coin de l'œil et vis Onyx s'en emparer et le secouer dans tous les sens tout en se baladant fièrement comme si elle avait gagné un trophée.

J'étais certain que Rett aurait besoin d'un nouveau T-shirt. Je ne connaissais pas grand-chose des chiots, mais je savais qu'ils pouvaient être destructeurs. Ça expliquait pourquoi Rett avait acheté une caisse en plus du panier pour chien.

Si on allait enfin coucher ensemble, je ne voulais pas avoir à craindre que le chiot détruise ma maison et détourne mon attention.

Ce soir, je voulais accorder toute mon attention à Rett. J'allais lui montrer à quel point je l'appréciais, lui et tout ce qu'il avait fait. Je voulais me perdre auprès de l'homme de qui j'étais en train de tomber amoureux, malgré toutes mes résistances.

Il méritait toute ma concentration, et plus encore.

Il était grand-temps qu'il retire quelque chose de notre « relation », plutôt qu'elle soit à sens unique. Il n'avait fait que donner, et maintenant...

C'était mon tour.

Quand il rompit notre baiser, il rejeta la tête en arrière pour voir mon visage.

— Pourquoi tu souris ?

Je pinçai les lèvres et secouai la tête.

— Pour rien.

Il tordit les lèvres et me regarda d'un air soupçonneux.

— Tu manigances quelque chose.

Je haussai les épaules.

— Non, mais le chiot, c'est sûr. On peut la mettre quelque part pour l'empêcher de causer des ennuis pendant qu'on s'en attire ?

Rett agita les sourcils.

— *Hmm.* On va s'attirer des ennuis ?

— C'était le plan, mais tu m'as pris par surprise avec un chiot dont je ne voulais pas, et ça a peut-être tout gâché.

Il leva un doigt entre nous.

— Tu peux attendre que j'aille chercher la caisse et que je l'installe ? Ou ça va gâcher l'ambiance ?

— L'ambiance sera gâchée si elle chie par terre.

Il grimaça.

— Tu as raison. Je reviens tout de suite.

Dès que j'eus lâché ses hanches, il me dépassa pour sortir par la porte de derrière. Je le suivis pour l'aider à rentrer son sac pour la nuit, vu qu'on aurait besoin des préservatifs et du lubrifiant qu'il rapportait toujours, ainsi que tous les équipements pour le chiot.

Quelqu'un avait un peu trop exagéré avec ses achats. Nous dûmes faire plusieurs allers-retours entre son pick-up et la cabane pour rentrer tout le butin pour chien. Je ne savais pas que les chiens avaient besoin d'autant de trucs.

Par chance, cela ne gâcha pas l'ambiance, vu que Rett était torse nu. En fait, j'avais du mal à détourner les yeux de lui pour me concentrer sur la sortie des jouets, des bols et de tout ce dont les chiots avaient besoin d'autre.

Un chiot qui allait rester, apparemment.

Rett disposa un gros panier pour chien en forme de cercle sous la fenêtre de ma chambre et installa une grosse caisse en métal à côté. Quand nous eûmes attiré le chiot dans la cage avec une friandise, il s'empressa de fermer la porte et de la verrouiller.

— Ignore les éventuelles pleurnicheries, le conseilla-t-il.

— Les tiennes ou celles d'Onyx ?

Il se tourna vers moi et haussa un sourcil.

— Tu te souviens quand tu m'as dit que je n'étais pas assez drôle pour faire du stand-up ?

Mes lèvres tressaillirent.

— Non.

— Hum hum. Eh bien, moi, si. Tu étais mal placé pour

parler à l'époque, et c'est toujours le cas. N'abandonne jamais ton boulot.

Timber grimpa dans le panier pour chien, tourna plusieurs fois sur lui-même et finit par se laisser tomber avec un grognement pendant que le chiot commençait ses pleurnicheries que j'étais censé ignorer.

Je n'étais pas sûr que ce soit possible. Est-ce qu'on pouvait avoir une relation sexuelle avec des bouchons d'oreille ? Ça le serait sûrement si j'en avais chez moi.

— Tu as des bouchons d'oreille dans ton sac ?

— Du calme, Onyx, la réprimanda Rett par-dessus son épaule tout en approchant de moi. En fait, n'abandonne pas ton boulot quoi qu'il arrive. Tu es trop doué dans ce que tu fais. Tu décevrais tous tes lecteurs et tu causerais peut-être une émeute.

— Tes désirs sont des ordres.

— C'est tout ce que je voulais entendre...

Il sourit, agita les sourcils et montra la bosse dans son jean.

— Tu es en érection depuis tout ce temps ? demandai-je.

— Pas depuis le début, mais presque. Tu es en train de dire qu'elle est si petite que tu ne t'en étais pas rendu compte ?

— Tu cherches les compliments ? rétorquai-je.

Son sexe n'était pas petit. Il n'était pas énorme non plus. Il était juste à la bonne taille.

— Je sais ce que j'ai, annonça-t-il fièrement.

— Dans ce cas, tu dois savoir que, la seule raison pour laquelle je ne l'ai pas remarqué, c'est parce qu'on m'a obligé à transporter des provisions pour une créature à quatre pattes.

— Eh bien, maintenant, tu vas pouvoir travailler sur cette créature à trois pattes, répondit-il avec un signe du pouce vers sa poitrine.

J'éclatai de rire.

— Bordel, murmura-t-il.

— Quoi ?

— Tu n'imagines pas comme c'est bon de t'entendre rire.

J'avais pensé la même chose un peu plus tôt, quand il avait fait pareil.

— La vérité, c'est que ça me fait du bien de rire. Encore une fois, c'est grâce à toi.

Il s'approcha tout près de moi et attrapa mon T-shirt dans son poing.

— Si tu continues de me remercier comme ça, je vais avoir la grosse tête... oh, attends.

Il me prit la main et la pressa contre son entrejambe.

— Trop tard.

Je ris encore, mais ne retirai pas ma main. Au lieu de ça, je la resserrai autour de son membre par-dessus son jean. Chaud, dur et si tentant.

Mais oui, ça faisait du bien de rire enfin. Et de sourire. Et d'avoir envie d'ôter les mots de la bouche d'un homme d'un baiser.

Non, pas n'importe quel homme. D'Everett James Williams, pour être précis. Un homme qui n'avait jamais cessé de croire en moi quand j'en avais le plus besoin.

— Puisque tu tiens mon T-shirt, et si tu le retirais ? suggérai-je.

— Avec plaisir, ronronna-t-il.

Après avoir fait passer le T-shirt par-dessus ma tête, il le jeta sur la commode. Je devais perdre l'habitude de laisser tomber les vêtements par terre ou de laisser traîner mes chaussures. Autrement, avec un chiot dans la maison, je devrais bientôt me racheter une nouvelle garde-robe.

Je jetai un coup d'œil à mon placard ouvert. Je devrais aussi songer à remettre les portes, pour voir si ça me perturbait encore de le faire. Que ce soit le cas ou non, la cabane devait être à l'épreuve des chiots, si Onyx restait.

Non, pas de *si*, je savais déjà qu'elle allait rester. J'espérais qu'elle ne serait pas la seule.

Je n'étais pas prêt à le voir emménager, bien sûr. C'était bien trop tôt pour ça. On avait beaucoup dormi ensemble, mais ce soir ne serait que notre deuxième relation sexuelle. Par contre, j'espérais vraiment qu'il continuerait de passer presque toutes les nuits chez moi.

Ces trois dernières semaines, j'avais pris conscience que je considérais désormais officiellement Eagle's Landing comme chez moi. Un endroit permanent où repartir à zéro. Un nouvel endroit où refaire ma vie.

Je devrais sûrement faire un effort pour me faire de nouvelles connaissances en ville, pour éviter d'être catalogué comme « l'écrivain » bizarre et insociable qui vivait en haut de sa montagne. Tout le monde n'était pas encore au courant que j'étais C.J. Anson, mais ça finirait par se savoir.

— Mon animal préféré... murmura Rett.

Il fit courir ses doigts le long de ma poitrine, avant de suivre le sillage de poils sombres. Il s'arrêta au niveau de la ceinture de mon jean. Il commença à l'ouvrir.

J'inclinai la tête d'un air interrogateur.

— Un ours nu, précisa-t-il.

Je passai une main sur ma poitrine poilue.

— Tu aimes mon tapis ?

— J'adore ton tapis. C'est l'oreiller duveteux parfait pour ma tête, quand je m'endors sur ta poitrine.

— Alors je ne devrais pas le raser ?

Rett émit un hoquet théâtral.

— Ne t'avise surtout pas de faire ça.

— Ça donne chaud, l'été.

— Bébé, c'est torride toute l'année.

Il ajouta un petit grognement sexy à la fin de cette remarque.

Une seconde... Le coin de mon œil tressaillit.

— Bébé ?

— Tu n'aimes pas ?

Je n'étais pas sûr.

— On ne t'avait encore jamais appelé comme ça ?

— Non.

— Juste « connard » ?

— Pendant longtemps, c'était ce qui me convenait le mieux.

— Par chance, ça a changé.

— Je suis sûr que tu es soulagé.

Rett referma la main sur ma nuque et approcha sa bouche de la mienne.

— Tu n'as même pas idée.

Il se trompait, pour une fois. J'en avais une assez bonne idée.

— Si ça ne te plaît pas que je t'appelle bébé, et puisqu'on est tous les deux censés être des experts des mots, je suis sûr qu'on arrivera à trouver quelque chose de mieux. Comme « chouchou ».

— Un simple « Chase » conviendra, mais on peut garder « bébé » à l'essai. Par contre, ne t'avise pas de m'appeler « chouchou ».

Il émit un petit rire contre ma bouche.

— On a fini de parler, maintenant, est-ce qu'on peut passer aux choses sérieuses, *Chase* ?

— C'est toi qui parles tr...

Il me vola le reste de ma phrase en s'emparant de ma bouche. Je la lui laissai pendant quelques secondes, avant de la reprendre.

— Retire ton pantalon, ordonnai-je.

Ses yeux s'illuminèrent et il fit un pas en arrière pour nous laisser tous deux la place de retirer nos chaussures, nos chaussettes et notre jean. Quand nos vêtements furent entassés sur ma commode, nous nous tournâmes l'un face à l'autre, nus.

Je le parcourus de la tête aux pieds. Même si on n'avait pas couché ensemble depuis un moment, on s'était vus nus presque tous les jours. Ce que j'avais sous les yeux n'avait rien d'une découverte, mais j'en restais quand même figé chaque fois que je le voyais nu.

Tout était sublime chez cet homme. Son apparence, sa personnalité, sa conception de la vie.

Que j'en aie eu conscience au début ou pas, il était tout à fait ce dont j'avais besoin pour sortir de ma déprime. Pour retrouver un semblant de normalité. Pour respirer plus facilement, sans avoir l'impression de suffoquer.

Sa patience et sa détermination étaient la cerise sur le gâteau, avec son intelligence et son charme. Un gâteau que j'étais impatient de dévorer.

Je ne cesserais jamais d'aimer Thomas et il me manquerait jusqu'à la fin de mes jours, mais j'avais aussi trouvé de la place pour Rett. Par chance, ça ne semblait pas le déranger de partager cet espace, une raison de plus de vraiment...

L'apprécier.

Il avait trouvé une place dans mon cœur et comblé une partie du vide.

Je pris une voix plus grave et ordonnai :

— Sur le lit.

Il étira la bouche en un sourire clairement approbateur, mais secoua la tête pour me faire comprendre que ce n'était pas ce qu'il voulait.

— Non, pas encore.

— Dans ce cas, qu...

Je ravalai le reste de ma phrase quand il se laissa glisser le long de mon corps et se retrouva à genoux.

Il s'apprêtait à avaler quelque chose, lui aussi.

— OK, dans ce cas...

Il leva les yeux et demanda :

— Tu es sûr ?

Je hochai la tête et répondis :

— Ça ne me dérange pas de retarder un peu les choses.

Il gloussa encore et enroula deux doigts autour de la base de mon sexe douloureux.

— Tu es sûr ? répéta-t-il. Parce que je n'ai pas envie que tu...

— Je suis sûr, l'interrompis-je d'un ton vif. Prends ton temps.

Ses épaules tremblèrent quand il prit mon gland dans sa bouche.

Nom de Dieu.

Je raidis les muscles de mes jambes et crispai les genoux. Rien que de le voir agenouillé à mes pieds, mon sexe dans la bouche...

Ma respiration se coinça dans ma gorge et mon rythme cardiaque accéléra.

Pendant qu'il manipulait mon membre dans sa bouche chaude et humide, avec sa langue...

Bordel de merde.

Quand je rejetai la tête en arrière et fermai les yeux, mes doigts effleurèrent ses cheveux soyeux et je résistai à la tentation de refermer le poing pour en attraper une poignée.

Je l'avais prévenu que je pouvais être brusque, la dernière fois. Ce n'était pas un mensonge, mais de manière intéressante, je n'éprouvais pas ce besoin avec Rett. Pas encore, en tout cas.

Il m'avait dit qu'il pouvait le supporter, et j'avais gardé ça en tête pour l'avenir. Mais ce soir, nous n'allions pas simplement cogner notre peau transpirante l'une contre l'autre jusqu'à être tous deux satisfaits. Ce soir, nous étions là pour renforcer la connexion entre nous. Pour développer ce que j'espérais être un lien indestructible entre nous.

Pour établir une relation et une amitié encore plus solide.

C'était peut-être pour ça que la mort de Thomas m'avait fait aussi mal. Il n'était pas seulement mon mari, l'homme que j'aimais et que je chérissais, il était aussi mon meilleur ami. Le miroir de mon âme. Je pouvais tout lui dire. Et c'était ce que j'avais fait.

Rett était apparu, plus qu'enclin à me procurer cet exutoire nécessaire. Quelqu'un qui n'avait pas peur de me dire quand je me comportais comme un con ou quand j'avais tort.

Il n'avait pas peur de me vexer. Il me disait la vérité, même au risque qu'elle me blesse.

J'avais de l'estime pour son honnêteté et sa manière de voir les choses.

J'avais de l'estime pour *lui*.

Il m'avait juste fallu un moment avant de le comprendre, et maintenant que c'était le cas...

Nous étions là. À cet endroit précis, à cet instant précis.

Oui, ce que nous nous apprêtions à faire pouvait n'être considéré que comme du sexe, mais nous savions tous les deux que, ce soir, ce serait bien plus que ça.

Un autre pas en avant. Pour moi. Pour nous.

Un autre point de suture pour refermer la blessure béante causée par la mort inattendue de Thomas.

La douleur n'était plus aussi vive. Le chagrin plus aussi profond.

D'après le site internet sur les étapes du deuil que m'avait envoyé Rett, j'étais enfin passé à l'étape de l'acceptation.

Et en parlant d'acceptation...

Rett avait quasiment avalé mon sexe en entier. J'avais cogné plusieurs fois contre le fond de sa gorge, mais ça ne l'avait pas arrêté. Il continuait de m'aspirer avec force, profondément, me faisant fléchir les doigts dans ses cheveux au même rythme que sa bouche.

Il serrait ma base à une main tout en tirant légèrement sur mes testicules de l'autre pendant que sa bouche se déplaçait de haut en bas le long de mon membre dur comme l'acier.

Je me perdis dans les pressions, les tiraillements, les coups de langue et les succions.

Quand mes jambes ne purent soutenir mon poids plus longtemps, quand mes genoux commencèrent à flancher, quand j'eus du mal à continuer de penser à mon prochain chapitre, au nouveau chiot, à ce qui se passerait entre Rett et moi après ça, à n'importe quoi pour m'empêcher de jouir dans sa gorge...

— Rett, grognai-je.

J'étais au point de rupture.

Ça faisait si longtemps...

Des semaines depuis la première fois que j'avais baisé Rett, et avant ça, deux ans. Mon seuil de tolérance était bas. Ma patience encore plus.

Pour ne rien arranger, Rett était vraiment doué. J'étais surpris d'avoir tenu aussi longtemps.

Je crispai les doigts dans ses cheveux courts du mieux que je pouvais et tirai dessus, lui faisant comprendre qu'il devait me lâcher et se lever, parce que j'étais dangereusement près du précipice.

— Je n'ai pas envie de jouir dans ta bouche.

Je secouai la tête quand je pris conscience de ce que je venais de dire.

— Enfin, si. Mais pas maintenant.

Mon sexe palpitant était brillant quand il glissa entre ses lèvres. Ces dernières étaient luisantes aussi.

— Debout.

Je l'attrapai par les coudes et l'encourageai à se mettre sur ses pieds avant d'être tenté de tout envoyer balader et de finir dans sa bouche.

Si je faisais ça, je savais que je le regretterais ensuite. Je voulais être en lui, pour une connexion bien plus profonde qu'une simple pipe.

Entre la chaleur dans ses yeux, sa bouche enflée, la légère coloration de ses joues...

J'avais la tête qui tournait tant j'avais envie de cet homme.

Vraiment envie.

Et il avait attendu.

Il m'avait attendu que je rattrape mon retard. Sans se plaindre une seule fois.

Il s'était glissé dans mon lit presque tous les soirs, en sachant que le seul contact physique dont il bénéficierait de ma part serait quand on se blottirait l'un contre l'autre ou quand on se tiendrait la main. Ou quand il posait la tête sur mes genoux pendant qu'on regardait des films ou des émissions sur l'écran plat de ma chambre.

Pendant tout ce temps, nous ne nous étions jamais embrassés. Nous n'avions pas flirté, nous ne nous étions pas aguichés. Même quand on s'installait pour dormir, nous nous contentions de dormir en cuillère, ou bien il posait la tête sur ma poitrine.

Il avait attendu alors que rien ne l'y obligeait.

Il avait attendu alors qu'il n'en avait sûrement pas envie.

Il avait attendu. Pour moi. Pour ça.

Son attente prenait fin maintenant.

J'allais lui donner ce qu'il voulait et prendre ce dont j'avais besoin.

S'il voulait plus que ça, je ferais tout ce qui était en mon pouvoir pour le lui accorder. Même si ça m'obligeait à m'ouvrir la poitrine pour lui offrir mon cœur et mon âme.

Il le méritait, tout autant que ma gratitude.

— Qu'est-ce qui se passe ?

Je me concentrai sur le visage perplexe de Rett.

— Rien du tout.

— Chase...

Je n'aimais pas la lueur dans ses yeux. Un mélange de doute grandissant et de déception.

— Tu restes planté là sans rien faire. Tu as changé d'avis ?

Il interprétait mal mon hésitation.

— Pas du tout. Je sais exactement ce que je veux.

Je lui pris la main et l'attirai vers le lit.

— Toi.

Chapitre Vingt-Deux

Chase

Quand nous arrivâmes sur le lit, je tirai sur la main de
Rett pour le faire se retourner. À la seconde où je le lâchai, je
plaquai les deux paumes sur son large torse et poussai.

Avec un sourire, il tomba en arrière et atterrit sur mon
matelas en rebondissant. Le rire sans retenue qui s'échappa
de sa bouche me tira un sourire.

Ses pieds touchaient encore le sol, ses genoux étaient
pliés au bord du lit et sa tête, levée. Il m'observa de ses yeux
sombres, dont le coin était plissé par son rire. Sa tête n'était
pas la seule à être levée. Son sexe épais et dur était pressé
contre sa hanche, et une perle de liquide séminal brillante se
balançait au niveau de la fente, m'en donnant l'eau à la
bouche.

— Où est ton sac ? demandai-je.

— Près de la porte de derrière.

Même si ma cabane était petite, la porte de derrière me
semblait bien trop loin, à cet instant.

— Ne bouge pas.

— Et rater ça ? Je n'irai nulle part.

Je pris une photo mentale de lui, couché sur mon lit nu et en érection, puis je m'obligeai à m'éloigner pour récupérer son sac.

Il était peut-être temps qu'il laisse quelques-unes de ses affaires chez moi pour ne pas avoir à tout apporter à chaque fois qu'il dormait ici. Il serait peut-être aussi temps que je m'approvisionne en lubrifiant et en préservatifs, puisque ce soir n'était que le premier de nombreuses nuits ensemble, ou je l'espérais en tout cas.

Je ne devais surtout pas tout foutre en l'air.

Par contre, je pouvais m'envoyer en l'air.

Un petit ricanement m'échappa à cette pensée puérile et inattendue. Je jetai son sac sur la table de la cuisine – hors de portée des dents destructrices – et fouillai dedans jusqu'à trouver ce dont nous avions besoin.

Soudain, je pris conscience de quelque chose. Je compris pourquoi mon corps bourdonnait comme un câble électrique. Ce n'était pas seulement l'effet de l'excitation, j'étais emballé et impatient de...

Pas de baiser, mais de *faire l'amour* à Rett. Notre première nuit ensemble n'avait été que du sexe, mais ce soir, je voulais que ce soit différent. Je n'avais pas envie de me dire que je me servais de lui, parce que c'était très loin de la vérité.

Je repartis dans la chambre en vitesse, avec les capotes et le lubrifiant, et je les jetai sur le matelas à côté de Rett, à portée de main.

Il écarquilla les yeux quand, sans perdre une seule seconde, je m'agenouillai à *ses* pieds.

— Chase...

— Je te dois plus que je pourrai jamais te rembourser.

Il tendit la main vers moi.

— Tu ne me dois rien du tout, et tu n'es pas obligé de faire ça ce soir.

J'ignorai sa paume tendue.

— Tu as raison, je ne suis pas obligé. Mais j'en ai envie.

En plus, ça m'accorderait un peu de temps. Si je m'enfouissais en lui maintenant, je nous décevrais sûrement tous les deux. Pire encore, ce serait très embarrassant pour moi. Je devais vraiment m'inspirer de la patience infinie de Rett.

Ça m'aiderait peut-être de me concentrer sur autre chose que sur l'idée de fourrer mon sexe dans l'un des orifices de Rett. Commencer par lui tailler une pipe fonctionnerait peut-être.

— Je ne vais pas te contredire, répondit-il en laissant retomber sa tête sur le lit.

Il fit un geste vers son bas-ventre.

— Fais ce que tu penses nécessaire, dit-il en feignant un soupir impatient.

— Tu es sûr ? répondis-je en réfrénant un sourire.

Il leva légèrement la tête.

— Ne t'en fais pas pour moi. Je vais gérer.

Je pris son érection dans ma paume, l'écartai de sa hanche, et un filet de liquide séminal y resta suspendu de manière précaire.

Je me léchai les lèvres, puis le léchai, lui, laissant sa saveur salée me recouvrir la langue.

Il gémit et souleva les hanches du lit. Mon regard passa de son sexe à son visage. Ses yeux étaient clos et sa mâchoire, crispée.

— Je n'ai encore rien fait.

Il ouvrit une paupière et pointa du doigt vers moi.

— Ne t'en fais pas pour moi. Continue et fais-moi subir toutes les tortures que tu voudras.

Je secouai la tête.

— Si tu insistes.

— J'insiste.

Quand je pris son gland dans ma bouche, il prit une brusque inspiration. Pendant que son sexe pulsait dans ma paume, je le suçai, puis fis passer ma langue à plat le long de l'épaisse nervure. Quand j'arrivais à ses bourses, j'en pris une dans ma bouche et la suçai doucement, avant de faire pareil avec l'autre, lui tirant un autre long grognement.

— *Booon Dieu,* Chase.

Sa réponse enrouée et ses doigts crispés sur les draps m'encouragèrent à continuer. Mais je pouvais faire encore mieux.

Je levai la tête le temps de dire :

— Prends le lubrifiant.

S'il était déjà proche de craquer alors que je n'avais quasiment rien fait, il allait avoir une grosse surprise.

Il leva vivement la tête du matelas et me dévisagea, la bouche entrouverte.

— Qu'est-ce que tu manigances ?

— Prends le lubrifiant, répétai-je.

Il tendit vivement le bras vers l'endroit où il était et, sans regarder, il palpa le lit jusqu'à le trouver. Dès qu'il l'eut récupéré, je levai la main au-dessus de son ventre.

— Lubrifie mes doigts.

— *Oooh.*

— Tu vas pouvoir gérer ça aussi ?

Il déboucha le tube.

— Je devrais y arriver.

Il versa une dose généreuse sur mes phalanges.

Du bout de la langue, je suivis le sillon de ses testicules, passai le long de la nervure et, quand je fus à nouveau au niveau de son gland, je l'avalai aussi loin que je pouvais. Je n'étais pas aussi doué pour les fellations que lui, mais je pouvais me faire pardonner d'une autre manière.

Je fis courir mon petit doigt visqueux le long de l'anneau extérieur de son anus, avant de le plonger à l'intérieur, étalant le lubrifiant avant d'en glisser un deuxième.

— Chase.

J'adorais entendre ses lèvres prononcer mon nom, surtout avec ce ton gémissant. Je m'étais donné pour défi de le pousser à le scander sans interruption. Peut-être même à l'utiliser pour me supplier de finir parce qu'il ne pourrait plus tenir plus longtemps.

Mon sexe fléchit quand je m'imaginai le hisser jusqu'au sommet d'une montagne avant de le pousser dans le vide.

On y arriverait le moment venu.

Tout en suçant la moitié supérieure de son érection et en caressant l'autre partie dans mon poing, je l'aspirai aussi fort et profondément que possible pendant que mes deux doigts allaient et venaient en lui.

Ses hanches se cambrèrent quand ma bouche s'abaissait. Ses parois internes se crispèrent, et ses fesses se soulevaient à chaque fois que je caressais sa prostate.

Ils aguichaient. Cajolaient. Encourageaient.

— Chase...

J'ignorai ses suppliques plaintives et continuai mes efforts pour le rendre fou. Pour le laisser totalement vidé de ses forces sur le lit, s'efforçant de se ressaisir tant il avait joui fort.

Je conservai son gland dodu dans ma bouche et fis tournoyer ma langue tout autour, avalant le flot de liquide séminal continu causé par la stimulation de cet endroit magique de la taille d'une noix.

Je ne ralentis pas une seule seconde. Pas même quand il recourba les doigts dans mes cheveux et se mit à tirer et repousser ma tête, tentant de contrôler mon rythme.

Je le laissai faire.

Cette soirée était la sienne. Mon objectif était de faire en sorte qu'il se sente désiré, qu'il sache sans l'ombre d'un doute que je l'appréciais. Les mots ne suffisaient pas.

Je me servis de mon poing pour l'empêcher d'enfoncer son sexe trop profond. Quand je levai la tête, ses yeux étaient encore fermés et sa bouche remuait comme s'il parlait, mais rien n'en sortait.

Un accès de désir soudain me submergea de la tête aux pieds. C'était dangereux de le regarder. Je craignais que ça suffise à me faire exploser.

J'étais tiraillé. Je devais accélérer les choses pour éviter de jouir avant d'avoir pu me plonger en lui, mais je ne voulais rien précipiter. Il méritait mieux que ça.

Reprends-toi, Chase. Pour Rett.

Je m'encourageai mentalement, m'efforçant d'ignorer les sons qui sortaient de la bouche de l'homme que je mourais d'envie de retourner pour enfoncer mon sexe en lui. Faisant de mon mieux pour ne pas voir ses réactions. Pour ne pas prêter attention aux réponses incontrôlables de son corps.

Je tentai de tout ignorer.

Impossible.

Rett enfonça les ongles dans mon cuir chevelu, presque jusqu'à me faire mal, il se mit à balbutier mon nom encore et encore jusqu'à ce que les mots se mêlent.

J'avais accompli la première partie de mon objectif, et j'étais prêt à passer à la seconde.

Je plongeai les doigts dans son anus de manière répétitive tout en suçant son membre aussi fort que je le pouvais, lui faisant lever les hanches.

— Chase... articula-t-il dans un souffle saccadé. Chase...

Je n'avais pas envie d'écarter ma bouche le temps de l'encourager verbalement à lâcher prise, alors je me répétai ces mots dans ma tête, aussi vite qu'il prononçait mon nom.

Lâche prise. Lâche prise. Lâche prise.

— *Aaaah, meeerde,* s'écria-t-il.

Ses hanches se dressèrent, manquant de déloger mes doigts enfouis en lui, et un sperme chaud et salé recouvrit ma langue, emplissant ma bouche. J'eus du mal à avaler le flot ininterrompu.

Lorsqu'il eut terminé, quand il n'eut plus rien à offrir, il se laissa retomber sur le matelas, si détendu qu'il disparut presque dans le lit. Amusé, je me rendis compte qu'il me rappelait l'un de ses personnages de dessin animé après qu'il s'était fait écraser au rouleau compresseur.

Quand il me lâcha enfin la tête, je retirai lentement mes phalanges et ma bouche. Encore à genoux même s'ils étaient désormais douloureux, je me redressai et le regardai, étalé sur mon lit.

Sans sa respiration rapide, j'aurais pu croire que j'avais absorbé sa vie.

Un exploit impressionnant, à supposer que ce soit seulement possible.

J'étais si dur que c'en était douloureux, et j'étais impatient de me plonger en lui, mais de toute évidence, il avait besoin d'un instant. Je décidai que, pendant qu'il se ressaisissait, j'allais tenter de m'esquiver de la pièce sans réveiller ni le chiot ni Timber pour rejoindre la salle de bains et me laver les mains.

À mon retour, Rett avait posé un bras sur ses yeux et arborait un sourire paresseux.

— Je ne croyais pas pouvoir connaître un jour une expérience plus incroyable qu'avec mon Autoblow AI mais... euh... ta bouche ne passe vraiment pas loin de le surpasser.

Son Autoblow AI ? J'allais devoir chercher ça sur Google

quand j'en aurais l'occasion. Ou mieux encore, je lui demanderais de me faire une démonstration.

— Je ne suis pas passé loin, c'est tout ? demandai-je d'un
ton amusé, debout au bout du lit entre ses cuisses écartées.

Il retira son bras de son visage et le laissa retomber lour-
dement sur le lit. Il leva les yeux vers moi, le regard encore un
peu flou.

— C'était déjà génial l'autre fois, mais ce soir, c'était
encore meilleur. Disons juste que je ne me plaindrais pas si
tu recommençais plus tard.

Je haussai un sourcil.

— Plus tard ?

— Demain soir m'irait très bien.

— J'en prends bonne note.

— Note-le aussi dans ton calendrier pour le restant de la
semaine.

Il posa les yeux sur mon érection douloureuse qui se
balançait devant mon corps.

— Ça a l'air inconfortable.

— Ça l'est.

— Tu veux un peu d'aide ? demanda-t-il en agitant les
sourcils.

— J'en aurais bien besoin, admis-je.

— Je veux bien me porter volontaire.

— Tant mieux, parce que tu es la seule personne disponible.

— Tu es en train de dire que tu es coincé avec moi ? s'enquit-il en feignant de s'offusquer.

— Ce n'est pas le mot que j'aurais employé, non.

— *Eh bien,* si tu t'entichais de quelqu'un d'autre...

Si je m'entichais ? M'étais-je téléporté à l'époque de la
Régence sans m'en rendre compte ?

— Est-ce que tu t'es *entiché* de l'écriture de romances

historiques ? Est-ce que tu as un nom d'auteur secret que tu m'as caché ?

Rett plissa le nez.

— Non. Oublie les bals, les calèches et les affreuses odeurs corporelles. Je vais m'en tenir aux meurtres, au chaos et aux affaires difficiles à résoudre.

— *Hum.* Pareil. Remonte sur le lit.

Pendant qu'il s'exécutait et se rapprochait de la tête de lit, je grimpai sur le matelas et le suivis à genoux.

— Tu n'auras pas besoin de ça, dis-je quand il plaça un oreiller sous sa tête. Pas pour ta tête, en tout cas.

— Ah. Où d'autre est-ce que j'en aurai besoin ?

Quand je tendis la main, il récupéra l'oreiller sous lui et me le tendis.

— Baisse la tête et lève les fesses.

Sans une hésitation, il se retourna. Je plaçai l'oreiller sous ses hanches pour les surélever.

— C'est un bon emplacement aussi, admit-il.

— Écarte les fesses. Montre-moi où tu me veux.

Une rougeur apparut sur sa nuque et se déploya sur son dos. Je n'avais encore jamais vu ça, mais après tout, avant Rett, je n'avais couché avec personne d'autre que Thomas. J'étais sûr que j'allais découvrir un tas de nouvelles choses avec Rett, à la fois au lit et en dehors.

J'étais impatient d'élargir mes horizons, et peut-être même mon cercle d'amis.

Une main plaquée sur chaque fesse, il m'exposa son petit orifice si tentant, encore luisant de lubrifiant. Il en faudrait plus avant d'aller plus loin.

— La prochaine fois, je commencerai par dévorer ça, remarquai-je.

Avant de le recouvrir de lubrifiant non comestible.

Le lit trembla violemment à cette annonce. De stupeur, de surprise ou d'émerveillement ? Peut-être les trois.

— Tu vas supporter ça aussi ? m'enquis-je.

— Je pourrai supporter tout ce que tu me feras, bébé.

Bébé.

Je n'étais toujours pas sûr d'apprécier ce terme affectueux. Je ne m'étais jamais considéré comme le *bébé* de quelqu'un. Un amant ou un mari, oui. Mais un bébé ? J'allais devoir soit m'y habituer, soit lui trouver une alternative. Mais pas tout de suite. J'avais bien plus important à m'occuper.

Comme Rett.

Je sortis un préservatif de la boîte, déchirai l'emballage et l'enfilai sur mon sexe palpitant en prenant mon temps. Il avait son propre battement de cœur, maintenant. Je me recouvris généreusement de lubrifiant en ajoutant aussi dans et autour de son anus.

— Tu es prêt ? demandai-je dans un murmure rauque quand j'eus terminé de le préparer.

— *Ouiiii.* Je suis tellement prêt.

Il avait enfoui la tête entre ses bras croisés, mais il la releva.

— Tu vas être brutal, ce soir ?

— Je n'avais pas prévu de l'être. Pourquoi ?

Silence.

— Rett...

— Prends-moi comme tu aimes le faire en temps normal. Ne te retiens pas pour moi.

— Je voulais que ce soir soit...

Spécial.

— On peut le faire comme on a envie, ce soir. Après tout, c'est *ta* nuit. C'est *notre* commencement. On peut faire tout ce qu'on veut. Autrement dit, tu peux me baiser comme tu aimes baiser. Je ne veux pas que tu te retiennes. Je te veux en entier, Chase. Le bon, le mauvais, le beau et même l'affreux. Je veux le vrai Chase. L'homme qu'il était tout autant que celui qu'il est devenu récemment.

Je réfléchis à ces mots et, bien sûr, il avait raison, aussi agaçant que ça puisse être. Encore. Cet homme ne se trompait presque jamais.

Oui, c'était *notre* commencement. Nous pouvions construire notre relation comme nous en avions envie. Comme nous en avions tous deux besoin.

Nous pourrions établir les bases ce soir, et passer officiellement d'amis à amants. Puis, nous passerions d'amants à autre chose, le moment venu.

Nous n'étions pas pressés. Aucune pression. Nous avions amplement le temps de nous découvrir et de bien faire les choses.

Maintenant qu'il savait presque tout de moi, il serait mieux équipé pour affronter mes « états d'âme », si et quand j'en aurais. Je ne pouvais pas lui promettre que je ne replongerais plus dans la déprime, ne serait-ce que temporairement, mais ça m'aiderait énormément de savoir qu'il serait là pour m'aider à me relever.

En retour, je voulais être là pour lui, le soutenir dans tous les aspects de sa vie, en particulier avec son entreprise et son écriture. Il m'avait aidé à me redresser, et je serais là pour lui chaque fois qu'il aurait besoin de se reposer sur moi.

Il avait été mon pilier, et je voulais être le sien aussi.

Cet instant de rêverie avait assez refroidi la lave dans mes veines pour que je ne craigne plus d'exploser trente secondes après l'avoir pénétré.

Comme toujours, la patience de Rett m'impressionna. Il ne me poussait pas à « me dépêcher ». Il ne se plaignait pas que je prenne mon temps. Il attendait que je sois prêt.

Il n'avait pas à attendre plus longtemps.

J'étais prêt, et le moment était venu.

Je me penchai en avant, faisant glisser une main le long de son dos et jusqu'à ses fesses tout en tenant mon sexe de l'autre. Je séparai ses fesses musclées et frottai mon gland de haut en bas sur son anus brillant.

Voyant qu'il était ouvert et détendu, je ne perdis pas plus de temps. Je plaçai le bout de mon membre contre son orifice et poussai en avant. Il s'étira autour de moi à mesure que je m'enfouissais en lui. Avec un frisson, il cambra légèrement le dos. Je continuai à pousser jusqu'à l'avoir pénétré en entier.

Je pris une inspiration pour calmer mon envie de m'enfoncer en lui encore et encore.

— Tu vas bien ? demandai-je quand je me fus assez ressaisi.

— Oui, répondit-il.

Sa voix était étouffée et sa tête, toujours blottie entre ses bras.

— Je vais plus que bien.

Sa réponse m'aida à me détendre et à m'immobiliser pendant quelques secondes.

Par contre, mon envie de le pilonner contre le matelas grimpait de plus en plus vite. Je la combattis, me remémorant que je ne voulais pas faire ça ce soir.

Je balançai des hanches et trouvai un rythme régulier, délicat.

Mes mouvements eurent l'effet opposé. Au lieu de savourer, de se perdre dans ce que nous faisions, Rett se raidissait.

Je serrai les dents et m'interrompis. Ce soir n'était pas qu'une question de sexe, c'était une occasion de nous rapprocher, de partager un moment intime.

— Si tu n'es pas prêt à te donner à moi à 100 %, Chase, accorde-m'en au moins 50 %. Pour l'instant, j'ai l'impression de n'avoir que 10 %.

— Désolé, marmonnai-je.

Il avait raison. Bien sûr !

Je pris une grande inspiration, fermai les yeux et me remis en mouvement.

Je commençai lentement, avant d'accélérer peu à peu, le prenant plus vite, plus profondément. Jusqu'à ce que les claquements de peau, les grognements rauques et les grondements graves emplissent la pièce. Jusqu'à ce que ses doigts agrippent les draps comme s'il avait peur que sa tête ne se cogne dans la tête de lit.

Jusqu'à ce qu'il hurle mon nom, m'encourageant à le prendre plus fort. Jusqu'à ce qu'une pellicule de sueur recouvre sa peau. Jusqu'à ce que des perles de transpiration coulent de mon menton et s'accumulent au creux de son dos.

Je ne ralentis pas, et il ne me demanda pas de le faire.

Chaque fois que je ruais en avant, il plaquait ses fesses contre moi, s'accordant à mon rythme.

Sans changer de position, il tourna la tête sur le matelas pour regarder ce que je faisais.

Je me laissai tomber sur lui et lui mordillai le dos. Mes dents frottèrent contre ses omoplates. Il dut planter un peu plus les genoux dans le matelas pour rester en place et éviter d'être repoussé plus haut sur le lit à chaque coup de reins.

Je léchai la sueur sur sa nuque avant de sucer ce point sensible à la jonction de son cou et de son épaule. Une main plaquée à l'arrière de sa tête, je le clouai au matelas pour le maintenir en place. Mes doigts se recourbèrent d'instinct, serrant ses cheveux si fort que son cuir chevelu devait être brûlant.

Mais je ne relâchai pas ma prise.

Pas encore. Pas à moins qu'il ne me le demande.

J'étais en train de planer, et j'emportais Rett avec moi.

Chaque mouvement, chaque son qu'il émettait m'encourageait à aller plus loin.

— C'est ça, bébé. C'est ça. Comme ça, m'encouragea-t-il.

Il prenait tout ce que je lui donnais, et il en demandait même plus.

Il était incassable.

Mais l'étais-je aussi ?

Une pression grandissait dans mon bas-ventre, et mes testicules se crispèrent. Le besoin de jouir me submergea, tentant de m'emporter et de me faire céder.

Je ne voulais pas jouir comme ça, pendant qu'il avait la tête tournée vers le lit.

Hélas, dans ma hâte, je n'avais pas pensé à ça.

Quand je marquai une pause, il émit une plainte. J'ajustai nos jambes et nous fis rouler sur le côté. J'enroulai le bras du dessous sous sa taille pour le maintenir contre moi. Je passai l'autre sur sa taille, faisant courir mes doigts sur son ventre, et dès que je trouvai un téton dur, je le tordis tout en enfonçant mes dents dans la chair ferme de son épaule. Je ne mordis pas aussi fort que je l'aurais fait en temps normal, pas assez pour lui entailler la peau, mais assez pour le faire se tortiller et grogner contre moi.

Je me contenais encore, craignant de lui faire du mal parce que je ne connaissais pas ses limites. Pas encore. Il me faudrait du temps et beaucoup d'exploration pour découvrir jusqu'où je pouvais aller, pour trouver ce qui fonctionnait et ce qui ne fonctionnait pas entre nous.

On finirait par en arriver là si c'était ce qu'il voulait vraiment. Je devrais le mettre à l'épreuve pour voir jusqu'où je pouvais aller avec lui.

Thomas avait une tolérance élevée à la douleur, il voulait toujours que je sois aussi brutal que je pouvais. Maintenant que j'y réfléchissais, le lavage de cerveau qu'on lui avait fait subir quand il était ado lui avait peut-être fait croire qu'il méritait d'être puni. Combien de fois lui avait-on menti en lui répétant que Dieu le punirait d'être gay ? Un nombre incalculable de fois, malheureusement.

Alors que, en réalité, c'était tout sauf la vérité.

Les marques, les morsures, les éraflures et les bleus que je lui faisais, en plus de tout le reste qu'il me suppliait de faire chaque fois qu'on couchait ensemble, n'avaient peut-être fait qu'alimenter tout ça sans même que je le sache.

Quand Thomas m'avait raconté tout ce qu'il avait enduré durant sa thérapie de conversion, il m'avait expliqué qu'on l'avait prévenu qu'il irait en enfer pour son homosexualité. On l'avait aussi traité de dépravé, de pécheur et d'un tas d'autres insultes dégradantes. On lui avait promis que, s'il se soumettait, sa vie n'en serait que meilleure. Qu'il serait accepté, aimé et accueilli au paradis. Tout ce qu'il avait à faire, c'était penser et agir autrement. Tout ce qu'il avait à faire, c'était « changer ».

Un exploit impossible.

Ils s'attendaient à ce qu'il se transforme en quelque chose qu'il n'était pas. Une personne qu'il ne serait jamais. Au lieu de ça, il s'était vu forcé de feindre l'obéissance pour échapper à la torture.

Pour l'amour du ciel, j'aurais dû prendre conscience de ça plus tôt. Hélas, c'était un truc de plus à ajouter à la longue liste de détails que je n'avais pas vus.

J'étais déterminé à mieux faire avec Rett. J'avais appris de mes erreurs avec Thomas, et je me rendais compte que je pouvais faire plus. Être plus attentif. Plus présent. C'était le moins que je pouvais faire pour quelqu'un à qui je tenais.

Rett déplaça ma main de son abdomen à son sexe, me ramenant au présent et dans le lit. Il était à nouveau en érection, son gland gluant de liquide séminal. Je le pris dans mon poing et le caressai en rythme avec mes coups de reins.

— Tu vas jouir encore ? murmurai-je contre son oreille.

— Oui. S'il te plaît, fais-moi jouir encore.

Il se mit à se tortiller, faisant en sorte que mon membre frotte contre sa prostate chaque fois que mon poing caressait son sexe.

Je fermai les yeux, pressai mon nez contre sa nuque et inspirai aussi vite que je pouvais. Maintenant que je ne faisais plus qu'un avec Rett, je me sentais projeté vers un autre temps, un autre endroit, une nouvelle vie.

C'était chez moi, maintenant. Cette ville, cette cabane, cet homme. Je m'étais enfin trouvé après m'être perdu.

Je ne me noyais plus dans la culpabilité.

J'avais de l'espoir.

J'avais la sérénité.

J'avais Rett.

Ma vie était à nouveau comblée, après être restée douloureusement vide pendant deux ans.

Ses hanches tressaillirent et son sexe pulsa ; il grogna, et je capturai les filets de sperme dans ma paume.

Le voir jouir me propulsa jusqu'au point culminant. Je ralentis mes coups de reins et le pris plus délicatement. J'attrapai ses cheveux et lui fis tourner la tête pour joindre mes lèvres aux siennes.

Puis... je basculai dans le vide et dégringolai en chute libre.

Mon grognement se retrouva capturé entre nous pendant que je donnais une dernière ruade et jouissais.

Quand j'atterris enfin, je relâchai sa bouche avec réticence, mais continuai de le serrer avec force, ma joue pressée contre la sienne. Nous ne faisions plus que respirer et partager le même espace.

Au début, je ne voulais rien avoir à faire avec lui. Je voulais qu'il me laisse tranquille. Mais maintenant... Nous étions parfaits l'un pour l'autre, même si je ne me serais jamais attendu à ça.

Nous étions parfaits l'un pour l'autre. Point final.

Pour une fois, j'étais la « grosse cuillère », et je voulais que ça dure aussi longtemps que possible.

Je n'avais pas envie de bouger. Je ne voulais pas briser notre connexion.

Hélas, il le faudrait.

Quand il tourna un peu plus son torse, j'aperçus la tendresse dans ses yeux ; ses lèvres si appétissantes s'étirèrent en un doux sourire.

— Tu vas bien ? demandai-je.

— Très bien.

Je ne lui avais pas fait de mal, j'avais même fait tout le contraire.

— Tu es prêt à ce que je me retire ?

Il fit courir ses doigts chauds sur ma joue, en travers de mes lèvres, puis frotta ses ongles dans ma barbe.

— Non, pas encore. Reste.

— Je n'aurais bientôt plus le choix, le prévins-je.

— Attends d'être obligé de le faire.

— Je ne veux pas que le préservatif déborde.

— Pas grave si ça arrive. Comme toi, je n'ai couché avec personne d'autre que toi depuis au moins un an.

Je le savais déjà. Mais rien que de l'entendre me réchauffa de l'intérieur.

Hélas, ce n'était pas la seule chose qui me réchauffait. La combinaison de nos chaleurs corporelles devait avoisiner de la température du soleil.

Le ventilateur au plafond ne suffisait pas à nous rafraîchir. C'était une chose, de fondre de satisfaction sexuelle, et une tout autre de fondre de chaleur.

Je me décollai de son dos, pinçai le préservatif entre mes doigts et le prévins que je me retirais.

Quand ce fut fait, j'ôtai la capote et la nouai au bout pendant que Rett se laissait tomber sur le dos avec un long soupir. Je récupérai quelques mouchoirs en papier dans la boîte à côté du lit, enveloppai le préservatif usagé dedans et m'essuyai les doigts.

Avec un long grognement, il s'étira.

— Je vais me nettoyer, et ensuite, je vais *S-O-R-T-I-R* les chiens.

— Et si je *S-O-R-T-A-I-S* les chiens pendant que tu te nettoies ? suggérai-je.

— J'accepte cette offre.

Nous quittâmes tous deux le lit, et il enfila aussitôt son boxer avant de me jeter le mien. Je le rattrapai au vol et l'enfilai pendant qu'il sortait Onyx de sa caisse. Timber s'était mis en alerte maximale à la seconde où Rett avait prononcé le mot « sortir ». Sans l'épeler, cette fois.

Le chiot devrait apprendre ce mot, lui aussi. Il avait beaucoup de trucs à apprendre. Hélas, vu que je ne connaissais quasiment rien aux chiots, j'allais devoir annoncer à Rett qu'il serait responsable de l'éducation d'Onyx. Ce serait sa pénitence pour m'avoir apporté par surprise un chien dont je ne voulais pas.

Quand Timber sortit de la chambre en courant, impatient de sortir, le chiot s'élança à sa suite. Il était littéralement accroché à sa queue, traîné derrière le berger allemand bien plus gros.

Je me grattai l'oreille et secouai la tête. Elle allait nous donner du fil à retordre.

Je regardai l'autre sacré numéro dans ma vie tandis qu'il se rendait à la salle de bains. Je devais sortir, moi aussi.

— Rett, appelai-je.

Il s'arrêta sur le seuil et me regarda par-dessus son épaule nue. Il me fallut une seconde pour me ressaisir, parce que le voir planté là – séduisant, sexy et récemment baisé – me coupa le souffle tout en me faisant perdre le fil de mes pensées. Je me rendis compte que j'avais bien de la chance qu'il soit resté auprès de moi et qu'il m'ait aidé à traverser cette période sombre.

Il n'était pas obligé de faire ça, mais il l'avait fait quand même. Pour ça, je me devais de lui dire la vérité, je devais être honnête avec lui concernant ce qui se passait dans ma tête.

— Je sais qu'on se connaît depuis quelques mois et qu'on ne s'est rapprochés que ces dernières semaines, mais j'espère t'avoir fait comprendre que j'ai envie de toi, ce soir. Que j'apprécie ta présence dans ma vie. Que tu comptes pour moi. Ceci étant dit...

— Ceci étant dit... ? répéta-t-il, l'air méfiant.

Je ne voulais pas le décourager en lui disant ce que je m'apprêtais à annoncer, mais il fallait que ce soit dit pour qu'il n'y ait pas de malentendu.

— J'espère que tu penses comme moi qu'on doit y aller lentement.

Son expression inquiète se dissipa, remplacée par une grimace.

— Je suppose que je vais devoir annuler ma location de smoking, alors. Je vais perdre la caution.

Son sourire réapparut.

— Désolé... Oui, je suis d'accord, on doit y aller lentement.

Son sourire montait jusqu'à ses yeux, j'étais donc sûr qu'il était sincère et qu'il ne me cachait pas ses vrais sentiments.

Malgré tout, je tenais à m'en assurer. Je ne voulais rien prendre pour acquis, parce que j'avais déjà commis cette erreur.

— Ça ne te pose pas de problème ?

— Bébé, j'y vais lentement depuis le jour où je t'ai vu dans le restaurant. Même si tu étais un grizzly grincheux, j'ai eu envie de toi dès ce moment-là, et j'avais bien l'intention de t'avoir. Même si je ne savais pas que j'aurais à gravir des montagnes pour t'atteindre ni si ça en valait la peine.

— Et ça en valait la peine ?

— Ça a pris du temps... mais oui, cette ascension difficile en valait la peine.

Je hochai la tête et, avec un clin d'œil, il disparut.

En arborant toujours ce sourire séduisant.

<hr>

À la seconde où mes yeux s'ouvrirent, je me rendis compte qu'il était bien trop tôt pour que je me lève.

Je m'étais sûrement réveillé à cause des bruits de trompette dans ma chambre.

Désynchronisés, bien sûr.

Rett était collé contre moi, un bras et une jambe passés sur moi, me clouant au lit.

Il dormait toujours comme ça. Comme s'il avait peur que je m'esquive du lit et disparaisse pour toujours.

Je ne pouvais pas lui en vouloir, sachant que c'était comme ça que j'avais quitté Long Island. Je n'avais prévenu personne de mon départ avant d'être déjà loin. À l'époque, je ne voulais pas que quelqu'un me dissuade de déménager à Eagle's Landing.

J'étais content de l'avoir fait, mais je comprenais les

craintes de Rett. J'allais devoir lui prouver qu'il n'avait aucune raison de s'inquiéter.

Je n'irais nulle part. J'avais trouvé ma place, ici, et même si je croyais ne plus jamais pouvoir être heureux, je m'étais trompé.

Je me démêlai avec prudence du corps de Rett et descendis du lit en m'efforçant de ne pas le réveiller, ni les chiens.

Après les avoir sortis une dernière fois avant qu'on n'aille dormir, Rett n'avait pas remis Onyx dans sa caisse. Elle était désormais blottie contre Timber dans le panier pour chien. Les deux animaux ronflaient plus fort que l'humain de quatre-vingt-dix kilos endormi dans mon lit.

Je secouai la tête. Il m'avait amené un foutu terre-neuve.

Il s'était peut-être dit que le chiot créerait un pont entre nous. Un « projet » commun sur lequel travailler qui nous rapprocherait.

Je ne savais pas. Rett ne le savait peut-être pas non plus. Mais il semblait assez intuitif, s'agissant de notre relation et de ce dont on avait besoin.

Vu que j'avais envie de boire un verre et d'aller aux toilettes, je me dirigeai vers la porte sur la pointe des pieds. Je marquai une pause quand quelque chose attira mon regard. La petite assiette creuse posée sur ma commode pour y jeter ma monnaie. Elle était juste à côté de notre pile de vêtements pliée avec soin.

J'ignorai la monnaie et récupérai l'objet qui avait attiré mon attention dans l'assiette.

Ça avait pris deux semaines, mais Rett avait enfin retrouvé mon alliance, grâce au détecteur de métal sous-marin qu'il avait emprunté. Tous les jours, après avoir fermé la Page Suivante et avant qu'on ne s'assoie à table pour le dîner, il sortait au moins une heure pour la chercher pendant que je préparais notre repas et tenais Timber occupé pour éviter qu'il reste sur la rive à japper non-stop en voyant Rett dans le lac.

Timber n'aimait pas nager, il n'était donc pas content quand l'un de nous allait dans l'eau. J'avais envisagé d'acheter une petite barque pour que ce foutu chien puisse venir avec nous et pour éviter que ses aboiements stridents ne nous cassent les oreilles.

Je fis tourner lentement l'alliance entre mes doigts et l'examinai. Puis, je regardai mon annulaire nu avant de reporter mon attention sur l'endroit où dormait Rett, désormais étalé sur le dos et un bras passé sur la tête. L'autre était tendu sur sa poitrine et de légers ronflements émanaient de sa bouche grande ouverte.

Je posai à nouveau les yeux sur l'anneau doré, et le replaçai avec précaution dans l'assiette.

Je m'attendais à vouloir le glisser à nouveau à mon annulaire dès qu'il serait à nouveau entre mes mains. Quand Rett me l'avait tendu le soir où il l'avait trouvé, je nous avais surpris tous les deux en ne le faisant pas. Je n'avais toujours pas l'intention de le remettre à sa place.

Surtout après ce soir.

Je ne voulais pas m'en débarrasser – c'était toujours un symbole important de mon mariage avec Thomas, et ça aurait toujours son importance –, mais sa place n'était plus à mon doigt. Au lieu de ça, je décidai d'acheter une chaîne en or et de la porter autour du cou pour qu'elle soit toujours près de mon cœur.

Je lançai un dernier regard vers l'homme dans mon lit et les deux chiens – tout ce qui constituait mon futur –, et un sourire s'étira sur mon visage tandis que je me dirigeais vers la cuisine.

Chapitre Vingt-Trois

Rett

Je le voyais sur son visage.

Je le voyais dans son attitude.

Il était heureux. Vraiment heureux. Rien que pour ça, ça valait la peine de supporter Chase à l'époque où il ne l'était pas. Par chance, il était de moins en moins déprimé.

Il lui arrivait même de descendre en ville pour discuter avec les habitants maintenant, et tout le monde savait qu'il était C. J. Anson. Il avait fait quelques lectures à la librairie, et il y avait toujours beaucoup de monde.

Mieux encore, il ne souffrait plus de l'angoisse de la page blanche.

Globalement, Chase n'était plus le même homme que lorsqu'il était arrivé à Eagle's Landing. L'air frais, le soutien de cette petite ville et la présence d'un homme qui l'aimait plus qu'il ne le saurait jamais à ses côtés avaient eu cet effet bénéfique.

Quand j'avais suggéré qu'on participe à la fête de Noël annuelle au Perchoir, j'avais été surpris qu'il accepte. Il n'avait pas tergiversé du tout et je n'avais pas eu besoin de l'amadouer. Je m'étais plaqué la main sur le front pour vérifier que je n'avais pas de fièvre.

En réaction, il avait écarté ma main et m'avait dit :

— Si c'est ce que tu veux, Rett...

Bien sûr que c'était ce que je voulais. Je tenais à être vu en public avec l'homme dont j'étais tombé amoureux. Avec l'homme avec qui je vivais désormais. Avec l'homme avec qui je m'attendais à passer le restant de mes jours.

La date officielle à laquelle j'avais emménagé chez lui était un peu floue. C'était arrivé comme ça. Chaque semaine, de plus en plus de mes affaires se retrouvaient chez lui, tout comme celles de Timber.

J'avais décidé de conserver mon appartement et de ne pas le louer. Ce serait un bon endroit où nous installer si une tempête frappait et enfouissait toute la région sous la neige, ou si l'électricité était coupée dans la cabane pendant une longue période. Le générateur de secours ne pouvait être utilisé que lors des coupures de courant passagères.

En plus, tant que l'appartement était disponible, j'avais un endroit où préparer mes pâtisseries et de la place où stocker mes affaires, vu que la cabane était encore assez étriquée. Surtout pour deux hommes et deux gros chiens. Ça ne serait pas beaucoup mieux quand la pièce supplémentaire serait ajoutée au printemps prochain.

Je ne savais pas trop comment nous avions fait, mais nous avions réussi à maintenir notre couple secret ces derniers mois.

Et nous étions désormais à la mi-décembre.

Tout avait trouvé sa place entre nous. Ça n'avait pas été

facile au début. Ça avait demandé beaucoup de temps et de patience, mais on avait réussi.

Bien sûr, il y avait encore parfois des obstacles à surmonter. Mais rien qu'on n'arrive à gérer en travaillant ensemble pour les résoudre.

Chase, Timber, Onyx et moi formions une petite famille. D'autres trouveraient ça peu conventionnel, mais pour nous, c'était parfait.

Je gérais la librairie et j'écrivais là-bas durant la semaine pendant que Chase continuait la rédaction de son roman dans la cabane. Durant les week-ends, nous laissions nos écrits de côté et nous partions en randonnée, nous allions nager ou nous partions même en séjour.

Quand j'étais rentré à la maison un soir et que j'avais découvert deux quads dans un abri, que Chase avait fait livrer quelques semaines plus tôt, nous nous étions aussi mis à faire le tour de la propriété dedans. Les chiens nous suivaient en courant, ce qui leur permettait de dépenser leur trop-plein d'énergie. Nous avions même ajouté des plateformes à l'arrière des quads et, quand ils étaient fatigués, les chiens grimpaient dessus.

Ils adoraient ça. Et nous aussi.

L'achat de ces deux tout-terrains avait à peine entamé l'avance que Chase avait reçue pour son prochain livre. C'était l'avantage quand on couchait avec un auteur célèbre qui vendait des millions d'exemplaires de ses livres.

Il était toujours prudent quand il mentionnait ses droits d'auteur, mais il avait vite compris que je n'étais pas jaloux de son succès. Au contraire, j'étais fier de lui. Je voulais ce qu'il y avait de mieux pour lui.

Je parcourus le bar des yeux. Il était bondé, tous les habitants de la région étaient présents. À moins d'être malade, tout le monde faisait l'effort de venir à un moment ou un autre de la soirée, même s'il ne restait pas longtemps.

Un énorme buffet avait été installé, des guirlandes électriques colorées décoraient l'intérieur du bar et un sapin de Noël se trouvait dans un coin de la salle. La bière et les autres boissons coulaient à flots, et le choix des chansons incluait un mélange de chants de Noël et de chansons connues. Le volume devait être fort pour être entendu au-dessus des voix, vu que des ragots, des nouvelles et des opinions étaient échangés à toutes les tables et dans chaque recoin de la salle.

Je scrutai la foule, et mon regard se posa sur Chase, en train de se frayer un chemin à travers un petit groupe de gens après être allé aux toilettes. Il était arrêté de temps en temps par des gens qui le saluaient ou lui demandaient si son prochain livre avançait.

Il souriait et hochait la tête, serrait des mains et étreignait les femmes ou les jeunes filles qui le lui demandaient. Si quoi que ce soit le mettait mal à l'aise dans tout ça, il le cachait bien.

Quand il rejoignit enfin la petite table haute où j'étais assis, à l'attendre, la première chose qu'il fit fut de récupérer sa pinte. Mon regard resta rivé à sa gorge épaisse, qui ondula lorsqu'il engloutit la moitié de sa bière pression.

— Tu en as déjà assez d'être entouré de gens ? le taquinai-je.

— C'est parfois un peu usant, admit-il en essuyant un peu de mousse sur sa lèvre supérieure.

Il ne ressemblait plus à un bûcheron sauvage. Ses cheveux étaient coupés régulièrement et son visage, rasé de près, lui donnant l'air soigné et professionnel. Son apparence de montagnard rustre me manquait un peu. Mais elle ne manquait pas du tout à son service de relations publiques.

— Qu'est-ce qui te fait sourire ?

Mon regard passa de son cou à son visage.

— Rien.

Il me lança un regard laissant entendre qu'il ne me croyait pas. Ça n'avait rien de surprenant. Je haussai les épaules.

Il ouvrit la bouche, mais la referma vivement quand Dolly sortit de nulle part et vint se placer à côté de lui. Elle lui pressa l'épaule.

— Je suis contente de te voir ici, Chase !

— Je suis content d'être venu.

Je haussai un sourcil et me raclai la gorge. C'était à mon tour de ne pas le croire. La femme du maire se tourna vers moi.

— Tu m'as dit que tu allais emmener quelqu'un !

Oh merde. C'est parti...

— C'est ce que j'ai fait.

— Eh bien, mon joli, où est-elle ? Je suis impatiente de la rencontrer. Je te promets qu'on ne la fera pas fuir.

Bien sûr que non. Ce serait impossible.

— *Il* est juste là, annonçai-je avec un geste vers Chase.

Ce dernier se transforma en statue sous mes yeux. Dolly fit claquer sa langue.

— Je croyais que tu parlais de quelqu'un avec qui tu sortais. J'espérais que tu avais enfin trouvé une copine.

Nous avions discuté plusieurs fois de notre « coming-out » auprès des locaux, mais nous n'avions jamais parlé du moment où nous le ferions. Il me laissait décider. Je songeai que ce soir serait l'occasion parfaite. Mieux valait qu'ils voient et entendent la vérité de notre bouche plutôt que d'entendre une version déformée par le téléphone arabe.

Dolly me serra le bras.

— On te trouvera quelqu'un. Toi aussi, Chase. Tu n'as aucune raison de rester seul dans cette cabane isolée. Oh ! Voilà Margaret ! Je dois lui donner des nouvelles du bébé de Sasha. Amusez-vous bien, les garçons, et essayez de ne pas trop boire.

— Toi aussi, Dolly, répondis-je sans cacher mon amusement pendant qu'elle fonçait vers la femme d'Harry, du magasin de bricolage.

Je me laissai glisser de mon tabouret et tendis la main à Chase. Sourcils froncés, il la regarda comme si c'était un serpent à trois têtes.

— Tu es sûr de vouloir faire ça ce soir ?

— Si je ne l'étais pas, je n'aurais pas vendu la mèche à Dolly.

— Il n'y aura pas de retour en arrière après ça. Tu le sais, hein ?

— Bien sûr. Prends ma main, insistai-je.

— Je ne suis pas sûr que ce soit une bonne idée, Rett, répondit-il entre ses dents.

— Peut-être. Peut-être pas. Mais on ne peut pas cacher notre relation éternellement. Prends ma main.

Il scruta ma main tendue entre nous.

— Je te préviens... si je la prends, tu prendras mon cœur en même temps.

Waouh.

— Et ça te pose un problème ?

— Si c'était le cas, je ne ferais pas ça...

Il plaça sa paume dans la mienne et entrelaça nos doigts.

— Tu as toujours raison, c'est vraiment exaspérant. Ce soir est le moment parfait.

Il prit une grande inspiration, puis nous tourna vers le centre du bar, où les tables avaient été repoussées pour laisser de la place pour danser.

— Allons-y.

Je hochai la tête et lui souris.

— Allons-y.

— Juste pour te prévenir, je déteste danser. Je me sacrifie pour l'équipe.

— Je ne suis pas surpris. On peut faire semblant d'aimer ça pendant quelques slows.

Il m'attira derrière lui jusqu'à ce qu'on rejoigne une demi-douzaine d'autres couples en train d'évoluer sur la piste de danse au rythme de « *At Last* », par Etta James.

C'était la chanson parfaite pour cet instant.

Quand nous eûmes trouvé un endroit où nous ne gênerions personne, Chase se tourna vers moi et m'attira à lui.

— Prêt ? murmura-t-il.

— Plus que jamais, répondis-je à voix basse.

Il recourba une main autour de ma nuque et plaça l'autre au creux de mon dos pour m'attirer encore plus près. Je passai les bras autour de son cou et me pressai contre lui de la poitrine aux hanches, ne laissant aucune ambiguïté quant à notre relation.

Notre « bromance » n'en était plus une. Une fois le « b » retiré, notre relation devenait bien plus sérieuse.

Je refusais de regarder autour de moi pour voir si tous les yeux étaient rivés sur nous. Je supposais que c'était le cas, vu que, même par-dessus la musique, j'entendais des murmures tournoyer autour de nous. Nous ne comprenions pas tout à fait ce qui se disait, mais personne n'approcha de nous. Personne ne hurla quelque chose de désobligeant. Personne ne nous escorta jusqu'à la sortie.

J'espérais que c'était bon signe. Même si tout avait l'air d'aller bien en surface, il faudrait un bon moment avant que les papillons dans mon ventre ne disparaissent.

La joue collée à la mienne, il me chuchota à l'oreille :

— Ignore-les. Soit ils s'y feront, soit non. Soit ils nous accepteront, soit non. S'ils n'y arrivent pas, c'est leur problème, pas le nôtre.

— C'est une petite ville, lui rappelai-je.

C'était l'une des raisons pour lesquelles j'avais gardé mon homosexualité pour moi toutes ces années. Mais je n'avais eu aucune raison de faire mon coming-out jusqu'à maintenant.

Maintenant, j'avais toutes les raisons de le faire, et la principale était en train de danser avec moi.

— Les petites villes ne changeront jamais si personne n'essaie.

— Tu es en train de dire qu'on est des pionniers ? plaisantai-je.

— Pas du tout. Ce n'est rien comparé à ce que d'autres ont pu faire avant nous pour ouvrir la voie, et à ce que d'autres feront après nous. Ce soir n'est qu'un léger soubresaut dans un long voyage que d'autres ont entrepris.

Qui était cet homme ?

— Regardez-moi ça, devinez qui a raison, pour une fois.

Son petit rire vibra contre moi, et il resserra son étreinte.

— Je crois que tu me bats. Un point pour moi et un million pour toi.

— Tu as beaucoup de retard à rattraper.

— J'ai le temps.

Nous restâmes sur la piste de danse, évoluant lentement dans notre petite bulle et ignorant le reste du monde, puis la chanson se termina et « *All I Want For Christman is You* » de Mariah Carey commença. Une chanson plus appropriée aux fêtes de Noël.

Quand je chantai le refrain à Chase, il secoua la tête et lâcha :

— Tu m'as déjà.

— J'espère juste que tu me laisseras partager ton cœur avec Thomas.

— C'est déjà le cas, répondit-il d'une voix grave. Merci d'être prêt à le partager.

Je cessai de danser et penchai la tête, les yeux rivés aux siens.

— Je suis honoré de le partager avec lui. Même s'il est parti, j'espère que tu sais que cet amour ne te sera jamais enlevé. Il est ici.

Je lui tapotai la poitrine au niveau du cœur, et sous sa chemise, je sentis l'alliance qu'il portait désormais à une chaîne autour du cou.

— On peut aimer plus d'une personne dans notre vie. Ce n'est pas une question de choix. Nos cœurs sont capables de s'étirer pour qu'on puisse y ajouter autant de gens qu'on veut. L'amour n'a pas de limites. Il est infini, même après la mort.

Je lui laissai le temps de digérer ces mots avant d'ajouter :

— Maintenant, dis-moi que j'ai raison pour que je puisse gagner un autre point. Je n'ai pas envie que tu réduises l'écart.

Il secoua la tête et souffla :

— Tu as parfaitement raison.

— Ah ah ! Bien sûr que oui.

Je m'approchai à nouveau de lui, me remis à bouger, avant de prendre conscience de quelque chose.

— Bordel de merde, j'ai oublié de te dire un truc important !

Je n'avais pas vraiment oublié, mais je voulais faire monter la pression avant de lui révéler ce que je voulais dire. En plus, comme ça, il m'écouterait avec plus d'attention.

Il pressa à nouveau sa joue contre la mienne pendant qu'on tournoyait sur place, nos hanches se balançant au rythme de la musique.

— Quoi ? Mon agent t'a enfin décroché un contrat avec l'un des plus gros éditeurs ?

— Non, répondit-il.

Obtenir un contrat de publication n'avait rien de primordial pour moi. J'étais déjà satisfait de ma carrière d'auteur.

— C'est plus important que ça.

— Je considère déjà ça comme plutôt important.

Bien sûr que oui. Il avait toujours été publié de manière traditionnelle.

— Pas autant que ça.

Dès qu'il se raidit d'impatience, je détournai la tête juste assez pour dissimuler mon sourire le temps de me ressaisir.

— Alors ? finit-il par insister quand je ne lui donnai pas ce qu'il attendait tout de suite.

Je refermai la main sur sa nuque et approchai ma bouche de son oreille pour que personne ne puisse m'entendre.

— Écoute bien ce que je m'apprête à te dire.

— Rett...

— Chase...

— Bon Dieu, grogna-t-il.

— Je...

Il soupira et resserra les doigts sur ma taille.

— Tu... ?

— Je t'aime.

Ses pieds s'immobilisèrent aussitôt, m'obligeant à m'arrêter aussi. Nous étions à nouveau figés au milieu de la piste de danse.

— Tu me dis ça maintenant ? Ici ?

Son expression alterna entre l'émerveillement, la perplexité et puis... je ne savais même pas ce que c'était. Je n'arrivais pas à suivre le rythme de son flot d'émotions.

— Oui, pourquoi pas ?

— Tu ne pouvais pas me le dire plus tard quand on serait rentrés à la maison ?

— Tu veux que je reprenne mes mots pour l'instant ?

Il eut un mouvement de recul et me dévisagea, le front plissé.

— Tu ne peux plus les reprendre. C'est trop tard.

— Bien sûr que si. Ce sont mes mots. Je peux les reprendre si j'en ai envie.

— Non, Rett. C'est là que tu te trompes.

Il riva son regard au mien et continua :

— Ce sont *mes* mots maintenant, et je ne te laisserai pas les reprendre. Jamais.

Puis, il m'embrassa, ici, au milieu de la piste de danse, au milieu du Perchoir, au milieu d'Eagle's Landing.

C'était le meilleur baiser au monde, et aucun de nous ne l'oublierait jamais.

LE CIEL ÉTAIT un mélange d'orange, de jaune et de rouge tandis que le soleil se couchait derrière la montagne. Plus nous grimpions, plus je redoutais le moment où nous devrions redescendre quand nous aurions terminé. Au-delà de la menace d'être attaqué par un animal carnivore, nous pourrions nous tordre une cheville sur une pierre ou trébucher sur un arbre mort.

Les chiens exploraient devant nous, mais restaient dans notre champ de vision. Par chance, Onyx apprenait vite et avait été facile à éduquer. En plus de ça, Timber était bon professeur, lui aussi. Quand elle s'aventurait un peu trop loin, son instinct de chien de berger s'éveillait et il la ramenait à sa place.

Quand nous atteignîmes enfin le sommet, j'aurais pu

jurer avoir perdu un poumon en route. Je ne comprenais pas comment Chase pouvait ne pas être en train de haleter, lui aussi.

À mon avis, ma routine sportive n'était pas aussi bonne que la sienne.

Mais ce jour-là, nous n'avions pas escaladé la montagne pour faire de l'exercice.

Autour de la nouvelle année, nous avions eu une conversation concernant ce que nous devrions faire des cendres de Thomas. Jusqu'ici, je ne savais pas que Chase les avait en sa possession. J'avais toujours supposé que son mari était enterré dans un cimetière de Long Island.

Mais il était logique que Chase n'ait pas voulu abandonner Thomas derrière lui et qu'il ait voulu le conserver auprès de lui pour toujours.

J'avais été surpris de découvrir que Chase avait encore les cendres de son mari, mais j'avais été encore plus stupéfait quand il m'avait annoncé qu'il voulait les répandre sur sa propriété.

Nous étions couchés au lit en train de regarder un film à propos d'une femme s'efforçant de surmonter le suicide de son mari quand il aborda le sujet. C'était l'hiver, à l'époque, et il avait suggéré d'attendre que la météo soit plus clémente.

J'avais approuvé à 100 %, vu que l'hiver pouvait être imprévisible.

— Tu veux le faire tout seul ?

Il lui avait fallu un petit moment pour réfléchir à sa réponse.

— Je ne suis pas sûr d'en être capable.

Il ne me cachait jamais sa vulnérabilité causée par la mort de son mari, et je lui en étais reconnaissant. Ça me faisait l'aimer encore plus. Ça prouvait qu'il était loin d'être froid et distant – même si ça avait été ma première impression quand je l'avais rencontré –, au lieu de ça, il était extrêmement loyal et capable d'aimer profondément.

Quand il était impliqué dans une relation, c'était en entier.

— Eh bien, tu n'es pas obligé. Je serais là pour toi, quel que soit ton choix. Je peux grimper jusqu'au sommet avec toi, si tu veux. Ou je pourrai m'arrêter en chemin et te laisser accéder au sommet tout seul si tu as besoin de l'être. Quoi qu'il arrive, je t'attendrai. Que ce soit ici, à la cabane, à mi-chemin du sommet ou en haut à tes côtés.

Finalement, il avait voulu que je vienne avec lui. C'était pourquoi je me tenais désormais sur un sommet qui était peut-être trois cents mètres au-dessus du niveau de la mer, à m'efforcer de faire entrer de l'oxygène dans mes poumons douloureux.

— Tu vas bien ? demanda Chase, les sourcils froncés d'in-quiétude.

— Je... vais bien, mentis-je pour le rassurer.

— Tu es sûr ?

Je hochai la tête et bus une gorgée de ma bouteille d'eau.

— Je suis prêt dès que tu le seras.

Je l'observai avec soin quand il sortit l'urne de son sac à dos.

— Et *toi*, tu es prêt ? Si ce n'est pas le cas, Chase, on peut faire ça une autre fois. On n'est pas obligés de le faire aujourd'hui. Ni demain ni même cette décennie. Ça ne me dérangerait pas si tu voulais conserver ses cendres dans l'urne et l'exposer quelque part.

Il déglutit de manière bien visible, laissa tomber son sac à dos par terre et serra l'urne ordinaire en acier inoxydable contre sa poitrine.

— Merci, mais on est ici, maintenant. Faisons-le.

— Tu peux changer d'avis.

— Non, répondit-il en tournant ses yeux marron foncé vers moi. Je ne changerai pas d'avis. À propos de quoi que ce soit.

Je l'examinai pendant quelques secondes de plus. Sa détermination à en finir aujourd'hui se devinait à sa mâchoire crispée.

— OK.

Je ne voulais pas qu'il regrette sa décision plus tard, voilà tout. Quand il aurait jeté les cendres au vent, il n'y aurait pas de retour en arrière.

Je l'aidai à retirer les cendres de l'urne et à ouvrir le sac, puis je reculai pour lui laisser un peu d'intimité.

Ses lèvres remuèrent quand il dit quelque chose – un adieu, peut-être – avant d'ouvrir le sac. Il le retourna et le secoua pour verser les cendres. La brise les souleva et les emporta dans un nuage de poussière.

Tu es poussière et tu redeviendras poussière.

Mon cœur se serra quand je le vis rester immobile pendant un long moment. À mon avis, il me cachait ses larmes, même si mes yeux me brûlaient aussi et que ma vue était floue. Mais s'il avait besoin de cette intimité, s'il voulait s'accorder un instant ou même plusieurs heures, je pouvais attendre. J'étais devenu un expert dans ce domaine.

Quand il tendit la main derrière lui sans se retourner, j'avançai, la pris et vins me placer en face de lui en prenant garde de ne pas trop me rapprocher du bord de la formation rocheuse sur laquelle nous étions.

Ses larmes avaient séché, mais il en restait encore des traces.

— Il était temps de tourner la page.

Je ne pouvais être d'accord ou en désaccord, ce n'était pas ma décision.

— Tu te souviens de ce que je t'ai dit à la fête de Noël ? Il sera toujours là.

Je pressai ma main sur son cœur, comme je l'avais fait ce soir-là. Son rythme était lent et régulier sous ma paume. Il avait été fracassé, mais il était à nouveau entier.

— Je sais. Même si je le dis souvent, je dois le répéter de temps en temps... je te suis reconnaissant de tout ce que tu as fait pour m'aider à arriver jusque-là. D'être resté à mes côtés malgré mes résistances, malgré la façon dont je te traitais.

— Je te suis reconnaissant de ne pas m'avoir roué de coups pendant que je t'aidais.

Il tira sur ma main, me fit me retourner et m'attira contre lui pour qu'on soit tous les deux face à la vallée et au lac en contre-bas. Il enroula les bras autour de moi et posa le menton sur mon épaule pendant qu'on admirait tous deux notre maison.

Après avoir observé le paysage en silence pendant environ quinze minutes, il dit doucement :

— J'ai quelque chose d'important à te dire.

Mon cœur cessa de battre. Puis il se remit brusquement en route et se mit à cogner très vite.

— J'ai déjà entendu ça quelque part.

— Oui, c'est vrai.

— Ça a un rapport avec un contrat et un gros chèque ? m'enquis-je.

— Non, mais c'est quand même lié à un engagement.

— Trop tard. Tu ne peux plus renvoyer Onyx à l'éleveur. Pas de retour en arrière.

Il secoua la tête.

— Elle n'ira nulle part. Timber non plus. Et... toi non plus.

Un côté de ma bouche s'étira. En plus de mon cœur qui battait la chamade, mon sang affluait dans mes veines d'impatience. Il ne s'apprêtait quand même pas à dire ce que j'attendais depuis si longtemps ?

— Je t'aime, Rett.

Quand il me murmura ces trois mots si petits, mais si importants pour moi, je sus que mon attente touchait enfin à sa fin. D'autant plus quand il ajouta :

— Aujourd'hui et pour toujours.

Nous avions gravi une montagne et venions d'en atteindre le point culminant, non seulement de manière littérale, mais aussi dans notre relation.

Épilogue

Trouver la lumière

Chase

Je garai la Bronco à côté de la Page Suivante et coupai le moteur. C'était presque l'heure de la fermeture, et je ne savais pas du tout pourquoi Rett avait voulu que je vienne en ville au lieu de me dire ce qu'il voulait m'annoncer au téléphone, ou à son retour à la maison.

Dès que je fus descendu de la Ford, Onyx se mit à aboyer de manière surexcitée tout en sautant dans tous les sens dans la cabine arrière. J'avais dû installer un filet pour la maintenir à l'arrière, vu qu'elle croyait encore pouvoir se coucher sur mes genoux pendant que je conduisais alors qu'elle faisait quarante kilos.

Elle avait dépassé cette époque depuis longtemps, même si elle n'en avait pas conscience, et elle n'avait pas encore fini de grandir.

Je n'avais pas peur de l'admettre, elle était le plus beau cadeau que j'aie jamais reçu. Après Rett, bien sûr.

Dès que je la laissai sortir de l'arrière de ma Bronco, elle se précipita vers l'entrée de la librairie et se remit à danser et aboyer non-stop pour qu'on la laisse entrer.

Je grimaçai, chaque jappement me transperçant le crâne. Avant que j'aie atteint la porte, elle s'ouvrit et Onyx ne s'immobilisa qu'une fraction de seconde devant Rett avant de le dépasser en courant pour aller trouver Timber.

— Bonjour à toi aussi, lui lança-t-il en secouant la tête. Salut bébé.

Contrairement à Onyx, quand j'eus passé le seuil, je m'arrêtai plus qu'une fraction de seconde. Le temps de déposer un baiser sur les lèvres de Rett.

— Coucou.

Il referma la porte derrière moi et je le suivis jusqu'au comptoir de la réception.

— OK, dis-moi tout. Qu'est-ce qui était assez important pour que tu me traînes jusqu'ici ?

— Ne fais pas comme si c'était une corvée de descendre ici, rétorqua-t-il.

— Ce n'est jamais une corvée de venir te voir, assurai-je en prenant un ton plus doux.

Il leva les yeux au ciel.

— Regarde-toi, tu es passé d'un grizzly grincheux à un ours en peluche en un peu plus d'un an, dit-il avec une tape sur le dos. Je suis doué, hein ?

— J'acquiescerais bien, mais je crois qu'on ne pense pas au même type de talent.

— Oh, tu veux qu'on monte pour un petit coup vite fait ?

Cette question ne nécessitait pas de réponse, mais...

— Je veux d'abord découvrir ce qu'il y a de si important.

Il partit derrière le comptoir, se pencha et quand il se redressa, il déposa une large boîte sur le comptoir avec un grognement.

— Ils ont été livrés à la librairie ce matin. Dès que tu les auras dédicacés, je les mettrai en rayon.

Quand il eut ouvert les rabats du carton, je pris l'une des éditions reliées de ma dernière publication. La couverture était magnifique, surtout avec la jaquette.

— Il n'y a que les reliés ?

— Les formats brochés arrivent bientôt.

Je hochai la tête.

— Je te les ferai dédicacer dès qu'ils seront là. Un certain nombre a déjà été commandé.

C'était une bonne nouvelle.

— Au fait, à ce qui se dit, c'est ton meilleur à ce jour.

Je haussai un sourcil.

— À ce qui se dit ?

Rett pencha la tête et sourit.

— Dolly.

Bien sûr. C'était déjà une fan avant, mais maintenant qu'elle savait que j'étais l'auteur, elle était devenue obsédée par mes livres. J'étais certain qu'elle parlait plus de mes publications que mon service de relations publiques. Il faudrait qu'on les invite à dîner un de ces jours, le maire et elle, pour leur montrer notre reconnaissance.

J'étais tombé amoureux d'Eagle's Landing tout autant que de Rett. Même s'il y avait eu des regards curieux et un tas de commérages à notre sujet, durant et après la fête de Noël de l'année dernière, aucun des résidents n'avait eu de parole désagréable. Nous avions été acceptés comme couple – et plus important encore, comme couple *gay* – sans aucun problème.

Tous les habitants s'étaient montrés chaleureux et tolérants. Dieu merci, personne ne nous avait regardés différemment.

C'était rafraîchissant, c'était une certitude.

— J'ai aussi entendu dire que tous les critiques et tous les avis étaient dithyrambiques, continua Rett.

— Ah vraiment ?

Il leva les yeux au ciel.

— Comme si tu ne le savais pas. Je suis sûr que ton agent te donne des nouvelles toutes les heures.

Je haussai une épaule.

— Il m'a envoyé plusieurs messages.

Même si mes livres payaient les factures, ils n'étaient plus ce qu'il y avait de plus important pour moi. Cet honneur revenait à l'homme en face de moi.

— En parlant de Randall, tu as eu des nouvelles de lui ?

Je harcelais mon agent pour qu'il prenne Rett comme client. Ce dernier préférait publier ses livres de manière indépendante pour en conserver le contrôle créatif, mais il m'avait dit qu'il envisagerait d'écrire une série pour l'un des cinq plus gros éditeurs s'il arrivait à décrocher un contrat intéressant.

J'étais certain qu'il en était capable, il fallait juste présenter son talent aux bonnes personnes.

— Oui.

— Et ?

Je retins mon souffle, attendant sa réponse. Je ne voulais pas qu'il soit déçu si sa proposition envoyée à Randall était refusée. Même si l'écriture de Rett était excellente, il était difficile de se trouver un bon agent littéraire, et encore plus d'obtenir un contrat solide accompagné d'une généreuse avance.

— Et... continua-t-il avec un sourire. Il veut une collaboration.

Une collaboration ?

— Il ne m'a jamais parlé de ça.

— Je lui ai demandé si je pouvais te proposer l'idée moi-même. Il aimerait qu'on fasse un spin-off qui combinerait nos deux univers. Il m'a dit qu'en associant nos deux noms, on pourrait la vendre sans aucun problème. Il a déjà commencé à proposer l'idée autour de lui pour tâter le terrain.

— Il veut que j'écrive une série avec toi ?

— Plutôt le contraire. Tu es plus connu que moi. À mon avis, il veut emprunter cette voie pour me permettre de mettre un pied dans une industrie très fermée.

Si c'était nécessaire, je le ferais. Nos styles d'écritures s'accorderaient très bien.

— Alors, Foster et Peabody vont s'associer pour résoudre des crimes et arrêter des méchants.

C'était une idée qui me plaisait.

— Foster sera le type sérieux et Peabody le comique du duo.

Ce serait intéressant. Il contourna le comptoir pour venir se placer à côté de moi.

— Comme la collaboration entre Williams et Jones.

— Williams et Anson, tu veux dire.

— Non, Williams et Jones. C'est logique, non ? De s'associer pour écrire, puisqu'on est déjà associés dans la vraie vie ?

Je l'attirai dans mes bras.

— C'est vrai. Partenaires en affaires et partenaires dans la vie.

— Attends. Ça veut dire que je vais devoir te céder la moitié de la librairie ?

— Non.

— Tu es sûr ? Tu pourrais couvrir la moitié des dépenses.

J'éclatai de rire.

— Je vois ce que tu viens de faire, petit sournois.

— Quoi ? fit-il en feignant l'innocence.

— J'ai vu tes bilans. Heureusement que tu aimes ta librairie, parce que n'importe quel conseiller financier te dirait de mettre la clef sous la porte pour sauver les meubles.

— Mais ce serait choisir la solution de facilité.

Il y avait un sous-entendu plus profond dans ces paroles. Il aurait aisément pu sauver les meubles avec moi. Mais il s'était accroché, même quand je me comportais comme un vrai connard avec lui.

Quand il avait enfoncé ses dents dans quelque chose, il ne lâchait pas facilement.

Comme Onyx avec mes chaussettes.

— Alors, qu'est-ce que tu en dis ? demanda-t-il.

— Je suis prêt à faire tout ce qui te rendra heureux, répondis-je. Si tu veux qu'on écrive une série ensemble, je suis partant. Si tu veux rester indépendant, je te soutiendrai. Si tu veux que je t'aide à assumer la charge de la librairie, je le ferai aussi. Tout ce que tu voudras, Rett.

Il posa les doigts sur ma joue.

— Tu me trouveras trop gourmand si je demande tout ça à la fois ?

— Non. Tu m'as rendu ma vie. En retour, je veux t'offrir le monde.

Rett avait été pour moi ce que j'avais été pour Thomas. Ou ce que j'avais essayé d'être, en tout cas. Même si j'avais échoué, Rett s'était montré assez déterminé pour accomplir son objectif.

Cet homme avait tellement de courage que j'aurais voulu pouvoir le récolter pour le vendre. Si j'avais pu faire ça, nous vivrions sur une grande île tropicale privée, les pieds dans le sable et des cocktails frais dans les mains.

Mais notre petite cabane nous manquerait, parce qu'elle était devenue notre foyer.

Il en faudrait beaucoup pour me convaincre d'aller vivre ailleurs. Ce n'était peut-être pas un paradis tropical – encore moins l'hiver –, mais c'était *notre* paradis. Que nous avions créé ensemble.

On ne pouvait pas faire plus spécial que ça.

— Je n'ai pas besoin du monde, bébé. J'ai juste besoin de toi, répondis-je en déposant un doux baiser sur ses lèvres.

Avant que j'aie pu l'approfondir, il recula.

— Allons fêter ça avec un dîner au Nid d'Aigle et des verres au Perchoir, maintenant. Que quelqu'un d'autre fasse la cuisine et la vaisselle pour nous, pour une fois.

— Ah. *Voilà* pourquoi tu m'as attiré au bas de la montagne et loin de mon ordinateur.

— *Hum hum*, murmura-t-il.

— Tu manigances toujours quelque chose.

— C'est vrai, répondit-il en agitant les sourcils. Tu t'en plains ?

— Oh non, parce que c'est grâce à ça que je t'ai, ainsi qu'un futur que je suis impatient de vivre.

— Tu vois ? Première étape, approcher le type grincheux en ville. Avec précaution, bien sûr, parce qu'il mord. Deuxième étape, l'obliger à se détourner du passé et à revenir dans le présent. Troisième étape, faire en sorte qu'il tombe amoureux de moi.

— Ça n'a pas été très difficile.

— Quelle étape ?

— De me faire tomber amoureux de toi. Je suis juste surpris que tu sois tombé amoureux de moi en premier.

— C'est la preuve que je devrais aller voir un psy.

Je ricanai.

— Je ne peux pas te contredire là-dessus.

— Ah, mais regarde-nous. On est parfaits.

« Parfait » était un peu exagéré.

— Pas tout à fait, mais pas loin.

— Pas loin, acquiesça-t-il.

— Ensemble, on peut tout surmonter.

— Il y a du progrès ! s'exclama-t-il en riant.

Je l'attirai à moi pour l'embrasser et étouffer son rire.

Ce soir-là, nous fêtâmes ça d'une autre manière.

Nous ne sortîmes pas dîner et boire un verre.

Nous restâmes à la maison.

« LA TRAGÉDIE d'une personne ne constitue pas toute sa vie. Une histoire creuse de profonds sillons dans notre cerveau chaque fois qu'on la raconte. Mais nous ne sommes pas qu'une seule histoire. Nous pouvons changer notre histoire. » – Amy Poehler.

Inscrivez-vous à la lettre d'information de Jeanne pour connaître ses prochaines sorties, ses ventes et bien plus encore (En anglais): http://www.jeannestjames.com/ newslettersignup

---

Everything About You

Je lui avais tout donné. Il m'a tourné le dos et m'a abandonné…

C'était ton sourire.

Ton rire.

La couleur de tes yeux.

Ta façon de me regarder quand personne ne faisait attention.

Ta façon de m'étreindre.

Ta façon de m'embrasser.

C'était tout ce que j'aimais chez toi.

Ce sourire qui s'était aplati.

Le silence de ton rire.

L'absence de tes lèvres.

La façon dont tu étais parti.

La façon dont tu avais tout détruit.

La façon dont tu m'avais détruit.

Dont tu nous avais détruits.

C'était tout ce que je détestais, chez toi.

Tout ce qui te caractérise.

Tout ce que je voulais.

Tout ce dont j'avais besoin.

Tout ce que j'espérais.

Et ce jour-là, tu ne m'as pas seulement brisé le cœur,

Tu l'as anéanti.

Tournez la page pour lire le premier chapitre du livre suivant : https://books2read.com/EAY-FR

Toi mon tout

Une romance gay de la seconde chance

CHAPITRE UN

Ronan (aujourd'hui)

J'ENFONÇAI la flèche vers le haut de l'ascenseur du lobby de mon immeuble. Ma respiration revenait rapidement à la normale et la sueur commençait déjà à sécher sur mon corps. J'étais impatient de pouvoir nettoyer la transpiration et la saleté sur ma peau une fois à l'étage.

Je ferais peut-être même plus que ça, sous le jet d'eau chaude de la douche.

Les numéros s'allumèrent l'un après l'autre à mesure que la cabine d'ascenseur descendait du sixième étage.

Ding. Cinq.

Ding. Quatre.

Ding. Trois.

Quand j'entendis la porte du lobby bourdonner et cliqueter en se déverrouillant, je jetai un coup d'œil par-dessus mon épaule pour voir si je devais retenir l'ascenseur pour la personne qui venait d'entrer.

Je retirai mon T-shirt trempé de mon épaule sur laquelle je l'avais jeté, et m'en servis pour m'essuyer le visage parce que, de toute évidence, j'avais des hallucinations. Je devais avoir de la sueur dans les yeux. Ou bien j'étais étourdi parce que je n'avais rien mangé depuis un moment.

Ou bien...

Ou bien... je voyais vraiment celui que je croyais.

Mais c'était impossible. Ce devait être mon imagination. Je devais l'imaginer, lui.

Peut-être que je faisais une crise cardiaque, ou que j'avais un autre problème de santé requérant que je m'assoie. Je ne sortais plus courir aussi souvent que je le devrais après tout, et mon taux de glycémie était peut-être au plus bas après cette intense séance de cardio.

Ou bien j'étais délirant.

L'homme qui venait de passer la porte s'arrêta dans le vestibule aux murs couverts des boîtes aux lettres des résidents. Il semblait tout juste sorti du lit, même s'il portait un costume. Il était froissé, comme s'il avait dormi sur un banc dans le parc.

Il ne pouvait pas être sans-abri, puisqu'il avait le code de l'immeuble, qui changeait une fois par mois. Autrement dit, c'était un résident actuel, même si je ne l'avais encore jamais vu dans l'immeuble.

Par contre, non seulement il n'avait pas l'air dans son assiette, mais en plus, il parlait tout seul. Comme le sans-abri qui dormait souvent sur un banc du Point State Park. Celui qui se baignait parfois dans la fontaine et qui récupérait les pièces jetées dedans par les touristes et les locaux.

C'était drôle, mes souhaits ne s'étaient jamais réalisés

après avoir jeté une pièce dans une fontaine, mais ça marchait peut-être pour d'autres.

Je n'entendais pas ce que disait l'homme à cause de la deuxième paire de portes qui séparait le vestibule du lobby, mais même s'il avait la tête penchée, je voyais clairement ses lèvres bouger. Peut-être qu'il avait des écouteurs et qu'il parlait à quelqu'un au téléphone.

Ou bien il était en pleine conversation avec lui-même, tout en fouillant dans sa poche de pantalon. Il cherchait sûrement sa clef de boîte aux lettres. Même après avoir essuyé la sueur de mes yeux, il me paraissait toujours familier.

Trop familier.

L'ascenseur émit un *ding* en arrivant au rez-de-chaussée, et les portes coulissèrent. Monsieur et Mme Callahan, du troisième étage, sortirent avec leur petit chien de Poméranie, jappeur et mordeur de chevilles, M. Pibbles.

Je fis un pas de côté pour laisser au couple âgé la place de passer, ainsi que pour éviter que cette petite saleté ne me morde.

Madame Callahan me regarda de haut en bas, et je savais parfaitement pourquoi. Je ne portais qu'un short noir satiné qui, quand je transpirais, moulait mes attributs, ainsi que des baskets, des chaussettes de sport qui m'arrivaient aux chevilles et une casquette de l'université de Pennsylvanie.

Pour ne rien arranger, ma peau avait une parfaite teinte pâle et était couverte d'un vaste assortiment de tatouages qui se déployaient sur mon torse et mes bras. Mais ce n'était pas la première fois qu'ils me voyaient après mon jogging, et malheureusement pour eux, ce ne serait pas la dernière.

Monsieur Callahan me tint la porte de l'ascenseur, même s'il le fit en ayant l'air de sucer des citrons.

C'étaient des gens charmants.

J'entendais par là que ces gens étaient des connards pleins de préjugés.

Malgré ça, nous devions trouver le moyen de coexister, puisque nous vivions dans le même immeuble. Au lieu de lui faire un doigt d'honneur, je lui adressai un signe de tête.

— Je ne monte pas tout de suite, mais merci, dis-je.

Puis, je jetai un rapide coup d'œil par-dessus mon épaule, en direction du vestibule.

Le nouveau résident devait avoir trouvé sa clef, vu que la porte en métal de l'une des boîtes aux lettres était ouverte et qu'il était en train de parcourir une pile de courriers.

Il secoua la tête et continua à parler tout seul. Il ne leva les yeux que lorsque les Callahan le dépassèrent et que M. Pibbles jappa d'un ton menaçant. Monsieur Pibbles n'aimait pas les étrangers. *Merde, M.* Pibbles n'aimait personne sauf les Callahan. Et même ça, c'était discutable.

Dès que le couple et leur rat tapageur et orange furent sortis sur le trottoir, l'homme ferma sa boîte aux lettres et se retourna...

La Terre cessa totalement de tourner, comme si quelqu'un avait tiré sur le frein d'urgence.

Mon cœur se contracta. Mes poumons se vidèrent. Mon âme décida de fuir le lobby sans moi.

Mais ma tête... ma tête se mit à tourner comme un manège tenu par un forain bourré.

— Oh merde.

Quand mon cœur se remit brusquement en route, j'abaissai un peu plus ma casquette pour dissimuler mon visage, m'empressai d'enfiler mon T-shirt humide par-dessus ma tête et mon torse, puis me précipitai vers l'escalier le plus proche.

Je pris garde de ne pas laisser la porte en acier claquer

derrière moi et, pendant une seconde, je pressai mon dos contre le mur à côté.

Je ne savais pas quoi faire. Je n'étais pas du tout prêt à lui faire face.

Ça ne pouvait pas être réel. Il ne pouvait pas vivre dans le même immeuble que moi.

Ça ne pouvait pas être lui. Impossible, putain !

Il avait quitté Pittsburgh douze ans plus tôt, après avoir obtenu son diplôme, pourquoi était-il de retour maintenant ?

La seule explication, c'était que cet homme n'était pas Tate. C'était juste quelqu'un qui lui ressemblait. Un *doppelgänger*.

Je paniquais pour rien.

Je me comportais comme un imbécile.

Mais rien que pour être sûr, je fis glisser mon dos du mur à la porte, reculai ma casquette sur ma tête, puis me retournai, pliai les genoux et levai assez la tête pour jeter un œil par la petite fenêtre coupe-feu.

Je le regardai se diriger vers l'ascenseur et appuyer sur le bouton dix fois en successions rapides. Il remuait d'un pied sur l'autre en attendant impatiemment que les portes s'ouvrent.

Douze ans.

Ça faisait douze ans que je ne l'avais pas vu, putain.

Mais c'était comme si c'était hier.

On était tous les deux si différents, tout en étant restés les mêmes.

On était plus âgés. Peut-être plus sages, ou peut-être pas.

Mais il avait l'air fatigué. Abattu.

Comme si la vie facile qu'il était censé mener s'était avérée plus difficile que prévu.

Je l'observai jusqu'à ce qu'il monte dans la cabine d'ascenseur. Les portes se refermèrent derrière lui et l'emportèrent.

Je continuai de regarder l'endroit où il s'était tenu, parce que j'avais du mal à m'écarter.

Je ne pouvais qu'attribuer ça au choc.

Quand je parvins enfin à obliger mes pieds à bouger, je m'assis sur la troisième marche et laissai tomber ma tête dans mes mains, m'efforçant de digérer ce que je venais de voir. Je ne comprenais pas pourquoi il était là. À Pittsburgh. Dans l'immeuble où je vivais. Je ne comprenais pas pourquoi ça arrivait.

Pendant un instant, dans le silence, je fus propulsé dans le passé.

À l'époque où j'avais encore de l'espoir.

Des rêves.

Des attentes.

Et, bien sûr, à l'époque où tout ça avait été anéanti.

Ronan (avant)

J'étais étalé sur le siège, un bras pendant nonchalamment autour du dossier de celui, vide, à ma droite. J'avais beau être en première année, j'étais venu à Duquesne avec l'intention de ne pas me comporter comme tel. De ne pas être vu comme un gamin qui sortait tout juste du lycée.

Je voulais me sentir comme un homme prêt à conquérir le monde.

Ce n'était peut-être pas vrai, mais l'expression « fais semblant jusqu'à ce que ce soit vrai » n'avait pas été inventée pour rien.

C'était pourquoi je faisais de mon mieux pour avoir l'air

assuré et pour donner l'impression que j'étais à ma place, alors qu'au fond de moi, je ressentais tout sauf ça.

Je m'en étais très bien sorti au lycée, ce qui m'avait permis d'obtenir des bourses et des subventions. Mais l'université de Duquesne était un tout autre monde, comparée au lycée.

Ce serait vraiment fantastique si les étudiants d'ici étaient plus ouverts d'esprit que les élèves de mon lycée, dans une petite ville juste aux abords de Hershey, en Pennsylvanie. Mon colocataire avait l'air sympa jusqu'ici, mais je le connaissais depuis moins d'une semaine et je ne lui avais pas dit que j'étais gay.

Pas encore.

J'espérais que, en apprenant d'abord à me connaître, quand il le découvrirait, il se rendrait compte que je n'étais pas uniquement défini par mes préférences sexuelles. Mon homosexualité n'était qu'une petite part de mon identité.

Ce matin, j'étais arrivé plus tôt que d'habitude pour ce premier cours – je n'étais pas sûr de savoir où se situait l'amphithéâtre – et je m'étais installé à une rangée de sièges vides.

Je ne voulais pas être tout devant, mais je n'avais pas envie de me cacher tout au fond non plus. Ça n'aurait aucun intérêt, puisqu'il s'agissait d'un cours d'écriture créative multigenre. Je n'étais pas obligé de le suivre, mais il m'intéressait parce que je n'avais pas encore décidé quelle serait ma spécialisation. Je n'avais aucune raison de me cacher dans ce cours, contrairement à celui d'algèbre.

Je n'avais encore aucune idée de ce que je voulais faire dans la vie. Je penchais pour un diplôme de commerce, je m'étais donc inscrit à un noyau de cours qui me rapporterait des crédits ainsi qu'à divers autres facultatifs pour voir si quelque chose suscitait mon intérêt.

Vu que l'écriture était une part importante de la plupart des carrières, je m'étais dit que ça ne ferait pas de mal de suivre ce cours. J'étais un vrai expert lorsqu'il s'agissait d'envoyer des SMS ou des e-mails à mes potes, mais pour ce qui était de la correspondance professionnelle, j'avais bien besoin d'entraînement. En plus, l'écriture créative, ça ne devait pas être bien difficile, hein ? Contrairement à l'algèbre.

C'est pourquoi, assis au troisième rang, j'attendais l'arrivée du professeur et regardais les sièges se remplir autour de moi. J'avais posé mon vieil ordinateur Asus sur le bureau rabattable, et j'espérais que mon dinosaure électronique aurait assez de batterie pour tenir jusqu'à la fin des cours de la journée. Celle de mon téléphone portable vieux de trois ans et à l'écran fissuré était en train de mourir, elle aussi. Je n'avais pas les moyens de remplacer ces deux futurs presse-papiers.

Ce qui me rappelait que... je devais me trouver un boulot aux horaires assez flexibles pour me permettre d'aller en cours, d'étudier et, bien sûr, de faire un peu la fête. Vu que j'avais payé pour suivre ces études, les deux premiers points étaient les plus importants. Les fêtes, les sorties et les coucheries seraient plus des récompenses pour mon dur travail.

Je regardai mon écran allumé et parcourus une dernière fois le programme pendant que tout le monde finissait de s'installer. Quand les bavardages se turent, je levai les yeux et vis le professeur entrer, laisser tomber sa sacoche sur la table, écrire *Pr Mario Louden* sur le tableau blanc, puis se tourner vers le pupitre.

Il se racla la gorge.

— Au cas où vous seriez perdu, vous êtes...

La porte s'ouvrit brutalement, et un étudiant se précipita dans la salle. Il marqua une pause, croisa le regard du Pr Louden et grimaça.

— Monsieur Harris, *ceci* est l'une des raisons pour lesquelles vous avez redoublé ce cours. Vous savez à quelle heure il commence depuis que vous avez reçu votre emploi du temps, il y a presque deux semaines. Vous n'avez aucune excuse pour être en retard.

— Désolé, désolé, marmonna-t-il en ajustant le sac à dos ouvert qui pendait à moitié de son épaule.

— J'espère que ça ne se reproduira plus. N'est-ce pas, monsieur Harris ? Autrement, je vous suggère d'abandonner ce cours et de trouver un autre professeur à insulter avec vos retards.

— J'ai besoin... commença l'étudiant, avant de secouer la tête. Je vous jure que je ne serai plus en retard.

Même moi, je sentais que c'était un mensonge, mais je n'en avais rien à foutre, de ce qu'il disait. J'étais plus concentré sur ses lèvres que sur les mots qui en sortaient.

Il. Était. Magnifique.

Une masse de cheveux sombres et épais retombaient sur son front et une rougeur avait recouvert son cou et ses joues.

Je ne pus détourner les yeux de mon futur petit-ami – j'irais peut-être même jusqu'à parler de futur mari – tandis qu'il descendait les marches en courant, tête baissée. Malheureusement, il disparut quelque part derrière moi.

Avec un peu de chance, il n'avait pas remarqué que je le reluquais.

Et sinon... tant pis.

Il penserait sûrement que je le regardais parce que je le trouvais impoli d'arriver en retard en cours.

J'entendis son lourd sac à dos heurter le sol avec un bruit sourd, quelques rangées derrière moi. Il y eut un froissement bruyant et une série de grognements.

Je ne fus pas le seul à le remarquer. Le Pr Louden aussi, et il regarda le futur M. Ronan Pak derrière moi.

Ça me plaisait. L'idée qu'un autre homme adopte mon

nom. S'il insistait, je le laisserais garder le sien aussi. Harris-Pak.

— Vous êtes sûr d'être prêt à ce que je débute ce cours, monsieur Harris ? lança le Pr Louden en haussant l'un de ses sourcils sombres et broussailleux.

Il y eut quelques ricanements et rires étouffés, et je me rendis compte que tout le monde s'était retourné sur son siège pour regarder M. Harris. Correction : M. Harris-Pak.

Un sourire s'étira sur mon visage, et je me tirai de mon fantasme pour me concentrer sur la leçon du jour quand notre professeur commença son cours. Je n'avais vraiment pas envie qu'il m'accuse de rêvasser devant toute la classe.

Plus d'une heure plus tard, je rangeais mes affaires dans mon sac à dos, y compris mon vieil ordinateur – par chance, il ne m'avait pas lâché pendant le cours – en me demandant quand je reverrais M. Harris, puisque je ne connaissais pas encore son prénom.

Pas encore. Mais ça viendrait.

J'allais m'assurer d'arriver en cours en avance vendredi, et de m'asseoir vers le fond, pour pouvoir observer ma nouvelle obsession sans que personne s'en rende compte. L'examiner. Consigner le moindre détail dans ma mémoire. Pour mes fantasmes.

Quand je me levai, j'entendis des pas précipités descendre les marches derrière moi, j'attendis donc et triturai mon sac à dos en m'efforçant d'être subtil.

Je voulais juste le regarder une dernière fois. De dos, cette fois, vu que je savais déjà que j'aimais le devant.

Je ne fus pas déçu quand Harris descendit les marches en courant vers l'avant de l'amphithéâtre. Mais son sac à dos était encore grand ouvert et tout le contenu risquait de se renverser.

— Eh ! lançai-je pour le prévenir, tout en me dépêchant de le suivre.

Soit il ne m'entendit pas, soit il m'ignora, mais il sortit de l'amphithéâtre en trombe et s'engagea dans le couloir.

Je me frayai un chemin à coups de coude à travers un groupe d'étudiants immobiles et en train de parler qui me séparaient surtout de mon futur mari. Je parvins à les contourner et sortis, espérant ne pas avoir perdu Harris.

Ce n'était pas le cas.

Pas parce qu'il m'attendait, mais parce que ce que je craignais s'était produit. Son sac à dos était au sol et tout ce qu'il contenait s'était répandu dans le couloir, comme le contenu d'une piñata à une fête d'anniversaire.

J'eus presque les larmes aux yeux en voyant ce qui ressemblait à un ordinateur tout neuf par terre.

Une vraie tragédie. Qu'est-ce que je ne ferais pas pour un nouveau PC comme celui-là... ? Avec un peu de chance, il n'était pas cassé, et sinon, j'espérais qu'il était assuré. Ce n'était pas mon problème. Tout ce qui m'intéressait, c'était l'homme aux épaules larges et aux hanches étroites, aux fesses savoureuses en forme de pêche, qui était désormais accroupi au sol pour récupérer ses affaires pendant que tout le monde le contournait sans prendre la peine de l'aider.

C'était ma chance de me présenter et de devenir son preux chevalier.

Je m'accroupis en face de lui et rassemblai des stylos, un arc-en-ciel de surligneurs et des post-its de couleurs variées. De mon point de vue, cet homme transportait bien trop de trucs dans son sac. Qui se baladait avec tout ça ? Pas étonnant qu'il ne puisse pas le fermer.

Quand j'eus les mains pleines, je pris son sac à dos et jetai tout dedans. S'il voulait que ce soit organisé, il pourrait s'en occuper lui-même une fois qu'il ne serait plus au milieu du couloir.

Je me redressai et me rapprochai de mon futur amant, le sac dans les mains. Mon cerveau tentait de me faire croire que serrer son sac à dos revenait à le serrer, lui.

Ce n'était pas le cas. Hélas.

J'attendis qu'il ait empilé des cahiers et ce qui ressemblait à un roman dans ses bras, avant qu'il ne se redresse, le visage rougi soit par la gêne, soit par l'effort.

Je lui tendis son sac à dos.

— Tiens.

Il regarda autour de lui pour vérifier qu'il n'avait rien oublié, puis leva la tête. Quand il tendit la main vers son sac, je ne pus me résoudre à lâcher prise. Quand il referma la main dessus, nos doigts se touchèrent, et une décharge me remonta dans le bras tandis qu'une tornade de chaleur tourbillonnait dans mes tripes. Nous échangeâmes un regard surpris et...

J'oubliai comment respirer.

Ses yeux bleus...

Les voir de près me donna l'impression d'avoir reçu la foudre en pleine poitrine.

Son sourire de travers, embarrassé, alourdit mes bourses, et je priai pour ne pas me mettre à bander dans ce couloir.

— Merci, dit-il, le mot se coinçant dans sa gorge.

Il la racla et répéta plus clairement.

— Aucun problème.

— La fermeture est cassée, expliqua-t-il.

— Sûrement parce que tu transportes la moitié de ta carrière d'étudiant dans ce truc.

— Je ne vis pas sur le campus, alors je...

Il parut perdre le fil de ses pensées, mais pas une seconde, il ne décrocha son regard du mien.

— Je... euh...

— Tu ne veux rien oublier, terminai-je pour lui.

Il hocha la tête, et sa masse de cheveux sombres tomba un peu plus sur son front. Je recourbai les doigts de la main qui ne tenait pas le sac pour me retenir de repousser les mèches devant ses sourcils.

— Tu ne peux pas laisser des trucs dans ta voiture ?

Ce n'était pas comme si ça m'intéressait vraiment, qu'il soit chargé comme une mule, je voulais juste le retenir ici le plus longtemps possible.

— Je n'ai pas de voiture.

Sa voix était bien plus grave que ce à quoi je me serais attendu, à le voir, vu qu'il était plutôt mince.

— Alors, comment tu viens sur le campus ?

— À vélo ou à pied. Parfois, je suis déposé par l'un de mes colocs', ça dépend de nos emplois du temps.

Il tira légèrement et je lâchai enfin son sac à dos, même si je n'en avais pas envie. Je voulais le retenir ici, comme un otage. Le garder pour moi tout seul jusqu'à ce qu'il tombe désespérément amoureux de moi.

Bien sûr, je savais que ce n'était pas réaliste. Mais il y avait un truc que je pouvais obtenir de lui au moins...

— Cool. Au fait, je suis Ronan, mais tu peux m'appeler Roe.

Il fronça ses sourcils sombres.

— Ronan ?

— Ouais, c'est irlandais. J'ai l'air irlandais, non ?

J'inclinai la tête et conservai une expression sérieuse, même si je l'avais sciemment mis dans l'embarras.

Je le regardai paniquer à l'idée de répondre et de m'offenser.

— Euh...

J'empêchai mes lèvres de tressaillir et de me trahir.

— En fait, je ne suis qu'à moitié irlandais. De devant. Pas de dos.

J'attendis de voir s'il allait me demander de quelle nationalité était l'autre moitié, vu que je n'avais clairement pas l'air à moitié irlandais. Mais il joua la sécurité et s'en abstint, alors je demandai :

— Et toi ?

Je n'étais pas prêt à voir cette conversation se terminer.

— Je... je ne suis pas sûr...

Il se passa les doigts dans les cheveux, les ébouriffant encore plus. À mes yeux, ça le rendait encore plus sexy. J'adorerais voir ses cheveux comme ça quand je roulerais sur le côté le matin et trouverais sa tête sur l'oreiller à côté du mien.

— Je suis un bâtard, je suppose. Un mélange européen. Allemand et...

— Je parlais de ton nom, précisai-je.

— Oh, lâcha-t-il, ses joues devenant encore plus rouges. Tate. Harris. Tu peux m'appeler Tate.

Quand je souris, je vis passer sur le visage de Tate quelque chose auquel je ne m'attendais pas.

De l'intérêt. Un intérêt prudent.

Hmm... Se pouvait-il qu'il soit gay ? Ou bi, au moins ?

Aurais-je de la chance, et mon futur mari aimerait-il les hommes, lui aussi ?

Non, je n'étais jamais aussi chanceux.

Je tendis la main. Il la regarda une seconde, comme si je venais de le prendre par surprise. Puis, il ajusta un peu mieux son sac à dos sur son épaule et plaça sa main chaude aux longs doigts dans la mienne.

Et *bordel de merde...*

J'étais impatient que mon prochain cours se termine parce que je devais me rendre à la salle informatique pour commencer à imprimer nos invitations de mariage.

J'espérais que ça ne dérangerait pas Tate.

Ronan (aujourd'hui)

Dans la cage d'escalier silencieuse, je laissai retomber mes mains et levai la tête avant de prendre une grande inspiration pour repousser ces souvenirs.

Parmi tous ceux que je n'arrivais pas à oublier, celui-là en était un bon, et je devais m'arrêter avant de passer aux plus douloureux et aux plus ravageurs.

Je me relevai, pinçai les lèvres et crispai la mâchoire. J'entamai la longue ascension jusqu'à mon penthouse. Et en chemin, je pris conscience de quelque chose...

Je n'étais absolument pas prêt à me retrouver en face à face avec Tate Harris.

Pas aujourd'hui, et peut-être même jamais.

Entre le dernier jour où je l'avais vu et, aujourd'hui, j'étais sorti avec un tas d'hommes. Mais aucun n'était comme lui, et je n'avais aimé aucun d'entre eux.

À cause de ça, je n'avais jamais connu de rupture aussi grande qu'avec Tate.

Après toutes ces années, je croyais avoir tourné la page.

De toute évidence, ce n'était pas le cas.

Disponible ici : https://books2read.com/EAY-FR

Si vous avez aimé ce livre

Merci de votre lecture. Si vous avez apprécié ce livre, merci de publier un avis sur votre site de vente préféré et/ou catalogue en ligne de type Goodreads pour en informer les autres lecteurs. Les avis sont toujours très appréciés et quelques mots suffiront à aider énormément une auteure indépendante comme moi!

Livres en Français

Made Malcon: Un conte de fées moderne revisité
Toi mon tout : Une romance gay de la seconde chance
Endommagé
Raviver Chase

SÉRIE DES FRÈRES EN UNIFORME :
Des Frères en Uniforme : Max (livre 1)
Des Frères en Uniforme : Marc (livre 2)
Des Frères en Uniforme : Matt (Tome 3) - comprend aussi
Teddy (Nouvelle 3.5)
Des Frères en Uniforme : Noël Chez la Famille Bryson
(livre 4)

LA SÉRIE DARE MÉNAGE :
Osez doublement (livre 1)
Proposition osée (livre 2)
Osez être trois (livre 3)
Un désir osé (livre 4)
Oser s'abandonner (livre 5)

Un voyage audacieux (livre 6)

LES NOVELLAS OBSÉDÉES :
Forever Him (livre 1)
Only Him (livre 2)
Needing Him (livre 3)
Loving Her (livre 4)
Tempting Him (livre 5)

LA SÉRIE DIRTY ANGELS MC
Down & Dirty: Zak (livre 1)
Down & Dirty: Jag (livre 2)
Down & Dirty: Hawk (livre 3)
Down & Dirty: Diesel (livre 4)
Down & Dirty: Axel (livre 5)
Down & Dirty: Slade (livre 6)
Down & Dirty: Dawg (livre 7)
Down & Dirty: Dex (livre 8)
Down & Dirty: Linc (livre 9)
Down & Dirty: Crow (livre 10)

LA SUITE EST à VENIR !

À propos de l'auteur

JEANNE ST. JAMES est une auteure de romances, dont les best-sellers sont en vente dans le monde entier et figurent au classement de *USA Today*. Elle adore mettre en scène des femmes fortes et des mâles alpha. Elle n'avait que treize ans quand elle a commencé à écrire. Son premier texte publié était une nouvelle érotique, dans le magazine *Playgirl*. Elle a écrit sa toute première romance en 2009. Depuis, elle est l'auteure de plus de cinquante romances contemporaines. Ses sujets de prédilection sont les histoires M/F et M/M, les trios M/M/F et les couples mixtes. Elle écrit aussi sous le nom de plume J.J. Masters. Envie de découvrir un peu plus ses œuvres ? Téléchargez un extrait gratuit en anglais : Book-Hip.com/MTQQKK

Pour ne rien rater de ses actualités et de ses parutions, consultez son site web www.jeannestjames.com ou inscrivez-vous à sa newsletter (en anglais): http://www.jeannestjames.com/newslettersignup

www.jeannestjames.com
jeanne@jeannestjames.com

Jeanne's Groupe de lecteurs: https://www.facebook.com/groups/JeannesReviewCrew/
TikTok: https://www.tiktok.com/@jeannestjames

facebook.com/JeanneStJamesAuthor

instagram.com/JeanneStJames

bookbub.com/authors/jeanne-st-james

goodreads.com/JeanneStJames

pinterest.com/JeanneStJames

Aussi par Jeanne St. James

DES LIVRES QUI SE SUFFISENT à EUX-MêMES:

Made Maleen: A Modern Twist on a Fairy Tale

Damaged

Rip Cord: The Complete Trilogy

Everything About You (A Second Chance Gay Romance)

Reigniting Chase (An M/M Standalone)

Brothers in Blue Series

The Dare Ménage Series

The Obsessed Novellas

Down & Dirty: Dirty Angels MC Series®

Crossing the Line (A DAMC/Blue Avengers MC Crossover) *

Magnum: A Dark Knights MC/Dirty Angels MC Crossover *

Crash: A Dirty Angels MC/Blood Fury MC Crossover *

In the Shadows Security Series

Blood & Bones: Blood Fury MC®

Beyond the Badge: Blue Avengers MC™

Bientôt disponible (en anglais):

Double D Ranch (An MMF Ménage Series)

Dirty Angels MC®: The Next Generation

WRITING AS J.J. MASTERS

The Royal Alpha Series:

(A gay mpreg shifter series)